KiWi Paperback

KiWi 585

Über das Buch:
Tag für Tag fährt Isserley, eine junge Frau mit Brille und enormen Brüsten, in ihrem Toyota Corolla durch das schottische Hochland, stets auf der Suche nach Anhaltern. Männer müssen es sein, am besten gut gebaute Exemplare. Die meisten lassen sich nicht lange bitten und steigen gern zu Isserley in den Wagen. Sie können nicht ahnen, dass sie nie wieder in ihr altes Leben zurückkehren werden.
Was wie ein Thriller beginnt, entwickelt sich zu einer Geschichte voller überraschender Wendungen. Nur so viel sei verraten: Isserley ist keineswegs auf Sex aus, auch wenn ihre Motive durchaus mit menschlichem Fleisch zu tun haben.

„Neugierig geworden? Sie können gar nicht anders, denn dieser Roman fesselt den Leser von der ersten bis zur letzten Seite. Faber baut die Spannung so raffiniert auf, dass es gemein wäre, das dunkle Geheimnis zu verraten. Was man aber sagen kann: *Die Weltenwanderin* ist sowohl Gesellschaftssatire als auch Utopie, makabrer Actionroman und dabei zutiefst moralisch.“ *The Scotsman*

„Die *Farm der Tiere* für das neue Jahrtausend.“ *The Face*

Der Autor:
Michel Faber, geboren 1960 in Holland, aufgewachsen in Australien, lebt heute mit seiner Frau auf einer Farm im schottischen Hochland. Sein Erzählungsband *Some Rain Must Fall* hat mehrere Literaturpreise gewonnen und ist in vier Sprachen übersetzt worden. *Die Weltenwanderin* ist Michel Fabers erster Roman, der im Jahr 2000 in zwölf Ländern erscheint.

Michel Faber

DIE WELTENWANDERIN

Roman

Deutsch von Isabell Lorenz

Kiepenheuer & Witsch

Deutsche Erstausgabe

1. Auflage 2000

Die Originalausgabe ist unter dem Titel *Under the Skin*
bei Canongate Books Ltd., Edinburgh, erschienen.

Deutsch von Isabell Lorenz

Umschlaggestaltung: Philipp Starke, Hamburg
Gesetzt aus der Minion
Satz: Greiner & Reichel, Köln
Druck und Bindearbeiten: Clausen & Bosse, Leck
ISBN 3-462-02942-8

In Dankbarkeit
für Jeff und Fuggo
und vor allem für meine Frau Eva,
die mich auf die Erde zurückgebracht hat

ERSTES KAPITEL

Isserley hatte es sich zur Gewohnheit gemacht, an einem Anhalter zunächst einfach vorbeizufahren, um ihn in Ruhe taxieren zu können. Kräftige Muskeln waren, was sie suchte; ein strotzender Fleischberg auf Beinen. Mit mickrigen, dürren Exemplaren konnte sie nichts anfangen.

Den Unterschied auf den ersten Blick festzustellen war jedoch erstaunlich schwierig. Man sollte meinen, ein Anhalter ganz allein auf einer Landstraße wäre aus einem Kilometer Entfernung schon deutlich zu sehen, wie ein Denkmal oder ein Getreidesilo; man sollte meinen, man könnte ihn in aller Seelenruhe begutachten, während man auf ihn zufuhr, ihn lange im Voraus in Gedanken entkleiden und umdrehen. Doch Isserley hatte die Erfahrung gemacht, dass es so nicht ablief.

Durch das schottische Hochland zu fahren war an sich schon eine Aufgabe, die die Aufmerksamkeit voll in Anspruch nahm; es ging dort immer weit mehr vor sich, als Postkartenansichten vermuten ließen. Sogar in der perlmuttschimmernden Stille einer winterlichen Morgendämmerung, wenn die Frühnebel auf den Feldern zu beiden Seiten der Straße noch fest schliefen, konnte man sicher sein, dass die A9 nicht lange leer bleiben würde. Pelzige Kadaver nicht mehr zu erkennender Geschöpfe des Waldes lagen überall verstreut auf dem Asphalt, jeden Morgen aufs Neue, jeder Einzelne ein erstarrtes Stillleben, das davon zeugte, dass irgendein Wesen die Straße irrtümlich für seinen ihm angestammten Lebensraum gehalten hatte.

Auch Isserley wagte sich oft in den Stunden dieser prähistorischen Ruhe hinaus, in denen ihr Fahrzeug gut und gerne wie das Allererste auf der Welt wirkte. Fast wollte es scheinen, als sei sie auf einer gerade erst vollendeten Erde ausgesetzt worden, deren Berge noch verschoben und deren bewaldete Täler vielleicht noch zu Ozeanen umgewandelt werden könnten.

Wenn sie sich allerdings mit ihrem kleinen Wagen erst einmal auf der menschenleeren, leicht dampfenden Straße auf den Weg gemacht hatte, dauerte es oft nur Minuten, bis hinter ihr andere Autos auftauchten, die ebenfalls in südliche Richtung fuhren. Und diese Verkehrsteilnehmer nahmen es keineswegs einfach hin, dass sie die Geschwindigkeit vorgab, sie wollten nicht wie Schafe auf einem schmalen Pfad hintereinander herzockeln. Isserley musste schneller fahren, sonst würde man sie durch Hupen von der einspurigen Fahrbahn drängen.

Da diese Straße die Hauptverkehrsader der Gegend war, musste sie außerdem auch noch auf die haarfeinen, schmalen Pfade achten, die in die Hauptstraße einmündeten. Nur an wenigen Kreuzungen standen deutlich sichtbare Schilder, die offenbar durch natürliche Auslese zu dieser Ehre gekommen waren; die Übrigen waren durch Bäume verdeckt. Wenn Isserley auch Vorfahrt hatte, war es doch keineswegs ratsam, irgendeine Kreuzung zu ignorieren: An jeder konnte ein ungeduldig vibrierender Traktor wie ein Springteufel auf sie warten, der, spränge er ihr in den Weg, für seinen Fehler kaum würde leiden müssen, während sie über den ganzen Straßenbelag verstreut würde.

Am verwirrendsten war jedoch nicht die drohende Gefahr, sondern die Verlockung der Schönheit. Ein glitzernder Regenwassergraben, ein Möwenschwarm, der einer Sämaschine über ein lehmiges Feld folgte, Regenschauer, die zwei oder drei Berge weiter geradeaus niedergingen, sogar ein Austernfischer, der am Himmel seine einsamen Kreise zog – all das mochte Isserley fast vergessen lassen, weshalb sie sich auf der Straße befand. So fuhr sie oft vor sich hin, während die Sonne ganz aufging, und sah entlegene Gehöfte sich golden färben, wenn sich plötzlich ganz in ihrer Nähe ein gräulich schattiertes Etwas, das ausgesehen hatte wie der Ast eines Baumes oder ein Gewirr aus Geröll, in ein fleischiges, zweifüßiges Wesen mit ausgestrecktem Arm verwandelte.

Dann fiel es ihr wieder ein, manchmal allerdings auch erst, während sie schon vorbeifegte, die Fingerspitzen des Anhalters knapp verfehlend, so dass die Finger hätten abbrechen können wie Zweige, wären sie nur einige Zentimeter länger gewesen.

Einfach auf die Bremse zu treten stand außer Frage. Stattdessen hielt sie den Fuß gelassen auf dem Gaspedal, blieb in einer Reihe mit den anderen Wagen und speicherte lediglich sein Bild vor ihrem geistigen Auge, während auch sie vorbeischnellte.

Wenn sie bei der Weiterfahrt dieses Bild wieder abrief und einer prüfenden Betrachtung unterzog, fiel ihr zuweilen auf, dass es sich bei dem Anhalter um ein weibliches Wesen gehandelt hatte. An weiblichen Wesen war Isserley nicht interessiert, jedenfalls nicht auf diese Weise. Sollten die doch von jemand anderem aufgelesen werden.

War der Anhalter männlichen Geschlechts, fuhr sie für gewöhnlich zurück, um ihn sich noch einmal anzusehen, es sei denn, es wäre ihr auf den ersten Blick klar geworden, dass es sich um einen Schwächling gehandelt hatte. Angenommen, er hatte einen einigermaßen vernünftigen Eindruck bei ihr hinterlassen, machte sie, sobald es möglich war, eine Kehrtwendung – außer Sichtweite des Anhalters natürlich; er sollte nicht wissen, dass sie sich für ihn interessierte. Während sie dann – so langsam, wie es der Verkehr zuließ – auf der Gegenfahrbahn vorbeifuhr, taxierte sie ihn ein zweites Mal.

Nur selten kam es vor, dass sie ihn bei einer solchen Gelegenheit nicht mehr wieder fand: Irgendein anderer Fahrer, der nicht so vorsichtig oder nicht so wählerisch war, musste wohl in der Zeit, die sie für den Rückweg gebraucht hatte, angehalten und ihn aufgelesen haben. Da blinzelte sie dann zu der Stelle hin, an der er ihrer Meinung nach gestanden hatte, und sah nichts weiter als den verlassenen Saum des Straßenschotters. Sie schaute über den Rand der Straße hinaus, auf die Felder oder in das Unterholz, für den Fall, dass er sich irgendwo dort versteckte, vielleicht gerade urinierte. (Das war so eine Angewohnheit von ihnen.) Es erschien ihr dann immer unvorstellbar, dass er so schnell schon fort sein sollte; sein Körper war so geeignet gewesen – so prachtvoll – so *vollkommen* – weshalb nur hatte sie diese Chance vertan? Weshalb hatte sie ihn nicht gleich in dem Augenblick aufgelesen, als sie ihn gesehen hatte?

Manchmal fiel es ihr derart schwer, einen solchen Verlust hinzunehmen, dass sie einfach weiterfuhr, viele, viele Kilometer weit; wer immer ihn ihr fortgenommen hatte, so hoffte sie, hätte ihn inzwischen womöglich wieder abgesetzt. Unschuldig blinzelten ihr Kühe zu, während sie in einem Dunstschleier vergeudeten Benzins vorbeiraste.

Für gewöhnlich stand der Anhalter jedoch an genau derselben Stelle, an der sie ihn beim ersten Vorbeifahren gesehen hatte, den Arm hatte er vielleicht minimal gesenkt, und seine Kleidung war womöglich (falls es inzwischen angefangen hatte zu regnen) noch ein klein wenig scheckiger. Da sie aus der Gegenrichtung kam, konnte sie möglicherweise einen flüchtigen Blick auf seinen Hintern werfen oder auf seine Schenkel oder sich vielleicht ein Bild davon machen, wie muskulös seine Schultern waren. Außerdem ließen auch gewisse Anzeichen in der Haltung auf jenes nassforsche Selbstbewusstsein eines Mannes in erstklassigem Zustand schließen.

Solch ein Exemplar musterte sie dann im Vorbeifahren eingehend, um ihren ersten Eindruck noch einmal zu überprüfen und um ganz sicherzugehen, dass er nicht etwa nur in ihrer Vorstellung derart groß und kräftig war.

Wenn er auch diese abschließende Prüfung bestand, hielt sie an und nahm ihn mit.

Das machte Isserley jetzt schon seit Jahren. Kaum ein Tag verging, an dem sie nicht ihren zerbeulten roten Toyota Corolla auf die A9 lenkte und sich auf die Pirsch machte. Sogar wenn sie eine ganze Serie erfolgreicher Begegnungen hinter sich hatte und ihre Selbstachtung gerade hoch war, machte Isserley sich Sorgen darüber, dass der letzte Anhalter, den sie aufgelesen hatte, sich im Nachhinein womöglich als der letzte wirklich Zufriedenstellende erweisen würde – vielleicht würde im Vergleich mit ihm in Zukunft keiner mehr ihren Ansprüchen gerecht werden.

Tatsächlich versetzte diese Herausforderung Isserley in eine süchtig machende Erregung. Sie konnte irgendein prachtvolles, sinnlich-rohes Exemplar neben sich im Wagen sitzen haben und sich sicher sein, dass dieses Wesen mit ihr nach Hause kommen würde, und trotzdem konnte sie bereits an den Nächsten denken. Sogar wenn sie den Mann bewundernd betrachtete und den Blick schweifen ließ über die Linien seiner muskulösen Schultern oder die Wölbung seines Brustkorbes unter dem T-Shirt und das Gefühl auskostete, wie herrlich er sein würde, wäre er erst einmal nackt, behielt sie ein Auge auf dem Straßenrand, nur für den Fall, dass sich ihr dort draußen eine noch verlockendere Aussicht bot.

Der heutige Tag hatte wenig viel versprechend begonnen.

Während sie in ihrem Wagen über die Eisenbahnüberführung in der Nähe des Dörfchens Fearn fuhr, das noch in tiefem Schlaf lag, nahm sie, noch bevor sie überhaupt die Landstraße erreicht hatte, ein ratterndes Geräusch wahr, irgendwo über dem Lenkrad, mehr zur Beifahrerseite hin. Sie hielt den Atem an, horchte auf das Geräusch und fragte sich, was es ihr in seiner wunderlichen fremden Sprache wohl zu sagen versuchte. War das Rattern eine Bitte um Hilfe? Ein vorübergehendes Grummeln? Eine freundliche Warnung? Sie horchte noch eine Weile und versuchte sich vorzustellen, wie ein Auto sich wohl verständlich machen könnte.

Dieser rote Corolla war durchaus nicht das beste Auto, das sie je gehabt hatte; vor allem vermisste sie den grauen Nissan-Kombi, auf dem sie fahren gelernt hatte. Er hatte zügig und friedfertig reagiert, war fast geräuschlos gelaufen und hatte hinten sehr viel Platz gehabt – sogar Platz genug für ein Bett. Aber den Nissan hatte sie, nach nur einem Jahr, abgeben müssen.

Seitdem hatte sie eine ganze Reihe von Wagen gehabt, doch die waren kleiner gewesen, und der Einbau der Teile, die für den Nissan speziell angefertigt worden waren, hatte in den neuen Wagen Probleme bereitet. Dieser rote Corolla ließ sich schwer handhaben und hatte seine Launen. Zweifellos gab er sich alle Mühe, ein gutes Auto zu sein, war aber dennoch nicht unproblematisch.

Nur ein paar hundert Meter vor der Auffahrt auf die A9 ging ein langmähniger junger Mann am Rand der schmalen

Straße hin und her, einen Daumen hochgereckt, um einen Wagen anzuhalten. Sie gab Gas, als sie an ihm vorbeifuhr, und er hob träge den Arm und vervollständigte die Geste mit zwei ausgestreckten Fingern. Er kannte sie flüchtig vom Sehen, so wie auch sie ihn flüchtig vom Sehen kannte. Sie wohnten beide in demselben Ort, obwohl sie sich außer bei Gelegenheiten wie dieser nie begegneten.

Isserley hatte es sich zur Regel gemacht, sich von Leuten aus dem Ort fern zu halten.

Als sie bei Kildary auf die A9 abbog, warf sie einen Blick auf die Uhr am Armaturenbrett. Die Tage wurden jetzt schnell länger: erst 8.24 Uhr, und die Sonne war bereits voll aufgegangen. Der Himmel hinter den dichten weißen Kumuluswolken war blutergussblau und fleischrosa, Hinweis auf die bevorstehende frostige Klarheit. Schnee würde es keinen geben, aber der Frost würde weithin noch viele Stunden funkeln, und die Nacht würde hereinbrechen, lange ehe die Luft Gelegenheit gehabt hätte, sich zu erwärmen.

Ein klarer, rauer Tag wie dieser erleichterte es Isserley zwar, sicher zu fahren, die Einschätzung der Anhalter wurde jedoch durch dieses Wetter zum Problem. Nur ungewöhnlich robuste Exemplare mochten mit kurzen Ärmeln dastehen, um ihre gute körperliche Verfassung zu demonstrieren, doch die meisten würden sich in Mäntel und mehrere Lagen Wollzeug gewickelt haben, um ihr die Sache zu erschweren. Sogar ein Kümmerling konnte wie ein Muskelpaket wirken, wenn er nur genügend Kleidungsstücke trug.

In ihrem Rückspiegel zeigte sich kein Verkehr, und sie gestattete sich, mit fünfundsechzig Stundenkilometern die Straße entlangzuzockeln, auch um das ratternde Geräusch zu beobachten. Es schien von allein wieder in Ordnung gekommen zu sein. Das war natürlich reines Wunschdenken.

Doch es war aufmunternd, daran zu glauben, wenn man sich am Morgen nach einer Nacht voller bohrender Schmerzen, schlechter Träume und unruhigen Schlafes auf den Weg machte.

Durch ihre engen, kaum durchlässigen kleinen Nasenlöcher atmete Isserley mühsam tief ein. Die Luft war frisch und schneidend, fast berauschend, wie reiner Sauerstoff, der über eine Maske verabreicht wurde, oder wie Äther. Isserley schwankte zwischen hyperaktiver Wachheit und Rückkehr in den Zustand des Schlafes. Wenn sie nicht bald durch irgendeine Aktivität stimuliert wurde, dann – so wusste sie ganz genau – würde sie wieder einschlafen.

Isserley fuhr an einigen Plätzen vorbei, an denen Anhalter üblicherweise abgesetzt wurden, doch da war niemand. Nur die Straße und die weite Welt, gähnend leer.

Einige vereinzelte Regentropfen klatschten auf die Windschutzscheibe, und die Scheibenwischer verschmierten ihr Gesichtsfeld mit zwei schmutzigen, einfarbigen Regenbögen. Aus dem Sammelbehälter unter der Motorhaube spritzte sie Wasser gegen das Glas, einen scheinbar endlosen Strahl, ehe sie wieder klare Sicht hatte. Irgendwie erschöpfte sie dieses Manöver noch mehr, so als habe sie ihre eigenen lebenswichtigen Säfte dafür hergeben müssen.

Sie versuchte, sich in die nahe Zukunft hineinzuversetzen und sich vorzustellen, wie sie bereits irgendwo parkte und einen kraftstrotzenden jungen Anhalter neben sich sitzen hätte; vor ihrem geistigen Auge sah sie sich heftig gegen ihn atmen, während sie sein Haar glatt strich und seine Taille umfasste, um ihn sacht in die richtige Position zu bringen. Diese Tagtraumphantasie reichte jedoch nicht aus, um ihre Augen daran zu hindern, immer wieder zuzufallen.

Gerade als Isserley in Erwägung zog, einen Platz zum Halten zu suchen und ein kleines Nickerchen zu machen, entdeckte sie unmittelbar unter der Horizontlinie die Silhouette einer Gestalt. Sofort war sie hellwach, hielt die Augen aufmerksam offen und rückte sich die Brille zurecht. Im Rückspiegel kontrollierte sie Gesicht und Haar. Versuchsweise spitzte sie die Lippen, die rot wie Lippenstift waren.

Beim ersten Vorbeifahren bemerkte sie, dass der Anhalter männlich, recht groß, breitschultrig und salopp gekleidet war. Eher lustlos hielt er sowohl Daumen als auch Zeigefinger ausgestreckt, als warte er schon ewig. Oder vielleicht wollte er auch einfach nicht zu ungeduldig erscheinen.

Auf dem Rückweg bemerkte sie dann, dass er noch recht jung war, das Haar hatte er nach schottischer Art extrem kurz geschnitten. Seine Kleidung war farblos und trist wie Schlamm. Was er darunter hatte, füllte seine Jacke beeindruckend aus, obwohl abzuwarten blieb, ob es sich dabei um Muskeln oder um Fett handelte.

Als sie zum zweiten Mal auf ihn zufuhr, fiel Isserley auf, dass er wirklich ungewöhnlich groß war. Er starrte sie an, vielleicht weil er überzeugt war, sie vor einigen Minuten bereits gesehen zu haben, denn viel Verkehr gab es im Augenblick nicht. Dennoch winkte er ihr nicht nachdrücklicher zu, sondern hielt die Hand einfach lässig ausgestreckt. Bitten und betteln war nicht sein Stil.

Sie fuhr langsamer und brachte den Wagen genau vor ihm zum Stehen.

„Steigen Sie ein“, sagte sie.

„Okay“, sagte er forsch, als er sich auf den Beifahrersitz schwang.

Dieser knappen Entgegnung, die ohne Lächeln vorgebracht worden war, konnte Isserley bereits einiges über den

Anhalter entnehmen. Er war ein Mann, der unbedingt jeder Art von Dankesäußerung aus dem Weg gehen musste, als sei Dankbarkeit eine Falle. In der Welt, in der er lebte, konnte Isserley nichts tun, das ihn veranlassen würde, sich in ihrer Schuld zu sehen; für ihn war alles selbstverständlich. Sie hatte am Straßenrand gehalten, um ihn mitzunehmen; schön. Wieso auch nicht. Sie gab ihm umsonst, wofür ein Taxifahrer ihm ein Vermögen abgenommen hätte, und alles, was er dazu sagte, war ‚okay', als wäre sie irgendein Trinkkumpan, der ihm einen winzigen, nichts sagenden Gefallen getan hätte, wie beispielsweise einen Aschenbecher in seine Reichweite zu rücken.

„Nichts zu danken", erwiderte Isserley, als hätte er sich tatsächlich bei ihr bedankt. „Wo wollen Sie denn hin?"

„Nach Süden", antwortete er und schaute Richtung Süden.

Eine unendliche Sekunde lang regte er sich nicht, dann zog er den Sicherheitsgurt über den Oberkörper, als mache er zögerlich das Zugeständnis, dass dies die einzige Möglichkeit sei, sie beide auf den Weg zu bringen.

„Nach Süden ... und wohin da?" fragte sie, als sie den Wagen von der Straßenkante weglenkte und sorgfältig darauf achtete, auch tatsächlich den Blinker zu betätigen und nicht etwa den Scheinwerfer einzuschalten oder die Scheibenwischer oder den Icpathua.

„Tja ... das kommt darauf an", erwiderte er. „Wohin wollen *Sie* denn?"

Sie überlegte schnell, dann schaute sie ihm ins Gesicht, um einzuschätzen, wie er am besten in ihre Überlegungen hineinpassen mochte.

„Das weiß ich noch nicht genau", sagte sie. „Erst einmal nach Inverness."

„Inverness ist okay für mich."

„Aber Sie würden gern noch weiter?"

„Ich will so weit kommen wie möglich."

Plötzlich zeigte sich in ihrem Rückspiegel ein anderer Wagen, und sie musste dessen Absichten abwägen; als sie sich wieder dem Anhalter zuwenden konnte, war sein Gesicht ausdruckslos. Was hatte in seiner letzten Bemerkung gelegen? Boshafte Arroganz? Eine sexuelle Anzüglichkeit? Oder nichts weiter als fade Nüchternheit?

„Haben Sie lange gewartet?" fragte sie, um seine geistigen Fähigkeiten ein wenig weiter hervorzulocken.

„Wie bitte?"

Blinzelnd sah er sie an, hielt mitten in der Bewegung inne, mit der er den Reißverschluss seiner Jacke aufziehen wollte. War die Aufgabe, einen Reißverschluss aufzuziehen und sich gleichzeitig eine einfache Frage anzuhören, schon mehr, als sein Verstand bewältigen konnte? Über seiner rechten Augenbraue war ein dünner Streifen schwarzen Wundschorfes zu sehen, fast verheilt – war er vielleicht in betrunkenem Zustand gefallen? Das Weiße in seinen Augen war klar, das Haar hatte er vor nicht allzu langer Zeit gewaschen, er roch nicht – war er womöglich einfach nur dumm?

„Da, wo ich Sie aufgelesen habe", erklärte sie. „Haben Sie lange da stehen müssen?"

„Keine Ahnung", antwortete er. „Ich habe keine Uhr."

Sie schaute auf seine Handgelenke; sie waren breit, goldene Härchen waren darauf zu sehen und zwei bläuliche Venen, die sich bis auf seinen Handrücken zogen.

„Tja, also, kam es Ihnen denn lang vor?"

Er schien einen Moment nachzudenken.

„Ja, schon."

Er grinste. Seine Zähne waren in keinem besonders guten Zustand.

In der Welt dort draußen schien die Sonne ganz plötzlich viel intensiver, als habe eine verantwortliche Stelle gerade eben erst bemerkt, dass sie nur mit der Hälfte der empfohlenen Kraft gestrahlt hatte. Die Windschutzscheibe leuchtete auf wie eine angeknipste Lampe und warf ultraviolette Strahlen auf Isserley und den Anhalter, reine Hitze ohne den schneidenden Wind, der sorgfältig herausgefiltert worden war. Außerdem lief die Heizung im Auto auf vollen Touren, so dass der Anhalter auf seinem Beifahrersitz bald unruhig hin- und herrutschte und sich die bereits geöffnete Jacke schließlich auszog. Heimlich und verstohlen beobachtete Isserley ihn, beobachtete die Mechanik von Bizeps und Trizeps, das Abrollen der Schultern.

„Ist doch okay, wenn ich das auf den Rücksitz lege, oder?" meinte er und drehte die Jacke in seinen großen Händen zu einem Bündel zusammen.

„Klar", sagte sie und nahm die wellenartige Bewegung der Muskeln zur Kenntnis, die sich einen Augenblick lang durch sein T-Shirt abzeichneten, als er sich umdrehte und seine Jacke nach hinten auf ihre warf. Sein Bauch war eher etwas rundlich – vom Bier, nicht aufgrund von Muskeln –, aber keineswegs zu dick. Die Schwellung in seinen Jeans war viel versprechend, obwohl das meiste davon wohl die Hoden waren.

Da er sich jetzt wohler fühlte, lehnte er sich in seinem Sitz zurück und warf ihr ein Lächeln zu, das gewürzt war von einem bei widerlichem schottischen Fraß verbrachten Leben.

Da lächelte auch sie und fragte sich, ob denn die Zähne überhaupt so wichtig waren.

Sie spürte, wie sie einer Entscheidung immer näher rückte. Tatsächlich hatte sie sich, offen gesagt, schon mehr als halbwegs entschlossen, und ihr Atem ging schneller.

Sie bemühte sich, das Adrenalin zurückzuhalten, das aus ihren Drüsen sickerte, indem sie beruhigende Botschaften an ihren Körper schickte und den Hormonstoß unterdrückte. Ja, gut, er war geeignet; ja, gut, sie wollte ihn; aber zuerst musste sie noch ein wenig mehr über ihn in Erfahrung bringen. Sich gefühlsmäßig zu engagieren, sich in dem Glauben zu wiegen, er würde mit ihr kommen, und dann herauszufinden, dass irgendwo eine Ehefrau oder eine Freundin auf ihn wartete – diese Demütigung wollte sie sich unbedingt ersparen.

Wenn er doch nur etwas sagen würde. Wie kam es bloß, dass die Begehrenswerten immer stumm dasaßen und nur die hässlichen Untauglichen unaufgefordert drauflosplapperten? Sie hatte einmal einen erbärmlichen Wicht bei sich im Auto gehabt, der bald schon seinen voluminösen Parka auszog und spindeldürre Arme und eine Hühnerbrust zum Vorschein brachte; wenige Minuten später hatte er ihr schon die Geschichte seines Lebens erzählt. Bei den Muskulösen war es wahrscheinlicher, dass sie in die Luft starrten oder Erklärungen über die Welt im Allgemeinen abgaben und persönliche Fragen mit dem reflexartigen Geschick von Sportlern abwehrten.

Die Minuten rasten dahin, und ihr Anhalter schien sich in seinem Schweigen durchaus wohl zu fühlen. Doch immerhin machte er sich die Mühe, ihren Körper zu betrachten – vor allem ihre Brüste. Tatsächlich war er, soweit sie das beurteilen konnte, wenn sie zur Seite schaute und seinen verstohlenen Blicken begegnete, sehr darauf aus, dass sie nach vorn gedreht blieb, damit er sie unbemerkt beäugen konnte. Also schön: Sie würde ihn nach Herzenslust schauen lassen, um zu sehen, ob sich dadurch etwas ändern würde. Die Ausfahrt Evanton würde sowieso bald kommen, und da musste sie sich aufs Fahren konzentrieren. Sie reckte den Kopf ein wenig vor, übertrieb die Konzentration, mit der sie die Straße im Blick behielt, und gestattete ihm, sie entschlossen zu mustern.

Sofort spürte sie seine Blicke überall auf ihrem Körper, ähnlich der grellen Sonnenstrahlung, und keineswegs weniger intensiv.

Isserley fragte sich, oh, wie sehr sie sich das fragte, wie sie ihm in seiner fremdartigen Naivität wohl vorkommen mochte. War ihm bewusst, welche Mühe sie sich für ihn gemacht hatte? Ganz gerade setzte sie sich zurecht und schob ihren Oberkörper vor.

Der Anhalter wurde sich dessen sehr wohl bewusst.

Klasse Titten hatte die, aber sonst, großer Gott, war ja nicht viel mit ihr los. So winzig – wie ein Kind, das sich hochreckt, um über das Lenkrad zu schauen. Wie groß mochte sie sein? Ein Meter vierundfünfzig vielleicht, wenn sie aufrecht stand. Komisch, dass so viele Frauen mit wirklich herrlichen Titten so oft sehr, sehr klein waren. Dass sie da ein paar ganz schön üppige Dinger hatte, wusste die hier offenbar ganz genau, so wie sie die im Ausschnitt des freizügigen Oberteils platziert hatte. Deshalb lief die Heizung im Auto natürlich auch auf Hochtouren: damit sie ein knappes schwarzes Oberteil tragen und ihre Möpse für jedermann zur Schau stellen konnte – für *ihn* zur Schau stellen konnte.

Alles Übrige an ihr war allerdings recht merkwürdig. Lange, knochige Arme mit dicken, knubbeligen Ellenbogen – kein Wunder, dass ihr Oberteil lange Ärmel hatte. Dazu knubbelige Handgelenke und große Hände. Und trotzdem, bei den Titten …

Die waren wirklich höchst merkwürdig, diese Hände.

Größer, als man glauben würde, wenn man ihren übrigen Körper sah, aber auch schmal, wie … Füße von Hühnern. Und stark, als hätte sie hart mit den Händen gearbeitet, in einer Fabrik vielleicht. Ihre Beine konnte er nicht richtig sehen, sie trug diese schrecklichen, weit ausgestellten 70er-Jahre-Hosen, die jetzt wieder in Mode waren – ausgerechnet auch noch glänzend grün –, und anscheinend Doc-Martens-Schuhe, doch das konnte alles nicht darüber hinwegtäuschen, wie kurz ihre Beine waren. Und trotzdem, diese Titten … Sie waren wie … sie waren wie … Er wusste nicht, womit sie zu vergleichen waren. Sie sahen verdammt gut aus, wie sie sich da so aneinander schmiegten und durch die Windschutzscheibe von der Sonne beschienen wurden.

Aber von den Titten mal abgesehen: Wie stand es mit dem Gesicht? Also, im Moment konnte er es gerade nicht sehen; sie musste sich ihm voll zuwenden, ehe er es überhaupt sehen könnte, und zwar wegen ihrer Frisur. Sie hatte dichtes, weiches Haar, mausbraun, und sie hatte es gerade geschnitten, so dass er nicht einmal ihre Wangen sehen konnte, wenn sie geradeaus schaute. Es war reizvoll, sich vorzustellen, dass sich ein schönes Gesicht hinter diesem Haar verbarg, ein Gesicht wie das einer Pop-Sängerin oder einer Schauspielerin, aber er wusste, dass es nicht so war. Tatsächlich hatte ihm ihr Gesicht, als sie sich einmal zu ihm umgedreht hatte, nahezu einen Schock versetzt. Es war klein und herzförmig, wie das einer Elfe in einem Kinderbuch, mit einer vollkommenen kleinen Nase und einem herrlichen Mund mit vollen, geschwungenen Lippen wie bei einem Supermodel. Aber sie hatte aufgedunsene Wangen, und außerdem trug sie die dicksten Brillengläser, die er in seinem Leben je gesehen hatte: Sie vergrößerten ihre Augen so sehr, dass sie fast doppelt so groß wirkten wie normal.

Sie war in der Tat reichlich sonderbar. Halb Baywatch-Puppe, halb kleine alte Dame.

Und wie eine kleine alte Dame *fuhr* sie auch. Achtzig Stundenkilometer war die absolute Höchstgeschwindigkeit. Und dieser schäbige Anorak, den sie da auf dem Rücksitz liegen hatte – was hatte das wohl zu bedeuten? Höchstwahrscheinlich hatte sie eine Schraube locker. Höchstwahrscheinlich eine Verrückte. Und sie sprach auch so seltsam – ganz bestimmt war sie Ausländerin.

Ob er sie gern ficken würde?

Höchstwahrscheinlich, wenn er die Gelegenheit dazu hätte. Sie wäre höchstwahrscheinlich ein besserer Fick als Janine, das stand so ziemlich fest.

Janine. Herrje, es war verblüffend, wie allein schon der Gedanke an sie ihn deprimieren konnte. Und bis eben war er noch richtig guter Laune gewesen. Die gute alte Janine. Wenn du jemals in allzu guter Stimmung sein solltest, brauchst du bloß an Janine zu denken. Herrgott … konnte er das alles nicht einfach vergessen? Seht euch doch bloß die Titten von dem Mädchen an, die in der Sonne leuchten wie … Jetzt wusste er, wie sie aussahen: Sie sahen aus wie der Mond. Na ja, wie zwei Monde.

„Und was machen Sie so in Inverness?“ fragte er plötzlich.

„Ich arbeite da“, sagte sie.

„Und was arbeiten Sie?“

Isserley überlegte einen Augenblick. Es war so lange kein Wort mehr zwischen ihnen gefallen, dass sie vergessen hatte, was sie diesmal sein wollte.

„Ich bin Anwältin.“

„Im Ernst?“

„Im Ernst.“

„So wie im Fernsehen?"

„Ich sehe nicht fern." Und das stimmte auch mehr oder weniger. Am Anfang, als sie nach Schottland gekommen war, hatte sie fast ununterbrochen ferngesehen, doch inzwischen sah sie sich nur noch die Nachrichten an und gelegentlich ein kurzes Stück von dem, was zufällig gerade lief, während sie ihre Übungen machte.

„Strafprozesse?" wollte er wissen.

Sie schaute ihm flüchtig in die Augen. Da leuchtete ein Funke auf, der es womöglich wert war, weiter angefacht zu werden.

„Gelegentlich", antwortete sie achselzuckend. Das heißt, sie versuchte es. Beim Fahren die Achseln zu zucken war eine erstaunlich schwierige körperliche Leistung, besonders mit solchen Brüsten.

„Schon mal was Pikantes dabei?" drängte er sie.

Mit zusammengekniffenen Augen schaute sie in den Rückspiegel und fuhr langsamer, um einen VW vorbeizulassen, der einen Wohnwagen zog.

„Was wäre Ihrer Meinung nach denn pikant?" erkundigte sie sich, als das Überholmanöver erfolgreich abgeschlossen war.

„Ich weiß nicht …", seufzte er, seine Stimme klang gleichzeitig traurig und verspielt. „Ein Mann bringt seine Frau um, weil sie mit einem anderen Typen rumgemacht hat."

„Ist wohl schon vorgekommen", sagte Isserley, ohne sich festlegen zu wollen.

„Und haben Sie ihn drangekriegt?"

„Drangekriegt?"

„Haben Sie dafür gesorgt, dass er lebenslänglich kriegte?"

„Was macht Sie so sicher, dass ich ihn nicht verteidigt habe?" grinste sie.

„Ach, na ja, Sie wissen schon, Frauen mit vereinten Kräften gegen die Männer."

Seine Stimme klang jetzt sehr merkwürdig: niedergeschlagen, sogar verbittert, und trotzdem kokettierend. Sie musste angestrengt überlegen, wie sie am besten darauf reagieren konnte.

„Ach, ich habe überhaupt nichts gegen Männer", sagte sie schließlich und wechselte bedächtig die Spur. „Vor allem nichts gegen Männer, denen von ihren Frauen übel mitgespielt wird."

Sie hoffte, das würde ihn gesprächig machen.

Doch stattdessen blieb er stumm und sackte ein wenig in seinem Sitz zusammen. Sie warf ihm einen Blick zu, doch er verweigerte den Augenkontakt, als habe sie eine bestimmte Grenze verletzt. Sie gab sich damit zufrieden, die Inschrift auf seinem T-Shirt zu entziffern. AC/DC stand da zu lesen, und dazu noch in aufgedruckten Buchstaben BALLBREAKER. Sie hatte keine Ahnung, was in aller Welt das bedeuten sollte, und hatte plötzlich das Gefühl, sich mit ihm überhaupt nicht mehr auf einer Wellenlänge zu befinden.

Die Erfahrung hatte sie gelehrt, dass sie in einem solchen Fall nur versuchen konnte, noch tiefer zu bohren.

„Sind Sie verheiratet?" fragte sie.

„Nicht mehr", meinte er kurz angebunden. Schweißperlen glitzerten unter dem Haaransatz seines großen, stacheligen Kopfes; er fuhr mit dem Daumen unter den Sicherheitsgurt, als würde der ihn erdrücken.

„Da sind Sie dann auf Anwälte wohl nicht allzu gut zu sprechen", versuchte sie es weiter.

„War ganz in Ordnung", sagte er. „Ein klarer Bruch."

„Dann hatten Sie keine Kinder?"

„Die Kinder hat *sie*. Na dann, alles Gute für sie." Das sagte er, als sei seine Frau ein entlegenes und sich auflehnendes Land, bei dem jeder Versuch, die Bräuche einer zivilisierteren Gesellschaft durchzusetzen, verlorene Liebesmühe wäre.

„Ich wollte nicht neugierig sein", sagte Isserley.

„Schon gut."

Sie fuhren weiter. Was wie wachsende Vertrautheit zwischen ihnen ausgesehen hatte, verhärtete sich zu beiderseitigem Unbehagen.

Die Sonne vor ihnen war inzwischen aufgegangen und stand jetzt so über dem Dach des Wagens, dass sie die Windschutzscheibe mit einer grellen, fast schon schmerzhaften Helligkeit ausfüllte. Der Wald auf der Fahrerseite lichtete sich und wich nach und nach einem steilen Erddamm, der übersät war von Kletterpflanzen und Glockenblumen. Schilder mit Aufdrucken in verschiedenen Sprachen, die Isserley alle unbekannt waren, erinnerten Ausländer daran, nicht auf der falschen Straßenseite zu fahren.

Im Innern des Wagens wurde es allmählich zum Ersticken heiß, sogar für Isserley, die sonst extreme Temperaturen ertragen konnte, ohne dass es ihr etwas ausmachte. Ihre Brillengläser fingen an zu beschlagen, doch sie konnte die Brille jetzt nicht absetzen: Er durfte ihre Augen nicht ohne die Gläser sehen. Ein langsamer, feiner Rinnsal aus Schweiß lief ihr den Hals hinunter auf das Brustbein und hielt am Rand ihres Dekolletés inne. Ihr Anhalter schien nichts davon zu bemerken. Zu einer Melodie, die für sie unhörbar blieb, trommelte er unruhig mit den Händen auf die Innenseiten der Oberschenkel; kaum hatte er gemerkt, dass sie ihn dabei beobachtete, hörte er unvermittelt auf und faltete die Hände schlaff über dem Schritt.

Was war denn nur mit ihm passiert? Was hatte diese traurige Verwandlung bewirkt? Sie hatte gerade begonnen, ihn als einen wirklich reizvollen potenziellen Kandidaten zu schätzen, da schien er vor ihren Augen zusammenzuschrumpfen; er war nicht mehr derselbe, den sie vor zwanzig Minuten in ihr Auto gelassen hatte. War er etwa einer von diesen Kerlen, deren sexuelles Selbstwertgefühl nur intakt war, solange sie nur ja nicht an lebendige Frauen aus Fleisch und Blut denken mussten? Oder war es ihre Schuld?

„Sie können gern ein Fenster aufmachen, wenn es Ihnen zu heiß ist", bot sie ihm an.

Er nickte, sagte aber kein Wort.

Schneidig drückte Isserley den Fuß auf das Gaspedal nieder, in der Hoffnung, dass ihm das gefallen würde. Aber er seufzte nur und sackte weiter in den Beifahrersitz hinein, als ob ihn das, was er für eine höchst unbedeutende Erhöhung der Geschwindigkeit hielt, lediglich daran erinnern würde, wie langsam sie einem unbestimmten Ziel entgegenfuhren.

Vielleicht hätte sie nicht sagen sollen, dass sie Anwältin war. Vielleicht wäre er eher aus sich herausgegangen, wenn sie sich als Verkäuferin oder Grundschullehrerin vorgestellt hätte. Allerdings hatte sie ihn für einen derben, zähen Burschen gehalten; sie hatte gedacht, dass er womöglich eine kriminelle Vergangenheit hatte und dass er anfangen würde, darüber zu reden, um sie zu reizen, sie auf die Probe zu stellen. Vielleicht wäre der einzige Beruf, mit dem sie auf Nummer Sicher hätte gehen können, der der Hausfrau gewesen.

„Ihre Frau", fing sie wieder an und bemühte sich dabei um einen Vertrauen erweckenden, leutseligen, irgendwie männlichen Tonfall, einen Tonfall, wie er ihn von einem Trinkkumpan hätte erwarten können. „Hat sie das Haus bekommen?"

„Ja … na ja, also … nein …“ Er holte tief Luft. „Ich musste es verkaufen und ihr dann die Hälfte von dem Geld geben. Sie ist nach Bradford gezogen. Ich bin hier geblieben.“

„Hier, wo ist das?“ fragte sie und nickte in Richtung der vor ihnen liegenden Straße, in der Hoffnung, dass ihn das daran erinnern würde, wie weit sie ihn bereits chauffiert hatte.

„Milnafua.“ Er kicherte, als sei der Name ihm irgendwie peinlich.

Für Isserley klang Milnafua vollkommen normal; normaler jedenfalls als London oder Dundee, Wörter, die sie nur mit Mühe über die Zunge brachte. Sie begriff jedoch, dass der Name des Ortes für ihn Symbol äußerster Abgeschiedenheit und Rückständigkeit war.

„Da gibt es wohl keine Arbeit, oder“, versuchte sie es weiter, in der Hoffnung, dass sie den richtigen Ton männlichen Mitgefühls getroffen hatte.

„Tja, wem sagen Sie das“, brummelte er. Dann, mit erstaunlich gesteigerter Lautstärke und Energie: „Na ja, trotzdem, man darf wohl nicht aufgeben, was?“

Sie warf ihm einen ungläubigen Blick zu und fand bestätigt, worauf er abgezielt hatte: eine Geste, die Optimismus ausdrücken sollte, was aber auf ganzer Linie misslang. Er lächelte sogar, sein Gesicht glänzte vor Schweiß, als sei er plötzlich zu der Überzeugung gelangt, es könne gefährlich sein, allzu viel Müßiggang einzugestehen, als könne es schwerwiegende Konsequenzen nach sich ziehen, wenn er zugab, dass er von der Arbeitslosenunterstützung lebte. Hatte sie vielleicht Schuld daran, weil sie ihm erzählt hatte, dass sie Anwältin war? Befürchtete er vielleicht, sie könne ihn in Schwierigkeiten bringen? Oder es könne sich eines Tages herausstellen, dass sie von Amts wegen eine gewisse

Macht über ihn hatte? Konnte sie sich lächelnd für ihre Täuschung entschuldigen und noch einmal von vorn beginnen? Ihm erzählen, dass sie Computer-Software verkaufte oder Kleidung für die vollschlanke Dame?

Ein großes grünes Schild am Straßenrand verkündete, wie viele Kilometer es noch bis Dingwall und Inverness waren: nicht mehr allzu viele. Zur Linken war das Land abgefallen und gab den Blick frei auf die glitzernde Küste des Cromarty Firth. Es war gerade Ebbe, Steine und Sand lagen bloß. Eine einsame Robbe lag matt auf einem dieser Steine, sah aus wie gestrandet.

Isserley biss sich auf die Lippen und fand sich allmählich damit ab, dass der Fehler bei ihr lag. Anwältin, Verkäuferin, Hausfrau: Da wäre überhaupt kein Unterschied gewesen. Er war nicht der Richtige für sie, das war alles. Sie hatte den falschen Typen aufgelesen. Wieder einmal.

Ja, es war jetzt ganz klar, was dieser große, empfindsame Schrank von einem Kerl vorhatte. Er war auf dem Weg nach Bradford, um seine Frau zu besuchen, oder doch wenigstens die Kinder.

Das machte ihn, von ihrem Standpunkt aus, zu einem immensen Wagnis. Es konnte alles ungeheuer kompliziert werden, wenn Kinder beteiligt waren. Sosehr sie ihn auch wollte – es war ihr mittlerweile bewusst geworden, wie sehr sie sich bereits der Vorstellung hingegeben hatte, ihn zu bekommen –, Komplikationen wollte sie auf keinen Fall. Sie würde ihn aufgeben müssen. Sie würde ihn wieder absetzen müssen.

Den Rest der Fahrt saßen sie schweigend da, als seien sie sich bewusst, dass sie den anderen enttäuscht hatten.

Der Verkehr hatte stark zugenommen; sie waren eingeklemmt in einer wohl geordneten Reihe von Fahrzeugen, die den vielspurigen Engpass der Kessock Bridge überquerten.

Isserley schaute zu ihrem Anhalter hinüber und empfand einen stechenden Schmerz, als sie feststellen musste, dass er sich von ihr abgewandt hatte und auf die Industriegebiete an der Küste von Inverness tief unter ihnen starrte. Er taxierte eine trostlose Spielzeugstadt trister Fertighaushässlichkeit, und das mit derselben Intensität, mit der er vor nicht allzu langer Zeit ihre Brüste bewundert hatte. Winzige Lastwagen, die in Fabrikschlünden verschwanden: Das war ihm jetzt also wichtiger.

Isserley hielt sich links, sie fuhr schneller als je zuvor an diesem Tag. Es war nicht nur so, dass der Verkehr um sie herum diese Geschwindigkeit verlangte; sie wollte die ganze Sache auch so schnell wie möglich hinter sich bringen. Mit aller Gewalt hatte sich die Müdigkeit wieder zurückgemeldet; sie sehnte sich danach, ein schattiges Plätzchen in einer Seitenstraße zu finden, den Kopf zurückzulegen und ein wenig zu schlafen.

Am anderen Ende, wo die Brücke wieder in Festland überging, fuhr sie mit gequälter und ernsthafter Aufmerksamkeit durch den Kreisverkehr, denn sie wollte vermeiden, in den stadtwärts gerichteten Verkehr zu geraten und nach Inverness mitgezogen zu werden. Sie gab sich nicht einmal die Mühe, ihr ängstlich verzerrtes Gesicht bei diesem Manöver zu verbergen: Schließlich hatte sie ihn ja bereits verloren.

Doch um die Schweigsamkeit ihrer letzten gemeinsamen Augenblicke zu durchbrechen, offerierte sie ihm einen kleinen Trost zum Abschied.

„Ich fahre Sie noch ein Stückchen weiter, bis hinter die Ausfahrt Richtung Aberdeen. Dann können Sie wenigstens sicher sein, dass alle Wagen, die an Ihnen vorbeikommen, nach Süden fahren."

„Ja, toll", sagte er ohne jegliche Gemütsbewegung.

„Na ja, wer weiß", wollte sie ihn aufheitern. „Vielleicht sind Sie ja heute Abend schon in Bradford."

„Bradford?" erwiderte er stirnrunzelnd und drehte sich ihr herausfordernd zu. „Wer sagt denn, dass ich nach Bradford will?"

„Vielleicht wollen Sie ja Ihre Kinder besuchen", erinnerte sie ihn.

Ein betretenes Schweigen folgte, dann:

„Ich besuche die Kinder nie", erklärte er knapp. „Ich weiß nicht einmal genau, wo sie wohnen. Irgendwo in Bradford, mehr weiß ich nicht. Janine – meine Exfrau – will mit mir nichts mehr zu tun haben. Für sie existiere ich gar nicht mehr." Er starrte geradeaus, als wolle er grob schätzen, wie viele Tausende von Orten im Süden lagen, und diese Zahl mit dem vergleichen, was er selbst zu bieten hatte.

„Das mit Bradford war übrigens schon vor ein paar Jahren", sagte er. „Inzwischen könnte sie auf den Scheiß-Mars gezogen sein, was weiß denn ich."

„Also …", wollte Isserley wissen und legte derart ungeschickt einen anderen Gang ein, dass das Getriebe ein entsetzliches knirschendes Geräusch von sich gab, „also bis wohin wollen Sie denn heute Abend noch kommen?"

Ihr Anhalter zuckte mit den Achseln. „Glasgow wär' schon in Ordnung", antwortete er. „Da gibt's ein paar richtig gute Pubs."

Als er bemerkte, dass sie an ihm vorbei nach den Schildern schaute, die auf die nächstgelegenen Parkmöglichkeiten hinwiesen, wurde ihm klar, dass sie vorhatte, ihn abzusetzen. In einem unvermittelten Ausbruch von Bitterkeit angetriebener Tatkraft versuchte er, das Gespräch nicht abbrechen zu lassen.

„Das ist immer noch besser, als mit einem Haufen alter

Schnapsnasen im Hotel Commercial in Alness zu sitzen und irgendeinen Idioten dies Scheiß-‚Copacabana' singen zu hören."

„Aber wo wollen Sie denn übernachten?"

„Ich kenne da ein paar Kumpel in Glasgow", erzählte er ihr, dann geriet er wieder ins Stocken, als sei dieses letzte Hervorsprudeln von Antriebskraft bereits in der Atmosphäre verpufft. „Denen muss ich bloß über den Weg laufen, das ist alles. Irgendwo werden sie schon sein. Die Welt ist ein kleines Dorf, hab' ich Recht?"

Isserley starrte auf die schneebedeckten Berge, die vor ihr lagen. Wie ein kleines Dorf kam ihr die Welt ganz gewiss nicht vor.

„Mhm", machte sie, weil sie seine Vorstellung davon, wie Glasgow ihn aufnehmen mochte, nicht teilen konnte. Da er das spürte, machte er eine kleine traurige Geste, er öffnete seine kräftigen Hände, um zu demonstrieren, dass sie leer waren.

„Aber natürlich können Leute einen auch enttäuschen, stimmt's?" sagte er. „Und deshalb muss man auch immer einen Ausweichplan in petto haben."

Und er schluckte kräftig, und dabei wölbte sich sein Adamsapfel vor, als stecke ihm ein richtiger Apfel in der Kehle.

Isserley nickte zustimmend und bemühte sich, ihre Gefühle nicht zu zeigen. Sie war jetzt völlig schweißbedeckt, und kalte Schauer liefen ihr wie elektrische Stromstöße den Rücken hinunter. Ihr Herz pochte so heftig, dass ihre Brüste zitterten; sie zwang sich dazu, nur einmal tief Atem zu holen anstatt mehrmals flach. Während sie mit der rechten Hand fest das Lenkrad umklammert hielt, warf sie einen prüfenden Blick in den Rückspiegel, auf die zweite Spur, auf ihre Geschwindigkeit, auf den Anhalter.

Alles war einfach ideal, alles deutete auf genau diesen Augenblick.

Er bemerkte ihre Aufregung, grinste sie unsicher an und nahm mit einem unbeholfenen Ruck die Hände aus dem Schoß, als werde er sich ganz allmählich einer Sache bewusst, die man von ihm noch erwarten mochte. Beruhigend grinste sie zurück und nickte beinahe unmerklich, als wolle sie „Ja“ sagen.

Dann betätigte der Mittelfinger ihrer linken Hand einen kleinen Schalter am Lenkrad.

Es hätte der Schalter für die Scheinwerfer oder den Blinker oder die Scheibenwischer sein können. Doch es war nichts von alldem. Es war der Schalter für den Icpathua, der Auslöser, der die Injektionsnadeln im Beifahrersitz in Gang setzte und sie dazu brachte, geräuschlos aus ihren kleinen, hüllenartigen Schächten im Sitzpolster hervorzuspringen.

Der Anhalter zuckte zusammen, als sie ihn durch den Stoff seiner Jeans stachen, in jede Gesäßhälfte eine Nadel. Zufällig ruhten seine Augen in dem Moment gerade auf dem Rückspiegel, doch außer Isserley konnte niemand den Ausdruck darin sehen; es war nur ein anderes Auto in Sichtweite, ein riesiger Lastwagen mit dem Aufdruck LEBENSMITTEL VOM BAUERNHOF, doch der war noch zu weit entfernt, sein Fahrer nichts weiter als ein Insektenkopf hinter getöntem Glas. Allerdings war der überraschte Ausdruck auf dem Gesicht des Anhalters ohnehin nur von kurzer Dauer gewesen; die Icpathua-Dosis hätte für weit größere, schwerere Leute als ihn ausgereicht. Er wurde bewusstlos, und sein Kopf fiel schlaff nach hinten in die gepolsterte Höhlung der Kopfstütze.

Isserley betätigte einen weiteren Schalter, und dabei zitterten ihr ganz leicht die Finger. Das sanfte Klicken des Blinkers gab ihr den Atemrhythmus vor, während sie den Wagen von der Straße gleiten und sacht in die Parkbucht rollen ließ. Der Tacho pendelte sich bei Null ein; der Wagen hörte auf, sich zu bewegen; der Motor setzte aus, oder vielleicht stellte sie auch die Zündung ab. Es war vorbei.

Wie immer in diesem Augenblick sah sie sich selbst wie von oben; ein Blick aus der Vogelperspektive auf ihren kleinen roten Toyota, der in seiner kleinen Parkbucht aus Asphalt stand. Der LEBENSMITTEL-VOM-BAUERNHOF-Lastwagen raste auf der Fahrbahn vorbei.

Dann fiel Isserley, wie immer, von ihrem erhöhten Aussichtspunkt herunter, ein Schwindel erregender Fall, und sank zurück in ihren Körper. Ihr Kopf schlug gegen die Kopfstütze, und zwar beträchtlich härter, als es dem Anhalter zuvor ergangen war, und zitternd atmete sie ein. Keuchend klammerte sie sich an das Lenkrad, als wenn das sie davor bewahren könnte, noch tiefer zu fallen, in die Eingeweide der Erde.

Wieder auf den Erdboden zurückzufinden dauerte immer eine Weile. Sie zählte ihre Atemzüge, brachte sie langsam auf sechs pro Minute herunter. Dann lockerte sie die um das Lenkrad geklammerten Hände, legte sie sich auf den Magen. Das hatte stets etwas merkwürdig Tröstliches.

Wenn schließlich der Adrenalinschub versiegt war und sie sich wieder ruhiger fühlte, wandte sie sich erneut der anstehenden Aufgabe zu. Aus beiden Richtungen dröhnten Fahrzeuge vorbei, doch die konnte sie nur hören, nicht sehen. Die Scheiben sämtlicher Wagenfenster hatten eine dunkle, bernsteinfarbene Tönung angenommen, ein Knopfdruck am Armaturenbrett hatte das bewirkt. Sie war sich nie bewusst, diesen Knopf berührt zu haben; es musste wohl während des Adrenalinstoßes geschehen. Sie konnte sich lediglich daran erinnern, dass die Scheiben in dem Augenblick, in dem sie dieses Stadium erreichte, immer schon dunkel waren.

Irgendetwas Wuchtiges fuhr vorbei, erschütterte den Boden und jagte einen schwarzen Schatten über den Wagen. Sie wartete, bis es vorüber war.

Dann öffnete sie das Handschuhfach und nahm die Perücke heraus. Es war eine Männerperücke, doch sie war blond und lockig. Sie wandte sich dem Anhalter zu, der immer noch erstarrt in derselben Stellung dasaß, und setzte ihm die Perücke vorsichtig auf den Kopf. Sie glättete einige widerspenstige Strähnen über seinen Ohren und zupfte mit ihren spitzen Fingernägeln am Pony, damit er sich ordentlich über die Stirn legen konnte. Sie lehnte sich zurück und begutachtete den Gesamteindruck, nahm noch einige kleinere Änderungen vor. Schon jetzt sah er annähernd wie all die anderen aus, die sie aufgelesen hatte; später, wenn er nackt wäre, würde er den anderen mehr oder weniger zum Verwechseln ähnlich sehen.

Als Nächstes zog sie eine Hand voll unterschiedlicher Brillen aus dem Handschuhfach und suchte eine geeignete aus. Auf Nase und Ohren des Anhalters rückte sie die Brille an ihren Platz.

Schließlich nahm sie den Anorak vom Rücksitz, wobei sie die Jacke des Anhalters auf den Boden des Wagens gleiten ließ. Tatsächlich bestand der Anorak nur aus einem Vorderteil, das Rückenteil war herausgeschnitten und weggeworfen worden. Das pelzbesetzte vordere Teil legte sie dem Anhalter über den Oberkörper, zog ihm die Ärmelstücke über die Arme und drapierte ihm die in zwei Teile geschnittene Kapuze über die Schultern.

Er war abfahrbereit.

Sie drückte einen Knopf, und die Bernsteintönung zog sich von den Fensterscheiben zurück. Die Welt draußen war frostig kühl und hell. Der Verkehr war vorübergehend abgeebbt. Isserley blieb eine Frist von etwa zwei Stunden, ehe die Wirkung des Icpathua nachließ, doch bis nach Hause war es eine nur fünfzigminütige Fahrt. *Und außerdem* war es erst 9.35 Uhr. Sie hielt sich wirklich gut heute.

Sie drehte den Schlüssel im Zündschloss. Als der Motor ansprang, machte sich das ratternde Geräusch wieder bemerkbar, das ihr schon vorhin Sorgen bereitet hatte.

Darum würde sie sich kümmern müssen, wenn sie wieder auf dem Bauernhof war.

ZWEITES KAPITEL

Am nächsten Tag fuhr Isserley stundenlang durch den Schneeregen, bevor sie fündig wurde. Es war, als habe das schlechte Wetter alle in Frage kommenden Männer veranlasst, zu Hause zu bleiben.

Obwohl sie so angestrengt durch ihre Windschutzscheibe spähte, dass die Bewegung der Scheibenwischer sie allmählich schon hypnotisierte, konnte sie auf der Straße nichts weiter ausmachen als die gespenstischen Rücklichter anderer regengepeitschter Fahrzeuge, die durch das mittägliche Dämmerlicht krochen.

Die einzigen Fußgänger, von Anhaltern gar nicht zu reden, die sie den ganzen Vormittag über zu Gesicht bekam, waren zwei kleine, rundliche Teenager mit Bürstenhaarschnitt und Kunststoffrucksäcken, die sich in der Nähe der Unterführung bei Invergordon mit dem Wasser eines Rinnsteins bespritzten. Schuljungen, die zu spät dran waren oder schwänzten. Als sie sich näherte, hatten die zwei sich umgedreht und etwas in zu breitem Dialekt gerufen, als dass Isserley es hätte verstehen können. Ihre regendurchnässten Köpfe sahen aus wie zwei geschälte Kartoffeln mit einem Spritzer brauner Sauce obendrauf; ihre Hände schienen in Handschuhen aus hellgrüner Folie zu stecken: Kartoffelchipstüten. In ihrem Rückspiegel beobachtete Isserley, wie die zwei watschelnden Gestalten immer mehr zu farbigen Klecksen wurden, bis sie schließlich ganz von der grauen Regenbrühe verschluckt waren.

Zum vierten Mal fuhr sie nun schon an Alness vorbei und konnte kaum glauben, dass niemand zu sehen war. Normalerweise war es ein wirklich geeigneter Platz, weil sich so viele Autofahrer sträubten, jemanden mitzunehmen, der tatsächlich aus Alness selbst stammen könnte. Vor gar nicht allzu langer Zeit hatte ein dankbarer Anhalter Isserley die Sache erklärt: Alness war, so sagte er, bekannt als „Klein-Glasgow", und so war die ganze Gegend „in Verruf" geraten. Illegale pharmazeutische Substanzen waren überall frei erhältlich, was zu zerbrochenen Fensterscheiben führte sowie dazu, dass viel zu junge Mädchen Kinder bekamen. Isserley selbst war nie in Alness gewesen, obwohl man nur knapp zwei Kilometer zu fahren hatte, wenn man von der Landstraße abbog. Sie fuhr immer nur auf der A9 daran vorbei.

Heute fuhr sie wieder und wieder daran vorbei, in der Hoffnung, dass von dem heruntergekommenen Gesindel in Lederjacken einer schließlich vortreten und versuchen würde, per Anhalter in eine bessere Welt zu gelangen. Doch es ließ sich keiner sehen.

Sie überlegte, ob sie noch weiterfahren, die Brücke überqueren und ihr Glück hinter Inverness versuchen sollte. Dort würde sie höchstwahrscheinlich auf Anhalter stoßen, die organisierter und zielbewusster wären – nicht so wie die Leute, die tatsächlich in der Nähe wohnten – und die Thermosflaschen und Pappschilder mit der Aufschrift ABERDEEN oder GLASGOW bei sich hätten.

Normalerweise machte es ihr nichts aus, weit zu fahren, um zu finden, was sie suchte; es kam zuweilen vor, dass sie sogar bis nach Pitlochry fuhr, ehe sie umkehrte. Doch heute war sie zu abergläubisch, um sich allzu weit von zu Hause zu entfernen. Zu vieles konnte schief gehen bei der Nässe. Sie wollte auf keinen Fall irgendwo liegen bleiben, während ihr

Motor schwach gegen eine wahre Überschwemmung ankämpfte. Wo stand denn übrigens geschrieben, dass sie jeden Tag jemanden nach Hause zu bringen hatte? Einer in der Woche sollte reichen, um jeden halbwegs einsichtigen Menschen zufrieden zu stellen.

Gegen Mittag gab sie auf und machte sich auf den Rückweg Richtung Norden, wobei sie mit dem Gedanken spielte, dass sich ihr doch noch etwas bieten würde, wenn sie dem Universum nur entschieden genug erklärte, sie habe jede Hoffnung aufgegeben.

Und tatsächlich entdeckte sie nicht weit von dem Schild, das Autofahrer zu einem Besuch der malerischen Küstendörfchen entlang der B9175 einlud, ein unglücklich dreinschauendes zweifüßiges Wesen, das die feucht-nasse Luft in dem ihn verächtlich ignorierenden Verkehrsstrom mit dem Daumen durchbohrte. Er stand auf der anderen Straßenseite, hell erleuchtet von den Scheinwerfern einer ganzen Prozession von Fahrzeugen, die an ihm vorbeifegten. Sie zweifelte nicht daran, dass er immer noch dort stehen würde, wenn sie gewendet hatte und zurückgefahren war.

„Hallo!“ rief sie heraus und öffnete schwungvoll die Beifahrertür für ihn.

„Dem Himmel sei Dank“, rief er und stützte einen Arm auf die geöffnete Tür, als er sein tropfnasses Gesicht in den Wagen steckte. „Allmählich habe ich schon gedacht, es gibt keine Gerechtigkeit mehr auf der Welt.“

„Wieso?“ fragte Isserley. Seine Hände waren schmutzig, aber groß und wohlgeformt. Mit Seifenpulver würden die schnell sauber.

„Ich nehme jeden Anhalter mit“, versicherte er, als wolle er eine bösartige Verleumdung zurückweisen. „Wirklich jeden.

Ich fahre nie an einem vorbei, vorausgesetzt, ich habe Platz im Lieferwagen."

„Das mache ich genauso", bekräftigte Isserley und fragte sich, wie lange er wohl noch da stehen bleiben und Regen in ihren Wagen hereinlassen wollte. „Steigen Sie ein."

Er schwang sich hinein, den schweren, mit Wasser vollgesogenen Rumpf platzierte er mitten auf den Sitz wie den unteren Teil einer Rettungsboje. Dampf fing an aufzusteigen, noch bevor er die Tür geschlossen hatte; seine lässige Kleidung war durchnässt und quietschte wie Fensterleder, während er sich niederließ.

Er war älter, als sie anfangs gedacht hatte, aber in guter Verfassung. Waren Falten ein Problem? Eigentlich nicht: Sie betrafen ja schließlich nur die Oberfläche der Haut.

„Also echt, das einzige Mal, wo ich drauf angewiesen bin, per Anhalter zu fahren", polterte er, „was passiert? Also echt, ich laufe einen Kilometer in diesem Piss-Regenwetter, und glauben Sie, auch nur ein Arsch hält an?"

„Na ja …", lächelte Isserley. „*Ich* habe gehalten, oder?"

„Tja, nun, Scheiße, Sie sind Nummer Zweitausendundfünfzig, glauben Sie's nur ruhig", sagte er und sah sie mit zusammengekniffenen Augen an, als würde sie nicht verstehen, worauf er hinauswollte.

„Haben Sie denn mitgezählt?" reizte sie ihn spielerisch.

„Tja", seufzte er. „Also, eigentlich mehr so grob überschlagen, wissen Sie." Er schüttelte den Kopf, Wassertropfen lösten sich von seinen buschigen Augenbrauen und der üppigen Stirntolle und flogen umher. „Können Sie mich irgendwo bei Tomich Farm rauslassen?"

Isserley überlegte und rechnete kurz nach. Wenn sie langsam fuhr, blieben ihr zehn Minuten, um ihn kennen zu lernen.

„Klar", antwortete sie, während sie die stählerne Dichte seines Nackens und die Breite seiner Schultern bewunderte und beschloss, ihn nicht nur auf Grund seines Alters für ungeeignet zu erklären.

Zufrieden lehnte er sich zurück, doch ein paar Sekunden später glimmte Verblüffung auf seiner stoppeligen Schaufel von einem Gesicht auf. Weshalb fuhren sie denn nicht?

„Der Sicherheitsgurt", erinnerte sie ihn.

Mit einer Miene, als habe sie ihn gebeten, sich dreimal vor einem Gott ihrer Wahl zu verneigen, legte er den Gurt an.

„Reine Todesfallen", brummelte er verächtlich und wand sich unruhig in einer leichten, ungesunden Ausdünstung seines Körpers.

„Es ist ja nicht so, dass ich das unbedingt will", versicherte sie ihm. „Ich will einfach nur nicht von der Polizei angehalten werden, das ist alles."

„Ach, Polizei", spöttelte er, als habe sie gerade eingestanden, sich vor Mäusen oder Rinderwahnsinn zu fürchten. Doch in seiner Stimme lag ein väterlich nachsichtiger Unterton, und versuchsweise zuckte er mehrmals mit den Schultern, um zu demonstrieren, wie gut er sich in das Eingeengtsein fügte.

Isserley lächelte und fuhr mit ihm davon, und dabei hob sie die Arme hoch über das Lenkrad, um ihm einen Blick auf ihre Brüste zu gewähren.

Auf die sollte sie besser aufpassen, dachte der Anhalter. Sonst fallen die ihr beim Frühstück noch in die Cornflakes.

Allerdings, *etwas* Attraktives brauchte die Kleine hier schon, bei den dicken Brillengläsern und ohne Kinn. Nicki, seine Tochter, war selber auch nicht gerade eine berückende Schönheit, und um ehrlich zu sein, sie machte nicht einmal das Beste aus ihrem Typ. Aber immerhin, wenn sie wirklich brav studierte und dann Anwältin wurde, statt das Geld, mit dem er sie unterstützte, in Edinburgh zu versaufen, konnte sie sich vielleicht doch noch als nützlich erweisen. Zum Beispiel könnte sie für ihn ein paar zusätzliche Schlupflöcher in den EU-Bestimmungen entdecken.

Wie mochte sich die Kleine hier wohl ihre paar Brötchen verdienen? Ihre Hände waren nicht ganz in Ordnung. Nein, die waren entschieden nicht normal. Die hatte sie sich vielleicht bei irgendeiner schweren körperlichen Arbeit versaut, als sie noch zu jung war, die Arbeit ordentlich zu machen, und zu dumm, um sich zu beschweren. Geflügel rupfen. Fische ausnehmen.

Auf jeden Fall lebte sie am Meer. Sie roch danach. Heute ganz frisch. Vielleicht arbeitete sie für einen Fischer hier in der Gegend. Mackenzie war bekannt dafür, dass er Frauen einstellte, wenn sie nur kräftig genug waren und keinen Ärger machten.

Ob die Kleine hier Ärger machte?

Sie war zäh, das stand jedenfalls fest. Hat wahrscheinlich die Hölle auf Erden gehabt, wenn sie mit dem merkwürdigen Aussehen in einem dieser kleinen Küstendörfchen aufgewachsen ist. Balintore. Hilton. Rockfield. Nein, Rockfield nicht. In Rockfield kannte er absolut alle.

Wie alt mochte sie sein? Achtzehn vielleicht. Ihre Hände waren vierzig. Sie fuhr wie jemand mit einer wackeligen Anhängerladung voll Heu, der eine enge Brücke überqueren muss. Und sie saß da, als hätte sie einen Stock verschluckt. Wäre sie nur noch ein bisschen kleiner, würde sie ein paar Kissen auf dem Sitz brauchen. Vielleicht sollte er ihr das vorschlagen – vielleicht würde sie ihm den Kopf dafür abreißen. War wahrscheinlich sowieso gesetzwidrig. Straßenverkehrsordnung Gesetz Nummer Drei Millionen und Sechzig. Und sie hätte garantiert viel zu viel Angst, um denen zu sagen, dass sie es sich sonst wohin stecken könnten. Sie würde lieber leiden.

Und sie litt tatsächlich. So wie sie Arme und Beine bewegte. Und die Heizung voll aufgedreht. Sie musste sich da irgendeine Art Verletzung zugezogen haben. Ein Autounfall vielleicht? Aber dann war sie ganz schön mutig, einfach weiter zu fahren. Zähe Puppe.

Konnte er ihr vielleicht irgendwie weiterhelfen?

Konnte sie ihm irgendwie nützlich sein?

„Sie wohnen am Meer, habe ich Recht?“ fragte er.

„Wie kommen Sie darauf?“ Isserley war überrascht; sie hatte bis zu diesem Zeitpunkt noch kein Gespräch begonnen, weil sie annahm, er würde noch etwas mehr Zeit brauchen, um ihren Körper zu taxieren.

„Der Geruch“, erklärte er kurz und bündig. „Ich rieche das Meer in Ihrer Kleidung. Dornoch Firth? Moray Firth?“

Es war schon recht beunruhigend, diese präzise Wahrnehmung. Das hätte sie nie und nimmer erwartet; er hatte den für Schwachköpfe typischen halb lächelnden, halb zur Grimasse verzerrten, verstohlenen Blick. Auf den Ärmeln seiner schäbigen Polyesterjacke sah sie Flecken von schwarzem Motorenöl. Bleiche Narben verunzierten sein gebräuntes Gesicht wie nicht ordentlich übermalte Graffiti.

Von den beiden Orten, die er geraten hatte, nahm sie den falschen.

„Dornoch“, sagte sie.

„Da habe ich Sie noch nie gesehen“, erwiderte er.

„Ich bin erst seit ein paar Tagen da“, sagte sie.

Inzwischen war ihr Wagen an die Karawane von Fahrzeugen herangekommen, die an ihm vorbeigefahren waren. Eine lange Reihe von Rücklichtern zog sich schwächer werdend in die Ferne. Das war gut. Sie schaltete zurück in den ersten Gang und kroch vorwärts, ohne auf die richtige Geschwindigkeit achten zu müssen.

„Arbeiten Sie?“ fragte er.

Isserleys Verstand funktionierte jetzt optimal, da er von der geringen Geschwindigkeit des fließenden Verkehrs kaum in Anspruch genommen wurde. Sie kam zu dem Schluss, dass er vermutlich ein Mann war, der in jedem nur denkbaren Beruf jemanden kannte, oder doch zumindest in den Berufen, die er nicht verachtete.

„Nein“, sagte sie. „Ich bin arbeitslos.“

„Sie brauchen einen festen Wohnsitz, um Unterstützung in Anspruch nehmen zu können“, erklärte er blitzschnell.

„Ich glaube nicht an Arbeitslosenunterstützung.“ Sie war schließlich hinter seine Art zu denken gekommen, und sie vermutete, dass diese Antwort ihm gefallen würde.

„Sind Sie auf Arbeitssuche?“

„Ja“, sagte sie und drosselte die Geschwindigkeit noch weiter, um einen leuchtend weißen Mini einscheren zu lassen. „Aber ich habe keine besonders gute Ausbildung. Und ich bin auch nicht sehr kräftig.“

„Haben Sie es schon mal mit dem Sammeln von Wellhornschnecken versucht?“

„Wellhornschnecken?“

„Wellhornschnecken. Das ist meine Branche, unter anderen. Leute wie Sie sammeln die Dinger für mich. Ich verkaufe sie weiter.“

Während der nächsten Sekunden überlegte Isserley und versuchte abzuschätzen, ob sie genügend Informationen hatte, um weiterzumachen.

„Was sind Wellhornschnecken?“

Er grinste durch seinen Dampfschleier hindurch.

„Im Prinzip Weichtiere. Da, wo Sie wohnen, haben Sie die bestimmt schon gesehen. Aber rein zufällig habe ich eine bei mir.“ Er hob ihr eine Seite seines fleischigen Hinterteils entgegen, um in seiner rechten Hosentasche zu fischen.

„Da ist der Bursche ja“, sagte er und hielt ihr eine stumpfe graue Muschel vor die Augen. „Ich habe immer eine in der Tasche, um sie herumzeigen zu können.“

„Das ist wirklich sehr vorausschauend von Ihnen“, lobte ihn Isserley.

„Die Leute, die sie sammeln, sollen sehen, welche Größe gewünscht wird. Es gibt lächerlich winzige, wissen Sie, so klein wie Erbsen, und die lohnen die ganze Mühe nicht. Aber solche großen Burschen hier sind gerade richtig.“

„Und solche könnte ich sammeln und würde dann Geld dafür bekommen?“

„Nichts einfacher als das“, versicherte er ihr. „Dornoch ist ideal. Da gibt es Millionen von den Dingern, wenn man die richtige Zeit abpasst.“

„Und wann ist die richtige Zeit?“ fragte Isserley. Sie hatte gehofft, dass er inzwischen seine Jacke ausgezogen hätte, aber ihm schien es nichts auszumachen, in seinem Schweiß zu baden und zu dampfen.

„Also, das ist so“, erklärte er ihr. „Sie holen sich einen Plan über die Gezeiten. Kostet ungefähr 75 Pence bei der Küstenwache. Sie gucken nach, wann Ebbe ist, dann gehen Sie an den Strand und harken sie einfach zusammen. Wenn Sie genug haben, rufen Sie mich an, dann komme ich und hole sie ab.“

„Was sind die wert?“

„Eine ganze Menge, in Frankreich und Spanien. Ich verkaufe sie an Leute, die Restaurants beliefern – die können gar nicht genug davon bekommen, vor allem im Winter. Die meisten Leute sammeln nur im Sommer, wissen Sie."

„Ist es für die Wellhornschnecken zu kalt im Winter?"

„Für die Sammler ist es zu kalt im Winter. Aber Sie würden ganz gut zurechtkommen. Ein guter Tipp von mir, tragen Sie Gummihandschuhe. Die dünnen, die Frauen beim Geschirrspülen benutzen."

Isserley drängte ihn beinahe, mehr zu erzählen von dem, was *sie*, und nicht so sehr er, mit dem Wellhornschneckensammeln verdienen konnte. Er hatte die Gabe, sie halb zu überreden, Möglichkeiten in Erwägung zu ziehen, die in Wirklichkeit unsinnig waren. Sie musste sich erst wieder ins Gedächtnis rufen, dass sie daran interessiert war, ihn kennen zu lernen und nicht sich selbst.

„Also, dieses Geschäft mit den Wellhornschnecken – können Sie davon leben? Ich meine, haben Sie Familie?"

„Ich mache alles Mögliche", antwortete er und fuhr sich mit einem Metallkamm durch sein dichtes Haar. „Ich verkaufe Autoreifen für Silagegruben. Kreosot. Farbe. Meine Frau macht Hummerkörbe. Nicht für Hummer – die gibt es hier längst nicht mehr. Aber amerikanische Touristen kaufen die, wenn sie hübsch angemalt sind. Mein Sohn geht selber auch Wellhornschnecken sammeln. Außerdem repariert er Autos. Dieses ratternde Geräusch in Ihrem Fahrgestell könnte er problemlos beheben."

„Das kann ich mir womöglich gar nicht leisten", erwiderte Isserley, der die scharfe Beobachtungsgabe ihres Anhalters erneut Unbehagen verursachte.

„Mein Sohn würde es auch billig machen. Billig und schnell. Das wirklich Teure bei Autoreparaturen sind nämlich die Arbeitsstunden, wissen Sie. Bei ihm in der Werkstatt herrscht ein ständiges Kommen und Gehen. Ein Auto nach dem anderen. Er hat ein richtig gutes Händchen dafür."

Isserley war nicht interessiert. Wenn sie einen Mann mit einem richtig guten Händchen brauchte, der war auf Abruf bereit, draußen auf dem Bauernhof. Der würde alles für sie tun, und seine Hände behielt er auch schön bei sich – wenn auch nur mit Mühe.

„Und was ist mit *Ihrem* Lieferwagen?" fragte sie.

„Ach, den wird er auch schon noch in Ordnung bringen. Wenn er sich erst mal dranmacht."

„Wo steht er denn?"

„Ungefähr einen Kilometer von da, wo Sie mich aufgelesen haben", schnaufte er auf unerschütterliche Weise amüsiert. „Mit einer ganzen Wagenladung von Wellhornschnecken hinten drauf, ich war schon fast zu Hause. Der Scheißmotor hat einfach seinen Geist aufgegeben. Aber mein Junge wird das schon richten. Der Bursche hat mehr drauf als der ganze Automobilclub zusammen. Wenn er nicht stockbesoffen ist."

„Haben Sie eine Visitenkarte von Ihrem Sohn dabei?" erkundigte sich Isserley höflich.

„Moment", brummelte er.

Wieder hob er den fleischigen Rumpf, der schließlich doch nicht dazu verurteilt war, eine Icpathua-Dosis injiziert zu bekommen. Aus der Hosentasche holte er eine Hand voll zerknitterter, schmutziger Pappkärtchen mit Eselsohren, die er wie Spielkarten auffächerte. Er wählte zwei aus und legte sie auf das Armaturenbrett.

„Eine ist von mir, die andere von meinem Sohn", sagte er. „Wenn Sie mal Lust haben, Wellhornschnecken zu sammeln, brauchen Sie bloß Bescheid zu sagen. Für alles, was über zwanzig Kilo ist, komme ich raus. Wenn Sie so viel an einem Tag nicht schaffen, können Sie sich auch ein paar Tage Zeit lassen."

„Aber verderben die dann nicht?"

„Die sterben erst nach etwa einer Woche. Tatsächlich ist es ganz gut, wenn man sie eine Weile ruhen lässt, damit das überschüssige Wasser austrocknen kann. Und lassen Sie die Tasche bloß zu, sonst kriechen die raus und verstecken sich unter Ihrem Bett."

„Ich werde daran denken", versprach Isserley. Endlich ließ der Regen nach, so dass sie die Scheibenwischer nicht mehr so schnell laufen lassen musste. Durch das Grau drang allmählich etwas Licht. „Wir kommen jetzt gleich zu Tomich Farm", kündigte sie an.

„Ein paar hundert Meter noch, und ich bin da", sagte der Wellhornschnecken-Held, der schon seinen Sicherheitsgurt lockerte. „Vielen Dank auch. Sie sind eine richtige kleine Samariterin."

Sie hielt an der Stelle, zu der er sie gelotst hatte, und er machte sich zum Aussteigen bereit und drückte mit seiner großen Hand freundschaftlich ihren Arm, bevor ihr überhaupt klar wurde, was da geschah. Sollte ihm die Härte und die Magerkeit ihres Armes aufgefallen sein, ließ er sich das jedenfalls nicht anmerken. Er schlenderte davon und winkte einmal, ohne sich umzuschauen.

Isserley sah ihn fortgehen, ihr Arm kribbelte unangenehm. Dann war er weg, und sie schaute in ihren Rückspiegel und hielt nach einer Lücke im fließenden Verkehr Ausschau. Sie war schon dabei, ihn zu vergessen; was sie jedoch keineswegs vergaß, war der Entschluss, sich von nun an nach jedem morgendlichen Spaziergang am Firth gründlich zu waschen und dann saubere Kleidung anzuziehen.

Der Blinker klickte, sie steuerte den Wagen zurück auf die Straße und schaute nach vorn.

Ihr zweiter Anhalter wartete ganz in der Nähe von zu Hause auf sie, so sehr in der Nähe, dass sie gründlich nachdenken musste, ob sie ihn nicht schon irgendwann einmal gesehen hatte. Er war jung, beinahe zu klein, hatte buschige, zusammengewachsene Augenbrauen und das Haar so blond gefärbt, dass es fast weiß wirkte. Trotz der Kälte und des anhaltenden Nieselregens trug er lediglich ein kurzärmeliges T-Shirt mit Celtic-Aufdruck und eine militärische Hose in Tarnfarben. Nur noch undeutlich zu erkennende Tätowierungen entstellten seine schlanken, aber doch kräftigen Unterarme: Das war ja nur die Oberfläche der Haut, rief sie sich erneut ins Gedächtnis zurück.

Als sie sich ihm beim nächsten Vorbeifahren von Süden her näherte, entschied sie, dass er ihr wildfremd war, und so hielt sie an.

Kaum war er eingestiegen und hatte sich zurechtgesetzt, spürte Isserley, dass er Ärger bringen würde. Es war, als seien durch seine Gegenwart die physikalischen Grundgesetze außer Kraft gesetzt; als würden die Elektronen in der Luft plötzlich schneller kreisen, bis sie wie unsichtbare Insekten an die Begrenzung der Fahrerkabine prallten.

„Auf'm Weg Richtung Redcastle?" Ein säuerlicher Alkoholgeruch drang zu ihr herüber.

Isserley schüttelte den Kopf. „Invergordon", sagte sie. „Wenn Ihnen das vielleicht nicht weit genug ist …"

„Ne, ne, is' echt cool", antwortete er achselzuckend und trommelte mit den Handgelenken auf den Knien, als reagiere er auf den Rhythmus eines eingebauten Walkman.

„Okay", sagte Isserley und lenkte den Wagen von der Bordsteinkante weg.

Sie bedauerte, dass nicht noch mehr Wagen unterwegs waren: Das war immer ein schlechtes Zeichen. Außerdem ertappte sie sich dabei, wie sie instinktiv das Lenkrad so umklammerte, dass ihre Ellenbogen herunterhingen und so ihrem Fahrgast keinen Blick auf ihre Brüste gewährten. Auch das war ein schlechtes Zeichen.

Dennoch brannte sich sein Blick hindurch.

So ziehen Weiber sich doch höchstens an, dachte er, wenn sie auf einen Fick scharf sind.

Aber sie sollte bloß nicht glauben, dass er dafür bezahlen würde. Wie diese Schlampe in Galashiels. Solchen Weibern spendiert man einen Drink, und schon glauben die, sie könnten einem zwanzig Pfund abknöpfen. Sah er etwa wie so eine Verlierertype aus?

Diese Straße in Invergordon, wo die Akademie war. Die war genau richtig dafür. Ruhig war es da. Da konnte sie ihm einen blasen. Da würde er dann ihr hässliches Gesicht nicht sehen müssen.

Ihre Titten würden zwischen seinen Beinen baumeln. Die würde er dann ein bisschen drücken, wenn sie ihre Sache gut machte. Sie würde ihr Bestes geben, da war er sich ganz sicher. So heftig, wie die jetzt schon atmete, wie eine läufige Hündin. Nicht wie diese Schlampe in Galashiels. Die hier würde zufrieden sein mit dem, was sie kriegen konnte. Das waren hässliche Weiber doch immer, oder?

Nicht dass er einer von den Typen war, die nur die hässlichen Weiber abkriegten.

Nur, er war hier, und *sie* war hier. Es war wie … wie eine Naturgewalt, oder? Das Gesetz des Scheiß-Dschungels.

„Also, was treibt Sie denn heute nach draußen?“ fragte Isserley fröhlich.

„’n ganzen Tach auffer Bude hocken, da fällt einem ja die Decke auf ’n Kopp.“

„Gerade keine Arbeit, was?“

„Arbeit, hier, ne, so was gib’s nich’. Keine Scheiß-Jobs zu kriegen.“

„Aber trotzdem erwartet die Regierung, dass Sie sich danach umsehen, was?“

Diese Geste des Mitgefühls beeindruckte ihn nicht sonderlich.

„Die ham mich in so’n Scheiß-Ausbildungsprogramm gesteckt“, sagte er wütend. „Die sagen: Sucht euch ’n paar Idioten und erzählt denen irgend ’nen Mist über Scheiß-Zentralheizungen, und dann verklickern wir der Regierung, ihr seid runter von der Stütze, alles klar? Ja, Scheiße, alles ’n Riesenschmu. Kapiert?“

„Echt Scheiße“, stimmte Isserley ihm zu und hoffte, dass sie den richtigen Ton getroffen hatte.

Die Luft im Wagen wurde immer unerträglicher. Jeder verfügbare Kubikmillimeter leeren Raumes zwischen ihm und ihr war erfüllt von seinem üblen Atem. Sie musste ihre Entscheidung schnell treffen; es juckte ihr in den Fingern, den Icpathua-Schalter zu betätigen. Aber sie musste um jeden Preis Ruhe bewahren. Impulsiv handeln hieß nichts anderes, als die Katastrophe heraufzubeschwören.

Vor etlichen Jahren, ganz am Anfang noch, hatte sie einem Anhalter die Injektionen verabreicht, der sie kaum zwei Minuten nachdem er in den Wagen gestiegen war, gefragt hatte, ob er bei ihr einlochen und in jedes Loch ein ordentlich dickes Rohr verlegen sollte. Ihr Englisch war damals noch nicht ganz so gut gewesen, und sie hatte eine Weile gebraucht, ehe sie begriffen hatte, dass er weder Klempner war noch über Sport geredet hatte. Da hatte er aber bereits seinen Penis hervorgeholt. Sie war in Panik geraten und hatte ihm die Injektionen verabreicht. Das war eine ganz schlechte Entscheidung gewesen.

Noch Wochen später war die Polizei auf der Suche nach ihm. Sein Bild wurde im Fernsehen gezeigt und nicht nur in den regulären Zeitungen veröffentlicht, sondern auch in einer speziellen Obdachlosenzeitschrift. Er wurde als schwach und wehrlos beschrieben. Seine Frau und seine Eltern baten alle um Mithilfe, die ihn gesehen haben könnten. Trotz der großen Diskretion, die sie ihrer Meinung nach damals hatte walten lassen, als sie ihn auflas, konzentrierte sich die Untersuchung nur wenige Tage danach bereits auf einen grauen Nissan-Kombi, der vermutlich von einer Frau gefahren worden war. Eine Zeit lang, die Isserley wie eine Ewigkeit vorkam, musste sie sich auf dem Bauernhof versteckt halten. Ihr braves, zuverlässiges Auto wurde an Ensel übergeben, und der weidete es aus, um den zweitbesten Wagen auf dem Hof, ein schreckliches, kleines Ungeheuer, das sich Lada nannte, mit den speziell angefertigten Teilen auszustatten.

„Jeder kann doch mal einen Fehler machen", hatte Ensel ihr versichert, als er sich redliche Mühe gab, sie wieder auf die Straße zu bekommen, seine Arme waren mit schwarzem Öl verschmiert, seine Augen blutunterlaufen von der Flamme des Schweißbrenners.

Doch Isserley schämte sich so sehr, dass sie nicht einmal jetzt an ihr Versagen denken konnte, ohne dass ihr unwillkürlich ein Stöhnen der Verzweiflung entfuhr. Das würde nicht noch einmal geschehen: noch einmal ganz bestimmt nicht.

Sie hatten ein Teilstück der A9 erreicht, das gerade zu einer Schnellstraße mit Mittelstreifen umgebaut wurde; zu sehen waren mechanische Ungetüme und Arbeiter in Uniform, die ständig über aufgeschüttete Erdhügel zu beiden Seiten der Straße hin und her marschierten. Irgendwie hatte der ganze Aufruhr etwas Tröstliches.

„Sie stammen nicht hier aus der Gegend, oder?" fragte Isserley und sprach dabei etwas lauter, um den Lärm der großen Schaufelbagger zu übertönen, die die Erde aufbrachen.

„Na ja, mehr jedenfalls wie Sie, das könnse mir glauben", gab er zurück.

Sie ignorierte diesen Seitenhieb, denn sie war entschlossen, den Gesprächsfaden weiterzuverfolgen, der zu seiner Familie führen könnte, als er sie verblüffte, indem er unvermittelt und heftig sein Fenster herunterkurbelte.

„Eh, *Doug-eeee*!" brüllte er in den Regen hinaus und schwenkte durch das Autofenster den Arm mit der zur Faust geballten Hand.

Isserley schaute in den Rückspiegel und sah flüchtig eine stämmige Gestalt in hellgelber, reflektierender Kleidung, die bei einer Planierraupe stand und zögerlich zurückwinkte.

„Kumpel von mir", erklärte ihr Anhalter und kurbelte sein Fenster wieder hoch.

Isserley holte tief Luft, versuchte ihre Herzschlagfrequenz zu senken. Jetzt konnte sie ihn natürlich nicht mehr nehmen; die Chance hatte sie verpasst. Ob er nun verheiratet war und Kinder hatte oder nicht, hatte in Sekundenbruchteilen jegliche Bedeutung verloren; jetzt wollte sie es auch lieber nicht mehr wissen, für den Fall, dass er in Frage gekommen wäre.

Wenn sie doch nur zu keuchen aufhören und ihn loslassen könnte!

„Sind die echt?" wollte er wissen.

„Bitte?“ Mehr als dieses eine Wort brachte sie nicht heraus, ohne nach Luft schnappen zu müssen.

„Der Vorbau, den Se da vor sich ham“, erklärte er. „Die Titten.“

„Weiter … fahre ich nicht“, sagte sie und steuerte den Wagen mit aufleuchtendem Blinklicht in die Straßenmitte, um abzubiegen. Durch die Gnade der Vorsehung hatten sie den tröstlichen Schandfleck von Donnys Garage in Kildary erreicht. HERZLICH WILLKOMMEN stand auf dem Schild.

„Nach Invergordon wollten Sie doch“, protestierte ihr Anhalter, doch Isserley war bereits von der Landstraße abgebogen und lenkte ihren Wagen auf den Platz zwischen dem Werkstattgebäude und den Zapfsäulen.

„Da ist irgendwo ein ratterndes Geräusch im Fahrgestell“, sagte sie. „Hören Sie es denn nicht?“ Ihre Stimme war heiser und alles andere als ruhig, doch das war jetzt unwichtig. „Das will ich lieber einmal nachsehen lassen. Es könnte gefährlich sein.“

Der Wagen hielt. Hinter dem unordentlich voll gestopften Schaufenster von Donnys Garage war ein gewisses geschäftiges Treiben zu hören: andere Stimmen, das Knacken großer Kühlschränke, das Klirren von Flaschen.

Isserley wandte sich an ihren Anhalter und deutete sanft zurück auf die A9.

„Da vorn können Sie jetzt ja Ihr Glück versuchen“, riet sie ihm. „Das ist eine gute Stelle. Die Leute fahren da ziemlich langsam. Ich werde mal jemanden nach meinem Wagen schauen lassen. Sollten Sie immer noch da stehen, wenn ich fertig bin, nehme ich Sie vielleicht wieder mit.“

„Brechen Sie sich man keinen Zacken ausser Krone“, feixte er höhnisch, doch immerhin stieg er aus dem Wagen. Und dann ging er weg, er ging tatsächlich weg.

Isserley öffnete die Tür auf der Fahrerseite und hievte sich heraus. Sie stellte sich gerade hin, und das jagte einen Schmerzstoß durch ihre Wirbelsäule. Sie stützte sich gegen das Dach des Autos, streckte sich und beobachtete Mr. Augenbraue, wie er zur Straße ging und zur anderen Seite hinüberzockelte. Der eisige Wind ließ den Schweiß auf ihrer Haut erstarren, blies Sauerstoff geradewegs ihre Nase hoch.

Jetzt konnte ihr nichts mehr passieren.

Sie zog einen der Zapfhähne aus seiner Halterung, hantierte ungeschickt mit dem sperrigen Objekt in ihrer schmalen Kralle. Es fehlte ihr nicht etwa an Kraft, sondern schlicht an Spannbreite der Hand. Sie brauchte beide Hände, um den Zapfhahn in das Tankloch einzuführen. Aufmerksam beobachtete sie das computergesteuerte Zählwerk und tankte genau für fünf Pfund. Fünf null null. Sie steckte den Zapfhahn zurück in die Säule, ging in das Gebäude und bezahlte dort mit einer der Fünf-Pfund-Noten, die sie eigens für diesen Zweck aufgehoben hatte.

Das Ganze dauerte nicht einmal drei Minuten. Als sie wieder herauskam, hielt sie beklommen auf der anderen Straßenseite nach der grünweißen Gestalt von Mr. Augenbraue Ausschau. Er war nicht mehr da. Kaum zu glauben, aber irgendjemand hatte ihn tatsächlich mitgenommen.

Ein paar Stunden danach war es bereits später Nachmittag, und es wurde allmählich dunkel; es war etwa halb fünf. Das Erlebnis mit Mr. Augenbraue in so unmittelbarer Nähe von zu Hause hatte Isserley zur Einsicht gebracht, und so fuhr sie etwa achtzig Kilometer weit nach Süden, an Inverness vorbei, fast den ganzen Weg bis nach Tomatin, bevor sie sich unverrichteter Dinge wieder auf den Rückweg machte.

Obwohl es durchaus vorkam, dass sie erst weit nach Einbruch der Dunkelheit fündig wurde, hing ihr Erfolg an solchen Tagen vollkommen von ihrem Durchhaltevermögen beim Fahren und von ihrer Lust an diesem Spiel ab. Eine einzige demütigende Begegnung konnte sie so schwer erschüttern, dass sie sich so schnell wie möglich auf den Bauernhof zurückzog und darüber grübelte, was sie wohl falsch gemacht hatte und wie sie sich hätte schützen können.

Während sie weiterfuhr, überlegte Isserley, ob es wirklich nur Mr. Augenbraue gewesen war, der sie so sehr erschüttert hatte.

Das zu entscheiden war gar nicht so einfach, da sie keinen Zugang zu ihren eigenen Gefühlen hatte. Das war bei ihr schon immer so gewesen, auch damals zu Hause schon – auch schon, als sie noch klein war. Mehr als einmal hatte ein Mann zu ihr gesagt, er könne nicht recht schlau aus ihr werden, doch sie wurde selber auch nicht schlau aus sich und musste genau wie alle anderen nach Anhaltspunkten suchen. Sicherstes Anzeichen dafür, dass ein unterdrücktes Gefühl ihr zu schaffen machte, waren in der Vergangenheit plötzlich aufkommende, durch nichts gerechtfertigte Wutausbrüche gewesen, die oft bedauerliche Konsequenzen nach sich zogen. Solche Anwandlungen hatte sie jetzt nicht mehr, seit die Zeit der Jugend hinter ihr lag. Inzwischen hatte sie ihre Wut wirkungsvoll unter Kontrolle – und das war angesichts dessen, was auf dem Spiel stand, nur gut so. Aber das bedeutete auch, dass es nun schwieriger für sie war, zu erkennen, in was für einem Zustand sie sich befand. Sie nahm ihre Gefühle flüchtig wahr, aber nur aus den Augenwinkeln heraus, wie Scheinwerfer in der Ferne, die sich in dem Außenspiegel ihres Autos brachen. Nur wenn sie ihren Gefühlen nicht direkt und offen nachspürte, hatte sie überhaupt eine Chance, sie zu entdecken.

In letzter Zeit hatte sie zunehmend den Verdacht, dass sie ihre Gefühle unverdaut schluckte und sie sich in rein körperlichen Symptomen äußerten. Ohne erkennbaren Grund waren ihre Rückenschmerzen und die Augenprobleme zu manchen Zeiten weitaus schlimmer als gewöhnlich; und zu diesen Zeiten bereitete wahrscheinlich irgendetwas anderes ihr Sorgen.

Ein weiteres verräterisches Zeichen war die Art, in der sich ihr vollkommen harmlose Ereignisse auf das Gemüt legten, wie etwa die Tatsache, dass sie an einem düsteren Nachmittag von einem Schulbus überholt wurde. Wenn sie in einigermaßen guter Verfassung war, fühlte sie sich nicht im Mindesten verstört durch den Anblick dieses großen Rückfensters in Schutzschildform, an dem es vor höhnisch feixenden, wild gestikulierenden Jugendlichen wimmelte. Doch heute erfüllte sie das Schauspiel dieser Teenager, die über ihr wie ein Bild auf einer riesigen Leinwand in die Höhe ragten, ein Bild, dem sie demütig kilometerweit folgen musste, mit tiefer Niedergeschlagenheit. Wie sie da grinsten, Grimassen schnitten und mit ihren grässlich schmutzigen Händen über die mit Kondenswasser beschlagene Scheibe schmierten, das schien sich als Ausdruck reiner Boshaftigkeit gegen sie persönlich zu richten.

Schließlich bog der Bus von der A9 ab, und so fuhr Isserley auf einmal lauter unsichtbaren kleinen roten Limousinen hinterher, die ihrem Wagen sehr ähnelten. Die Reihe mit Autos schien sich endlos hinzuziehen. Die Ränder der Welt wurden schnell dunkel.

Sie war tatsächlich sehr aufgewühlt, entschied sie. Außerdem fühlte sich ihr Rücken ganz wund an, ihr Steißbein schmerzte, und die Augen brannten ihr nach all den Stunden, die sie durch dicke Brillengläser und durch den Regen gestarrt hatte. Wenn sie jetzt aufgab und nach Hause fuhr, würde sie die Brille abnehmen und ihren Augen eine Ruhepause gönnen, zusammengekuschelt auf ihrem Bett liegen, vielleicht sogar schlafen: Ach, was für eine Wohltat wäre das! Kleine Freuden des leiblichen Wohls, Trostpreise, die den Schmerz des Versagens linderten.

Doch bei Daviot sichtete sie einen großen, langgliedrigen Rucksacktouristen, der ein Pappschild mit der Aufschrift THURSO hochhielt. Es sah aus, als sei er bestens geeignet. Nach den üblichen drei Annäherungen hielt sie für ihn, etwa zwölf Meter vor der Stelle, an der er stand. In ihrem Rückspiegel sah sie ihn auf den Wagen zuspringen, und noch während er lief, schüttelte er den großen Rucksack von den breiten Schultern.

Wenn er mit einer schweren Last so laufen konnte, musste er sehr stark sein, dachte sie, als sie sich zum Türgriff der Beifahrerseite hinüberlehnte.

Als er mit ihrem Auto auf gleicher Höhe war, blieb der Anhalter zögernd bei der Tür stehen, die sie ihm aufhielt, und umklammerte sein knallbuntes Bündel mit schmalen, bleichen Fingern. Er lächelte entschuldigend; sein Rucksack war größer als Isserley, und er würde ganz eindeutig nicht auf seinen Schoß, ja nicht einmal auf den Rücksitz passen.

Isserley stieg aus dem Wagen und öffnete den Kofferraum, der abgesehen von einem Behälter mit Butangas und einem kleinen Feuerlöscher immer leer war. Gemeinsam hievten sie seine schwere Last hinein.

„Ganz herzlichen Dank", sagte er mit einer ernsten, sonoren Stimme, und sogar Isserley erkannte, dass diese Stimme ihren Ursprung nicht auf den britischen Inseln hatte.

Sie ging zum Fahrersitz zurück, er zum Beifahrersitz, und

gemeinsam fuhren sie davon, als die Sonne gerade am Horizont verschwand.

„Das freut mich aber wirklich", sagte er, und befangen drehte er sein THURSO-Schild mit der Aufschrift nach unten auf den Schoß seiner orangefarbenen Trainingshose. Das Schild ruhte in einer durchsichtigen, regenundurchlässigen Hülle, die noch viele weitere Blätter enthielt, auf denen zweifellos verschiedene Zielorte geschrieben standen. „Es ist gar nicht so einfach, nach Einbruch der Dunkelheit noch von jemandem mitgenommen zu werden."

„Die Leute wollen gern sehen, was sie bekommen", stimmte ihm Isserley zu.

„Ist ja auch verständlich", erwiderte er.

Isserley lehnte sich in ihren Sitz zurück, streckte die Arme aus und gewährte ihm einen Blick auf das, was möglicherweise er bekommen könnte.

Es war wirklich ein Glück für ihn, dass dieser Wagen gehalten hatte. So könnte er womöglich heute Abend schon in Thurso sein, und morgen dann auf den Orkney-Inseln. Gewiss, Thurso lag noch etwa gut einhundertfünfzig Kilometer weiter nördlich, ein Wagen mit einer Durchschnittsgeschwindigkeit von achtzig Kilometern in der Stunde – aber auch von fünfundsechzig, wie in diesem Fall – könnte die Entfernung in weniger als drei Stunden zurücklegen.

Er hatte sie noch nicht gefragt, bis wohin sie fahren wollte. Vielleicht würde sie ihn ja nur ein kurzes Stück mitnehmen und dann sagen, dass sie von der Landstraße abbog. Doch offenbar hatte sie seine Anspielung auf die Schwierigkeiten des Anhalterdaseins nach Einbruch der Dunkelheit verstanden, und diese Tatsache bedeutete wohl, dass sie nicht die Absicht hatte, ihn nach nur fünfzehn Kilometern, wenn es dann endgültig dunkel war, auf die Straße zu setzen. Sicher würde sie bald etwas sagen. Er hatte als Letzter gesprochen. Es könnte unhöflich sein, wenn er jetzt gleich wieder etwas sagte.

Ihr Akzent war seiner Meinung nach nicht schottisch.

Vielleicht war sie Waliserin; die Leute in Wales hatten ein bisschen so wie sie gesprochen. Vielleicht stammte sie aus irgendeinem europäischen Land, jedoch gewiss nicht aus einem, das er kannte.

Dass eine Frau ihn aufgelesen hatte, war eher ungewöhnlich. Frauen fuhren fast unweigerlich vorbei, wobei die älteren den Kopf schüttelten, als wollte er eine hochgefährliche Torheit begehen, wie beispielsweise einen Salto über den ganzen Verkehr hinweg machen, und die jüngeren gequält und nervös wirkten, als sei es ihm bereits gelungen, in den Wagen zu langen und sie sexuell zu belästigen. Diese Frau hier war anders. Sie war freundlich und hatte sehr große Brüste, die sie für ihn zur Schau stellte. Er hoffte, sie hatte ihn nicht wegen eines irgendwie gearteten sexuellen Abenteuers aufgelesen.

Es sei denn, es würde sich in Thurso abspielen.

Ihr Gesicht konnte er nicht sehen, wenn sie geradeaus schaute, und das war schade. Es war ein höchst bemerkenswertes Gesicht gewesen. Sie trug die dicksten Brillengläser, die er je gesehen hatte. Er bezweifelte, dass in Deutschland jemand mit einer derart schwerwiegenden Sehbehinderung zur Führerscheinprüfung zugelassen würde. Ihre Haltung ließ seiner Meinung nach auf irgendein Problem mit der Wirbelsäule schließen. Ihre Hände waren groß und dennoch ungewöhnlich schmal. Die Haut am äußeren Rand ihrer Hand, vom kleinen Finger bis hinauf zum Handgelenk, wies eine verhornte Glätte auf, die sich von der Struktur her deutlich vom Rest der Haut unterschied und wie Operationsnarben aussah. Ihre Brüste waren vollkommen, makellos; vielleicht auch sie Ergebnis einer Operation.

Jetzt wandte sie sich ihm zu. Sie atmete durch den Mund, als sei ihre vollkommene kleine Nase tatsächlich von einem Schönheitschirurgen geformt worden und habe sich dann als zu schmal für ihre Bedürfnisse erwiesen. Ihre vergrößerten Augen waren vor lauter Müdigkeit leicht blutunterlaufen, aber dennoch überraschend schön, seiner Meinung nach. Die Iris war haselnussbraun und grün und schimmerte wie … wie beleuchtete Objektträger eines Mikroskops mit irgendeiner exotischen Bakterienkultur.

„Und", fragte sie. „Was wartet denn Aufregendes auf Sie in Thurso?"

„Ich weiß nicht", antwortete er. „Vielleicht nichts."

Er war, so bemerkte sie jetzt, außerordentlich gut gebaut. Täuschend schlank, aber alles nur Muskeln. Er hätte vermutlich einen guten Kilometer neben ihrem Wagen herrennen können, wenn sie nur langsam genug gefahren wäre.

„Und was ist, wenn es da wirklich nichts Aufregendes gibt?" fragte sie.

Er schnitt eine Grimasse, und sie nahm an, dass das in seiner Kultur die Entsprechung eines Achselzuckens war. „Ich will da hin, weil ich noch nie da gewesen bin", erklärte er.

Die Aussicht schien ihn mit Verdruss und Begeisterung zugleich zu erfüllen. Dicke, graublonde Augenbrauen sammelten sich über seinen blassblauen Augen wie Gewitterwolken.

„Reisen Sie durch das ganze Land?" ermutigte sie ihn weiterzuerzählen.

„Ja." Seine Aussprache war präzise und leicht emphatisch, aber nicht überheblich; eher als müsste er jedes einzelne

Wort einen nicht allzu steilen Hügel hinaufschieben, bevor er es in die Welt entlassen konnte. „Meine Tour begann vor zehn Tagen in London."

„Sie reisen allein?"

„Ja."

„Zum ersten Mal?"

„Als ich klein war, bin ich viel durch ganz Europa gereist, mit meinen Ehltern." (Dieses letzte Wort war, so wie er es ausgesprochen hatte, das erste, dessen Bedeutung Isserley nur mit Mühe entziffern konnte.) „Aber ich glaube, dass ich dabei alles irgendwie durch die Augen meiner Ehltern gesehen habe. Jetzt will ich alles durch meine eigenen Augen sehen." Er warf ihr einen nervösen Blick zu, als wolle er bestätigen, wie dumm es von ihm gewesen war, sich mit einer wildfremden Ausländerin auf diesem Niveau zu unterhalten.

„Haben Ihre Eltern Verständnis dafür?" erkundigte sich Isserley. Während es ihr gelang, einen Zugang zu ihm zu finden, entspannte sie sich zunehmend und gestattete sich, ihrem Fuß auf dem Gaspedal etwas mehr Nachdruck zu verleihen.

„Ich hoffe sehr, dass sie dafür Verständnis haben", antwortete er und runzelte voller Unbehagen die Stirn.

So verführerisch es auch war, mehr über seine Familienbande zu erfahren, spürte Isserley doch, dass sie über seine „Ehltern" gerade so viel herausgefunden hatte, wie er, jedenfalls für den Augenblick, bereit gewesen war, ihr zu erzählen. So fragte sie stattdessen: „Und woher kommen Sie?"

„Deutschland", antwortete er. Wieder warf er ihr einen nervösen Blick zu, als rechne er damit, dass sie ihm gegenüber ohne jede Vorwarnung gewalttätig werden könne. Sie versuchte, ihn zu beruhigen, indem sie ihrem Ton die Ernsthaftigkeit gab, auf die er selbst abzuzielen schien.

„Und was meinen Sie, was ist für Sie bisher der größte Unterschied zwischen diesem Land und Ihrer Heimat?“

Er überlegte etwa neunzig Sekunden. Langgestreckte dunkle, mit den bleichen Flanken von Kühen gesprenkelte Felder schwommen zu beiden Seiten an ihnen vorüber. Im Licht der Scheinwerfer schimmerte ein dreigeteiltes Schild, auf dessen drei fluoreszierenden Flügeln ein stilisiertes Ungeheuer von Loch Ness abgebildet war.

„Die Briten“, sagte der Anhalter schließlich, „sind weit weniger daran interessiert, welchen Platz in der Welt sie einnehmen.“

Isserley dachte kurz darüber nach. Sie kam nicht dahinter, ob er hatte sagen wollen, dass die Briten bewundernswert selbstständig waren oder ein bedauernswert abgeschottetes Inseldasein führten. Sie vermutete, dass er das bewusst offen gelassen hatte.

Überall um sie herum senkte sich die Nacht herab. Isserley drehte sich zu ihm um, bewunderte in dem zurückgeworfenen Licht von Scheinwerfern und Rückleuchten die Linie seiner Lippen und seiner Wangenknochen.

„Haben Sie hier auch einmal bei Leuten gewohnt, die Sie kennen, oder nur in Hotels übernachtet?“ fragte sie.

„Meistens in Jugendherbergen“, antwortete er nach ein paar Sekunden, als habe er im Interesse der Wahrheit eine in seinen Gedanken abgespeicherte Liste zu Rate ziehen müssen. „Eine Familie in Wales hat mich einmal eingeladen, ein paar Tage bei ihnen zu wohnen.“

„Das ist aber wirklich nett gewesen“, murmelte Isserley, die die Lichter der Kessock Bridge in der Ferne blinken sah. „Erwarten die Leute, dass Sie auf dem Nachhauseweg noch einmal bei ihnen vorbeischauen?“

„Nein, ich glaube nicht“, sagte er, nachdem er diese speziellen Worte einen wirklich steilen Hügel hinaufgeschoben hatte. „Ich glaube, ich habe … ich habe sie wohl irgendwie beleidigt. Wie, weiß ich nicht. Ich nehme an, mein Englisch ist nicht so gut, wie es in manchen Situationen sein müsste."

„Ich finde, Ihr Englisch ist ausgezeichnet."

Er seufzte. „Vielleicht ist das das Problem. Wenn mein Englisch schlechter wäre, dann würde man von mir erwarten …" Still mühte er sich ab, dann ließ er den Satz den Berg wieder hinunterrollen. „Man würde nicht automatisch von einem gemeinsamen Vorverständnis ausgehen."

Sogar in dem Dämmerlicht konnte ihr nicht entgehen, dass er sich unruhig hin und her bewegte und die großen Hände zu Fäusten ballte. Vielleicht hörte er, dass sie anfing, schneller zu atmen, obwohl die Veränderung diesmal ganz bestimmt, so glaubte sie, nahezu unmerklich war.

„Und was machen Sie so in Deutschland?" fragte sie.

„Ich studiere … oder richtiger gesagt, nein", verbesserte er sich. „Wenn ich nach Deutschland zurückkomme, werde ich arbeitslos sein."

„Dann werden Sie womöglich bei Ihren Eltern leben?" fragte sie andeutungsweise.

„Mhm", sagte er ausdruckslos.

„Was haben Sie denn studiert? Bevor Sie die Universität abschlossen?"

Es entstand eine Pause. Ein schmutziger schwarzer Lieferwagen mit lärmendem Auspuff überholte Isserley und dämpfte so das Geräusch ihrer Atmung.

„Ich habe mein Studium nicht abgeschlossen", erklärte der Anhalter schließlich. „Ich bin von der Uni weggelaufen. Ich bin eine Art Flüchtling, könnte man sagen."

„Ein Flüchtling?" wiederholte Isserley und schickte ihm ein ermutigendes Lächeln hinüber.

Traurig lächelte er zurück.

„Na ja, ich bin nicht vor der Justiz geflohen", sagte er, „aber aus einer medizinischen Fakultät."

„Wollen Sie etwa sagen … Sie sind psychisch krank?" fragte sie atemlos weiter.

„Nein. Aber ich wäre fast Arzt geworden, was in meinem Fall vielleicht auf dasselbe hinausgelaufen wäre. Meine Ehltern denken, dass ich immer noch Student an der medizinischen Fakultät bin. Sie haben mich weit von zu Hause fortgeschickt und eine Menge Geld ausgegeben, damit ich dort studieren konnte. Es ist ihnen außerordentlich wichtig, dass ich Arzt werde. Aber nicht irgendein gewöhnlicher Arzt, sondern Facharzt. Ich habe ihnen Briefe geschickt und ihnen geschrieben, dass ich mit meinen Studien sehr gut vorankomme. Doch statt zu studieren habe ich Bier getrunken und Reisebeschreibungen gelesen. Und nun bin ich also hier, auf Reisen."

„Und was sagen Ihre Eltern dazu?"

Er seufzte und schaute in seinen Schoß hinunter.

„Davon wissen sie ja gar nichts. Ich habe sie hingehalten. Wochenlang habe ich gewartet, ehe ich ihnen einen Brief schrieb, und bis zum nächsten Brief dann noch mehr Zeit vergehen lassen, und dann immer noch mehr Zeit. Ständig schreibe ich, dass meine Studien mich sehr in Anspruch nehmen. Den nächsten Brief schreibe ich ihnen, wenn ich wieder in Deutschland bin."

„Und was ist mit Ihren Freunden?" drängte Isserley weiter. „Weiß denn niemand, dass Sie sich auf ein solches Abenteuer begeben haben?"

„In Bremen hatte ich ein paar gute Freunde, ehe ich anfing zu studieren. An der medizinischen Fakultät habe ich viele Bekannte, die Facharzt werden und Porsche fahren wollen."

Voller Sorge drehte er sich zu ihr um, obwohl sie ihr Bestes tat, um Ruhe zu bewahren. „Geht es Ihnen auch wirklich gut?“

„Ja, wunderbar, danke“, keuchte sie und betätigte den Icpathua-Schalter.

Sie wusste, dass er so zu ihr gedreht gegen sie fallen würde. Sie war darauf vorbereitet. Mit der rechten Hand steuerte sie den Wagen geradeaus weiter. Mit der linken schob sie seinen in sich zusammensackenden Körper wieder an seinen Platz. Der Fahrer des Wagens hinter ihr würde einfach annehmen, dass es zu dem Versuch eines Kusses gekommen war, den sie zurückgewiesen hatte. Es galt als allgemein anerkannt, dass das Küssen in einem Fahrzeug, das sich bewegte, gefährlich war. Das hatte sie sogar schon gewusst, bevor sie mit den Fahrstunden begonnen hatte, kurz nach ihrer Ankunft in Schottland hatte sie das in einem uralten Buch über Sicherheit im Straßenverkehr gelesen, das sich an amerikanische Teenager richtete. Es hatte eine ganze Weile gedauert, bis sie dieses Buch voll und ganz verstanden hatte, wochenlang hatte sie darin gelesen, während der Fernseher im Hintergrund drauflosplapperte. Man konnte nie wissen, ob das Fernsehen nicht doch einmal in einem Punkt für Klarheit sorgte, der in einem Buch unverständlich blieb – vor allem, wenn das Buch von einem Wohltätigkeitsbasar stammte.

Erneut kippte der Anhalter gegen sie. Erneut schob sie ihn zurück. „Der Platz hinter dem Lenkrad eines Fahrzeugs ist nicht der geeignete Ort zum Schmusen, Knutschen oder für ‚Petting‘“, hatte in dem Buch gestanden. Für jemanden, der gerade erst anfing, die Sprache zu lernen, war das eine äußerst mysteriöse Anordnung. Aber bald hatte sie, mit Hilfe des Fernsehens, begriffen, wovon die Rede war. Rein juristisch durfte man in einem Auto alles tun, wozu man Lust hatte, sogar Sex haben – vorausgesetzt, das Fahrzeug war zu diesem Zeitpunkt nicht in Bewegung.

Isserley blinkte zum Linksabbiegen, als sie sich der Ausfahrt näherte. *Bamf*, machte der Kopf des Anhalters, als er auf der Beifahrerseite gegen das Fenster fiel.

Es war nach sechs Uhr, als sie auf den Bauernhof zurückkam. Ensel und einige weitere Männer halfen ihr, den Anhalter aus dem Wagen zu nehmen.

„Das ist der Beste bis jetzt“, beglückwünschte sie Ensel.

Erschöpft nickte sie. Das sagte er immer.

Als die Männer den schlaffen Körper des Wotzels auf die Pritsche luden, stieg sie geduckt zurück in ihr Auto und fuhr in die unbeleuchtete Dunkelheit davon, todmüde und voller Schmerzen.

DRITTES KAPITEL

Am nächsten Morgen wurde Isserley von etwas Ungewöhnlichem geweckt: vom Sonnenschein.

Normalerweise schlief sie nachts nur einige wenige Stunden, und dann lag sie oft mit weit geöffneten Augen in dem klaustrophobischen Dunkel, weil ihre gezerrte Rückenmuskulatur sie unter Androhung nadelspitzenscharfer Schmerzen im Bett gefangen hielt.

Nun aber lag sie blinzelnd in dem goldenen Glanz einer Sonne, die schon vor einer ganzen Weile aufgegangen sein musste. Ihr Dachgeschossschlafzimmer in dem turmbewehrten Cottage aus viktorianischer Zeit hatte Wände, die nur bis zur halben Zimmerhöhe senkrecht aufragten, den Rest des Weges bis zur Decke verliefen sie in steiler Schräge parallel zum Dach. Von da, wo Isserley lag, wirkte ihr Schlafzimmer wie ein sechseckiges Kämmerchen, hell erleuchtet wie eine Honigzelle in einer angestrahlten Bienenwabe. Durch das eine geöffnete Fenster sah sie wolkenlosen blauen Himmel; durch das andere die komplexe Struktur von Eichenästen, die sich unter frischem Schnee bogen. Die Luft war reglos; die unbewohnten Spinnweben, die locker von den blasigen Fensterrahmen aus Holz herabhingen, bewegten sich kaum.

Erst nach ein oder zwei Minuten nahm sie das beinahe bei Unterschallgeschwindigkeit ablaufende Treiben auf dem Bauernhof wahr.

Sie reckte sich, brummte vor Schmerz und Unbehagen und stieß das Bettzeug mit den Beinen zur Seite. Das Sonnenlicht fiel so ein, dass ihr Bett genau die wärmsten Strahlen abbekam, also lag sie abgedeckt eine Weile da, Arme und Beine x-förmig von sich gestreckt, und badete ihren nackten Körper in der Sonne.

Nackt waren auch die Wände ihres Schlafzimmers. Auf dem Boden gab es keinen Teppich, nur eine nicht gefirnisste Schicht uralter Holzdielen, die einen Wasserwaagentest nie und nimmer bestanden hätten. Genau unter einem der Fenster glitzerte ein Fleckchen Frost auf dem Boden. Aus reiner Neugier griff Isserley nach unten zu dem Glas Wasser neben ihrem Bett und hob es gegen das Licht. Das Wasser im Glas war noch flüssig – gerade eben noch.

Isserley trank das Wasser, wenn es auch auf dem Weg aus dem Glas leicht knackte. Nachdem sie eine ganze Nacht lang still gelegen und der Natur freien Lauf gelassen hatte, war ihr Kreislauf in einen siedenden Zustand gelangt, der andauern würde, bis sie durch ihre Übungen wieder den tagestypischen Stoffwechsel erreicht hatte.

Bis dahin fühlte sie sich so warm an wie eine Schneegans.

Als sie das Wasser trank, fiel ihr ein, dass sie seit dem gestrigen Frühstück nichts mehr gegessen hatte. Heute musste sie sich wirklich genügend Nahrung zuführen, bevor sie sich auf die Straße begab. Das heißt, falls sie sich heute wieder auf die Straße begab.

Denn schließlich, wo stand geschrieben, dass sie Tag für Tag immer wieder hinausmusste? Sie war ja keine Sklavin.

Der billige Plastikwecker auf dem Kaminsims zeigte an, dass es 9.03 Uhr war. Sonst gab es in dem Raum weiter keine technischen Geräte, abgesehen von dem tragbaren Fernseher mit dem verkratzten und schmuddeligen Gehäuse, der in den Kamin hineingezwängt worden war. Sein Kabel war verbunden mit einer langen Verlängerungsschnur, die sich an den Fußleisten entlang- und zur Tür hinausschlängelte. Irgendwo unten gab es eine Steckdose dafür.

Isserley hievte sich aus dem Bett heraus und probierte aus, wie es sich anfühlte zu stehen. So schlimm war es gar nicht. In letzter Zeit hatte sie ihre Übungen vernachlässigt, und das machte sie nun noch steifer und ihre Schmerzen noch ärger, als nötig gewesen wäre. Das konnte sie ganz entschieden besser haben.

Sie ging zum Kamin hinüber und schaltete den Fernseher ein. Zum Fernsehen brauchte sie ihre Brille nicht. Tatsächlich brauchte sie ihre Brille überhaupt nicht; die Brillengläser bestanden aus dickem Fensterglas, das vorgab, optische Sehhilfe zu sein. Die Brille verhalf ihr zu nichts weiter als Kopfschmerzen und überanstrengten Augen, doch sie brauchte sie für ihre Arbeit.

Im Fernsehen unterwies ein Wotzel-Küchenchef ein unbeholfenes weibliches Wesen in der Kunst des Bratens von in Scheibchen geschnittenen Nieren. Die Frau kicherte vor Verlegenheit, als der Rauch aufzusteigen begann. Über einen anderen Kanal tobten bunte pelzige Geschöpfe, wie Isserley sie im wirklichen Leben noch nie gesehen hatte, und sangen Lieder, die von den Buchstaben des Alphabets handelten. Auf einem anderen Kanal wurde ein Mixgerät in Aktion vorgeführt, und zwar von Händen, deren Nägel pfirsichfarben lackiert waren. Auf wieder einem anderen Kanal flogen ein Zeichentrickschwein und ein Zeichentrickhuhn in einer alten Klapperkiste mit Raketenantrieb durch den Weltraum. Die Nachrichten hatte Isserley offensichtlich verpasst.

Sie schaltete den Fernseher aus, richtete sich auf und nahm ihren Platz in der Mitte des Raumes ein, um mit ihren Rückenübungen zu beginnen. Diese Übungen ordentlich zu machen kostete Zeit und Mühe, aber in letzter Zeit war sie reichlich träge gewesen, und dafür bestrafte ihr Körper sie jetzt. Sie musste sich unbedingt wieder fit machen. Diese heftigen Schmerzen, von denen sie in den vergangenen Tagen geplagt worden war, mussten definitiv nicht sein. Zuzulassen, dass sie in schlechte körperliche Verfassung geriet, entbehrte jeglichen Sinns, es sei denn, sie wollte tatsächlich, aus irgendeinem abartigen Grund, dass sie sich elend fühlte. Vielleicht weil sie bereuen sollte, was sie getan hatte.

Sie bereute aber nicht, was sie getan hatte. Nein.

Also streckte sie den Rücken durch, ließ die Arme kreisen, stellte sich erst auf das eine Bein, dann auf das andere, dann auf die Zehenspitzen, und dabei reckte sie die Arme hoch in die Luft und zitterte. Diese Stellung hielt sie, solange sie nur irgend konnte. Mit den Fingerspitzen streifte sie die hin und her baumelnde tote Glühbirne. Sogar zur vollen Körpergröße gestreckt wie jetzt, in einem auf Kindergröße zugeschnittenen Schlafzimmer, reichte sie immer noch längst nicht bis an die Decke.

Fünfzehn Minuten später trottete sie schwitzend und leicht zitternd zum Kleiderschrank hinüber und wählte ihre Kleidung für den Tag, die gleiche Kleidung wie gestern. Sie hatte ohnehin nur die Wahl zwischen sechs identischen, tief ausgeschnittenen Oberteilen in unterschiedlichen Farben und zwei Paar weit ausgestellten Hosen, beide aus grünem Samt. Sie besaß nur ein einziges Paar Schuhe, ein maßgefertigtes Paar, das sie dem Schuhmacher achtmal zurückgeben musste, ehe sie darin gehen konnte. Unterwäsche beziehungsweise BH trug sie nicht. Ihre Brüste hatten von allein festen Halt. Ein Problem weniger, um das man sich sorgen musste, oder besser gesagt, zwei Probleme weniger.

Isserley verließ ihr Cottage durch die Hintertür und sog die Luft ein. Der Seewind war heute besonders würzig;

sobald sie gefrühstückt hatte, würde sie auf jeden Fall zum Firth gehen.

Und danach durfte sie nicht vergessen, sich zu waschen und sich umzuziehen, nur für den Fall, dass sie noch einmal solch einem Schlauberger wie dem Wotzel mit dem Weichtier in der Tasche begegnen sollte.

Die Felder um ihr Haus herum lagen unter einer Schneedecke, wobei hier und da Flecken dunkler herausstachen, als sei die Welt ein schwerer englischer Früchtekuchen unter einer Sahneschicht. Auf dem westlichen Feld standen winzige goldene Schafe, von der Außenwelt wie abgeschnitten durch all das Weiß, und steckten ihre Köpfe in den Schnee auf der Suche nach in der Erde vergrabener Süße. Auf dem nördlichen Feld leuchtete ein riesiger Rübenberg auf einem Heuhaufen wie mit Zuckerguss überzogene Kirschen in der Sonne. Gegen Süden, hinter den Wirtschaftsgebäuden und den Silos, ragten die dichten Tannenbäume des Carboll Forest in die Höhe. Gegen Osten, hinter dem Bauernhaus, schäumte die Nordsee.

Nirgendwo sah man landwirtschaftliche Nutzfahrzeuge oder Arbeiter.

Die Felder waren alle an verschiedene Bauern aus der Gegend verpachtet, die alles Nötige mitbringen würden, wenn es Zeit zum Pflügen, zum Ernten oder zur Lammung war. In der Zwischenzeit lag das Land still und unberührt da, und die einzelnen Gebäude des Hofes rotteten und rosteten vor sich hin und setzten Moos an.

Zu Harry Baillies Zeit hatte man während des Winters in einigen Gebäuden Vieh untergebracht, doch das war in den Tagen gewesen, in denen damit noch Geld zu machen war. Jetzt waren lediglich noch einige Ochsen des alten Mackenzie auf dem Feld bei Rabbit Hill, und auf den Klippen des zum Meer hin gelegenen Randes des Ablach-Hofes weideten etwa hundert schwarzgesichtige Schafe ihr billiges, salziges Futter ab. Sie hatten das Glück, dass ein kleiner Bach ins Meer mündete, denn die alten schmiedeeisernen Wassertröge quollen über von dunklem Algengestrüpp oder rosteten muskatnussbraun vor sich hin.

Nein, Ablachs gegenwärtiger Eigentümer war ganz gewiss nicht die Stütze der Gesellschaft, die Harry Baillie gewesen war. Er war irgendein Skandinavier, glaubten die Leute aus der Gegend, und obendrein noch ein verrückter Einsiedler. Isserley wusste, dass er in diesem Ruf stand, denn trotz ihrer Taktik, niemals Anhalter aus der näheren Umgebung mitzunehmen, hatte sie dreißig Kilometer die A9 hinauf Leute aufgelesen, die unvermittelt angefangen hatten, von Ablach Farm zu erzählen. Selbst wenn man die geringe Bevölkerungsdichte des schottischen Hochlandes berücksichtigte, musste die Wahrscheinlichkeit, dass solch ein Thema in einem Gespräch mit einem Fremden aufkam, unglaublich gering sein, zumal Isserley sorgfältig darauf achtete, niemals wahrheitsgemäß zu erzählen, wo sie lebte.

Doch die Welt musste kleiner sein, als sie dachte, denn ein- oder zweimal im Jahr schnitt unweigerlich ein redseliger Anhalter das Thema der neu Hinzugezogenen an und erwähnte, wie sehr diese Leute die traditionelle Lebensweise der Schotten zerstörten, und prompt kam dann auch immer das Gespräch auf Ablach. Isserley stellte sich dann dumm, während sie sich die Geschichte vom verrückten Skandinavier anhörte, der Baillies Hof geschluckt hatte und ihn danach, statt eines dieser europäischen, dickes Geld abwerfenden Geschäfte daraus zu machen, hatte verfallen lassen und die Felder jetzt an dieselben Bauern verpachtete, die er beim Kauf überboten hatte.

„Da sieht man es mal wieder", sagte einer der Anhalter zu ihr. „Ausländer denken nun mal nicht so wie wir. Nichts für ungut."

„Schon gut", hatte sie gesagt und versucht zu entscheiden, ob sie diesen Wotzel an den Ort befördern sollte, von dem er so viel zu wissen vorgab.

„Und wo kommen Sie nun her?" hatte er sie gefragt.

Sie wusste nicht mehr, was sie darauf geantwortet hatte. Je nachdem, wie weit gereist der Anhalter zu sein schien, hatte sie eine ganze Reihe von möglichen Ländern in petto, aus denen sie stammen könnte. Die ehemalige Sowjetunion, Australien, Bosnien … sogar Skandinavien, es sei denn, der Anhalter äußerte sich unfreundlich über den verrückten Mistkerl, der Ablach Farm gekauft hatte.

Doch Isserley hatte den Eindruck, dass sich der Mann, den sie als Esswis kannte, im Laufe der Jahre allmählich den widerwilligen Respekt der Gemeinde erworben hatte. Die anderen Bauern nannten ihn nur *Mr.* Esswis, und sie hatten akzeptiert, dass er all seine geschäftlichen Angelegenheiten von dem „großen Haus" aus regelte, einem Cottage mitten auf dem Hof, das doppelt so groß war wie Isserleys eigenes Cottage. Im Gegensatz zu ihrem Haus gab es dort elektrische Anschlüsse in allen Räumen, Heizung, Möbel, Teppiche, Vorhänge, allerlei Gerätschaften und Nippes. Isserley hatte keine Ahnung, was Esswis mit all diesen Sachen anfing, doch vermutlich übten sie großen Eindruck auf Besucher aus – wenn sich auch nur wenige hierher verirrten.

Isserley kannte Esswis eigentlich überhaupt nicht gut, trotz der Tatsache, dass er der einzige Mensch auf der Welt war, der genau das durchgemacht hatte, was auch sie hatte durchmachen müssen. Theoretisch gab es also vieles, worüber sie reden könnten, doch praktisch sah es so aus, dass sie sich aus dem Weg gingen.

Geteiltes Leid war, so hatte sie festgestellt, kein Garant für Vertrautheit und Nähe.

Die Tatsache, dass sie eine Frau war und er ein Mann, hatte damit nichts zu tun; auch zu den Männern auf dem Hof hatte Esswis nur wenig Kontakt. Er blieb einfach für sich, verkroch sich in seinem großen Haus und wartete darauf, dass er sich nützlich machen konnte.

Offen gesagt, lebte er praktisch wie ein Gefangener in diesem Haus. Es war von entscheidender Bedeutung, dass er vierundzwanzig Stunden am Tag für eventuelle Notfälle zur Verfügung stand, die zu einem Zusammenprall von Ablach Farm mit der Außenwelt führen könnten. Im vergangenen Jahr hatte beispielsweise ein unaufmerksam geführtes, Pestizide versprühendes Fahrzeug ein verirrtes Schaf getötet, dabei war das Tier nicht den Pestiziden zum Opfer gefallen oder gar unter die Räder geraten, sondern es war ihm in einem wahnwitzigen Unfall von der Spitze der flügelähnlichen Ausleger der Schädel eingeschlagen worden. Unverzüglich hatte Mr. Esswis eine Übereinkunft zwischen den drei betroffenen Parteien – das waren er selbst, der Eigentümer des Sprühfahrzeugs und der Eigentümer des Schafes – ausgehandelt und die beiden anderen Bauern dadurch verblüfft, dass er die volle Verantwortung für das Herumstreunen des Schafes übernehmen wollte, vorausgesetzt, alle Unannehmlichkeiten und aller Papierkram würden vermieden.

So etwas brachte ihm in der Gegend ein gewisses Maß an Respekt ein, auch wenn er nur ein neu hinzugezogener Ausländer war. Weder bei einem Pflugwettbewerb noch bei einem sangesfreudigen Ceilidh ließ er sich je sehen, das wussten inzwischen alle, doch womöglich lag der Grund dafür nicht darin, dass er keine Lust zu derlei Veranstaltungen hatte; es waren mitfühlende Gerüchte im Umlauf, in denen von Arthritis, von einem Holzbein, von Krebs die Rede war. Außerdem hatte er im Gegensatz zu den meisten wohlhabenden Hinzugezogenen begriffen, dass für die Bauern der Umgebung harte Zeiten angebrochen waren, und so erbat er sich anstelle der Pacht des Öfteren Stroh oder überschüssige landwirtschaftliche Erzeugnisse. Harry Baillie mochte eine Stütze der Gesellschaft gewesen sein, doch wenn es sich um Verträge handelte, konnte er ein ziemlicher Mistkerl sein. Bei Esswis war ein am Telefon geflüstertes Wort so gut wie seine Unterschrift. Und wenn es darum ging, Touristen mittels Stacheldraht und Drohungen daran zu hindern, unbefugt seinen Grund und Boden zu betreten, nun, möge ihm seine strenge Hand erhalten bleiben. Das Hochland war schließlich keine öffentliche Parkanstalt.

Vor Erleichterung seufzend, dass sie wenigstens für eine Weile ihre Brille nicht tragen musste, ging Isserley zu dem breiten Hauptweg und schaute zu dem Haus von Esswis hinüber. In allen Zimmern brannte Licht. Alle Fenster waren geschlossen und sahen ganz milchig aus, so beschlagen waren sie. Esswis konnte überall dort sein.

Das Gefühl des frischen Schnees, der unter ihren Füßen knirschte, war für Isserley etwas tief Befriedigendes. Faszinierend war allein schon der Gedanke an all diesen Wasserdampf, der sich zu ganzen Wolken verdichtete und dann als Niederschlag zur Erde fiel. Sie konnte das immer noch nicht ganz fassen, auch nach all den Jahren nicht. Es war eine Erscheinung enormer und ungerechtfertigt nutzloser Verschwendung. Doch hier lag er nun, sanft und pulverig, zum Essen rein. Isserley schöpfte eine Hand voll vom Boden ab und aß etwas davon. Es war köstlich.

Sie ging hinüber zu dem größten Wirtschaftsgebäude, dem Gebäude, das sich im besten, oder am wenigsten schäbigen, Zustand befand. Das ganz und gar verfallene Ziegeldach war durch Walzblech ersetzt worden. Wann immer sich Steine aus den Wänden lösten, wurden die Hohlräume unverzüglich mit Zement gefüllt. Der Gesamteindruck war weniger der eines Hauses als vielmehr der eines riesigen Kastens, doch diese Opfer ästhetischer Art waren notwendig. Das Gebäude musste unbedingt vor der Witterung und vor den neugierigen Blicken Außenstehender geschützt werden. Denn es gewährte Einlass in ein weit größeres Geheimnis unmittelbar unter der Erdoberfläche.

Isserley stand vor der Aluminiumtür und drückte auf den Summer unter den Metallschildern mit der Aufschrift GEFÄHRLICHE CHEMIKALIEN und ZUTRITT FÜR UNBEFUGTE VERBOTEN. Ein weiteres Schild hing über der Tür selbst, die stilisierte Darstellung eines Totenschädels mit zwei gekreuzten Knochen, von denen Isserley annahm, es müsse sich um Oberschenkelknochen handeln.

Die Gegensprechanlage knisterte anonym, und sie ging nah mit dem Gesicht daran, ihre Lippen streiften beinahe das Sprechgitter.

„Isserley“, flüsterte sie.

Die Tür öffnete sich, und sie ging hinein.

* * *

Da sie unbedingt zum Firth wollte, hielt sich Isserley nicht lange mit dem Frühstück auf. Schon zwanzig Minuten später war sie wieder in ihrem Cottage, behaglich gefüllt mit all dem Schwerverdaulichen, und sie trug eine kleine Plastiktüte mit den persönlichen Sachen des deutschen Anhalters.

Die Männer unten schienen sich wirklich gefreut zu haben, sie zu sehen, und hatten sich offensichtlich Sorgen gemacht, weil sie am Abend zuvor nicht zum Essen erschienen war.

„Es war ein wirklicher Genuss", erzählte ihr Ensel in dem breiten ländlichen Dialekt ihrer eigenen Sprache. „Woddissinschenkel in Serslidasauce. Und zum Nachtisch frische wilde Beeren."

„Ach, na ja, macht nichts", hatte Isserley geantwortet und sich das Brot Scheibe für Scheibe mit Mussantapaste bestrichen. Sie wusste einfach nicht, was sie mit diesen Männern reden sollte, mit diesen Arbeitern und Leuten in der Verwertung, denen sie im Verlauf eines ganz normalen Lebens zu Hause nie begegnet wäre. Und natürlich war es auch nicht gerade eine Hilfe, dass die Männer so ganz anders aussahen als sie und ihr auf die Brüste und das gemeißelte Gesicht starrten, wenn sie glaubten, sie würde es nicht sehen.

Heute waren sie sehr beschäftigt und überließen sie ihrer Mahlzeit. Doch nicht, ohne ihr vorher eine wichtige Neuigkeit mitzuteilen: Amlis Vess würde kommen. Amlis Vess! Hierher nach Ablach Farm! Morgen! Er hatte ihnen eine Nachricht zukommen lassen, in der es hieß, er sei bereits unterwegs und sie sollten sich seinetwegen keine Mühe machen, er wolle alles genauso sehen, wie es war. Wer hätte das gedacht?

Isserley hatte irgendetwas Unverbindliches gemurmelt, und die Männer waren weggeeilt, um weitere Vorkehrungen für das große Ereignis zu treffen. Nun, da auf Ablach Farm alles einwandfrei lief und sie viel freie Zeit hatten, waren Aufregungen dieser Art in ihrem Leben eine Seltenheit. Ganz gewiss war der Besuch vom Sohn des Chefs eine immense Sensation, wenn man bedachte, dass sie sich sonst den ganzen Nachmittag die Zeit damit vertrieben, mit Strohhalmen zu spielen, oder was Männer ihrer Art sonst so machten. Nachdem Isserley im Speisesaal nun allein war, hatte sie sich noch eine Schüssel Guschu genommen, doch es schmeckte merkwürdig sauer. Da hatte sie dann gemerkt, dass der ganze unterirdische Komplex nicht nur wie immer schwach nach männlichem Schweiß und minderwertigem Essen roch, sondern gleichzeitig durchdrungen war von dem stechenden Geruch von Reinigungsmitteln und Farbe. Das bestärkte sie entschieden in ihrem Entschluss, so bald wie möglich nach draußen an die frische Luft zu gehen.

Der Weg zurück zum Cottage durch den Schnee machte ihre Nasennebenhöhlen frei und half dem Essen, sich zu setzen. Die Plastiktüte klemmte sie zwischen die Beine, dann schloss sie die Vordertür ihres Hauses auf und trat in das Wohnzimmer, das leer war, bis auf mehrere große Stöße von Zweigen und Ästen, die auf dem Boden verstreut waren.

Von den besten Zweigen nahm sie einen ganzen Arm voll und trug sie auf den Hinterhof hinaus, wo sie sie zusammen mit der Plastiktüte auf die zugeschneite Erde fallen ließ. Die von der Größe her in Frage kommenden Zweige arrangierte sie zu einem kleinen Scheiterhaufen, die übrigen behielt sie als Reserve zurück.

Als Nächstes schloss sie den gusseisernen Schuppen neben ihrem Cottage auf und öffnete dessen verrostete Türen. Sie legte die Handflächen auf die Motorhaube ihres Autos und fühlte, wie eiskalt der Wagen war; sie hoffte, er würde anspringen, wenn es so weit war. Im Augenblick machte sie sich darüber jedoch keine Sorgen. Sie öffnete den Kofferraum und hob den Rucksack des deutschen Anhalters heraus. Auch der Rucksack hatte den nächtlichen Frost zu spüren bekommen: Er war nicht direkt eiskalt, aber feucht und kühl, so als komme er aus einem Kühlschrank.

Isserley trug den Rucksack auf den Hof hinaus, nachdem sie sich zuerst davon überzeugt hatte, dass draußen niemand in der Nähe war. Keine Menschenseele zu sehen. Sie zündete die untersten Zweige des Scheiterhaufens an. Das Holz war knochentrocken, da es vor einigen Monaten schon gesammelt worden war und seitdem immer im Haus gelegen hatte: Sofort züngelte eine Flamme daraus hervor.

Der Rucksack erwies sich, als sie ihn umdrehte, überraschenderweise als ein wahres Füllhorn. Es war weit mehr hineingestopft worden, als mit den Naturgesetzen in Einklang zu bringen schien. Doch nicht nur die Menge an sich war verblüffend, zum Vorschein kam nämlich außerdem eine höchst erstaunliche Vielfalt von Dingen, alle verpackt in Dutzenden von Plastikdosen und Flaschen und Beuteln und Seitenschlitzen und Reißverschlusstaschen, die mit großem Erfindungsreichtum arrangiert und mit Zwischenlagen versehen worden waren. Isserley warf alles nacheinander auf das Feuer. Bunte Vorratsdosen wanden sich und fielen in blubberndem Benzingestank in sich zusammen. T-Shirts und Unterhosen, die auseinandergefaltet in die Flammen geworfen wurden, rissen gähnend schwarze Löcher auf, um den Rauch abzulassen. Socken zischten. Eine kleine Pappschachtel mit einem rezeptpflichtigen Medikament explodierte mit einem Knall. Ein durchsichtiger zylindrischer Behälter mit einem kleinen Plastikfigürchen in schottischer Nationaltracht durchlief verschiedene Phasen, und während der letzten Phase zerfiel die nackte, rosarote Puppe mit schmelzenden Gliedern und mit dem Kopf voran in den Flammen.

Der Mangel an schnell entflammbaren Gegenständen stellte das Feuer vor ein beträchtliches Problem, und als ein

Paar Hosen hinzugefügt wurde, drohte es ganz herunterzubrennen. Isserley suchte einige trockene Zweige aus und platzierte sie an strategisch günstigen Stellen. Auch die Faltpläne von England, Wales und Schottland erwiesen sich als nützlich; locker zusammengeknüllt dienten sie der Belüftung und brannten hektisch.

Ganz unten in dem Rucksack versteckt lag eine rosafarbene Kosmetiktasche, die allerdings keine Kosmetikartikel, sondern einen Reisepass enthielt. Bei diesem Gegenstand zögerte Isserley und fragte sich, ob sie nicht vielleicht selbst einmal einen Pass gebrauchen könnte: Einen Pass hatte sie vorher noch nicht gesehen, jedenfalls nicht in natura sozusagen. Sie blätterte die Seiten durch und musterte sie neugierig.

Da war das Foto des Anhalters, und dann noch sein Name, sein Alter, sein Geburtsdatum und so weiter. Das alles sagte Isserley nichts, doch es faszinierte sie, dass er auf der Fotografie so viel rundlicher und rosiger, dabei aber gleichzeitig seltsam wesenloser wirkte, als er tatsächlich ausgesehen hatte. In seinem Ausdruck spiegelte sich stoische Niedergeschlagenheit. Merkwürdig, dass ein Exemplar wie er, gepflegt, gesund, ausgestattet mit genügend Zeit, die ganze Welt zu durchstreifen, und gesegnet mit einer Gestalt von so großer Vollkommenheit, die es ihm sicherlich erlaubt hätte, sich mit einer größeren Zahl von Frauen fortzupflanzen als der Durchschnitt, bei alldem trotzdem so unglücklich sein konnte. Dagegen kam es vor, dass andere, von Vernachlässigung gezeichnete, mit Krankheiten geschlagene, von ihren Artgenossen geschmähte Männer zuweilen eine Zufriedenheit ausstrahlten, die von etwas Geheimnisvollerem als nur bloßer Dummheit herzurühren schien.

Die Unfähigkeit so manch eines höchst geeigneten Wotzels in ausgezeichnetem Zustand, zu Lebzeiten glücklich zu sein, war für Isserley eines der großen Mysterien, auf die sie bei ihrer Arbeit traf, ein Mysterium, das ihr trotz jahrelanger Erfahrung immer unverständlicher wurde. Darüber mit Esswis oder gar einem der anderen Männer auf dem Bauernhof zu sprechen hatte überhaupt keinen Zweck. Sie mochten es ja gut meinen, doch Isserley hatte vor langer Zeit schon herausgefunden, dass ihnen gewisse geistige Fähigkeiten abgingen.

Isserley schaute hoch und bemerkte, dass sie das Feuer weit hatte herunterbrennen lassen, und durchwühlte die Sachen des Anhalters nach etwas leichter Entflammbarem. Seine Plastikhülle mit den Schildern fiel ihr als Erstes in die Hand, und sie schüttelte die Blätter in den Schnee. Eines nach dem anderen warf sie sie ins Feuer: THURSO, GLASGOW, CARLISLE und ein halbes Dutzend weitere, und ganz zuletzt SCHOTTLAND. Sie brannten lichterloh, waren aber nach wenigen Augenblicken von den Flammen verzehrt. Der Scheiterhaufen verklumpte schnell zu einem glimmenden Brei aus Asche und geschmolzenem Kunststoff, der dem letzten und größten Gegenstand, dem Rucksack selbst, höchstwahrscheinlich wenig würde entgegensetzen können.

Isserley lief in den Schuppen zurück und holte einen Kanister mit Benzin. Großzügig kippte sie den glänzenden Brennstoff über den Rucksack und warf ihn vorsichtig auf den züngelnden Stapel. Die Glut belebte sich mit einem berauschenden kleinen Knall.

Isserley warf einen letzten Blick auf den Pass. Wenn sie überhaupt das Risiko eingehen sollte, irgendwelche Dokumente zurückzubehalten, so beschloss sie, dann käme ein Führerschein wahrscheinlich eher in Frage. Ganz davon abgesehen hatte sie reichlich spät erst bemerkt, dass in dem Pass das Geschlecht des Passinhabers verzeichnet und seine

Größe offiziell mit 1,90 Meter angegeben war. Isserley lächelte und warf das kleine rote Büchlein in die Flammen.

Auch die Brieftasche fand ihren Weg aus der Plastiktüte auf den Scheiterhaufen, nachdem sie die Geldscheine daraus entnommen hatte. Ein Teil des Geldes war nicht legales Zahlungsmittel in Großbritannien; dieses Geld warf sie mit der Brieftasche fort. Mit den englischen Pfund konnte sie ihren Geldvorrat zum Benzinkaufen aufstocken. Es war nur gut, dass sie niemals irgendetwas anderes kaufte, denn inzwischen stanken ihre Hände nach Benzin, und der Geruch war von ihren Händen auf die Banknoten übergegangen.

Einen Spaziergang am Strand und eine anschließende Dusche hielt sie mehr denn je für eine gute Idee. Danach würde sie sich dann mit dem Auto auf den Weg machen. Aber *nur*, falls sie auch wirklich Lust dazu hatte. Anhalter wären an solch einem verschneiten Tag ohnehin dünn gesät. Dafür müsste Amlis Vess ganz einfach Verständnis haben.

Isserley spazierte den kieselübersäten Strand des Moray Firth entlang und sog die Schönheit der weiten, bloß liegenden Welt in sich auf.

Zu ihrer Rechten wogten Trillionen Liter Wasser zwischen dem Strand von Ablach und einem Norwegen, das hinter dem Horizont unsichtbar blieb. Zu ihrer Linken führten steile, von Stechginster überzogene Hügel zum Bauernhof hinauf. Vor ihr und hinter ihr erstreckte sich endlos der äußere Rand der Halbinsel, dessen sumpfiges Weideland, auf dem man Schafe grasen ließ, bei Flut jäh in einem schmalen Streifen von Gestein endete, das von prähistorischem Feuer und Eis zum Erstarren gebracht und modelliert worden war. Auf diesem schmalen Streifen spazierte Isserley am liebsten entlang.

Die Vielfalt an Formen, Farben und Strukturen unter ihren Füßen war, so glaubte sie, buchstäblich endlos. Das konnte gar nicht anders sein. Jede Muschel, jeder Kiesel, jeder Stein – alles hier war durch Äonen unterseeischer und unterglazialer Massage zu dem geworden, was es heute war. Die niemals einen Unterschied machende, ewige Hingabe der Natur an ihre zahllosen winzigsten Teilchen war für Isserley von großer gefühlsmäßiger Bedeutung; es rückte die Ungerechtigkeit des menschlichen Lebens ins richtige Verhältnis.

Die Steine, die vielleicht nur für kurze Zeit an den Strand gespült worden waren, bevor sie für eine weitere Jahrmillion zurückgeholt und poliert und umgeformt würden, lagen so ruhig unter ihren nackten Füßen. Liebend gern hätte sie zum Zweck einer unendlich komplexen Ausstellung jeden Einzelnen aufgesammelt, ein Steingarten, für den sie ganz allein die Verantwortung hätte, der aber so riesig wäre, dass ein ganzes Leben nicht reichen würde, um von einem Ende bis zum anderen zu gelangen. In gewisser Weise war der Strand von Ablach bereits solch ein Steingarten, nur dass sie keinen Anteil daran gehabt hatte, ihn so zu arrangieren, und sie wünschte sich sehnlichst, eine Rolle bei der Anlage des Ganzen zu spielen.

Nun hob sie einen Kiesel auf, einen sanft geschwungenen Kelch mit einem seidigen Loch genau in der Mitte. Sein Farbenspiel setzte sich aus Streifen von Orange, Silber und Grau zusammen. Ein anderer Stein zu ihren Füßen war kugelförmig und tiefschwarz. Sie ließ den kelchförmigen fallen und hob stattdessen die schwarze Kugel auf. Kaum hatte sie diesen Stein aufgenommen, fiel ihr Blick bereits auf einen eiförmigen Stein in leuchtendem Rosa und kristallklarem Weiß. Die Aufgabe war von berückender Hoffnungslosigkeit.

Sie ließ die schwarze Kugel fallen und richtete sich auf, schaute auf den Ozean hinaus und auf die sich auflösenden Furchen der Wellen. Dann schaute sie in die andere Richtung und hielt Ausschau nach dem Felsblock, auf dem sie ihre Schuhe gelassen hatte. Sie waren immer noch da, die Schnürsenkel flatterten im Wind.

Sie ging ein ziemliches Risiko ein, wenn sie ihre Füße so vor der Welt entblößte, doch für den unwahrscheinlichen Fall, dass sich außer ihr noch jemand an den Strand verirren sollte, würde sie denjenigen schon auf mehrere hundert Meter Entfernung sich ihr nähern sehen. Bis er nah genug an sie herangekommen wäre, um ihre Füße zu sehen, hätte sie ihre Schuhe mühelos geholt oder hätte, falls nötig, sogar ins Wasser hineinwaten können. Die Erleichterung, die sie verspürte, wenn sie ihren langen Zehen gestattete, sich weit gespreizt über den steinigen Strand zu bewegen, war unbeschreiblich. Und im Übrigen, wen außer sie selbst gingen die Risiken an, die sie auf sich nahm? Sie verrichtete eine Arbeit, die außer ihr niemand tun konnte, und schaffte Jahr für Jahr die Waren heran. Amlis Vess täte gut daran, das nur ja nicht zu vergessen, sollte er es überhaupt wagen, etwas an ihr auszusetzen.

Sie ging weiter und lenkte ihre Schritte dabei näher und näher an die gegen den Strand klatschende Flut. Die seichten Tümpel zwischen den größeren Felsen waren bis zum Rand gefüllt mit den Tieren, von denen sie jetzt wusste, dass sie Wellhornschnecken hießen, obwohl es die „lächerlich winzigen" zu sein schienen, die, die der Markt verschmähte. Eine davon holte sie aus ihrem eisigen Salzwasser und führte sie an den Mund, und mit der Zungenspitze wagte sie sich vor in das schleimige Loch der Schnecke. Es schmeckte bitter; zweifellos etwas, bei dem man erst langsam auf den Geschmack kommen musste.

Ganz sanft legte sie die Wellhornschnecke zurück in ihren Tümpel, um keinen Lärm zu machen. Es hatte sich nämlich eine Art Besucher eingestellt.

Ein Schaf hatte sich gar nicht weit von ihr auf den kieselübersäten Strand verirrt, schnüffelte an Felsblöcken, die so groß waren wie das Tier selbst, und leckte sie versuchsweise ab. Isserley war fasziniert: Sie hatte nicht gedacht, dass Schafe auf solch einem Untergrund laufen könnten, hatte angenommen, dass ihre Hufe das nicht zulassen würden. Doch hier war es nun, stolzierte offensichtlich mühelos über den trügerischen Sumpf aus Steinen und Muscheln.

Verstohlen näherte sich Isserley, und dabei balancierte sie geschickt auf den Fingern ihrer Füße. Vor lauter Angst, ihren Begleiter auf diesem Spaziergang zu erschrecken, atmete sie kaum.

Es fiel ihr unendlich schwer zu glauben, dass dieses Wesen nicht sprechen konnte. Es sah so sehr danach aus, als müsste es sprechen können. Trotz seiner seltsamen Züge hatte es etwas täuschend Menschliches an sich, und nicht zum ersten Mal reizte es Isserley, die Trennung der Arten zu überwinden und eine Verständigung herbeizuführen.

„Hallo", sagte sie.

„Ahl", sagte sie.

„Wiin", sagte sie.

Mit diesen drei Begrüßungsfloskeln, die auf das Schaf weiter keinen Eindruck machten, außer es davonlaufen zu lassen, war der Vorrat an Sprachen, die Isserley beherrschte, bereits erschöpft.

Zugegebenermaßen war sie nicht gerade besonders sprachbegabt.

Andererseits hätte sich jemand mit besonderer Sprachbegabung auch nicht um diese Stelle beworben, *das* stand gänzlich außer Frage. Nur völlig Verzweifelte, die weiter keine Zukunftsaussichten hatten, als in die Neuen Siedlungen abgeschoben zu werden, hätten solch eine Möglichkeit überhaupt in Erwägung gezogen.

Und auch dann hätten sie es nur getan, wenn sie vollkommen den Verstand verloren hätten.

Rückblickend musste sie zugeben, dass *sie* tatsächlich komplett wahnsinnig gewesen war. Wahnwitzig verrückt. Aber schließlich hatte sich alles zum Besten gewendet. Die beste Entscheidung, die sie je getroffen hatte. Wirklich nur ein sehr kleines persönliches Opfer, wenn man bedachte, dass sie dadurch einem lebenslangen Begrabensein in den Siedlungen entging – wobei lebenslang dort, nach allem, was man hörte, ein brutal kurzes Leben bedeutete.

Wann immer sie sich dabei ertappte, dass sie traurig war über das, was ihrem einst schönen Körper angetan worden war, damit sie hierher geschickt werden konnte, rief sie sich ins Gedächtnis, wie die Leute aussahen, die längere Zeit in den Neuen Siedlungen lebten. Mit Verunstaltung und Verfall musste man dort unten offenbar rechnen. Vielleicht war es das beengte Zusammenleben oder das schlechte Essen oder die schlechte Luft oder das Fehlen jeglicher medizinischer Versorgung, oder auch einfach nur die zwangsläufige Folge des Lebens unter der Erde. Aber das Gesindel aus den Siedlungen kennzeichnete eine unverkennbare Hässlichkeit, beinahe eine Spur Unmenschlichkeit.

Als man ihr mitteilte, dass man sie dorthin schicken würde, hatte Isserley sich hoch und heilig geschworen, gegen alle Erwartungen gesund und schön zu bleiben. Sich zu weigern, eine körperliche Veränderung durchzumachen, wäre ihre Rache an denen da oben, an denen, die zu bestimmen hatten; es wäre ihr trotziges Aufbäumen und Zurückschlagen. Aber bestand denn tatsächlich Hoffnung für sie? Ganz sicher schwor sich am Anfang jeder hoch und heilig, dass er sich nicht in ein Ungeheuer mit Buckel, vernarbtem Fleisch, bröckeligen Zähnen, fehlenden Fingern, kurz geschorenem Haar verwandeln lassen wollte. Aber so endeten sie doch schließlich alle, oder? Wäre es ihr anders ergangen, wenn sie in die Siedlungen gekommen wäre und nicht hierher?

Natürlich nicht. Natürlich nicht. Und so, wie die Dinge sich inzwischen entwickelt hatten, sah sie doch nicht schlimmer aus als das schlimmste Gesindel aus den Siedlungen, oder? … Jedenfalls nicht *viel* schlimmer. Und schließlich brauchte sie sich nur umzusehen, um zu begreifen, wie viel sie als Gegenleistung bekommen hatte.

Von ihrem felsigen Aussichtspunkt am Strand von Ablach Farm schaute sie auf die ganze weite Welt. Es war unbeschreiblich schön. Sie hatte Lust, bis in alle Ewigkeit hier herumzulaufen, bloß laufen konnte sie nun nicht mehr.

Nicht, dass sie in den Siedlungen viel zum Laufen gekommen wäre. Lustlos wäre sie dort in unterirdischen Gängen aus Bauxit und fest gewalzter Asche umhergetrottet wie all die anderen Verlierertypen und Untermenschen auch. In einer Feuchtigkeitsfiltrieranlage oder einer Sauerstofffabrik hätte sie sich die Seele aus dem Leib geschuftet, hätte sich im Dreck geplagt wie eine Made unter Maden.

Stattdessen war sie nun hier, durfte frei in einer entfesselten Wildnis umherwandern, in der es vor Überschuss an lauter Luft und Wasser nur so flirrte.

Und wenn man es auf den Punkt brachte, so hatte sie dafür weiter nichts zu tun, als auf zwei Beinen zu gehen.

Natürlich war das nicht wirklich alles, was sie hatte tun müssen.

Um nicht weiter an die traurigeren Einzelheiten ihres Opfers denken zu müssen, entschloss sich Isserley unvermittelt, sich wieder an die Arbeit zu begeben. Es gab nur ein begrenztes Maß an Freiheit, in der sie schwelgen konnte, ehe sie anfing, sich unbehaglich zu fühlen. Das Heilmittel dagegen war die Arbeit.

Die Schlüssel und die Armbanduhr des Anhalters hatte sie schon ins Meer geworfen, wo sie mit dem anderen Treibgut der Jahrtausende eine neue Form und eine neue Textur erhalten würden. Die leere Plastiktüte hatte sie sich in den Hosenbund gesteckt, weil sie keinen Abfall auf dem Strand zurücklassen wollte. Es lag überall schon genug Abfall herum, hässliches Plastikstrandgut von Bohrinseln und vorbeifahrenden Schiffen; eines Tages würde sie am Strand ein riesiges Freudenfeuer anzünden und all den Abfall darauf verbrennen. Sie vergaß einfach immer nur, die richtige Ausrüstung dafür mitzubringen.

Dann holte sie ihre Schuhe und zog sie mit einiger Mühe wieder über ihre eisigen und leicht geschwollenen Füße. Vielleicht hatte sie ein wenig übertrieben, als sie sich so lange der Kälte ausgesetzt hatte. Einige Stunden in ihrem kleinen überheizten Auto würden das schon wieder in Ordnung bringen.

Sie marschierte über den Strand auf den grasbewachsenen Saum des Weidelandes zu. Ihr Schaf hatte zu seiner Herde zurückgefunden, stand jetzt weit weg im oberen Bereich des Hügels. Als Isserley versuchte, das Schaf herauszufinden, zu dem sie gesprochen hatte, stolperte sie und wäre beinahe hingefallen, denn in den Schuhen war sie ganz unbeholfen; sie musste aufpassen, wo sie hintrat. Kompliziert ineinander verschlungene Bündel von gebleichtem und von der Sonne ausgetrocknetem Seegras lagen überall verstreut am äußersten Rand der belebten Vegetation, sie erinnerten an Skelette oder Teile von Skeletten nicht existierender Geschöpfe. Inmitten dieser täuschend realistischen Abbilder flatterten echte Hüllen ausgeweideter Seemöwen im Wind. Manchmal, heute allerdings nicht, fand sich dort auch eine tote Robbe, deren Rückenflossen in einem abgerissenen Stück Fischernetz verheddert waren und deren Körper andere Meeresbewohner ausgehöhlt hatten.

Isserley ging den Pfad entlang, den Generationen von Schafherden getrampelt hatten, und stieg die verschiedenen Schichten des Hügels hinauf. In Gedanken saß sie bereits hinter dem Steuer.

Als sie zum Cottage zurückkam, war das Feuer niedergebrannt. Ein geschmolzener Ring hatte sich darum herumgelegt, ein dunkler Kreis aus Asche und versengtem Gras im Schnee. Auf dem Scheiterhaufen selbst lagen immer noch unverbrannte Reste des Rucksacks. Sie zog die rußigen Metallstreben aus der Asche und legte sie weg, um sie später zu beseitigen. Morgen vielleicht, wenn sie sich dann wieder bereit fühlte für einen Spaziergang am Meer.

Sie betrat das Haus und ging direkt in das Badezimmer.

Wie die anderen Räume des Hauses machte auch das Badezimmer einen kahlen, unbewohnten Eindruck und war ganz fleckig von lauter Schimmel und dem von Insekten hinterlassenen Schmutz. Trübes Licht fiel durch ein winziges, dreckiges Fenster aus mattiertem Glas in den Raum. Eine ausgezackte Spiegelscherbe war schief in die Nische hinter dem Waschbecken gerutscht, es spiegelte sich jedoch weiter nichts als abblätternde Farbe darin. Die Badewanne war sauber, allerdings ein wenig verrostet, ebenso das Waschbecken. Das gähnende Innere der Toilettenschüssel ohne Klosettdeckel hatte dagegen die Farbe und Struktur von Borke; mindestens seit Isserley in diesem Haus wohnte, war die Toilette nicht mehr benutzt worden.

Isserley hielt sich nicht lange auf, zog nur die Schuhe aus und stieg in die Wanne mit den ockerfarbenen Streifen. Über ihrem Kopf in die Wand geschraubt befand sich ein Duschkopf, den sie mit Hilfe einer Einstellskala aus Bakelit dazu veranlasste, unter starkem Druck stehendes Wasser auf sie zu spritzen. Erst als der kraftvolle Strahl sich über sie ergoss, zog sie ihre Kleider aus und ließ sie zu ihren Füßen in die Badewanne fallen.

Auf dem rostfleckigen Wannenrand standen drei verschiedene Flaschen Shampoo bereit. Bei der Arabella-Tankstelle hatten alle drei zusammen genau fünf Pfund gekostet. Isserley nahm ihr Lieblingsshampoo und goss sich die hellgrüne, sirupähnliche Flüssigkeit über das Haar. Dann spritzte sie mehr von dem Zeug auf ihren nackten Körper und großzügig auch auf den durchnässten Kleiderhaufen zu ihren Füßen. Mit dem einen Fuß schob sie das patschnasse Bündel über das Abflussloch, um den Wasserpegel in der Wanne ein wenig ansteigen zu lassen.

Sorgfältig wusch sie sich das Haar und spülte es wieder und wieder aus. Zu Hause war ihr Haar immer das Schönste an ihr gewesen. Einmal hatte ein Mitglied der Elite zu ihr gesagt, dass sie mit Haar wie diesem nicht in Gefahr sei, jemals in die Neuen Siedlungen geschickt zu werden: rückblickend ein billiges, albernes Kompliment, damals allerdings verführerisch ermutigend. Sie hatte geglaubt, ihr Weg in eine lichte Zukunft sei eine Frage physischer Unausweichlichkeit, ein üppiges und glänzendes Geburtsrecht, das allen auf den ersten Blick ins Auge sprang und das einige wenige vom Glück Begünstigte voller Bewunderung streicheln durften.

Jetzt war so wenig davon übrig geblieben, dass sie es nicht länger ertragen konnte, es immer noch genauso sorgfältig zu pflegen. Das meiste würde nie wieder nachwachsen, der klägliche Rest war weiter nichts als ein Ärgernis.

Sie strich über die Haut von Schultern und Armen und prüfte, ob sie sich schon wieder rasieren müsste. Ihre vom Seifenschaum ganz glitschigen Handflächen ertasteten sanfte, kurze Stoppeln, doch sie beschloss, dass sie es noch einen weiteren Tag so lassen konnte. Viele Frauen hatten kurze Härchen auf den Armen, hatte sie entdeckt. Das wirkliche Leben war ganz und gar nicht wie die gefällig glatten Abbilder, die in Zeitschriften und im Fernsehen gepriesen wurden. Aber ihre Arme würde ja ohnehin niemand zu Gesicht bekommen.

Voller Abscheu rieb sie sich die Brüste mit Seifenschaum ein und spülte sie ab. Das einzig Gute an diesen Brüsten war die Tatsache, dass sie ihr den Blick auf das verwehrten, was man mit ihrer unteren Körperhälfte gemacht hatte.

Nachdem sie den Duschkopf wieder an seinen Platz gehängt hatte, widmete sie ihre Aufmerksamkeit den Kleidern, die jetzt in einer seichten Pfütze schaumigen grauen Wassers kreisten. Sie trat auf sie, spülte sie sauber, trat noch ein wenig weiter, dann wrang sie sie mit ihren kraftvollen Klauen aus. Trocknen würden sie später auf dem kleinen Rechteck, das die durch ihr Schlafzimmerfenster hereinscheinende Sonne bildete, oder, wenn das nicht ging, auf dem Rücksitz ihres Autos.

Die Mittagszeit war bereits vorüber, als Isserley endlich vom Bauernhof wegfuhr. Die Sonne, die am Vormittag so golden geschienen hatte, war inzwischen kaum noch zu sehen; der Himmel war jetzt schiefergrau und hing schwer von nicht abgeladenem Schnee über der Erde. Die Wahrscheinlichkeit, heute auf den Straßen geeignete Anhalter, oder überhaupt

Anhalter, zu Gesicht zu bekommen, war äußerst gering. Doch ihr stand der Sinn danach, zu arbeiten oder doch wenigstens von all der Aufregung fortzukommen, die, wie sie wusste, unter der Erde immer noch im Gange war.

Auf ihrem Weg am Hauptgebäude vorbei wurde ihr ein höchst ungewöhnlicher Anblick zuteil: Esswis hockte breitbeinig auf einer großen Holzleiter, in der einen Hand hielt er eine Büchse, in der anderen einen Pinsel und malte die Steinwand mit weißer Farbe an.

Isserley fuhr langsamer, hielt am Fuß der Leiter an und schaute zu Esswis hoch. Sie trug bereits ihre Brille, also war er nicht ganz klar zu sehen, in dem trüben Sonnenlicht wirkte er leicht verzerrt. Sie dachte daran, für einen Augenblick die Brille abzusetzen, aber das wäre wohl unhöflich gewesen, da Esswis seine Brille ebenfalls trug.

„Ahl“, sagte sie, blinzelte nach oben und wusste nicht, ob es richtig gewesen war, dass sie angehalten hatte.

„Ahl“, erwiderte er, genauso wortkarg wie der Bauer, der er ja vorgab zu sein. Vielleicht wollte er sich davor hüten, hier unter freiem Himmel in ihrer gemeinsamen Muttersprache mit ihr zu reden, obwohl niemand in der Nähe war, der es hätte hören können. Farbe tröpfelte von der Spitze des Pinsels, den er in der Hand hielt, doch abgesehen davon, dass er die Stirn runzelte, unternahm er nichts dagegen, als sei die Begrüßung durch Isserley eine Art Unglück, das es stoisch zu ertragen galt. Er trug einen Overall, eine Mütze und mit Farbe bespritzte grüne Gummistiefel, deren geheimes Innenleben genauso lange hatte bearbeitet werden müssen wie Isserleys Schuhe.

Alles in allem, so dachte Isserley, war er besser davongekommen als sie. Zunächst einmal hatte er keine Brüste, und außerdem hatte er mehr Haare im Gesicht.

Mit einer Handbewegung deutete sie auf die Arbeit, mit der er gerade beschäftigt war. Bis jetzt war nur ein kleines Bruchstück des Hauses weiß gestrichen.

„Alles zu Ehren von Amlis Vess?" fragte sie überflüssigerweise.

Esswis knurrte.

„Was für ein Umstand", erlaubte sich Isserley zu bemerken. „Das war doch gewiss nicht deine Idee, oder?"

Esswis' Blick verfinsterte sich, und angewidert schaute er auf sie herab.

„Amlis Vess kann mich am Arsch lecken", erklärte er klar und deutlich auf Englisch und wandte sich ab, um weiterzumalen.

Isserley kurbelte ihr Fenster hoch und fuhr los. Eine nach der anderen begannen federige Schneeflocken kreiselnd vom Himmel zu fallen.

VIERTES KAPITEL

Während Isserley eine drahtseilschmale Betonbrücke hoch über dem Erdboden überquerte, gestand sie sich ein, dass sie Amlis Vess auf keinen Fall begegnen wollte.

Sie näherte sich der Mitte der Kessock Bridge, und dabei umklammerte sie das Lenkrad, da sie mit heftigen Seitenwinden rechnete, die versuchen würden, ihr kleines rotes Auto in die Luft zu schleudern. Überdeutlich wurde sie sich des Gewichts der schmiedeeisernen Konstruktion unter ihr bewusst, des Haltes, den die Reifen auf dem Bitumen fanden – paradoxerweise etwas, das den Eindruck von Stabilität hervorrief. Es schien, als habe sich das Auto in seiner Angst, von der Stelle bewegt zu werden, gegen seine eigene Schwere und Unbeweglichkeit aufgelehnt.

Juh-uuh-uuh-uuh-uuh-uuh-uuh! johlte der Wind.

In regelmäßigen Abständen erzitterten auf der Brücke Metallschilder, auf denen ein stilisiertes, von einer heftigen Windbö geblähtes Netz dargestellt war. Dieses Symbol sowie auch alle anderen Verkehrszeichen waren für Isserley weiter nichts als unverständliche Hieroglyphen gewesen, als sie vor langer Zeit angefangen hatte, sich damit zu beschäftigen. Doch inzwischen war dieses Zeichen ihr in Fleisch und Blut übergegangen und veranlasste sie, instinktiv das Lenkrad zu umklammern, als sei es ein Tier, das sich verzweifelt losreißen wollte. Ihre Hände waren fest zusammengepresst; sie bildete sich ein, zwischen den Knöcheln den Puls schlagen zu sehen.

Doch als sie leise vor sich hinmurmelte, dass sie sich nicht vom Weg würde abbringen lassen, nein, unter gar keinen Umständen, dachte sie dabei nicht etwa an den Seitenwind, sondern an Amlis Vess. Denn der kam aus einer Richtung hereingeschneit, aus der weit Gefährlicheres drohte als das, was von der Nordsee kam, und sie sah sich außerstande abzuschätzen, welche Konsequenzen sein Besuch haben würde. Doch was auch immer die Konsequenzen sein mochten, sie würde sie nicht aus der Welt schaffen können, indem sie lediglich das Lenkrad ihres Autos fest umklammert hielt.

Inzwischen hatte sie die Brückenmitte passiert, einige Minuten Fahrt trennten sie noch von Inverness am anderen Ende. Langsam surrte sie auf der äußeren Spur vorwärts und zuckte jedes Mal zusammen, wenn ein schnellerer Wagen an ihr vorbeibrauste; der Druck des Windes ließ dann immer ganz plötzlich nach, um kurz darauf mit aller Gewalt wieder zurückzubranden. Zu ihrer Linken flirrte die Luft vor lauter Seemöwen, ein Durcheinander weißer Vögel, das endlos lang dem Wasser entgegenstürzte, dann unmittelbar über dem Firth schwebte und sich nur allmählich senkte, wie in der Senkbewegung gefangen. Isserley wandte ihre Aufmerksamkeit wieder den in der Ferne zu erkennenden Umrissen von Inverness zu und bemühte sich, fester auf das Gaspedal zu treten. Nach der Tachoanzeige zu schließen, wollte ihr das nicht gelingen. *Juh-uuh-uuh-uuh-uuh-uuh!* schrie der Wind den ganzen Rest des Weges über.

Nachdem sie heil und gesund am anderen Ende die Brücke verlassen hatte, hielt sie sich sorgfältig auf der langsameren Spur und gab sich alle Mühe, wieder tief und regelmäßig zu atmen und die Hände zu lockern. Fast sofort hatte der Druck von außen nachgelassen; sie konnte jetzt normal fahren, normal funktionieren. Sie hatte wieder festen Boden unter sich, hatte alles unter Kontrolle, war perfekt ihrer Umgebung angepasst und verrichtete eine Arbeit, die nur sie verrichten konnte. Amlis Vess konnte denken oder sagen, was er wollte: Das würde immer so bleiben, immer. Sie war unentbehrlich.

Allerdings beunruhigte sie dieses Wort auch. *Unentbehrlich.* Es war eines jener Wörter, zu dem die Leute Zuflucht nahmen, wenn Entbehrlichkeit in der Luft lag.

Sie versuchte, sich vorzustellen, wie es sein würde, wenn man bei all ihrer Unentbehrlichkeit doch auf sie verzichten würde; aufrichtig und unbeirrbar versuchte sie, es sich vorzustellen. Vielleicht würde jemand anderer darauf vorbereitet, dieselben Opfer zu bringen, die sie und Esswis gebracht hatten, und würde dann ihren Platz einnehmen. Sie und Esswis waren, jeder auf seine Weise, völlig verzweifelt gewesen; könnten nicht auch andere ebenso verzweifelt sein? Das konnte sie sich nur schwer vorstellen. Niemand konnte so verzweifelt sein, wie sie es gewesen war. Außerdem wäre ja auch jeder, der diese Arbeit neu aufnahm, unerfahren, unerprobt. Bei den irrsinnigen Geldbeträgen, die auf dem Spiel standen, würde Vess Incorporated da wirklich ein solches Risiko eingehen?

Wahrscheinlich nicht. Aber Isserley hatte Mühe, daraus viel Tröstliches zu beziehen, denn auch der Gedanke, wirklich unentbehrlich zu sein, beunruhigte sie.

Es bedeutete, dass Vess Incorporated sie niemals gehen lassen würde.

Es bedeutete, dass sie diese Arbeit bis in alle Ewigkeit würde verrichten müssen. Es bedeutete, dass nie der Tag kommen würde, an dem sie sich an der Welt freuen könnte, ohne dass sie sich den Kopf zerbrechen müsste über die Geschöpfe, von denen es auf dieser Welt wimmelte.

All das dürfte, so rief sich Isserley verärgert ins Gedächtnis, nicht das Geringste mit Amlis Vess zu tun haben. Wie könnte es auch? Was auch immer der Grund für den Besuch des jungen Amlis sein mochte, es musste ein rein persönlicher Grund sein, der mit Vess Incorporated in keinerlei Zusammenhang stand. Nur weil der Name von Amlis Vess erwähnt wurde, brauchte sie noch nicht in helle Aufregung zu geraten.

Na schön, zugegeben, Amlis war der Sohn des großen Chefs, aber es gab keinerlei Anzeichen dafür, dass er im Imperium seines Vaters das Erbe antreten würde. Amlis *arbeitete* nicht einmal bei Vess Incorporated – in seinem ganzen Leben hatte er noch nicht gearbeitet –, und es war recht unwahrscheinlich, dass er irgendwelche Machtbefugnisse besaß, um im Namen des Unternehmens Entscheidungen zu fällen. Soweit Isserley wusste, empfand Amlis nichts als Verachtung für die Geschäftswelt und war in den Augen seines Vaters ein großer Versager. Er machte Ärger, aber das würde Isserley nicht betreffen. Sie hatte nichts zu befürchten, wenn er, aus welchem Grund auch immer, auf Ablach Farm hereinschneite.

Also weshalb wollte sie dann die Begegnung mit ihm um jeden Preis vermeiden?

Gegen den Jungen (oder den Mann? – wie alt mochte er inzwischen sein?) hatte sie gar nichts; er hatte ja nicht darum gebeten, Erbe des größten Unternehmens der Welt zu sein. Er war ihr nie persönlich zu nahe getreten, und seine Abenteuer hatte sie in der Vergangenheit stets mit Vergnügen zur Kenntnis genommen. Ständig sah man ihn in den Nachrichten, die typische Geschichte vom jungen, reichen Thronanwärter. Einmal hatte er sich all sein Haar abrasiert, eine Art Initiationsritus, als er unter heftigem Beschuss der Medien einer obskuren religiösen Sekte beigetreten war, aus der er einige Wochen später ohne jegliche Anteilnahme der Presse wieder ausstieg. Ein anderes Mal hieß es, sein Vater und er hätten voller Erbitterung den Kontakt zueinander abgebrochen, weil Amlis Extremistengruppen im Nahen Osten unterstützt habe. Dann wieder hatte er öffentlich erklärt, dass Icpathua in hinreichend kleiner Dosierung verabreicht ein harmloser Stimmungsaufheller sei, der nicht per Gesetz verboten werden dürfe. Unzählige Male hatten junge Mädchen mit der Behauptung für Wirbel gesorgt, von ihm schwanger zu sein.

Alles in allem war er nichts weiter als der typische reiche Junge mit einem Riesenvermögen im Rücken.

Während sie eifrig gegrübelt hatte, war Isserleys Instinkt wach geblieben und holte sie nun auf den Fahrersitz zurück, da es etwas Wichtiges für sie zu sehen gab: In einiger Entfernung vor ihr stand ein Anhalter, und zwar gegenüber der ersten von vielen schrillbunten Imbissstuben, die den Straßenrand zwischen Inverness und dem Süden säumten. Sie horchte auf ihren eigenen Atem und versuchte einzuschätzen, ob sie sich schon so weit beruhigt hatte, dass sie diese Herausforderung annehmen konnte. Sie glaubte, ja.

Doch von nahem besehen erwies sich die Gestalt am Straßenrand als verhärmt aussehendes, grauhaariges, schäbig gekleidetes weibliches Wesen. Ohne das Tempo zu verlangsamen, fuhr Isserley an ihr vorbei und ignorierte den in den Augen der Frau aufleuchtenden Appell an Loyalität gegenüber dem eigenen Geschlecht. Ein kurzer Augenblick genügte, um ihr den Eindruck von Kränkung und Niedergeschlagenheit zu vermitteln, dann war die Gestalt nur noch ein immer kleiner werdender Fleck im Rückspiegel.

Nun lief Isserley auf Hochtouren, und sie war dankbar, dass sie an etwas anderes als Amlis Vess denken konnte. Nur wenige Kilometer weiter stand zufällig noch ein Anhalter am

Straßenrand. Er war männlichen Geschlechts und auf den ersten Blick höchst beeindruckend, doch leider hatte er sich an einer Stelle platziert, an der nur der tollkühnste Autofahrer ans Halten denken würde. Isserley ließ ihre Scheinwerfer einmal kurz aufleuchten und hoffte, er würde verstehen, dass sie womöglich bereit gewesen wäre, ihn aufzulesen, hätte er es nicht so gefährlich für sie gemacht. Sie bezweifelte, dass ein einmaliges Aufleuchten der Scheinwerfer diese Botschaft bei ihm ankommen ließ; wahrscheinlicher war es, dass er einfach annahm, sie würde Missbilligung bekunden, ihn verspotten.

Doch es war noch nicht alles verloren – vielleicht würde sie ihn später auf dem Rückweg wieder sehen, und vielleicht hätte er sich bis dahin an einen weniger gefährlichen Platz gestellt. Im Lauf der Jahre hatte Isserley gelernt, dass einem das Leben oft eine zweite Chance gewährte: Sie hatte schon Anhalter aufgelesen, die sie viele Stunden zuvor und viele Kilometer weiter entfernt voller Dankbarkeit in den Wagen eines anderen Fahrers hatte steigen sehen.

Und so fuhr Isserley optimistisch weiter.

Sie fuhr den ganzen Tag zwischen Inverness und Dunkeld hin und her, wieder und immer wieder. Die Sonne ging unter. Der Schnee, der im Lauf des Vormittags zurückgewichen war, stellte sich wieder ein. Einer der Scheibenwischer war auf ein ärgerliches Quietschen verfallen. Es musste getankt werden. In all dieser Zeit hatte sich ihr kein einziges geeignetes Exemplar gezeigt.

Es war sechs Uhr, als sie schließlich mehr oder weniger begriff, weshalb sie die Begegnung mit Amlis Vess so sehr fürchtete.

Es hatte nicht wirklich etwas mit seiner sozialen Stellung zu tun; *sie* war ein unersetzlicher Bestandteil des Unternehmens, *er* hingegen allen nur ein Dorn im Auge, also hatte er von Vess Incorporated wahrscheinlich mehr zu befürchten als sie. Nein, der eigentliche Grund dafür, dass sie sich vor ihm fürchtete, war viel simpler.

Der Grund war, dass Amlis Vess von zu Hause kam.

Wenn er sie zu Gesicht bekam, würde er sie so sehen, wie jeder normale Mensch von zu Hause sie sehen würde, und er wäre entsetzt, und sie würde sein Entsetzen hilflos mit ansehen müssen. Sie wusste aus Erfahrung, was das für ein Gefühl sein würde. Sie würde alles tun, um dieses Gefühl nicht wieder spüren zu müssen. Die Männer, mit denen sie auf dem Bauernhof zusammenarbeitete, waren anfangs auch entsetzt gewesen, doch inzwischen hatten sie sich, mehr oder weniger, an sie gewöhnt; sie konnten ihrer Arbeit nachgehen, ohne sie ständig anzugaffen (obwohl sie jedes Mal, wenn die Arbeit kurz ruhte, die Augen der Männer auf sich spürte). Kein Wunder, dass sie dazu neigte, in ihrem Cottage zu bleiben – und weshalb Esswis es genauso hielt, ließ sich leicht erraten. Man konnte es so leid werden, ein Monstrum zu sein.

Amlis Vess, der sie nie zuvor gesehen hatte, würde zurückschrecken. Er würde erwarten, ein menschliches Wesen zu sehen, stattdessen bekam er ein scheußliches Tier zu Gesicht. Es war dieser Moment des … des Übelkeit erregenden Gegenteils lobender Anerkennung, den sie einfach nicht verkraften konnte.

Sie beschloss, sofort zum Bauernhof zurückzufahren, sich in ihrem Cottage einzuschließen und zu warten, bis Amlis Vess angekommen und wieder abgereist wäre.

In der bergigen Trostlosigkeit von Aviemore erfassten ihre Scheinwerfer einen Anhalter. Eine kleine, groteske Gestalt, die im aufflackernden Licht gestikulierte und die auf der Netzhaut fast wie ein Nachbild wahrgenommen wurde; eine kleine, groteske Gestalt, die dummerweise an einem Platz festgewachsen war, an dem Autos mit Höchstgeschwindigkeit an dem Mann vorbeizischen würden. Da Isserleys Höchstgeschwindigkeit jedoch bei etwa achzig Kilometer in der Stunde lag, hatte sie Zeit genug, ihn zu bemerken. Er schien höchst begierig zu sein, mitgenommen zu werden.

Als Isserley an ihm vorbeifuhr, dachte sie ernsthaft darüber nach, ob sie zu diesem Zeitpunkt überhaupt einen Anhalter wollte. Sie wartete darauf, dass das Universum ihr ein Zeichen geben würde.

Es hatte wieder aufgehört zu schneien, die Scheibenwischer lagen reglos, der Motor surrte wie ein Uhrwerk, sie war vielleicht in Gefahr, ein wenig einzudösen. Isserley fuhr langsamer, lenkte den Wagen sacht in eine Parkbucht für Busse und kam mit abgeblendeten Scheinwerfern zum Stillstand. Auf der einen Seite ragten die Monadhliath-Berge über ihr in die Höhe und auf der anderen die Cairngorms. Sie war allein mit den Bergen. Sie schloss die Augen, fuhr mit den Fingerspitzen unter die Brillenränder und rieb sich über die großen, seidigen Lider. Ein massiger Tanklastwagen drängte sich dröhnend in ihr Gesichtsfeld und überflutete die Fahrerkabine von Isserleys Wagen mit Licht. Sie wartete, bis er vorbeigefahren war, dann ließ sie den Motor aufheulen und betätigte den Blinker.

Als sie auf der anderen Straßenseite zum zweiten Mal an ihm vorbeifuhr, bemerkte sie, dass der Anhalter klein war und einen gewölbten Brustkasten hatte, und er entblößte viel Fleisch, das derart dunkel gebräunt war, dass nicht einmal der volle Scheinwerferstrahl es bleichen konnte. Diesmal fiel ihr auf, dass er ganz in der Nähe eines Autos stand, das in einem Graben abseits der Straße geparkt oder vielleicht auch dort liegen geblieben war. Es war ein heruntergekommener blauer Nissan-Kombi, der überall zerkratzt und zerbeult war, diese Schäden waren allerdings nicht frisch genug, um auf einen gerade passierten Unfall schließen lassen zu können. Obwohl sich der Anhalter mit übertriebener Gestik bemühte, die Aufmerksamkeit auf seinen Wagen zu lenken, schienen beide intakt und unversehrt zu sein.

Isserley fuhr einige Kilometer weiter, denn sie wollte es vermeiden, in etwas hineingezogen zu werden, auf das womöglich schon die Polizei oder ein Pannenservice aufmerksam geworden war. Doch wenn ein liegen gebliebener Autofahrer überhaupt eine reelle Chance hätte, von solchen Instanzen gefunden zu werden, so folgerte sie schließlich, würde er nicht noch versuchen, per Anhalter von seinem Auto wegzukommen. Also wendete sie und fuhr zurück.

Bei der letzten Annäherung erwies sich der Anhalter als ein merkwürdiges Geschöpf, sogar für schottische Verhältnisse. Obwohl er nicht viel größer war als Isserley und spindeldürre Beine und einen verschrumpelten kleinen Kopf mit ausgedünnten Haarbüscheln hatte, waren Arme, Schultern und Oberkörper geradezu unglaubwürdig massig, als seien ihm diese Körperteile von einem weit stämmigeren Wesen transplantiert worden. Er trug ein ausgefranstes und ausgebleichtes Hemd aus Baumwollflanell, die Ärmel hatte er hochgerollt, und er schien unempfindlich gegen die Kälte zu sein, mit beinahe clownesker Begeisterung durchbohrte er mit dem Daumen die eisige Luft und deutete mit weit ausholenden Gesten auf seinen klapprigen Nissan. Einen Moment lang wunderte sich Isserley und fragte sich, ob sie ihn nicht schon einmal irgendwo gesehen hatte, dann wurde ihr klar, dass sie ihn mit gewissen Zeichentrickfiguren aus dem

Frühstücksfernsehen verwechselte. Doch die Art Figuren, an die er sie erinnerte, waren nicht die Hauptakteure; es waren vielmehr die Figuren, die von gigantischen Holzhämmern zu Brei geschlagen wurden oder die man mittels explodierender Zigarren verbrutzeln ließ.

Sie beschloss, für ihn anzuhalten. Schließlich besaß er schon allein zwischen Nacken und Hüften mehr Muskelmasse, als viele Wotzel, die zweimal so groß waren, an ihrem ganzen Körper aufzuweisen hatten.

Als er sah, dass sie die Geschwindigkeit verlangsamte und auf ihn zusteuerte, nickte er wie ein Irrer und hielt in einem Ausdruck des Triumphes zwei Fäuste mit abgespreizten, steif gefrorenen Daumen in die Luft, als wolle er sie für ihren Entschluss mit zwei Punkten belohnen. Über dem Knirschen des Schotters glaubte Isserley einen heiseren Jauchzer zu hören.

So dicht es möglich war, ohne mit den Rädern im Graben stecken zu bleiben, fuhr sie zum Parken an den Wagen des Fremden heran und vertraute darauf, dass ihre aufblinkenden Rücklichter die hinter ihr herankommenden Fahrer warnen würden. Das war wirklich eine höchst ungünstige Stelle, und sie war gespannt, ob der Anhalter das zugeben würde. Das würde ihr bereits einiges Wissenswerte über ihn verraten.

Sobald sie die Handbremse angezogen hatte, kurbelte sie das Fenster auf der Beifahrerseite herunter, und sofort steckte der Anhalter seinen winzigen Kopf zum Wagen herein. Er schenkte ihr ein breites Lächeln aus einem Mund voller schiefer Zähne, die alle braune Spitzen hatten und zwischen den beiden ledrigen Halbmonden der Lippen zum Vorschein kamen. Sein braunes Gesicht war stoppelig, voller Falten und vernarbt, darin ein fleckiger Rüssel von einer

Nase und zwei auf spektakuläre Weise blutunterlaufene Schimpansenaugen.

„Die haut mir ordentlich die Hucke voll, sach ich Ihnen", lallte er und hauchte eine Alkoholfahne in den Wagen.

„Wie bitte?"

„Meine Freundin. Die haut mir ordentlich die Hucke voll", wiederholte er, und sein Grinsen breitete sich zu einer Grimasse aus. „Zum Abendessen hätt' ich bei ihr antanzen sollen. Zum Abendessen muss ich *immer* bei ihr antanzen. Und das klappt *nie*, eh, ist das zu fassen?" Er sank ein wenig im Rahmen des Wagenfensters zusammen, und seine Augen schlossen sich langsam, als sei die Energie, die seine Lider oben hielt, plötzlich versiegt. Unter großer Anstrengung machte er sich wieder munter und fuhr fort: „Jede Woche dasselbe."

„Dasselbe? Was denn?" fragte Isserley und gab sich alle Mühe, unter dem Anprall der Bierfahne nicht das Gesicht zu verziehen.

Er zwinkerte schwerfällig. „Sie is' ziemlich launisch." Die Augen fielen ihm wieder zu, und er kicherte wie ein Zeichentrickkater im Schatten einer herabfallenden Bombe.

Isserley fand, dass er, verglichen mit anderen Wotzeln, eigentlich recht gut aussah, doch sein Benehmen war entschieden merkwürdig, und so fragte sie sich, ob er womöglich geistesgestört war. Würde man einen Schwachsinnigen den Führerschein machen lassen? Weshalb hing er einfach nur albern grinsend im Rahmen ihres Wagenfensters, wenn sowohl sein als auch ihr Auto von einem vorbeidonnernden Lkw in Grund und Boden gefahren werden könnten? Nervös schaute sie in ihren Rückspiegel, um sich zu vergewissern, dass von hinten kein anderes Fahrzeug heranraste.

„Was ist denn mit Ihrem Auto los?" fragte sie und hoffte,

damit seine Aufmerksamkeit auf den Kern des Problems lenken zu können.

„Das will einfach nicht mehr fahren“, erklärte er weinerlich, die Augen zu verkrusteten Schlitzen zusammengezogen. „Will einfach nicht mehr. Ehrlich. Debatte zwecklos, oder, eh? Oder?“

Vehement grinste er, es schien, als hoffte er, sie so weit becircen zu können, dass sie irgendeine gegenteilige Meinung äußerte.

„Probleme mit dem Motor?“ drängte Isserley ihn vorsichtig.

„Ne. Hab' wohl kein Benzin mehr, sozusagen“, stieß er verlegen hervor. „Ist ja bloß meine Freundin. Bei der geht's um jede Minute. Aber ich hätt' wohl mehr tanken sollen, denk' ich mal.“

Blinzelnd schaute er in Isserleys riesige Augen, und sie erkannte klar, dass er nichts Exotischeres darin sah als den zu erwartenden Tadel eines anderen Autofahrers.

„Die Tankuhr is' 'n bisschen im Arsch, nich'“, erläuterte er und machte einen Schritt von Isserleys Auto zurück, um den Blick auf sein Auto freizugeben. „Sagt leer, wenn's fast voll is'. Sagt voll, wenn's fast leer is'. Dem Ding kann man nich' über'n Weg traun. Da kannste dich nur auf dein Gedächtnis verlassen, nich'?“ Er riss die Tür seines Autos auf, als habe er vor, mit Isserley eine Führung durch die Schwächen des Wagens zu veranstalten. Das Licht im Wageninneren ging an – ein fahles und flackerndes Licht, das den zweifelhaften Ruf des Wagens bezeugte. Überall auf den Sitzen, mit Ausnahme des Fahrersitzes, lagen Bierdosen und Kartoffelchipstüten verstreut.

„Seit fünf in der Früh bin ich schon auf“, erklärte der Anhalter mit dem Riesenzinken und knallte die Tür seines

Autos zu. „Hab' zehn Tage durchgearbeitet. Vier – fünf Stunden Schlaf nur die Nacht. Ätzend. Ätzend. Aber beschweren is' wohl zwecklos, oder, eh? Oder?"

„Tja, also ... kann ich Sie vielleicht mitnehmen?" schlug Isserley vor und wedelte mit ihrem dünnen Arm in dem leeren Raum über ihrem Beifahrersitz, um seine Aufmerksamkeit zu erlangen.

„'n Kanister Benzin brauch' ich", sagte er und schlurfte wieder zum offenen Fenster von Isserleys Wagen.

„Habe ich nicht", erwiderte Isserley. „Aber steigen Sie trotzdem ein. Ich fahre Sie zu einer Tankstelle, oder vielleicht auch weiter. Wohin wollten Sie denn?"

„Zu meiner Freundin", sagte er anzüglich grinsend und quälte noch einmal die Lider über die Augäpfel in die Höhe. „Sie is' ziemlich launisch. Die haut mir ordentlich die Hucke voll."

„Ja, aber wo genau ist denn das?"

„Edderton", antwortete er.

„Also steigen Sie ein", drängte sie. Edderton lag nur acht Kilometer außerhalb von Tain, etwa zwanzig Kilometer von Ablach Farm entfernt. Was riskierte sie schon? Wenn sie ihn gehen lassen musste, konnte sie sich über die Enttäuschung hinwegtrösten, indem sie sich sofort auf den Bauernhof zurückzog; wenn sie ihn mitnehmen konnte, umso besser. So oder so wäre sie wohlbehalten in ihrem Cottage, wenn Amlis Vess kam, und könnte die ganze Aufregung vielleicht sogar verschlafen – vorausgesetzt, niemand kam und klopfte an ihre Tür.

Als der Anhalter sicher angeschnallt dasaß, lenkte Isserley den Wagen von dem Graben weg auf die A9, gab Gas und fuhr Richtung Zuhause. Sie bedauerte, dass dieser Straßenabschnitt nicht beleuchtet und dass es verboten war, während der Fahrt die Innenbeleuchtung einzuschalten; sie hätte diesem Mann gern die Möglichkeit gegeben, sie ordentlich zu mustern. Sie war überzeugt, dass er nicht sehr helle und außerdem im Augenblick gerade intensiv damit beschäftigt war, seine akuten Probleme zu lösen; er würde höchstwahrscheinlich einen ganz besonderen Anreiz brauchen, um über sich selbst zu reden. Doch die Dunkelheit der Straße machte sie zu nervös, um nur mit der rechten Hand auf dem Lenkrad zu steuern; er würde sich eben einfach ein bisschen anstrengen müssen, wenn er ihre Brüste sehen wollte. Seine Augen wirkten aber zugegebenermaßen schon jetzt recht müde. Sie schaute geradeaus, fuhr vorsichtig und überließ ihn sich selbst.

Sie würde ihn umnieten, das war mal klar, dachte der Anhalter, aber vielleicht würde sie ihn vorher ein bisschen schlafen lassen.

Ha! Denkste! Sie würde ihn einen Blick auf den Teller mit dem im Ofen aufgewärmten und ausgetrockneten Abendessen werfen lassen und ihm dann sagen, zu essen gibt's jetzt nichts, auch wenn er nichts lieber täte, als ordentlich reinzuhauen, aber sie würde ihn natürlich nicht lassen. Deshalb fuhr er ja auch einmal in der Woche, Woche für Woche immer wieder, die A9 rauf. Sein Mädchen. Seine Catriona. Er könnte sie hochheben und aus dem Fenster werfen wie eine Vase, wenn er das wollte, aber in Wirklichkeit war sie es, die ihn herumkommandierte. Was hatte das nur zu bedeuten; das war ja wohl verrückt, oder, eh? Oder?

Also die Kleine hier, die ihn da aufgelesen hatte. *Die* wär' wahrscheinlich ganz in Ordnung. Als Freundin, sozusagen. Die würde ihn schlafen lassen, wenn er nichts sehnlicher wollte als das, da war er ganz sicher. Die würde ihn nicht anstupsen, wenn er gerade ein bisschen eindöste, und dann sagen: „Du schläfst doch nicht etwa ein, oder?“ Nette Augen hatte die. Auch ’n mächtig dicken Vorbau. Bloß schade, dass sie nicht ein paar große Kanister Benzin irgendwo auf Vorrat hatte. Aber schließlich konnte er sich ja nicht gut beschweren, oder? Beschweren is’ wohl zwecklos. Immer schön der Zukunft ins Gesicht lächeln, wie der Alte Herr zu sagen pflegte. Aber der Alte Herr hatte ja schließlich auch nicht Catriona kennen gelernt.

Wo würde die Kleine ihn absetzen? Ob sie ihn wohl zu seinem Wagen zurückfahren würde, wenn er Benzin besorgt hätte? Er wäre gar nicht begeistert davon, seinen Wagen einfach so in einem Straßengraben stehen zu lassen. Es könnte ihn einer klauen. Aber wer ihn klaut, der würde Benzin brauchen. Aber wahrscheinlich fuhren überall im ganzen Land Autodiebe mit großen Benzinkanistern durch die Gegend und hielten Ausschau nach so einem Auto wie seinem. Wie tief konnten die Leute doch sinken, echt, oder? Jeder gegen jeden, darauf lief es schließlich doch wohl hinaus.

Er war schon spät dran, aber wenn er noch später kam, würde Catriona ihn totschlagen. Das war ja alles gar nicht so schlimm, wenn sie ihn nur schlafen lassen würde, das war doch der Punkt. Wenn er Benzin für den Wagen bekommen würde, könnte er ja im Wagen schlafen und würde am nächsten Morgen zu Catriona fahren. Oder er könnte sogar das ganze Wochenende im Wagen schlafen, den ganzen Tag in Little Chefs rumhängen und am Montagmorgen zurück zur Arbeit fahren. Verdammt klasse, oder, eh? Oder?

Die Kleine hier würde bestimmt nichts dagegen haben, wenn er bloß für ein paar Minuten den Kopf ein bisschen anlehnte, oder? Er war sowieso kein solch großer Redner. „Doof wie Bohnenstroh“, sagte Catriona immer.

Aber vielleicht war Bohnenstroh gar nicht so doof, oder, eh? Das kam ja wohl darauf an, was man darunter verstand, war doch so, oder, eh?

Isserley hustete, um ihn wieder ganz munter zu machen. Husten war etwas, das ihr nicht leicht fiel, aber sie versuchte es immer wieder, weil sie einfach sehen wollte, ob sie es nicht doch einigermaßen überzeugend hinbekam.

„Eh, was is'n?" kläffte er, wobei seine blutunterlaufenen Augen und sein rotzglänzender Zinken aus dem trüben Dämmerlicht vorsprangen wie aufgeschreckte wilde Tiere.

„Was arbeiten Sie denn so?" fragte Isserley. Eine Minute lang war sie ruhig gewesen, in der Annahme, der Anhalter würde sie von oben bis unten beäugen, aber ein erstickter Schnarcher aus seiner Richtung hatte ihr klargemacht, dass er dabei war einzuschlafen.

„Ich bin Holzfäller", antwortete er. „Bauholz. Achtzehn Jahre schon im Geschäft. Achtzehn Jahre hinter der Kettensäge. Aber beide Arme und beide Beine sind noch dran! He! He! He! Gar nicht schlecht, oder, eh? Oder?"

Er hielt die Finger hoch über das Armaturenbrett und wackelte damit hin und her, wohl um zu demonstrieren, dass er noch alle zehn hatte.

„Da haben Sie aber eine Menge Erfahrung", beglückwünschte ihn Isserley. „Sie müssen sich sicher schon einen Namen gemacht haben bei all den Sägewerken in der Gegend."

„Tja." Mehrfach nickte er nachdrücklich, und dabei prallte ihm das Kinn fast wie ein Ball von seinem gewölbten Brustkasten ab. „Die laufen weg, wenn sie mich kommen sehen. Aber he! Da darf man den Kopf nich' hängen lassen, oder, eh, oder?"

„Wollen Sie sagen, man ist mit Ihrer Arbeit nicht zufrieden?"

„Die sagen, ich erfülle das Zeitsoll nich'", nuschelte er undeutlich. „Ich lasse die Bäume zu lange warten, wissen Sie? Immer spät dran, spät, spät, spät. Spä-ä-ä-ä-ät ..." Der Kopf sackte ihm weg, der immer schwächer werdende Vokal beschrieb ein langsames Wegsinken in den Dämmerzustand.

„Das ist aber nicht sehr fair", sagte Isserley laut. „Schließlich kommt es doch darauf an, wie gut Sie Ihre Arbeit machen, nicht so sehr auf das Zeitsoll, oder?"

„Nett gesagt, wirklich nett gesagt", erwiderte der Holzfäller einfältig lächelnd, und dabei sank sein Blick immer tiefer in den Schoß, und seine ausgedünnten Haarbüschel legten sich um seinen kompakten Schädel.

„Also", sagte Isserley, „Sie leben in Edderton, ja?"

Wieder kam er schnaubend an die Oberfläche zurück.

„Was is'? Edderton? Meine Freundin wohnt da. Die haut mir ordentlich die Hucke voll."

„Also, wo wohnen Sie denn?"

„Die Woche über schlaf' ich im Auto oder in 'ner Pension. Zehn Tage arbeite ich durch, manchmal auch dreizehn. Im Sommer fang' ich um fünf Uhr früh an, im Winter um sieben. Oder ich muss, ich mu-u-u ..."

Gerade wollte sie ihn aus seinem Absacken in den Dämmerzustand wieder aufschrecken, als er von ganz allein aufschreckte, sich in dem Sitz drehte und tatsächlich die Wange an die Kopfstütze legte, als sei sie ein Kissen. Erneut zwinkerte er ihr zu, und mit einem müde unterwürfigen Lächeln brummelte er in ihre Richtung:

„Fünf Minuten. Nur fünf Minuten."

Belustigt und ohne ein Wort zu sagen fuhr Isserley weiter, während er schlief.

Und sie war einigermaßen überrascht, als er sich mehr oder weniger genau fünf Minuten später ruckartig hochriss und sie benommen anstarrte. Doch während sie noch überlegte, wie sie ein Gespräch beginnen könnte, entspannte er sich wieder und legte die Wange erneut an die Kopfstütze.

„Noch mal fünf Minuten", sagte er beschwichtigend und machte dabei einen Schmollmund. „Fünf Minuten."

Und schon war er wieder eingeschlafen.

Isserley fuhr weiter, wobei sie auf die Uhr am Armaturenbrett schaute und die Zeit im Auge behielt. Und tatsächlich riss sich der Holzfäller etwa dreihundert Sekunden später ruckartig wieder hoch.

„Fünf Minuten", stöhnte er, drehte sich um und legte die andere Wange an die Kopfstütze.

Zwanzig Minuten ging das so. Zuerst hatte Isserley es auch gar nicht eilig, aber dann wies ein Schild an der Straße sie darauf hin, dass sie bald an einer Raststätte mit Tankstelle vorbeifahren würden, und sie hielt es für besser, möglichst bald zur Sache zu kommen.

„Diese Freundin von Ihnen", sagte sie, als er das nächste Mal aufwachte. „Die hat nicht viel Verständnis für Sie, habe ich Recht?"

„Die is' ziemlich launisch", gestand er ein, als habe man ihn zum allerersten Mal gedrängt, das auszusprechen. „Die haut mir ordentlich die Hucke voll."

„Haben Sie je daran gedacht, sich von ihr zu trennen?"

Er verzog den Mund zu einem so breiten Grinsen, das aussah wie ein Einschnitt, der seinen Kopf in zwei Hälften teilte.

„Ein gutes Mädchen findet man nicht so leicht", erwiderte er tadelnd, wobei er kaum die Lippen bewegte.

„Na ja, trotzdem, wenn sie sich nicht um Sie kümmert", beharrte Isserley. „Also nur mal als Beispiel, würde sie sich

Sorgen um Sie machen, wenn Sie heute Abend nicht mehr kämen? Würde sie sich auf die Suche nach Ihnen machen?"

Er seufzte, ein langes schnaufendes Ausatmen unendlicher Mattheit.

„Mein Geld kommt ihr jedenfalls gerade recht", sagte er. „Und obendrein hab' ich Krebs in der Lunge. Lungenkrebs, sozusagen. Ich spür' davon nichts, aber die Ärzte sagen, es is' da. Ich hab' vielleicht nich' mehr lang, kapiert? Wär' doch blöd, den Spatz in der Hand aufzugeben, oder, eh? Oder?"

„Mhm", machte Isserley unbestimmt. „Ich verstehe, was Sie meinen."

Ein weiteres Schild zur Erinnerung für die Autofahrer, dass bald eine Raststätte kommen würde, flog pfeilschnell vorbei, aber der Holzfäller schmiegte sich wieder in den Sitz und brummelte: „Fünf Minuten. Bloß noch mal fünf Minuten."

Und schon war er wieder eingeschlafen, und er schnarchte leicht, wobei er seinen alkoholisierten Atem ausstieß.

Isserley sah ihn sich an. Zusammengesunken saß er da, der Kopf schlug immer wieder gegen die Kopfstütze, der wulstige Mund stand ihm offen, die Augen mit den geröteten Lidern waren geschlossen. Er sah genauso aus, als wäre er von den Icpathua-Nadeln bereits gestochen worden.

Während Isserley durch die schallgedämmte Nacht fuhr, dachte sie über ihn nach und wog die Vor- und Nachteile ab.

Von Vorteil war die Tatsache, dass die Trunksucht des Holzfällers und seine nächtlichen Exzesse zweifellos allen vertraut waren, die ihn kannten; nichts könnte sie weniger überraschen als sein Versäumnis, zu einer verabredeten Zeit an einem verabredeten Ort zu erscheinen. Auf einem windgepeitschten schmalen Straßenabschnitt, der durch zwei Gebirgszüge führte, würde man seinen Wagen voller leerer Alkoholbehältnisse finden; niemand würde bezweifeln, dass der Fahrer in betrunkenem Zustand in ein zugefrorenes Schlammloch beziehungsweise einen Abgrund gestürzt war. Pflichtgemäß würde sich die Polizei auf die Suche nach dem Leichnam machen, doch wohl von Anfang an nicht viel Hoffnung hegen, dass er je gefunden würde.

Ein Nachteil war die Tatsache, dass der Holzfäller kein gesundes Exemplar war: Seine Lungen waren, wie er selber zugegeben hatte, voller Krebs. Isserley versuchte, sich das bildlich vor Augen zu führen; stellte sich vor, wie ihn jemand aufschnitt und wie demjenigen ein Strahl übel riechenden Drecks aus verbranntem Zigarettenteer und vergorenem Schleim ins Gesicht spritzte. Doch das hielt sie für eine Grauen erregende Phantasievorstellung, die auf ihrem eigenen Ekel beim Gedanken an das lungenzugtiefe Inhalieren verbrennenden verfaulten Holzes beruhte. Es hatte wahrscheinlich überhaupt nichts zu tun mit dem, was Krebs wirklich war.

Sie runzelte die Stirn, so sehr strengte sie sich an, sich an früher einmal Gelerntes zu erinnern. Sie wusste, dass Krebs etwas mit der unkontrollierten Reproduktion von Zellen zu tun hatte … mutiertes Wachstum. Bedeutete das, dass in den Brustkorb dieses Wotzels riesige abnorme Lungen gezwängt waren? Sie wollte nicht, dass die Männer auf dem Bauernhof irgendwelche Probleme hatten.

Andererseits, wen kümmerte es schon, wenn die Lungen zu groß waren? Die konnte man doch sicherlich entfernen, ganz egal, welche Größe sie hatten.

Aber andererseits fühlte sie sich wiederum einfach unwohl dabei, einen Wotzel auf den Bauernhof zu bringen, von dem sie wusste, dass er krank war. Nicht etwa, dass ihr jemand in aller Deutlichkeit gesagt hätte, dass das falsch wäre, aber … nun ja, sie hatte eben ihre ureigenen Moralvorstellungen.

Da brummelte der Holzfäller gerade etwas im Schlaf, ein

schlafflippiger, sanft säuselnder Laut ähnlich wie „musch-muschmusch", als wolle er ein Tier besänftigen.

Isserley warf einen prüfenden Blick auf die Uhr am Armaturenbrett. Über fünf Minuten waren vergangen; deutlich über fünf Minuten. Sie holte tief Luft, lehnte sich in ihren Sitz zurück und fuhr.

Etwa eine Stunde später war sie an Tain vorbeigefahren und näherte sich dem Kreisverkehr bei der Dornoch Bridge. Ihr fiel auf, dass sich die Wetterverhältnisse so sehr von dem unterschieden, was sie am Vormittag auf der Kessock Bridge erlebt hatte, dass sie sich genauso gut auf einem anderen Planeten befinden könnten. Die Schneckenkurven, die sich von der stockdunklen Umgebung durch hell erleuchtete Neonstreifen auf langen Stangen abhoben, glänzten unheimlich in der Stille ohne Wind und ohne Verkehr. Isserley fuhr auf die steil ansteigende Spirale und warf einen Blick auf den Holzfäller, um zu sehen, ob der plötzliche grelle Lichteinfall ihn aufwecken würde. Er rührte sich nicht.

Isserleys Auto, das langsam hoch über der Erde vorwärts zockelte, beschrieb einen Bogen auf dem unwirklichen Betonlabyrinth. Diese Konstruktion war so ungeheuerlich hässlich, dass man sie fälschlicherweise für etwas aus den Neuen Siedlungen halten könnte, wäre da nicht der weite Himmel über ihr gewesen. Isserley lenkte den Wagen nach links, denn sie wollte es vermeiden, den Dornoch Firth überqueren zu müssen, und setzte zu einem steilen Abstieg in laubreiches Dämmerlicht an. Ihre voll aufgedrehten Scheinwerfer beleuchteten die Seite der Versammlungshalle der Zeugen Jehovas unten im Gelände und gruben sich dann in den Tarlogie Forest wie in einen Tunnel.

Erstaunlicherweise regte sich der Holzfäller nun unruhig im Schlaf; nachdem er auf die erbarmungslosen Lichter des

Kreisverkehrs keinerlei Reaktion gezeigt hatte, schien er jetzt trotz der Dunkelheit zu spüren, wie der Wald die schmale Straße bedrängte.

„Muschmuschmusch", säuselte er sanft voller Mattigkeit.

Isserley beugte sich beim Fahren vor und starrte in die beinahe unterirdisch anmutende Schwärze. Sie fühlte sich ausgezeichnet. Der Effekt des Unterirdischen, den der Wald hervorrief, war ja schließlich nur eine Illusion, und so konnte er nicht dieselbe Schwindel erregende Klaustrophobie in ihr auslösen wie die Neuen Siedlungen. Sie wusste, dass die Barriere, die das Licht von oben abhielt, nichts weiter als ein federiger Baldachin aus Zweigen war, über dem das Tröstliche des unendlich weiten Himmels lag.

Minuten später tauchte der Wagen aus dem Wald auf und hinein in das Weideland der Umgebung von Edderton. Ein tristes Wohnwagenverkaufsgelände hieß sie in diesem winzigen Dorf willkommen. Straßenlaternen beleuchteten das ausgestorbene Postgebäude und die überdachte Bushaltestelle. Keine Menschenseele war zu sehen.

Isserley betätigte den Blinker, obwohl kein anderes Fahrzeug da war, das gewarnt werden müsste, und hielt an einer Stelle, an der das Licht besonders hell war.

Sacht stupste sie den Holzfäller mit ihren kraftvollen Fingern an.

„So, da wären wir", sagte sie.

Mit einem gewaltigen Ruck wurde er munter, seine Augen funkelten so wild, als sei er unmittelbar in Gefahr, von jemandem den Kopf mit einem stumpfen Gegenstand eingeschlagen zu bekommen.

„W-w-w-wo denn?" fragte er stotternd.

„Edderton", antwortete sie. „Da wollten Sie doch hin."

Wiederholt blinzelte er in dem heftigen Bemühen, ihr zu

glauben, dann starrte er mit zusammengekniffenen Augen durch die Windschutzscheibe und durch das Fenster auf der Beifahrerseite.

„Issesdennmöglich?“ wunderte er sich und schaute sich Hilfe suchend in der Oase vertrauter Ödheit dort draußen um. Es blieb ihm keine andere Wahl als einzugestehen, dass es nirgendwo sonst so aussehen konnte.

„Junge, das is' ja … weiß auch nich'“, presste er hervor und grinste vor Verlegenheit, banger Erwartung und Selbstzufriedenheit. „Muss wohl irgendwie eingeschlafen sein, oder, eh?“

„Das sieht wohl so aus“, erwiderte Isserley.

Noch einmal blinzelte der Holzfäller, dann spannte er sich an und starrte nervös durch die Windschutzscheibe auf die menschenleere Straße.

„Na, hoffentlich is' meine Freundin nich' irgendwo da draußen“, sagte er und schnitt eine Grimasse. „Hoffentlich sieht sie Sie nich'.“ Er schaute zu Isserley hinüber, und die Stirn legte sich ihm in Falten, als er die Möglichkeit in Erwägung zog, dass sie sich dadurch beleidigt fühlen könnte. „Also, was ich sagen wollte, is'“, fügte er hinzu, als er schon herumtastete, um seinen Sicherheitsgurt zu lösen, „sie is' ziemlich launisch. Sie is'… na, wie heißt es doch gleich … eifersüchtig. Jawohl: eifersüchtig.“

Er war schon ausgestiegen, zögerte aber immer noch, die Tür zuzuschlagen, ehe er nicht die richtigen Abschiedsworte gefunden hatte.

„Und Sie sind“ – tief und rasselnd holte er Luft – „wunderschön“, strahlte er.

Isserley lächelte zurück, plötzlich war sie hundemüde.

„Wiedersehen dann, einstweilen“, sagte sie.

* * *

In einem Lichtkegel in der Nähe der überdachten Bushaltestelle des Dorfes Edderton saß Isserley eine ganze Weile bei ausgeschaltetem Motor in ihrem Wagen. Was auch immer nötig war, damit sie weiterfahren konnte – im Augenblick fehlte es ihr noch.

Während sie darauf wartete, dass ihr gewährt wurde, was auch immer das Nötige jetzt war, stützte sie die Arme auf das Lenkrad und das Kinn auf die Arme. Sie hatte nicht gerade ein sehr ausgeprägtes Kinn, und das bisschen, das sie hatte, war das Ergebnis vieler Schmerzen und großen chirurgischen Geschicks. Das Kinn so auf die Arme legen zu können war ein richtiger kleiner Triumph, oder vielleicht auch eine Demütigung, sie konnte nie so recht entscheiden, was von beidem es nun war.

Schließlich setzte sie die Brille ab. Nicht sehr klug, das zu riskieren, selbst in solch einem in tiefem Schlaf liegenden Dorf, doch zu spüren, wie sich die Tränen auf der Innenseite der Brillenränder aus Plastik sammelten und ihr dann von dort auf die Wangen tropften, war am Ende unerträglich. Sie weinte und weinte, stieß leise Klagelaute in ihrer eigenen Sprache aus und beobachtete dabei wachsam die Straße, nur für den Fall, dass sich irgendwelche Wotzel nach draußen verirren sollten. Es passierte nichts, und hartnäckig weigerte sich die Zeit zu vergehen.

Sie schaute hoch in den Rückspiegel und rückte den Kopf so lange hin und her, bis das einzige Spiegelbild, das sie sehen konnte, aus ihren moosgrünen Augen und ihrem Pony bestand. Dieser kleine, schlecht beleuchtete Ausschnitt ihres Gesichts war das einzige Stückchen von sich selbst, das sie inzwischen anschauen konnte, ohne sich zu verabscheuen, das einzige Stückchen von sich selbst, das man in Ruhe gelassen hatte. Dieser kleine Ausschnitt war ein Fenster zu ihrer geistigen Gesundheit. Viele Male schon hatte sie im Laufe der Jahre so in ihrem Auto gesessen und durch dieses Fenster gestarrt.

Am Horizont sah Isserley ein Paar Scheinwerfer aufglimmen, und so setzte sie ihre Brille wieder auf. Als das andere Fahrzeug nach einer ganzen Weile in Edderton angekommen war, hatte sie sich wieder unter Kontrolle.

Der Wagen war ein pflaumenfarbener Mercedes mit getönten Scheiben, und er ließ seine Lichter in Isserleys Richtung aufblinken, als er durch das Dorf fuhr. Es war eine freundschaftliche Geste und hatte nicht das Mindeste mit einer Warnung oder mit Verhaltensregeln im Straßenverkehr zu tun. Lediglich ein Fahrzeug, das ein anderes von annähernd ähnlicher Form und Farbe grüßte, ohne etwas über die Insassen zu wissen.

Isserley startete ihren eigenen Wagen, wendete ihn und folgte dem Unbekannten, der es so gut mit ihr gemeint hatte, aus Edderton hinaus und in den Wald hinein.

Während des ganzen Weges zurück nach Ablach dachte sie an Amlis Vess und daran, was er wohl denken mochte, wenn er erfuhr, dass sie mit leeren Händen zurückgekehrt war. Würde er annehmen, dass sie sich deshalb in ihrem Cottage versteckte, weil sie sich schämte, keinen Erfolg gehabt zu haben? Na, und wenn schon, sollte er doch. Vielleicht würde ihr Misserfolg, wenn er es denn unbedingt so sehen wollte, ihm klarmachen, dass ihre Arbeit alles andere als leicht war. Ein so verhätschelter Stümper wie er würde sich wahrscheinlich vorstellen, es wäre ungefähr so wie Blumen am Straßenrand pflücken oder … oder Wellhornschnecken am Strand sammeln, falls er überhaupt die geringste Ahnung hatte, was Wellhornschnecken waren oder wie ein Strand aussah. Esswis hatte schon Recht gehabt: Sollte er sie doch am Arsch lecken!

Vielleicht hätte sie den Holzfäller doch nehmen sollen. Wie massig seine Arme gewesen waren! – solch massige Muskelberge, wie sie sie noch nie gesehen hatte. Für irgendetwas wäre er ganz sicherlich zu gebrauchen gewesen. Ach, aber der Krebs … Sie würde sich unbedingt informieren müssen, ob Krebs etwas ausmachte, nur um für die Zukunft Bescheid zu wissen. Die Männer auf dem Bauernhof zu fragen war allerdings zwecklos. Das waren alles Idioten; typisch für die Kerle aus den Siedlungen.

Ablach Farm lag fahl wie Schnee und so ruhig wie stets, als sie in den überwucherten Privatweg einbog. Tatsächlich gab es zwei Straßen, die auf den Bauernhof führten, die eine offiziell für schwere Nutzfahrzeuge, doch beide waren voller Risse und Schlaglöcher und von Unkraut zugewachsen, und Isserley nahm mal die eine, mal die andere, je nachdem, in was für einer Stimmung sie sich befand. Heute Abend bog sie ab auf die für Pkw vorgesehene Straße, obwohl nie ein anderer Pkw mit Ausnahme ihres Wagens diese Zufahrt benutzte. Schon bei der Einfahrt zu Ablach Farm warnte ein ganzer Wald von Schildern vor Tod, Gift und der ganzen Strenge des Gesetzes. Isserley wusste, dass allein schon das Passieren der Schilder in den fünfhundert Meter entfernten Hofgebäuden Alarm auslöste.

Sie mochte diese Straße, ganz besonders einen von Stechginster überwucherten Abschnitt davon, den sie Rabbit Hill nannte, weil ganze Kolonien von Kaninchen dort lebten, die zuverlässig wie ein Uhrwerk zu jeder Tages- und Nachtzeit dort herumhoppelten. Hier fuhr Isserley immer sehr langsam und achtete mit aller Sorgfalt darauf, keines dieser possierlichen kleinen Geschöpfe zu überfahren.

Durch die Tarnung der Bäume am Ende der Straße sah sie flüchtig die Lichter des Hauses von Esswis und erinnerte sich an das peinliche Gespräch vom Vormittag. Obwohl sie ihn nur flüchtig kannte, konnte sie sich gut vorstellen, dass sein Rücken ihm inzwischen höllische Schmerzen bereiten musste, und sie empfand Mitleid, Verachtung (er hätte ja schließlich nein sagen können, oder?) und ein unangenehm stechendes Gefühl von Nähe und Verbundenheit.

Sie fuhr am Stall vorbei, und das Licht ihrer Scheinwerfer fiel in einem Aufblitzen von Orange und Schwarz auf dessen Tür. Pferde waren dort keine untergebracht, nur ein Lieblingsprojekt von Ensel.

„Das wird funktionieren, das weiß ich ganz genau", hatte er ihr erzählt, nur wenige Tage bevor er das Projekt aufgab und Esswis es fortschaffen ließ. Sie hatte natürlich keinerlei Interesse bekundet. Männer wie er konnten einen zu Tode langweilen, wenn man sie ermutigte.

Das Hauptgebäude leuchtete lächerlich weiß, und seine frische Farbe glänzte im Mondlicht, als sie darauf zufuhr. Sobald sie den Motor ausgeschaltet hatte, rollte die große Metalltür hoch, und mehrere Männer kamen herausgelaufen. Ensel, der erste wie immer, spähte durch das Fenster auf der Beifahrerseite.

„Ich habe heute nichts gefunden", sagte Isserley.

Ensel steckte seine Schnauze in die Fahrerkabine, ungefähr so, wie der Holzfäller das auch gemacht hatte, und schnüffelte an dem alkoholdurchdrungenen Sitzpolster. „Daran, dass du es nicht versucht hättest, liegt es jedenfalls nicht, das kann ich riechen", sagte er.

„Tja, nun", erwiderte Isserley und verachtete sich für das, was sie jetzt sagte, doch sagen musste sie es: „Amlis Vess wird eben einsehen müssen, dass es so leicht nun auch wieder nicht ist."

Ensel bemerkte ihre Aufregung und lächelte. Seine Zähne waren nicht besonders gut, und das wusste er auch; ihr zuliebe senkte er den Kopf.

„Na, jedenfalls hast du ja gestern einen Prachtkerl mitgebracht", sagte er. „Einer der Besten bis jetzt."

Isserley starrte ihm in die Augen und wünschte sich nichts sehnlicher, als mit Sicherheit zu wissen, ob dieses eine Mal das Lob aufrichtig gemeint war. Sobald sie sich dieses sehnsüchtigen Wunsches bewusst wurde, verbat sie sich diesen abscheulichen Anflug von Sentimentalität sofort wieder. Gesindel aus den Siedlungen, dachte sie, schaute zur Seite und beschloss, sich so bald wie irgend möglich in ihrem Cottage einzuschließen. Sie hatte wirklich einen langen Tag gehabt.

„Du siehst erschöpft aus", sagte Ensel. Die anderen Männer waren schon zurück ins Haus gegangen; er bemühte sich um einen privaten Moment mit ihr, so wie er das manchmal tat, allerdings immer zu ungelegenen Zeiten.

„Das bin ich auch", seufzte sie. „Das lässt sich wirklich nicht abstreiten."

Sie erinnerte sich an eine andere Situation vor ein oder zwei Jahren, als er sie genauso wie jetzt in die Enge getrieben hatte – er hatte sich in den Wagen gebeugt, und sie war dumm genug gewesen, mit ausgeschaltetem Motor dazusitzen. Mit verschwörerischem, beinahe zärtlichem Unterton hatte er ihr erzählt, dass er ein Geschenk für sie hätte. „Danke", hatte sie gesagt, das geheimnisvolle kleine Päckchen von ihm angenommen und es neben sich auf den Sitz geworfen. Als sie es später auspackte, hatte sie ein fast durchsichtiges dünnes Filetstück vom geschmorten Woddissin vorgefunden – eine Delikatesse, die Ensel sicherlich gestohlen haben musste. Eingebettet in Pergamentpapier, lachte es sie an, immer noch feucht und warm, unwiderstehlich und ekelhaft zugleich. Sie hatte es gegessen und sogar den ausgetretenen Saft von den Falten des Papiers aufgeleckt, aber danach hatte sie nie mit Ensel darüber gesprochen, und das war dann alles gewesen. Aber immer noch versuchte er, wenn auch auf andere Weise, sie zu beeindrucken.

„Amlis Vess wird wahrscheinlich ganz früh hier eintreffen", sagte er gerade und beugte sich noch weiter in den Wagen hinein. Seine Hände waren schmutzig und ganz knotig vor lauter Schorf. „Heute Nacht noch", fügte er hinzu, nur für den Fall, dass sie ihn missverstanden haben könnte.

„Da schlafe ich", sagte Isserley.

„Kein Mensch weiß, wie lange er bleiben will. Vielleicht fährt er mit demselben Schiff wieder zurück, sobald die Fracht verladen ist." Ensel nahm die eine Hand zu Hilfe, um pantomimisch ein abfahrendes Schiff darzustellen, eine Art kostbare Chance, die von der Leere verschluckt wurde.

„Na ja, ich nehme an, das wird sich zu gegebener Zeit herausstellen", sagte Isserley betont fröhlich und wünschte, sie hätte die Zündung nicht ausgeschaltet.

„Also … soll ich dir Bescheid sagen?" fragte Ensel.

„Nein", antwortete Isserley und bemühte sich, ihre Stimme ruhig zu halten. „Nein, ich denke nicht. Du kannst ja ausrichten, Isserley lässt Guten Tag und Auf Wiedersehen sagen, wie wäre das? So, und jetzt muss ich aber wirklich ins Bett."

„Natürlich", erwiderte Ensel und zog den Kopf aus dem Fenster ihres Wagens.

Mistkerl, dachte Isserley, als sie wegfuhr. So erschöpft und verletzlich, wie sie war, hatte sie einen Moment lang nicht aufgepasst und dieses kleine Detail mit dem Zubettgehen entwischen lassen. Zweifellos würde sich Ensel das auf der

Zunge zergehen lassen und diese Information mit den anderen Männern teilen, diesen prickelnden Beweis für ihre Unmenschlichkeit. Hätte sie ihn früher abgeschüttelt, hätte er nie etwas davon erfahren; er und die anderen Männer hätten weiterhin angenommen, dass Isserley, wenn sie sich in ihrem geheimnisvollen kleinen Cottage schlafen legte, wie ein menschliches Wesen schlief, auf dem Boden.

Stattdessen hatte sie ihm in nur einem einzigen erniedrigenden Augenblick gedankenlos das Geschenk der geschmacklosen Wahrheit gemacht, eine Vision eines hässlichen Monstrums, das auf einem merkwürdigen länglichen Gebilde aus Eisen und stoffüberzogenem Kapok schlief, den Körper in Laken aus altem Leinen gewickelt, ganz genau wie ein Wotzel.

FÜNFTES KAPITEL

Obwohl Isserley sich geschworen hatte, längst in tiefen, gleichgültigen Schlaf gesunken zu sein, wenn das Schiff kam, lag sie in dem Mitternachtsdunkel in ihrem Bett und horchte auf dessen Ankunft.

Ihre Einstellung zu diesem Besuch hatte sich nicht geändert; was sie wach hielt, war die nackte Angst, Angst, dass sie aus dem Bett geholt wurde – von den Männern, oder, schlimmer noch, von Amlis Vess.

Mehr als alles andere fürchtete Isserley, sie nicht an die Vordertür klopfen zu hören, den ganzen Aufruhr einfach zu verschlafen. Möglicherweise würden sie einfach so das Haus betreten, in ihr Schlafzimmer hochkommen und sich das entblößte Monstrum, das Scheusal von einem Mädchen ganz genau betrachten, wie es da auf der Pritsche vor sich hin schnarchte. Letztendlich war Ensel doch nur einer von den Männern, die zu dem Gesindel aus den Siedlungen gehörten; seine Vorstellung von Intimsphäre stand in keinem Verhältnis zu dem, was sie sich darunter vorstellte. Sie hatte den Eindruck, dass er ihr nur halbherzig zugehört hatte, als sie ihm sagte, sie wolle nicht gestört werden; es würde ihn keine große Mühe kosten, es ganz zu vergessen. Und ohne jeden Zweifel wäre er ganz versessen darauf, zu sehen, was die Chirurgen mit ihr von der Taille an abwärts angestellt hatten! Na, der sollte bloß zusehen, dass er sich verpisste.

Die Stunden verrannen in Zeitlupe. Isserleys Augen schwollen an und juckten von all dem eingebildeten grobkörnigen Sand der Schlaflosigkeit. Sie wälzte sich auf ihrer uralten fleckigen Matratze hin und her und horchte.

Das Anlegen des Schiffes kurz nach zwei Uhr morgens ging beinahe lautlos vonstatten: Sie konnte es kaum von dem Geräusch der Wellen auf dem Moray Firth unterscheiden. Doch sie wusste, dass das Schiff angekommen war. Es kam jeden Monat um dieselbe Zeit, und sie war bestens vertraut mit seinem Geruch, seinem mächtigen, geheimnisvollen Dröhnen beim Andocken und dem metallischen Seufzen beim Eintritt in das Gebäude.

Und noch länger lag Isserley wach und wartete darauf, dass die Wolken den Mond freigaben, wartete darauf, dass die Männer den Nerv haben würden, dass Amlis Vess es wagen würde. „Also dann, wollen wir uns doch mal diese Isserley anschauen", sagte Amlis Vess in ihrer Vorstellung, und die Männer würden herbeistürzen, um sie zu holen. „Verpisst euch", würde sie zu ihnen hinunterrufen.

Eine Stunde oder länger lag sie so, zusammengerollt und mit dem „Verpisst euch" in Bereitschaft, das ihr auf der Zungenspitze brannte. Nervöses Mondlicht trat zögerlich in ihr Schlafzimmer, zog mit geisterhaften Linien über die bescheidene Ausstattung des Raumes und erstarrte in einiger Entfernung vom Bett. Draußen begann eine Schleiereule mit ihrer Vorstellung aus Klagelauten und Kreischen, ein unerschütterlich ruhiger Vogel, der sich täuschend nach einer ganzen Horde weit größerer Geschöpfe in Schrecken und Todesangst anhörte.

Von dieser Abendmusik gewiegt, schlief Isserley ein.

Sie hatte das Gefühl, nur wenige Minuten geschlafen zu haben, als sie das drängende Hämmern an der Vordertür von ihrem Cottage ruckartig weckte.

Außer sich reckte sie sich auf ihrem Bett in die Höhe, hielt sich das zerknitterte Laken krampfhaft vor die Brüste und presste die Beine zusammen. Das Klopfen hielt an und hallte durch die kahlen Räume wie Klopfen von Geisterhand auf Dutzenden von Geisterhäusern.

Isserleys Schlafzimmer war immer noch fest und sicher verschlossen, doch durch das Fenster sah sie, wie das Dunkel der Welt allmählich in ein vordämmerliches Blau überging. Sie kniff die Augen zusammen und schaute zur Uhr auf dem Kaminsims: Es war halb sechs.

Isserley wickelte sich das Laken um den Körper und lief auf den Treppenabsatz hinaus, dort gab es ein winziges Flügelfenster mit vier separaten Scheiben. Sie öffnete das Fenster, steckte den Kopf hinaus in die Nacht und schaute geradewegs nach unten.

Und dort unten stand Esswis, der immer noch kraftvoll gegen ihre Vordertür hämmerte, er hatte sich ganz nach Gutsherrenart gekleidet, das Ensemble vervollständigten Jagdmütze und Gewehr. Lächerlich und schrecklich sah er aus, grotesk angestrahlt von den Scheinwerfern seines Landrovers, den er ganz in der Nähe geparkt hatte.

„Hör auf, mir die Tür einzuschlagen, Esswis!“ sagte Isserley drohend mit fast schon hysterischer Stimme. „Begreift denn keiner von euch, dass ich mich nicht im Mindesten für Amlis Vess interessiere!“

Esswis trat von der Tür zurück und hob den Kopf, um sie in sein Gesichtsfeld zu bekommen.

„Mir egal, wofür du dich interessierst“, sagte er barsch. „Aber du ziehst dir besser etwas an und kommst herunter.“ Er rückte das Gewehr an dem Riemen in Positur, als sei er befugt, sie zu erschießen, sollte sie sich weigern.

„Ich habe dir doch gesagt –“, setzte sie an.

„Denk jetzt nicht an Amlis Vess", bellte Esswis. „Der kann warten. Aber da sind vier Wotzel, die frei herumlaufen."

Vor lauter Schläfrigkeit war Isserley schwer von Begriff. „Frei herumlaufen?" wiederholte sie. „Was meinst du mit frei herumlaufen?"

Ärgerlich schwenkte Esswis die Arme in der Runde und beschrieb einen ziellosen Bogen über ganz Ablach Farm und alles dahinter.

„Was glaubst du wohl, was ich meine?" rief er.

Isserley zog den Kopf durch das winzige Flügelfenster zurück und stolperte wieder in ihr Schlafzimmer, um sich anzuziehen. Die volle Bedeutung der Ankündigung von Esswis drang gerade mit aller Wucht zu ihr durch, als sie sich abmühte, ihre Füße in die Schuhe zu bekommen.

In weniger als einer Minute war sie draußen und begleitete Esswis über den zugefrorenen Boden zu seinem Auto. Er schwang sich auf den Fahrersitz; sie ließ sich auf den Beifahrersitz fallen und schlug die Wagentür zu. Das Auto war kalt wie Stein, seine Windschutzscheibe ein schimmerndes Wirbeln von Schmutz und Frost. Isserley, die vom Stoffwechsel der Schlafenszeit ganz warm und verschwitzt war, kurbelte ihr Fenster herunter und streckte einen Arm zur eiskalten Seite des Wagens hinaus, in der Bereitschaft, das Dunkel abzutasten.

„Wie sind sie denn herausgekommen?" fragte sie, als Esswis den Motor aufheulen ließ.

„Unser hochverehrter Gast hat sie hinaus*gelassen*", knurrte Esswis, als der Wagen unter dem Knirschen von Eis und Kies davonfuhr.

Für Isserley war es ein merkwürdiges, sogar beängstigendes Gefühl, auf der Beifahrerseite zu sitzen. Sie tastete in den Spalten der Polsterung herum, doch wenn der Wagen von

Esswis Sitzgurte hatte, dann mussten sie gut versteckt sein. Sie wollte nicht zu weit nach unten langen; alles dort war voller Schmutz und Schmiere.

Esswis versuchte nicht einmal auszuweichen, als sie das Gewirr von Schlaglöchern beim Stall erreichten. Isserleys Rückgrat wurde wiederholt durchgerüttelt, als schleuderten sie wütende Angreifer auf dem Sitz hin und her; sie drehte sich um und schaute zu Esswis hinüber und fragte sich, wie er eine derartige Strapaze ertrug. Offensichtlich hatte er nicht auf dieselbe Weise fahren gelernt wie sie, als sie mit etwa fünfzehn Kilometern in der Stunde immer wieder rund um den Bauernhof gezockelt war. Er hatte die Zähne gebleckt, als er sich über das Lenkrad beugte, und trotz des tückischen Untergrunds, der Dunkelheit und der halb milchigen Windschutzscheibe bewegte sich seine Tachoanzeige zwischen fünfzig und sechzig. Zweige und Laub schlugen gegen Isserleys linken Ellenbogen, und sie zog den Arm ins Auto zurück.

„Aber wieso hat ihn denn niemand davon *abgehalten*?" rief sie laut, um das Motorengeräusch zu übertönen. Die einzige Möglichkeit, die Isserley sich vorstellen konnte, war eine feierliche Zeremonie, in der Amlis Vess den Wotzeln die Freiheit gewährt hatte, während die Arbeiter dabeistanden und nervös applaudierten.

„Vess wurde zu einer Besichtigung in die Fabrik geführt", knurrte Esswis. „Schien beeindruckt zu sein. Dann sagte er, dass er müde sei und sich schlafen legen wolle. Das Nächste war dann, dass die Tür offen stand und vier Wotzel verschwunden waren."

Der Wagen schwenkte durch das Haupteingangstor des Bauernhofs und dann scharf nach links auf die öffentliche Straße, ohne zu verlangsamen. Es hatte den Anschein, dass

Blinker und Bremsen Esswis völlig fremd waren, und der Wagen hatte glücklicherweise ein Automatikgetriebe.

„Links fahren, Esswis", erinnerte ihn Isserley, als sie in die Dunkelheit davonbrausten.

„Du halte einfach nur Ausschau nach den Wotzeln", erwiderte er.

Nur mit Mühe unterdrückte Isserley die scharfe Entgegnung, die sie auf der Zunge hatte, starrte stattdessen auf Felder und Sträucher und versuchte angestrengt, haarlose rosafarbene Tiere zu entdecken.

„Nach was für einer Güteklasse Wotzel soll ich denn Ausschau halten?" fragte sie.

„Einmonatswotzel", antwortete Esswis. „Beinahe reif. Die wären ganz bestimmt mit dieser Schiffsladung weggegangen."

„O *nein*", sagte Isserley. Die Vorstellung eines kahl geschorenen, kastrierten, gemästeten, am Gedärm umoperierten, chemisch gereinigten Wotzels, der in einer Polizeistation oder einem Krankenhaus auftauchte, war schlimmster, Wirklichkeit gewordener Albtraum.

Vor lauter Sorge ganz verbissen, fuhren sie sämtliche zur Landseite gelegenen Begrenzungen des Bauernhofs ab, ein gigantisches Kuchenstück mit einem Umfang von etwa fünf Kilometern. Sie sahen nichts Ungewöhnliches. Weder auf der öffentlichen Straße noch auf den beiden Privatwegen, die nach Ablach hinein- und von dort wieder hinausführten, war auch nur eine einzige Seele zu sehen, etwas Größeres als Kaninchen und verwilderte Katzen zeigte sich nicht. Das bedeutete, dass den Wotzeln entweder die Flucht geglückt war oder dass sie sich immer noch irgendwo auf dem Gelände des Bauernhofs versteckt hielten.

Am ehesten kamen die verfallenen Viehställe, der ehemalige Pferdestall und der alte Getreidesilo als Verstecke in Frage. Eines nach dem anderen fuhr Esswis diese Gebäude ab und leuchtete mit den kraftvollen Scheinwerfern des Landrovers in schmuddelige schwarze Höhlen und widerhallende Löcher, in der Hoffnung, dass die vier aufgespürten Wotzel sofort wie angewurzelt stehen bleiben würden. Doch in den Viehställen herrschte nichts weiter als unheimliche Leere, die Böden waren überschwemmt mit einem Matsch aus Regenwasser und dem Dung vor langer Zeit schon verschwundener Kühe. Auch im Stall war alles unverändert. Nichts Belebtes befand sich dort. Überall verstreut im hinteren Bereich lagen Bruchstücke von Isserleys früheren Autos (die Türen des Lada, Fahrgestell und Räder des Nissan). Den übrigen Platz beanspruchte Ensels Kreuzungsversuch zwischen einem Fahr-Centipede-Heuwender und einem Ripovator-Gabelstapler. Mit seinem wirren Durcheinander angeschweißter Anhängsel wirkte dieses Fahrzeug auf bizarre Weise komisch, als Esswis es aus dem Gebäude herauszog; in der Scheinwerfer-erleuchteten Düsternis des Stalles machten seine rostigen Klauen und funkelnden Stacheln den Eindruck noch größerer Finsternis. Isserley schaute in die über und über mit Lötzinn vollgespritzte Fahrerkabine, um sich zu vergewissern, dass sich dort keine Wotzel verborgen hielten.

Der alte Getreidesilo war ein regelrechtes Labyrinth voller Nischen und Ritzen, in denen man sich verstecken konnte, doch Zugang zu diesen Spalten hatten nur Wesen, die fliegen, springen oder auf Leitern hochsteigen konnten. Einmonatswotzel mit ihrer Vierteltonne festen Fleisches waren für so etwas nicht mehr beweglich genug. Sie würden sich entweder auf dem Boden des Silos aufhalten oder überhaupt nicht hier sein. Sie waren überhaupt nicht hier.

Als sie wieder zum Hauptgebäude gelangten, brachte Esswis den Wagen quietschend zum Stehen und stieß mit dem Ellenbogen die Autotür auf, das Gewehr nahm er mit sich. Isserley und er brauchten sich über das, was als Nächstes getan werden musste, nicht erst zu beraten. Sie stiegen über einen Zauntritt und begannen, über die frostigen Stoppeln des Feldes zu stampfen, das zum Carboll Forest führte.

Esswis reichte Isserley eine Taschenlampe in der Größe einer Thermosflasche. Damit leuchtete sie die Felder ab, als sie auf die Bäume zueilten.

„Ein wenig Schnee wäre wirklich eine große Hilfe gewesen", keuchte sie, als sie auf der düsteren Fläche matschiger Erde und stacheliger Erntereste keinerlei Spuren entdecken konnte.

„Schau nach Blut", sagte Esswis gereizt. „Rotem Blut", führte er näher aus, als sei sie ohne diese zusätzliche Erläuterung verloren.

Gekränkt stolperte Isserley schweigend neben ihm voran. Ja, glaubte er denn etwa, eine breite, glänzende Fährte Purpurrot würde meilenweit durch freies Feld zu ihnen heraufleuchten? Nur weil er den Bauern und Großgrundbesitzer spielte, musste das ja noch lange nicht bedeuten, dass er mehr Ahnung hatte als sie. Männer! Führten das große Wort, alle wie sie da waren, während die Frauen hinaus mussten, um die Drecksarbeit zu erledigen.

Sie kamen zum Wald, und Isserley leuchtete mit der Taschenlampe immer wieder das dichte Gewirr von Bäumen ab. Allein schon der Gedanke an eine Suche hier schien hoffnungslos: ein schmaler Strahl batteriebetriebenen Lichts, das einen Hektar baumbestandener Finsternis durchzuckte.

Doch es dauerte gar nicht lange, da fiel ihr Blick auf einen Hauch von Rosa zwischen den dunklen Ästen.

„Da“, sagte sie.

„Wo?“ fragte Esswis und kniff grotesk anmutend die Augen zusammen.

„Lass mich nur machen“, sagte Isserley und genoss die köstliche Erkenntnis, dass er keine derart scharfen Augen hatte wie sie.

Gemeinsam sprangen sie in großen Sätzen durch das Dickicht, Isserley hatte die Führung übernommen. Nur Augenblicke später hörten sie ein Knacken und Rascheln im Farnkraut, das nicht von ihnen stammte; noch einen Moment später, und das Wesen war ihren Blicken ausgeliefert. Ihre Augen begegneten sich über den Waldboden hinweg: vier davon groß und menschlich, zwei klein und tierisch.

„Nur der eine, was?“ sagte Esswis und zog eine Grimasse, mit der er seine Erleichterung hinter gespielter Enttäuschung verbarg.

Isserley atmete schwer, ein beschämendes Keuchen entfuhr ihr, das Herz hämmerte ihr heftig in der Brust. Sie wünschte, es gäbe einen riesigen verborgenen Icpathua-Schalter im Erdboden, den sie wie einen jungen Baum in die Luft schnellen lassen konnte, wobei dann Nadeln aus der Erde hervorspringen würden. Schlagartig wurde ihr bewusst, dass sie keine Ahnung hatte, was Esswis eigentlich in dieser Situation von ihr erwartete.

Schwerfällig walzend war der Wotzel zum Stehen gekommen, und jetzt kauerte er in dem Licht der Taschenlampe, nackt und phlegmatisch. Wolken hellen Dampfes wirbelten um seinen Kopf, als er rasselnd nach Luft schnappte. Ohne die schützende Wärme seines Geheges war er bemitleidenswert untauglich für die Umgebung, er blutete aus hundert kleinen Kratzern und war blaurosa vor Kälte. Er hatte das typische Aussehen eines Einmonatswotzels, sein geschorener

Auswuchs von einem Schädel schmiegte sich wie eine Knospe auf den unverhältnismäßig massigen Körper. Sein leerer Hodensack baumelte wie ein fahles Eichenblatt unter seiner dunklen Eichel von einem Penis. Ein dünner Strahl bläulichschwarzen Durchfalls suppte rasselnd zwischen seinen Beinen auf den Boden. Ruckartig schwangen seine Fäuste durch die Luft. Sein Mund öffnete sich weit und entblößte seine hohlen Backenzähne und den gestutzten Stummel seiner Zunge.

„Ng-ng-ng-ng-gh!" schrie er.

Esswis schoss dem Wesen mitten in die Stirn. Es flog nach hinten und prallte von einem Baumstamm ab. Ganz in der Nähe brach ein misstönendes Glucksen los und ließ Esswis und Isserley zusammenschrecken; zwei Fasane schnellten aus ihrem Versteck in die Höhe.

„Tja, den einen hätten wir erwischt", brummelte Esswis überflüssigerweise und ging mit weit ausholenden Schritten vor.

Isserley half ihm, den Kadaver vom Boden hochzuhieven. Sie packte ihn bei den Fußgelenken, und sofort waren ihre Hände ganz glitschig von dem Blut und den halb erfrorenen Fetzen Fleisches. Amlis Vess hatte diesem bedauernswerten Tier keinen Gefallen getan, als er es freigelassen hatte.

Noch als sie Vorbereitungen trafen, den Kadaver wegzutragen, und sich überlegten, wie sie ihn am besten anpacken sollten, um sein Gewicht so zu verteilen, dass sie es leichter handhaben konnten, kamen Esswis und Isserley zu derselben Schlussfolgerung. Ein fahler Zuckerguss aus Licht zeigte sich allmählich am Horizont und löste sich hoch oben im krankhaft blaustichigen Himmel auf. Die Zeit wurde ihnen knapp.

Nachdem sie den Wotzel unter ein Gebüsch geworfen hatten, wo sie ihn später abholen wollten, liefen sie über die Felder zu der Stelle zurück, an der sie den Landrover gelassen hatten. Esswis ließ Isserley kaum Zeit genug, sich neben ihn zu setzen, und startete den Motor mit einem grässlichen Aufheulen der Zündung und unter fürchterlichem Benzingestank. Mit hoher Geschwindigkeit brauste er davon, war dann aber unzufrieden mit dem Fortkommen des Wagens; verspätet löste er die Handbremse.

Noch einmal fuhren sie ganz um Ablach Farm herum; noch einmal sahen sie, dass sich sowohl auf der öffentlichen Straße als auch auf den beiden Privatwegen keine einzige Seele zeigte. Inzwischen waren die Umrisse der Berge hinter Dornoch deutlich zu erkennen, und etwas, das beängstigend nach den Scheinwerfern eines anderen Wagens aussah, blinkte irgendwo auf der Straße nach Tain. Auf dem Weg zurück zum Bauernhof hob sich hinter dem Nebel allmählich die offene See leuchtend von der Düsterkeit ab.

„Und was ist, wenn sie zum Firth gelaufen sind?“ gab Isserley zu bedenken, als der Wagen vor dem Gebäude wieder zum Stehen kam.

„Von da aus können sie doch nirgendwo hin“, erwiderte Esswis verächtlich. „Was sollen sie denn machen: nach Norwegen schwimmen?“

„Ehe sie nicht angekommen sind, wissen sie auch nicht, dass da das Meer ist.“

„Das überprüfen wir zum Schluss. Die Straßen sind erst einmal wichtiger.“

„Wenn einer der Wotzel ertrinkt, könnte er irgendwo angeschwemmt werden.“

„Ja, aber wenn die auch nur ein bisschen Grips haben, werden sie vom Wasser wegbleiben.“

Isserley ballte die Fäuste im Schoß zusammen und gab sich alle Mühe, nicht die Nerven zu verlieren. Doch ganz plötzlich lenkte etwas ihre Aufmerksamkeit ab, sie runzelte die Stirn und versuchte, auf ein Geräusch neben dem stotternden Motor zu horchen.

„Schalte bitte für einen Moment den Motor aus", sagte sie. Esswis tat wie gewünscht, allerdings verharrte seine Hand zuerst eine Weile zögernd über dem Lenkrad, als sei er mit deren äußerer Erscheinung nicht vertraut. Dann kam der Motor bebend zum Stillstand.

„Hör doch", flüsterte Isserley.

Wirbelnd durch die frostige Luft drang das ferne, aber unmissverständliche Donnern großer Tiere, die im Rudel davonliefen.

„Das Feld bei Geanies", sagte Esswis.

„Rabbit Hill", bestätigte Isserley im selben Moment.

Unverzüglich fuhren sie dorthin und trafen auf zwei Wotzel, die aus dem westlichen Feld herauszuklettern versuchten, um einer Gruppe dicht aneinander gedrängter Ochsen zu entweichen, die auf dem Stückchen Land hinter ihnen wütend schnaubten und scharrten.

Wild und ungestüm vor lauter Furcht blickten die Wotzel drein. Zwar war der Stacheldrahtzaun nur hüfthoch, doch ihre steif gefrorenen und zerkratzten Beine, die von der einmonatigen Mastkur in den Gehegen durch zusätzliches Fett und Muskelmasse niedergedrückt wurden, wehrten sich dagegen, allzu weit von dem frostigen Boden gehoben zu werden. Es machte den Eindruck, als übten sich die Wotzel in halbherziger Gymnastik an dem Stacheldraht oder als wärmten sie sich fürs Ballett auf.

Als sie den Landrover herankommen sahen, blieben sie wie angewurzelt stehen. Doch beim Anblick des behaarten Gesichts von Esswis, der den Kopf aus dem Fenster der Fahrerseite gesteckt hatte, gerieten sie in große Aufregung und fingen an, mit den Armen zu wedeln und laut zu heulen und zu jammern. Das von den Autoscheinwerfern aufgeschreckte Vieh galoppierte bereits in das Dunkel davon.

Isserley stieg als Erste aus dem Auto, und unvermittelt hörten die Wotzel mit ihrem Krach auf. Einer von ihnen machte sich daran, in Richtung Feld davonzustolpern, der andere bückte sich und hob einen Erdklumpen auf, den er gezielt auf Isserley warf. An Armen und Brust des Wotzels hingen inzwischen so viel Fleisch und Muskelmasse, dass sein Armschwung auf geradezu groteske Art und Weise beeinträchtigt wurde, und der Erdklumpen landete in einem kraftlosen *Plaff* auf der Betondecke des Weges.

Esswis zielte und erschoss erst den einen Wotzel und dann den anderen. Was ihm an Fahrkünsten fehlte, machte er ganz offensichtlich an Treffsicherheit wieder wett.

Isserley kletterte über den Zaun auf das Feld und fand die Kadaver. Den, der ihr am nächsten lag, zog sie zum Zaun zurück und hob seine Gliedmaßen auf den Stacheldraht, so dass Esswis etwas zum Zupacken hatte. Das Geschöpf, das den Erdklumpen geworfen hatte, war auf Brustkorb und Armen über und über und in sehr auffälliger Weise tätowiert; als sie das leblose Fleisch über den Stacheldraht zu Esswis hinüberhievte, fiel ihr merkwürdigerweise ein sehr spezifisches Detail im Zusammenhang mit diesen Tätowierungen ein – sie waren in Seattle gemacht worden, von einem „verflucht genialen Typen", wie der Wotzel ihr erzählt hatte. Das Wort „Seattle" hatte großen Eindruck auf Isserley gemacht. Ein wunderschönes Wort, hatte sie damals gedacht, und jetzt dachte sie es wieder.

Trotz all ihrer Bemühungen verfing sich das Fleisch am Rücken des Wotzels in dem Stacheldraht, und sie grunzten vor lauter Anstrengung, als sie versuchten, es wieder loszubekommen und dabei möglichst wenig Schaden anzurichten. Die ganze Zeit über sickerte aus dem zerschmetterten Schädel des Wotzels Blut in großen Mengen auf die Betondecke des Pfades, und der zertrümmerte Kiefer baumelte locker hin und her wie ein glitschiges Gelenk in geronnenem Blut.

„Die kriegen wir wieder prima sauber", brummelte Esswis mit unerschütterlicher Ruhe.

Der andere Wotzel war leichter, und in dem Bemühen, seinen Oberkörper über den Zaun zu heben, ohne damit den Stacheldraht zu berühren, hätte Isserley sich beinahe eine Verletzung zugezogen.

„Sei doch nicht blöd", sagte Esswis. „Das tut dir hinterher bloß Leid." Doch dann strengte er sich selber an, weil es ihm widerstrebte, sich vor einer Frau zu blamieren.

Erst als die beiden Wotzel sicher hinten im Landrover verstaut waren, sahen Isserley und Esswis einander an und mussten lachen. Diese Tiere wieder einzufangen war eine weit schmutzigere Angelegenheit gewesen, als sie beide angenommen hatten. Eine klebrige Suppe aus Kuhdung tröpfelte ihnen an der Kleidung und den Armen herunter und vermischte sich mit Blut und Erde. Flecken davon hatten sie sogar auf dem Gesicht, wie Tarnung beim Militär.

„Also drei hätten wir erwischt", sagte Esswis, und mit einer Spur neu entdeckten Respekts öffnete er für Isserley die Tür auf der Beifahrerseite.

Noch einmal machten sie die Runde um den Bauernhof, und wieder war auf den Straßen nichts und niemand zu sehen. Alles sah ganz anders aus als beim vorigen Mal, gar nicht mehr wieder zu erkennen, weil sich irgendwo auf der zur Küste gelegenen Seite von Ablach unterhalb der Klippen, an einer Stelle, die von ihrem Standpunkt aus nicht einzusehen war, die Sonne aus dem Meer erhob. Mit jeder Minute verflüchtigte sich die Dunkelheit mehr und gab den Blick auf einen Himmel frei, der hell und mild zu werden versprach, wie um andere Autofahrer aufzufordern, sich so früh wie möglich auf die Straßen zu begeben. Schafe und Rinder, die sich die ganze Nacht über zahllos und unsichtbar umherbewegt hatten, sah man jetzt aus fünfhundert Metern Entfernung.

Der letzte Wotzel konnte mit Leichtigkeit eines von diesen Tieren sein, wenn er es nur schaffte, zur rechten Zeit an den rechten Ort zu gelangen.

Wieder fuhr Esswis den Privatweg zu Ablach Farm hinauf, schaute dabei über die Felder hinweg und bemerkte ein Fischerboot auf dem Firth, das ganz in der Nähe der Küste trieb. Peinlich berührt verkrampfte Esswis die Fäuste auf dem Lenkrad; Isserley könnte ahnen, dass er jetzt an genau dasselbe dachte, an das sie vorhin gedacht hatte: an ein nacktes Geschöpf auf zwei Beinen, das an der Küste stand und wie wild winkte.

„Vielleicht sollten wir jetzt deinen Abstecher an die Küste machen“, spöttelte Esswis verlegen und versuchte, sein Zugeständnis spielerisch anzubringen. Und natürlich war seine Wendung um hundertachtzig Grad weit weniger demütig, als sie scheinen mochte: Wenn sie beim Firth nicht fündig wurden, konnte er immer noch so tun, als habe er ihr nur nachgegeben und damit wertvolle Zeit verschwendet.

„Nein“, erwiderte Isserley. „Ich habe da so eine Ahnung. Lass uns noch einmal eine Runde um den Bauernhof fahren.“

„Ganz wie du willst“, brummelte er verärgert. Dann lag der Fehler also jetzt schon bei ihr, wenn die Zeitungsschlagzeilen lauteten: FISCHER FAND UNGEHEUER AM STRAND.

Schweigend fuhren sie an Rabbit Hill vorbei. Die Reifen des immer wieder hin- und herfahrenden Wagens hatten das Blut auf der Betondecke des Weges ein wenig verteilt, es mit Schmutz verdünnt, es in die Risse und Spalten gezwängt. Trotzdem würde man den Weg später gründlich mit Wasser reinigen müssen.

Wenn es denn ein Später gab.

Auf der öffentlichen Straße zwischen den beiden Privatwegen von Ablach beugte sich Isserley in ihrem Sitz vor, auf ihrem Rücken kribbelte es vor lauter Schweiß und dem Prickeln einer Ahnung.

„Da!" schrie sie, als sie den Hügel erklommen und auf die Kreuzung zurasten.

Tatsächlich war in dieser Situation keine besondere Beobachtungsgabe vonnöten. Die Kreuzung war ein offen daliegendes Kreuz zweier Straßen, und mitten auf dieser Kreuzung stand der Wotzel. In dem Sonnenaufgang schimmerte sein fleischiger Körper blaugolden, wie eine grellbunte Touristenattraktion aus Fiberglas, und als er hörte, dass sich von hinten ein Fahrzeug näherte, drehte er sich steif um, hob einen Arm und deutete in seitliche Richtung nach Tain.

In übersprudelnder Vorfreude reckte sich Isserley in ihrem Sitz in die Höhe, doch als Esswis zur Kreuzung gelangte, hielt er, so unglaublich es war, nicht an. Er fuhr einfach geradeaus weiter und folgte der Ackerlandbegrenzung bis zum Dorf Portmahomack.

„Aber was machst du denn?" schrie Isserley.

Esswis fuhr heftig zusammen, als habe sie nach ihm gegriffen oder sogar versucht, ihm die Hände vom Lenkrad zu reißen.

„Ich habe Autoscheinwerfer aus Richtung Tain gesehen", brummelte er.

Isserley schaute angestrengt in die angegebene Richtung, doch sie hatten die Kreuzung bereits hinter sich gelassen, und die Straße, die aus Richtung Tain kam, lag hinter Bäumen verborgen.

„*Ich* habe aber keine Scheinwerfer gesehen“, protestierte sie.

„Sie waren aber da.“

„Liebe Güte – wie weit waren sie denn entfernt? Sag schon!“

„Sie waren ganz nah! Ganz nah!“ rief Esswis und schlug mit der einen Hand auf das Lenkrad, was den Wagen sofort zur Seite ausbrechen ließ.

„Na und, fahr doch nicht einfach weiter geradeaus“, zischte Isserley. „Fahr zurück und sieh nach.“

Bei Petleys Farm hielt Esswis den Wagen an und vollführte eine Wendung in drei Zügen, nur dass er dazu zwölf Züge oder mehr brauchte. Hilflos und ganz außer sich saß Isserley auf dem Beifahrersitz und konnte kaum glauben, was da mit ihr passierte.

„Beeil dich doch!“ jammerte sie und schüttelte ihre zum Körper hin gedrehten Fäuste unter dem Kinn.

Doch Esswis schien urplötzlich äußerste Vorsicht entdeckt zu haben, fuhr langsam und bedächtig zur Kreuzung zurück und hielt unter dem Schutz von Bäumen, kurz bevor sie die Kreuzung erreicht hatten. Durch das Laub der Bäume konnten sie beide den Wotzel deutlich sehen, wie er aufrecht und erwartungsvoll auf dem Asphalt stand. Nirgendwo zeigte sich auch nur die Spur eines anderen Fahrzeugs.

„Da ist ganz bestimmt vorhin ein Auto gekommen“, beharrte Esswis voll wütendem Ingrimm. „Direkt auf der Höhe von Easter Farm.“

„Vielleicht ist der Wagen zur Easter Farm abgebogen“,

meinte Isserley, die sich immer noch alle Mühe gab, nicht zu schreien. „Schließlich wohnen da Leute, weißt du."

„Na ja, und trotzdem, es hätte ja möglich sein können –"

„Liebe Güte, Esswis", schrie Isserley gellend. „Was ist denn nur los mit dir? Da steht er doch, direkt vor unserer Nase! Los, wir holen ihn uns!"

„Wie sollen wir ihn denn ins Auto kriegen?"

„Erschieß ihn doch einfach."

„Jetzt, am helllichten Tag, mitten auf einer Kreuzung. Es könnte jederzeit ein Wagen vorbeikommen."

„Dann musst du ihn eben erschießen, bevor ein Wagen vorbeikommt."

„Wenn einer sieht, wie wir ihn erschießen oder in den Wagen schmeißen, sind wir erledigt. Allein schon die Blutlache würde uns verraten."

„Und wenn ihn einer aufliest, dann sind wir erst recht erledigt."

Eine Weile befanden sie sich in einem unlösbaren Dilemma, während die Sonne durch die schmutzige Windschutzscheibe auf sie schien und ein beinahe unerträglicher Gestank nach Kuhdung von ihren Körpern auszudünsten begann. Dann ließ Esswis den Motor aufheulen, setzte den Wagen schlingernd in Bewegung und fuhr auf die Kreuzung zu.

Der Wotzel stolperte ein paar Schritte vor, um sie in Empfang zu nehmen. Er hob den einen Arm und zeigte wieder Richtung Tain, wobei er sich alle Mühe gab, einen bläulichen Daumen von seiner geschwollenen Tatze wegzustrecken. Als sie näher kamen, sahen sie deutlich, dass er vor Kälte halb tot war, aber trotz vegetierender Trance in wilder Entschlossenheit auf breiigen Füßen schwankte.

Und dennoch ließ der Anblick eines langsamer werdenden Fahrzeugs wieder einen Schimmer von Empfindungsvermögen in seinen Augen aufleuchten. Sein Mund zuckte nur, zum Lächeln war er zu steif vor Kälte und Überernährung, doch die Absicht war immerhin erkennbar.

Esswis langte auf den Rücksitz und tastete nach dem Gewehr, das auf den Boden des Wagens gefallen war. Mühselig stolperte der Wotzel auf den Wagen zu.

„Lass das Gewehr", sagte Isserley, und sie wirbelte herum und öffnete eine der Hintertüren.

Der Wotzel zog den Kopf ein, hievte seinen Körper in den Wagen und brach vor lauter Erschöpfung auf den Rücksitzen zusammen. Isserley, die vor Anstrengung keuchte, zog die Wagentür mit gekrümmtem Finger zu.

„Vier", sagte sie.

Zurück beim Gebäude, musste Esswis an der Gegensprechanlage seinen Namen kaum zu Ende sprechen, als auch schon die Aluminiumtür hochgerollt wurde. Vier Männer drängelten sich durch die langsam größer werdende Öffnung, ihre Schnauzen hatten sie eifrig vorgereckt, und ihre Beine stampften auf den Beton.

„Habt ihr sie? Habt ihr sie?" riefen sie.

„Ja, ja", brummelte Esswis erschöpft und deutete auf den Landrover.

Die Männer drängten und rempelten hinaus ins Helle, machten sich auf den Weg, um mit der Fracht zu helfen, und atmeten dabei einen sich lang hinziehenden Dampfstrahl aus. Esswis und Isserley begleiteten sie nicht, sondern blieben in der geöffneten Tür stehen, als wollten sie allen, die sich widerrechtlich Zugang zum Grundstück verschafft und sich womöglich hierher verirrt hätten, die Sicht nehmen. Denn schließlich hatte in dem Gebäude ein fremdartiges Frachtschiff angedockt. Und das sah nun wirklich nicht so aus, dass man es irrtümlich für einen Traktor halten konnte.

Isserley beobachtete die Männer dabei, wie sie eine der Hintertüren des Landrovers aufrissen, und sah, wie die geschwollenen, blutigen Beine des letzten Wotzels wie zwei riesige Lachse herausplumpsten. Sie schaute weg. In der Sonne wirkten die Wände der Scheune strahlend weiß und ließen das gelbe Wolframlicht drinnen trüb und kränklich aussehen.

Ganz plötzlich sackte Esswis dort, wo er stand, leicht in sich zusammen, als habe sich irgendetwas in seinen Schultern gelöst, und er lehnte sich gegen die Scheunenwand, seine behaarte Hand zitterte unter dem Schild mit dem Totenschädel und den Knochen.

„Ich gehe nach Hause", seufzte er.

An seinem gekrümmten Rücken konnte Isserley nicht ablesen, wie weitreichend diese Äußerung sein sollte. Doch offensichtlich hatte Esswis sein Bauernhaus gemeint, und darauf watschelte er nun zu.

„Was ist denn mit deinem Wagen?" rief Isserley ihm hinterher.

„Ach, den hole ich später ab", ächzte er, ohne sich umzudrehen.

„Ich fahre ihn zu deinem Haus, wenn du willst", bot sie ihm an.

Er ging immer noch weiter, und immer noch drehte er sich nicht um, er hob nur einen Arm und ließ ihn erschöpft wieder sinken. Der Geste konnte Isserley nicht entnehmen, ob er sich damit bei ihr bedankte oder aber sie von ihrem Vorhaben abbringen wollte.

Ein Ausruf des Entsetzens in ihrer Muttersprache drang vom Landrover zu ihr herüber: Die Männer hatten die übler zugerichteten Exemplare gefunden, die sie hinten in den Wagen gezwängt hatten. Die Übelkeit der Männer interessierte Isserley nicht; sie und Esswis hatten ihr Möglichstes getan, um die Tiere in einem Stück zurückzubringen – was hatten sie denn erwartet?

Weil sie sich die Beschwerden der Männer ersparen und außerdem unbedingt vermeiden wollte, ihre Hilfe beim Hereintragen der Kadaver anbieten zu müssen, schlüpfte sie in das Gebäude, um nach der eigentlichen Ursache all dieses Ärgers zu suchen: nach Amlis Vess.

Aus dem widerhallenden Erdgeschoss der Scheune waren alle beweglichen Gegenstände entfernt worden, mit Ausnahme des großen schwarzen Rechtecks des Transportschiffes, das seinen Anlegeplatz unmittelbar unter der Dachluke hatte. Sogar die zum Schein aufgestellte bauernhoftypische Ausrüstung, die sonst nur für den Fall, dass es eine Inspektion von Seiten der Regierung geben würde, überall herumstand, war fortgeschafft worden, um ein ungehindertes Beladen des Schiffes zu gewährleisten. Es war die Zeit im Monat, zu der die Männer – vorausgesetzt, es verlief alles nach Plan – jetzt schon damit beschäftigt wären, die Waren auf das Schiff zu laden, doch Isserley konnte riechen, dass heute noch nichts verladen worden war.

In einer Ecke der Scheune stand eine klobige trommelförmige Tonne aus Stahl, fast drei Meter hoch und mit einem Durchmesser von mindestens zwei Metern, in die ein rostendes und verblassendes Abbild einer Kuh und eines Schafes gemeißelt war. Ein Messingzapfen ragte an einer Seite heraus; Isserley drehte an diesem Handgriff, und die Trommel öffnete sich vor ihr, indem sich eine versteckte Naht ganz sacht wie ein senkrechtes Augenlid teilte.

Sie trat hinein, das Metall schloss sich ganz um sie, und sie war auf dem Weg unter die Erde.

Die Tür des Aufzugs öffnete sich automatisch, als er die erste unterirdische Ebene erreicht hatte, Küche und Aufenthaltsraum der Arbeiter. Der Raum war niedrig und grell erleuchtet wie eine Autobahntankstelle, es war ein zweckdienlicher Schandfleck, der immer, ausnahmslos immer, nach Bratkartoffeln, ungewaschenen Männern und Mussantapaste roch.

Es war niemand dort zu sehen, und so fuhr Isserley noch tiefer hinunter. Sie hoffte, dass sich Amlis Vess nicht auf den untersten Ebenen versteckte, wo das Töten und Verarbeiten vonstatten ging; sie war nie dort gewesen und verspürte auch jetzt nicht den Wunsch, dieses Stockwerk aufzusuchen. Für jemanden mit Klaustrophobie war es nicht gerade der geeignete Ort.

Wieder hielt der Aufzug, diesmal bei den Wohnquartieren der Männer – das war wohl (wenn sie jetzt so darüber nachdachte) der Ort, an dem sich Amlis Vess am ehesten aufhalten würde. Isserley war nur ein einziges Mal dort gewesen, ganz am Anfang, als sie auf Ablach Farm eingetroffen war. Später hatte sie es immer wieder vermeiden können, sich in dieses muffige Labyrinth klammer Männlichkeit zu begeben: Es erinnerte sie an die Siedlungen. Doch jetzt hatte sie einen Grund. Als die Tür ihre metallenen Schleier zur Seite zog, machte sich Isserley auf eine hitzige Auseinandersetzung gefasst.

Das Erste, was sie sah, war Amlis Vess selbst, der überraschend nah beim Aufzug stand. Sie hatte nicht damit gerechnet, dass er ihr gleich so nah sein würde, es schien, als wolle er gleich zu ihr in den Aufzug steigen. Doch tatsächlich stand er vollkommen still da, *alles* schien vollkommen still zu stehen: Es war, als sei die Zeit extra für Isserley stehen geblieben, damit sie mit geöffnetem Mund, aus dem sie gleich einen Schwall Beschimpfungen loswerden wollte, Amlis erst einmal betrachten konnte. Der Mund blieb ihr offen stehen.

Er war der schönste Mann, den sie je gesehen hatte.

Er war ihr beunruhigend vertraut, so wie es einem oft mit Prominenten erging, doch gleichzeitig war er ihr völlig fremd, als habe sie ihn nie zuvor gesehen; die ihr noch halb im Gedächtnis vorhandenen Bilder aus den Medien hatten seine Attraktivität nicht einmal annähernd vermitteln können.

Wie alle Angehörigen von Isserleys Rasse (natürlich mit Ausnahme von Isserley selbst und Esswis) stand er nackt auf allen vieren, seine Gliedmaßen waren alle exakt gleich lang, und alle auch gleich geschmeidig. Außerdem konnte er seinen Schwanz als weiteres Körperglied benutzen, zum Greifen oder wie einen Dreifuß, um damit das Gleichgewicht zu halten, wenn er die Vorderpfoten frei haben wollte. Nahtlos verjüngte sich seine Brust zu einem langen Hals, auf dem sein Kopf wie eine Trophäe saß. Drei markante Punkte gaben dem Kopf seine Dreiecksform: seine langen Speerspitzenohren und seine Fuchsschnauze. Seine großen Augen bildeten vollkommene Kreise und saßen im vorderen Bereich seines Gesichts, das, wie der Rest seines Körpers, mit weichem Fell bedeckt war.

In all diesen Punkten war er ein gewöhnlicher, der Norm entsprechender Mensch, nicht anders als der Arbeiter, der hinter ihm stand und ihn nervös beobachtete.

Und dennoch war er anders.

Da war zunächst einmal seine fast grotesk anmutende Größe. Sein Kopf reichte ihr bis an die Brust; wollte man ihn chirurgisch zu einem aufrecht gehenden Wesen verändern, so wie man das mit ihr getan hatte, dann würde er sie deutlich überragen. Wohlstand und Privilegien mussten ihn vor einem verkümmerten Wuchs bewahrt haben, wie er für die Männer aus den Siedlungen so typisch war und wie ihn auch der Mann aufwies, der ihn im Augenblick bewachte; er wirkte wie ein Riese und dabei doch schlank, nicht etwa wuchtig oder klobig. Die Farbe seines Fells war ungewöhnlich variantenreich (zuweilen wurden Gerüchte laut, dass seine Fellfarbe nicht natürlich sei): Dunkelbraun auf Rücken, Schultern und Flanken, tiefes Schwarz auf Gesicht und Beinen, strahlendes Weiß auf der Brust. Außerdem war das Fell unglaublich glänzend, vor allem auf der Brust, wo es auch dichter, beinahe schon widerspenstig war. Seine Muskulatur war eher wenig ausgeprägt, gerade kräftig genug, um seinen großen Körperbau zu stützen; seine Schulterblätter unter ihrer seidigen Fellschicht stachen überraschend weit hervor. Doch das Erstaunlichste an ihm war sein Gesicht: Die Männer, mit denen Isserley arbeitete, hatten alle raues Haar, kahle Flecken, Verfärbungen und unansehnliche Narben auf dem Gesicht. Bei Amlis Vess dagegen zog sich ein sanfter Flaum aus makellosem Schwarz von den Spitzen seiner Ohren bis zur Rundung seiner Kehle, wie von einem idealistischen Kunsthandwerker in schwarzem Wildleder gestaltet. In diese vollendete Schwärze tief hineingesetzt, glänzten seine goldbraunen Augen wie erleuchtetes Bernstein. Er holte Luft, setzte zum Sprechen an.

Plötzlich glitt die Metalltür zwischen ihnen zu, so als ließe sie den Vorhang über diesem Schauspiel fallen. Erst jetzt wurde Isserley bewusst, dass mehrere Sekunden vergangen waren und dass sie es versäumt hatte, aus dem Aufzug auszusteigen. Dicht schloss sich die Tür, und Amlis war verschwunden; sacht bewegte sich der Boden unter ihr.

Der Aufzug fuhr weiter nach unten, in Richtung Verarbeitungshalle und Wotzelgehege – genau dorthin, wohin Isserley nicht wollte. Mit der Handfläche schlug sie gereizt auf den AUFWÄRTS-Knopf.

Der Aufzug kam zum Stehen, und seine Türen zuckten, sie öffneten sich allerdings nur etwa ein oder zwei Zentimeter, bevor die Aufzugkabine wieder hoch Richtung Erdoberfläche schlingerte. Eine Dunstwolke dumpfigen Tiergeruchs war eingedrungen; das war alles.

Als der Aufzug wieder auf der Ebene der Männerwohnquartiere angekommen war, gingen die Türen erneut auf.

Amlis Vess war ein paar Schritte von der Tür zurückgetreten, näher auf den Arbeiter zu, der ihn bewachte. Er war immer noch schön, allerdings hatten die wenigen Augenblicke der Trennung von ihm Isserley Gelegenheit gegeben, ihre Wut wieder unter Kontrolle zu bekommen. Gut aussehend oder nicht, Vess war verantwortlich für einen jugendlichen Sabotageakt, der sie gerade durch die Hölle hatte gehen lassen. Seine äußere Erscheinung hatte sie verblüfft, das war alles: Es hatte nichts weiter zu bedeuten. Sie hatte nichts anderes als furchtbar törichte Taten von ihm erwartet, doch sie hatte seine Ausstrahlung unterschätzt, und darauf musste sie sich jetzt einstellen.

„Ah, schön; ich dachte schon, Sie hätten sich gegen uns entschieden", sagte Amlis Vess. Seine Stimme war warm und melodisch und hatte den schrecklich, schrecklich vornehmen Akzent der oberen Klassen. Isserley wurde sich des Anflugs von Unmut bewusst, den das in ihr hervorrief, und daran klammerte sie sich nun entschieden.

„Ersparen Sie mir Ihre witzigen Bemerkungen, Mr. Vess", sagte sie und trat aus dem Aufzug. „Ich bin wirklich *sehr* müde."

Bewusst und mit voller Absicht wandte sie ihre Aufmerksamkeit dem anderen Mann zu, in dem sie erst in diesem Augenblick Yns, den Ingenieur, erkannte.

„Was meinst du, Yns?“ fragte sie und war froh, dass ihr sein Name gerade noch rechtzeitig eingefallen war. „Können wir Mr. Vess gefahrlos mit an die Erdoberfläche nehmen?“

Yns, ein dunkelhaariger alter Hase von grandioser Hässlichkeit, fletschte verlegen seine fleckigen Zähne, und er und Amlis wechselten flüchtige Blicke. Offensichtlich hatten die beiden Männer ausreichend Gelegenheit gehabt, während des Abenteuers der Wotzel im Freien ins Gespräch zu kommen, und an der gekünstelten Absurdität des Verhältnisses Bewacher-Bewachter hatten sie wohl Gefallen gefunden.

„Ähm … tja“, entgegnete Yns und schnitt eine Grimasse dabei. „Jetzt kann er ja wohl keinen Schaden mehr anrichten, oder?“

„Ich glaube, Mr. Vess sollte mit nach oben kommen“, sagte Isserley, „und sich ansehen, was die Männer da gerade hereintragen.“

Ohne die Augen von Amlis Vess zu lassen, verdrehte sie den einen Arm nach hinten und drückte auf den Knopf, mit dem man den Aufzug holen konnte. Dabei zuckte sie zusammen, weil ein unerwarteter Schmerz sie durchfuhr; ihr war klar, dass er sie hatte zusammenzucken sehen – der Teufel sollte ihn holen. Nur selten hatte sie Gelegenheit, von den ihr von der Natur gegebenen vielfältigen Gelenken Gebrauch zu machen, so sehr achtete sie darauf, sich stets mit den groben, scharnierartigen Bewegungen der Wotzel von der Stelle zu rühren, dass sie sich irgendwie verrenkt hatte. Bestimmt würde er liebend gern wissen, was sie mit ihrem Körper tun konnte und was nicht.

Der Aufzug kam, und gehorsam ging Amlis Vess hinein.

Die Knochen und Muskeln unter seinem weichen Fell bewegten sich geschmeidig wie bei einem Tänzer. Höchstwahrscheinlich war er bisexuell, wie alle Reichen und Berühmten.

Als Amlis Vess bemerkte, dass die Aufzugkabine nicht groß genug für drei war, schaute er Isserley an, doch sie machte deutlich, dass er und Yns zuerst hinauffahren sollten, sie würde nachkommen. In ihrer ganzen Haltung versuchte sie, einen argwöhnischen, überkorrekten Ekel zum Ausdruck zu bringen, so als sei Amlis Vess irgendein riesiges Tier, das sie beschmutzen könnte, und das ausgerechnet jetzt, wo sie zu müde war, um sich zu säubern.

Kaum hatte sich der Aufzug nach oben in Bewegung gesetzt, stieg Übelkeit in ihr auf, als habe sich der Erdboden über ihr geschlossen und als atme sie krankheitserregende verbrauchte Luft ein. Doch sie hatte auch gar nicht erwartet, sich anders zu fühlen, und zwang sich selbst durchzuhalten. Sich unter der Erde zu befinden war für sie immer ein wahrer Albtraum, besonders an einem Ort wie diesem. Um hier nicht verrückt zu werden, wäre es beinahe schon besser, eine niedere Lebensform zu sein.

„Na los, komm schon", flüsterte sie und wünschte sich sehnlich, gerettet zu werden.

Als sie schließlich alle oben im Gebäude standen – Isserley, Amlis Vess und fünf Arbeiter –, entfaltete sich vor ihren Augen ein feierliches und unwirkliches Schauspiel. Die Wotzel waren in die Scheune getragen worden; zuerst der, der noch am Leben war, dann die drei blutbefleckten Kadaver. Tatsächlich war der, der noch am Leben gewesen war, inzwischen nicht mehr lebendig; Ensel hatte ihm auf dem Weg in die Scheune vorsorglich eine Icpathua-Dosis verabreicht, die offenbar das überbeanspruchte Herz des Geschöpfes unglücklicherweise zum Stillstand gebracht hatte.

Die Leichname lagen mitten in der Scheune in einer Reihe auf dem Betonboden. Aus den Beinen des Wotzels, der noch am unversehrtesten war, tröpfelte nach wie vor blutiger Schleim; die Köpfe der Erschossenen hatten mehr oder weniger aufgehört zu bluten. Wie sie so bleich und glitzernd von Frost da lagen, wirkten die vier wie kompakte, aus Kerzenwachs geformte Puppen, die ungleichmäßig von ihren haarigen Dochten heruntergebrannt waren.

Isserley schaute erst auf sie, dann auf Amlis Vess, dann wieder auf die Kadaver, als wollte sie seine Aufmerksamkeit auf eine direkte Verbindung lenken.

„Nun?" fragte sie herausfordernd. „Sind Sie jetzt stolz auf sich?"

Amlis Vess starrte sie an, die Zähne hatte er vor Mitleid und Abscheu gebleckt.

„Das ist recht merkwürdig, wissen Sie", erwiderte er. „Ich erinnere mich nicht, den armen Tieren den Kopf weggeschossen zu haben."

„Und wenn Sie es getan hätten, das wäre jetzt auch kein großer Unterschied mehr gewesen", fuhr Isserley ihn an und war wütend und gekränkt, als sie hörte, wie Yns hinter ihr unpassenderweise losprustete.

„Wenn Sie das sagen", meinte Amlis Vess in einem Tonfall (wenn auch nicht mit demselben Akzent), dessen sie sich wohl hätte bedienen können, um einen beunruhigend verstörten Anhalter bei Laune zu halten.

Isserley war vor lauter Wut ganz erstarrt. Verfluchter Oberschicht-Heini! Er benahm sich, als hätten seine Handlungen keine Rechtfertigung nötig. Typischer Junge aus reichem Haus, typischer verzogener kleiner Oberbonze. Die benahmen sich doch alle so, als müssten sie sich für nichts rechtfertigen, war doch so, oder?

„Warum haben Sie das gemacht?“ fragte sie frei heraus.

„Ich bin gegen das Töten von Tieren“, antwortete er, ohne die Stimme zu heben. „Das ist alles.“

Ungläubig starrte Isserley ihn einen Augenblick lang an; dann lenkte sie zornig seine Aufmerksamkeit auf die Zehen der toten Wotzel, eine unordentliche Reihe von etwa vierzig geschwollenen Gliedmaßen, die nach außen gebogen vor ihnen auf dem Beton lagen.

„Sehen Sie diese Körperteile hier?“ fragte sie wutschnaubend und deutete mit ausgestrecktem Finger auf den Fuß, dessen Zehen am meisten mitgenommen waren. „Sehen Sie, wie grau und breiig die Zehen sind? Das nennt man Erfrierung. Das kommt von der Kälte. Diese erfrorenen Körperteile sind *tot*, Mr. Vess. Dieses Geschöpf wäre sicher gestorben, einfach nur, weil es sich draußen aufhielt.“

Nervös bewegte sich Amlis Vess hin und her, das erste Zeichen von Schwäche.

„Das kann ich gar nicht so recht glauben“, sagte er stirnrunzelnd. „Schließlich ist das da draußen doch ihre Welt, oder?“

„Da *draußen*?“ schrie Isserley. „Sie machen wohl Scherze, oder? Sieht das hier etwa so aus“ – sie stieß den Finger in die erfrorenen Zehen und riss so unabsichtlich ein weiteres Loch in einem der Zehen auf –, „als seien sie in ihrem natürlichen Element herumgelaufen, glauben Sie das? Sieht das tatsächlich so aus, als seien sie zum Spaß einfach nur ein wenig … *umhergetollt*?“

Amlis Vess öffnete den Mund, um etwas zu erwidern, dann überlegte er es sich offensichtlich anders. Er seufzte. Und als er seufzte, dehnte sich das weiße Fell auf seiner Brust.

„Es sieht ganz so aus, als hätte ich Sie erzürnt", sagte er ernsthaft. „Sehr erzürnt. Und das Merkwürdige ist, ich glaube nicht, dass Sie zornig sind, weil ich für den Schaden verantwortlich bin, den die Tiere genommen haben. Ich meine, schließlich waren Sie doch gerade selber drauf und dran, sie zu töten, oder?"

Mit einer Grausamkeit, die ihnen nicht bewusst war, richteten alle Männer genau wie Vess die Blicke auf Isserley und warteten auf eine Antwort. Isserley schwieg, die Fäuste hatte sie geballt. Da spürte sie ganz plötzlich, weshalb sie ihre Fäuste niemals ballen sollte: In beiden Händen machte sich ein unausrottbarer Schmerz an der Stelle bemerkbar, an der man ihr den sechsten Finger entfernt hatte. Und das wiederum erinnerte sie an all das andere, das sie von den Männern unterschied, die da in einem Halbkreis vor ihr standen, jenseits der von den Kadavern gebildeten Trennlinie. Instinktiv krümmte sie sich zusammen, gab ihre aufrechte Haltung auf, als wolle sie sich für eine Stellung auf allen vieren bereitmachen, dann kreuzte sie die Arme über den Brüsten.

„Ich schlage vor, ihr sorgt dafür, dass Mr. Vess keine Schwierigkeiten macht, bis er wieder dahin fahren kann, wo er hergekommen ist", sagte sie eisig, wobei sie diesen Befehl an niemand Bestimmten richtete. Dann verließ sie das Gebäude, indem sie einen schmerzhaft würdevollen Schritt nach dem anderen machte.

Diejenigen, die zurückgeblieben waren, standen eine Weile schweigend da.

„Sie mag Sie", sagte Yns schließlich zu Amlis Vess. „Das spüre ich."

SECHSTES KAPITEL

Eine Stunde später und sechzig Kilometer weiter weg auf der windgepeitschten A9 blinzelte eine verschlafene Isserley zu einem riesigen elektronischen Verkehrszeichen hoch, das verkündete: MÜDIGKEIT KANN TÖTEN. GÖNNEN SIE SICH EINE PAUSE. Es war ein Schild, das sich selbst als „experimentell" zu erkennen gab, indem es mittels einer Telefonnummer am unteren Rand Autofahrer aufforderte, Kommentare dazu abzugeben.

Hunderte von Malen war Isserley auf dem Weg nach Inverness unter diesem Schild hindurchgefahren, und jedesmal hatte sie sich gefragt, ob dort eines Tages womöglich wichtige Verkehrsinformationen stehen würden: Hinweise auf einen Unfall vielleicht oder einen Stau weiter vorn auf der Strecke oder auf schlechte Wetterverhältnisse auf der Kessock Bridge. Doch solch eine Botschaft war nie dort zu lesen. Nur ganz allgemein gehaltene Warnpredigten hinsichtlich Geschwindigkeit, Rücksichtnahme und Müdigkeit.

Heute lächelte sie wehmütig angesichts der Nachricht auf dem Schild. Es stimmte: Sie war tatsächlich müde, und sie sollte sich wirklich eine Pause gönnen. Von einer seelenlosen Maschine daran erinnert zu werden war irgendwie komisch – doch eine solche Anweisung ließ sich leichter befolgen. Es war noch nie ihre Stärke gewesen, auf Ratschläge zu hören, wenn sie von ihren Mitmenschen kamen.

Sie steuerte den Wagen in eine Parkbucht und schaltete

den Motor ab. Eine aggressive Sonne schien ihr direkt in die Augen, und sie überlegte, ob sie vielleicht die Fensterscheiben verdunkeln sollte, entschied sich dann aber dagegen, nur für den Fall, dass sie einschlafen und dann von Polizisten geweckt werden sollte, die gegen ihre undurchsichtig bernsteinfarbenen Wagenfenster klopfen würden. Das war bis jetzt noch nicht passiert, doch wenn es passierte, wäre das ihr Ende. Da gab es einiges, was die Polizei womöglich von ihr würde sehen wollen, was sie jedoch nicht vorzuweisen hatte – einschließlich eines Augenpaares in Wotzelgröße hinter ihren riesigen, dicken Brillengläsern.

Gerade im Moment taten Isserley die Augen weh, sie waren leicht entzündet aufgrund des Schlafmangels und der Anstrengung, durch zwei Schichten Glas schauen zu müssen. Sie blinzelte, dann blinzelte sie wieder, langsamer und immer langsamer, bis die Lider geschlossen blieben. Nur einen ganz kleinen Moment lang würde sie die Augen ausruhen, dann zurück nach Norden fahren und sich richtig ausschlafen. Aber nicht auf dem Bauernhof, irgendwo anders. Es war gut möglich, dass der ganze Bauernhof wieder in Aufruhr war, solange dieser Idiot Amlis Vess immer noch dort herumlief.

Da gab es eine Stelle auf der B9166 Richtung Balintore, abseits der Landstraße, wo sie manchmal bei der Ruine eines mittelalterlichen Klosters parkte und ein kleines Nickerchen machte. Dorthin verirrte sich nie jemand, obwohl die Abtei eine offiziell erklärte Touristenattraktion war; ihr weit auseinander gezogenes Netz von Werbeplakaten war zu großmaschig, als dass es Autofahrer angezogen hätte. Für Isserley war es genau der richtige Ort, nachdem sie fast nicht geschlafen hatte und gezwungen gewesen war, vor Sonnenaufgang stundenlang nach entlaufenen Wotzeln zu suchen.

Isserley stellte sich vor, sie sei bereits in Fearn Abbey, und so schlief sie ein, den Kopf und einen Arm hatte sie innen auf das gepolsterte Lenkrad gelegt.

Zuerst träumte sie von der dachlosen Ruine der Abtei, als habe sie sich innerhalb der Abtei selbst zum Schlafen gelegt, über sich nur den Ozean des Himmels, azurblau und von feinen Wolken gestreift. Doch dann glitt sie, wie so oft, in eine tiefere Traumschicht, als falle sie durch eine tückische Kruste feinpulveriger, bröckeliger Erde, und landete in der unterirdischen Hölle der Siedlungen.

„Da ist ein Fehler passiert", erklärte sie dem Aufseher, der sie tiefer in die Labyrinthe fest gewalzten Bauxits hineinführte. „Ich habe einflussreiche Freunde an wichtigen Stellen. Sie sind völlig entsetzt, dass ich hierher geschickt wurde. In genau diesem Augenblick bemühen sie sich darum, dass ich neu klassifiziert werde."

„Schön, schön", brummelte der Aufseher, als er sie immer tiefer hinunterzog. „Ich werde Ihnen jetzt zeigen, was Sie zu tun haben."

Sie waren in dem düsteren Zentrum der Fabrik angelangt, dem glatten Hals eines riesigen Betonkraters, der mit dem leuchtenden Gebräu verwesender pflanzlicher Substanzen gefüllt war. Weit ausladende Wurzeln und Knollen drehten sich träge in dem eiweißhaltigen Ausfluss, fettleibige Blätter zuckten und wanden sich auf der silbrigen Oberfläche wie die Flossenstrahlen gestrandeter Teufelsrochen, und Wogen bläulichen Gases spritzten aus plötzlichen Unterbrechungen der Oberflächenspannung hervor. Überall am Rand und über dieser schäumenden Grube wirbelte die stickige Luft voller grünen Dampfes und winziger Torfmoospartikel.

Trotz ihres Ekels schaute Isserley näher hin und bemerkte die vielen hundert Röhren, so dick wie Industrierohre, die um die ganze Grube herum am Rand ausgelegt waren und jeweils in Abständen von wenigen Metern in dem klebrigen Dunkel verschwanden. Eine dieser Röhren wurde in einer wirbelnden Bewegung von einer nicht genau zu erkennenden Vorrichtung hineingezogen, und allein schon die schiere Länge dieser glänzenden Röhre war Indiz dafür, wie tief der Krater tatsächlich war. Nach einer ganzen Weile tauchte am äußersten Ende der Röhre, durch eine Art künstlicher Nabelschnur damit verbunden, ein ausgebeulter Taucheranzug auf, der über und über mit schwärzlichem Dreck verschmiert war. Der Taucheranzug, der immer noch ein spatenartiges Instrument in den behandschuhten Händen hielt, schlitterte unbeholfen auf den Betonrand und mühte sich ab, um auf die Knie hochzukommen.

„Hier stellen wir", so erklärte der Aufseher, „den Sauerstoff für die da oben her."

Isserley schrie so lange, bis sie aufwachte.

Sie musste feststellen, dass sie in einem Fahrzeug am Rand einer Straße saß, die sich von Unendlichkeit zu Unendlichkeit zog, in einem fremden und entlegenen Land. Der Himmel draußen war blau, durchscheinend und ohne Begrenzung nach oben hin. Millionen, Billionen, vielleicht Trillionen von Bäumen stellten ohne Eingriffe des Menschen Sauerstoff her. Eine gerade erst ausgereifte Sonne schien, und es waren nur wenige Minuten vergangen, seit sie eingeschlafen war.

Isserley streckte sich, und vor Unbehagen brummend ließ sie ihre dünnen Arme um 360 Grad kreisen. Sie war immer noch erschöpft, doch der Traum hatte sie vorläufig von dem Wunsch zu schlafen abgebracht, und sie spürte, dass sie nicht mehr unmittelbar in Gefahr war, am Steuer einzunicken. Sie würde sich an die Arbeit begeben und dann sehen, wie sie sich bei Sonnenuntergang fühlte. Der Druck, den sie gestern verspürt hatte, dem Sohn vom Chef, dem hochrangigen Besucher Waren zu seiner Bewunderung zu präsentieren, war jetzt offensichtlich gewichen. Amlis Vess einen Wotzel nach Hause zu bringen war eindeutig nicht der Weg zu seinem Herzen, sollte das der Teil in ihm sein, den sie zu beeindrucken hoffte. Doch harmlose Spinner einmal beiseite, sie hatte sich ihre eigenen Maßstäbe gesetzt, die es zu erfüllen galt.

Sie fuhr immer noch Richtung Süden, als sie knapp hinter Inverness ein großes, muskulöses männliches Exemplar entdeckte, das ein Pappschild mit der Aufschrift GLASGOW hochhielt.

Aus reiner Gewohnheit und um die übliche Vorgehensweise einzuhalten, fuhr sie an ihm vorbei, doch sie hatte keinerlei Zweifel, dass sie ihn bei der zweiten Annäherung auflesen würde: Er war kräftig gebaut und in den besten Jahren. Es wäre geradezu ein Verbrechen, ein Exemplar wie dieses einfach hier stehen zu lassen.

Trotz seines massigen Körpers kam er recht leichtfüßig auf ihren Wagen zugelaufen, als sie in seiner Nähe hielt; immer ein gutes Zeichen, denn ein betrunkener oder behinderter Wotzel hätte nur wankend oder stolpernd gehen können.

„Bis Pitlochry, ist das in Ordnung?" offerierte sie ihm und schloss aus seinem offenen, bereitwilligen Gesichtsausdruck, dass das mehr als genug wäre.

„Fantastisch!" sagte er voller Begeisterung und sprang in den Wagen.

Er hatte ein großflächiges, fleischiges Gesicht, gar nicht unähnlich einem Einmonatswotzel, und kleine blonde

Löckchen auf dem Kopf. Doch die Löckchen waren spärlich gesät und die Haut rau und fleckig, als sei der Kopf des Wotzels in irgendeiner Phase seines Lebens auf See verloren gegangen, dann an Land gespült und jahrelang von der Sonne gegerbt worden, bevor er sich schließlich mit dem Körper wieder vereinigen konnte.

„Tach auch, ich heiß' Dave." Er streckte ihr eine Hand hin, und unbeholfen gestattete sie, dass ihre Hand ergriffen wurde, wobei sie versuchte, nicht vor Schmerz zusammenzuzucken, als er genau auf die Stelle drückte, an der ihr sechster Finger gesessen hatte. Dass ein Anhalter sich ihr vorstellte, war derart ungewöhnlich, dass es eine Weile dauerte, ehe ihr eine Antwort einfiel.

„Louise", erwiderte sie mit kleiner Verzögerung.

„Freut mich", strahlte er, und geschäftig widmete er sich dem Anschnallen, als wollten sie sich gemeinsam von Berufs wegen auf ein Abenteuer begeben, wie etwa in einem Rennauto die Schallmauer durchbrechen oder eine Testfahrt mit einem Jeep in felsigem Gelände machen.

„Sie scheinen ja in wirklich ausgezeichneter Stimmung zu sein", bemerkte Isserley, als sie den Wagen vom Straßenrand weglenkte.

„Tja, Lady, genauso isses auch. Ich bin echt zufrieden", bestätigte Dave.

„Hat es etwas mit dem zu tun, was Sie in Glasgow erwartet?" forschte sie weiter.

„Tja, Lady, wieder voll getroffen", grinste er. „Hab' Karten gekriegt für John Martyn."

Im Geiste ging Isserley die Moderatoren durch, die sie während ihrer morgendlichen Übungen im Fernsehen gesehen hatte, und auch all die Leute, die aus irgendeinem Grund in den Abendnachrichten aufgetaucht waren. John

Martyn war kein Name, an den sie sich erinnerte, also verbog er höchstwahrscheinlich keine Löffel mit schierer Willenskraft oder brach das Gesetz, indem er den Rauch pflanzlicher Substanzen inhalierte.

„Den kenne ich nicht“, sagte sie.

„Aber bestimmt kennen Sie ’n paar von seinen Songs“, versicherte ihr Dave, und vor lauter Ungläubigkeit runzelte er die Stirn. „‚May You Never‘ is’ ’n ganz großer Hit.“ Ohne jede Vorwarnung fing er auf einmal an zu singen. „*Ah-M-A-A-AY YOU never lay your head down, without a hand to hold*… Nein?“

Hastig korrigierte Isserley den aufgeschreckten Hüpfer, den ihr Wagen in Richtung Straßenmitte gemacht hatte.

„Wasiss’n mit ‚Over the Hill‘?“ bohrte Dave hartnäckig weiter. Mit der einen fleischigen Hand klimperte er auf seinem Brustkasten, mit der anderen befingerte er den Hals einer unsichtbaren Gitarre, und er sang: „*Been worried about my babies, I been worried about my wife; there's just one place for a man to be when he's worried about his life; I'm goin' home, HEY HEY HEY over the hill!*“

„Machen Sie sich Sorgen um Ihre Frau, Dave?“ fragte Isserley ganz ruhig und hielt die Augen auf die Straße gerichtet.

„Tja, ich mach' mir Sorgen, dass was fällig is', wenn sie rauskriegt, wo ich bin, ha, ha.“

„Haben Sie Kinder?“ Jetzt war sie recht kühn, das wusste sie, aber sie war nicht in der Stimmung, heute ihre Zeit zu vergeuden.

„Ne, Lady, Kinder ham wer nich’“, antwortete Dave, sein Ton wurde plötzlich ganz nüchtern, und die Hände legte er schließlich ruhig in den Schoß.

Isserley fragte sich, ob sie vielleicht zu weit gegangen war. Sie schwieg, streckte die Brüste vor und fuhr.

Schade, so überlegte Dave, dass diese Louise ihn nur bis Pitlochry fuhr. Bei der Geschwindigkeit wäre er vier Stunden früher in Glasgow als nötig, und es wäre gar nicht so übel, mit dieser kleinen Lady die gewonnene Zeit zu verbringen. Nicht, dass er etwa sexistisch wäre, aber sie hatte diese offene Art zu reden, wie ungezwungene Mädchen sie hatten, und immerhin hatte sie ihn aufgelesen, ihn, einen großen, muskulösen Kerl, was eine Frau allein fast nie tat, seien wir doch mal ehrlich. Sie hatte fantastische Brüste und noch größere Augen als Sinéad O'Connor, und auch ganz schönes Haar, obwohl es nicht so richtig ordentlich saß, eine zottelige Mähne, die wie ein Mopp nach allen Seiten abstand, so dass er von der Seite ihr Gesicht nicht sehen konnte. Vielleicht meinten das ja die Frauen, wenn sie davon redeten, dass es mal wieder einer dieser Tage war, wo die Haare einfach nicht sitzen wollten. Vielleicht sollte er das einfach erwähnen, das mit den Tagen, wo die Haare nicht sitzen wollten, damit sie sah, dass er von solchen Sachen Ahnung hatte. Frauen glaubten ganz gern, dass die Kluft zwischen den Geschlechtern gar nicht so ganz unüberbrückbar war; und wenn sie das dachten, machten sie leichter die Beine breit, hatte er festgestellt.

Vielleicht würde sich auf dem Weg nach Pitlochry ja etwas zwischen ihnen abspielen! Ein Bett war dazu schließlich nicht unbedingt nötig. Louise konnte auf einen Rastplatz fahren und ihm zeigen, was sie so draufhatte.

Träum du nur, träum du nur immer weiter, Dave. Am Ende würde Folgendes passieren: In Pitlochry würde sie ihn am Straßenrand absetzen, dann würde sie weiterfahren und die Rücklichter einmal aufblinken lassen. Ende vom Lied.

Aber er war auf dem Weg zu John Martyn, das durfte er nicht vergessen. Eine Frau dann wieder loswerden war immer ein bisschen eine peinliche Sache, wenn man hinterher so darüber nachdachte, aber ein tolles Konzert konnte einen ewig noch begeistern.

Ach, übrigens: Was mochte die kleine Lady wohl an Musik dabeihaben? Genau oberhalb von seinem Knie befand sich der Kassettenrekorder: Bis Pitlochry hatten sie noch Zeit genug für eine 90er-Kassette!

„He, Lady, ham Sie was an Kassetten da?“ fragte er und zeigte auf den Rekorder. Isserley schaute auf den Metallschlitz und versuchte, sich zu erinnern, was dort drin gewesen war, wenn überhaupt etwas, als sie diesen Wagen vor etlichen Jahren bekommen hatte.

„Ja, ich glaube, es ist eine da drin“, antwortete sie und erinnerte sich vage, dass unangenehme Musik sie erschreckt hatte, als sie sich mit den Knöpfen und Tasten am Armaturenbrett vertraut machen wollte.

„Klasse: Dann lassen Se doch mal hören“, drängte er und schlug sich auf die in Jeans steckenden Schenkel, als wolle er per Kickstart das Schlagzeug in Gang setzen.

„Machen Sie es nur ruhig selbst“, sagte Isserley. „Ich fahre.“

Sie spürte seinen Blick auf sich ruhen, voller Ungläubigkeit angesichts ihrer großen Vorsicht, aber im Augenblick wurde sie ständig von anderen Wagen überholt, und sie war zu nervös, um nach unten zu schauen. Die hohe Geschwindigkeit von Esswis, diesem Wahnsinnigen, mit der er sie durch die Gegend gefahren hatte, hatte ihr einen regelrechten Schock versetzt, und sie wollte nun keinesfalls schneller als achtzig die Stunde fahren.

Dave machte den Kassettenrekorder an, und gehorsam drangen Klänge heraus. Zunächst war Isserley erleichtert, dass er bekommen hatte, was er wollte, aber bald spürte sie, dass irgendetwas nicht in Ordnung war, und gab sich alle Mühe, sich auf die Musik zu konzentrieren. Alle paar Sekunden schien sie abzutauchen, als müsse sie Hindernisse aus Wasser passieren.

„Ach herrje", sagte sie besorgt. „Vielleicht funktioniert das Gerät nicht mehr, oder?"

„Ach, i wo, Lady, das is' die Kassette", sagte er. „Die hängt zu schlaff durch."

„Ach herrje", sagte Isserley noch einmal und runzelte vor lauter Konzentration die Stirn, als ein Wagen hinter ihr hupte, offensichtlich vor Ärger, weil sie sich weigerte, einen Reisebus zu überholen. „Muss sie ... äh ... muss sie weggeworfen werden?"

„Ach, i wo!" versicherte ihr Dave, und fröhlich fummelte er an den Tasten des Kassettenrekorders herum, während sie geduldig das Gehupe ertrug. „Muss bloß 'n paar Mal zurück- und vorgespult werden. Das wirkt Wunder. Sie werden schon sehen. Die Leute werfen Kassetten weg, weil sie glauben, die tun's nicht mehr. Is' aber gar nich' nötig."

Ein paar Minuten lang widmete er sich intensiv dem Kassettenrekorder, dann schaltete er ihn wieder ein. Klar und schroff wie ein Geräusch aus dem Fernsehen ertönte das Lied aus den Lautsprechern. Eine näselnde Männerstimme sang davon, die ganze Nacht auf einem Truck unterwegs zu sein, hundert Meilen zwischen sich und eine Stadt namens Heartache zu bringen. Die Atmosphäre war die klagender Fröhlichkeit.

Isserley vertraute darauf, dass Dave jetzt zufrieden sein würde, doch stattdessen strahlte er Verwirrung aus.

„Also, echt, eh, Louise", sagte er nach einer Weile. „Echt komisch, dass Sie auf Country-Musik stehen."

„Komisch?"

„Na ja … ungewöhnlich, für ’ne Frau. Also, jedenfalls, für ’ne *junge* Frau, wissen Sie. Sie sind echt die erste junge Frau, die mir untergekommen is’, die Country-Musik-Kassetten im Auto hat.“

„Was für eine Art Musik hätten Sie denn erwartet?“ wollte Isserley wissen. (Einige größere Tankstellen verkauften auch Musikkassetten; vielleicht könnte sie sich dort die richtigen besorgen.)

„Ach, na ja, was zum Tanzen“, sagte er achselzuckend und schlug im Takt mit der Faust. „Eternal. Dubstar. M People. Oder vielleicht Björk, Pulp, Portishead …“ Die letzten drei Namen klangen in Isserleys Ohren wie Varianten von Tierfutter.

„Ich nehme an, ich habe eben einen merkwürdigen Geschmack“, räumte sie ein. „Glauben Sie, ich würde John Martyn mögen? Wie klingt denn seine Musik so? Können Sie mir dazu vielleicht etwas sagen?“

Ihre Frage ließ im Gesicht des Anhalters den Glanz heiterer und doch intensiver Konzentration aufleuchten, als habe sich sein ganzes Leben nur auf diesen einen Augenblick zubewegt und als wisse er, dass er dieser Aufgabe gewachsen sein würde.

„Er macht echt viel mit Echoplex – Fußpedale, wissen Sie? Akustikgitarre, klingt aber nach Elektrogitarre – richtig weltraummäßig oft.“

„Mhm“, machte Isserley.

„Den einen Moment spielt er diesen echt soften Sound von der Akustikgitarre, im nächsten klingt’s dann wie BÄNG! BÄNGA BÄNGA BÄNGA BÄNGA, so wirbelt’s einem dann um ’n Kopf.“

„Mhm“, machte Isserley. „Klingt ja … tatsächlich recht wirkungsvoll.“

„Und erst, wie er singt! Der Junge singt echt wie keiner sonst auffer ganzen Welt! ’s is’ wie …“ Wieder fing Dave an zu singen, in koloraturhaft verzierten Zuckungen eines Geschreis und Geheules, das so klang, als sei er beunruhigend betrunken. Seit Jahren gehörte es nun schon zu Isserleys Strategie, niemals einen betrunkenen Anhalter zu sich ins Auto zu lassen, für den Fall, dass er einschlief, bevor sie genug Informationen gesammelt hatte, um sich für oder gegen die Verabreichung des Icpathua zu entscheiden. Hätte Dave sie gleich zu Anfang mit dieser ungewöhnlichen Vorstellung begrüßt, hätte sie ihn garantiert nicht mitgenommen. Doch da versicherte er ihr: „Das is’ Absicht. Wie Jazz, nich’?“

„Mhm“, machte sie. „Haben Sie John Martyn denn schon oft gesehen?“

„Ach, sechs- oder siebenmal, so alles in allem. Aber jetzt hängt er ziemlich an der Flasche, nich’. Da kann man nie wissen, ob so einer nich’ bald mal den Löffel abgibt. Dann sagste dir: Den John Martyn hättste eigentlich noch hören können, und jetzt isser tot! Und was haste gemacht, inner ganzen Zeit, was wohl, eh? Womöglich vor der Glotze gehockt!“

„Ist das Ihre übliche Beschäftigung, Dave?“

„Genau, Lady. Voll getroffen“, gestand er mit Nachdruck.

„Auch tagsüber?“

„Ne, Lady“, lachte er. „Da bin ich auf Arbeit.“

Reichlich enttäuscht versuchte Isserley, das zu verdauen. Ganz intensiv hatte sie nämlich das Gefühl gehabt, dass er arbeitslos sein würde.

„Also haben Sie sich“, drang sie weiter in ihn, in der Hoffnung, die Entdeckung zu machen, dass er in dem Ruf stand, der Arbeit häufig fernzubleiben, „den Tag freigenommen, um auf das Konzert zu gehen.“

Er warf ihr einen beinahe mitleidigen Blick zu.

„'s is' Samstag, Lady", ließ er sie mit sanfter Stimme wissen.

Isserley zuckte zusammen. „Natürlich, natürlich", sagte sie. Sie war überzeugt, dass das alles irgendwie die Schuld von Amlis Vess war. Sein idiotischer Sabotageakt hatte nichts weiter bewirkt, als dass sie sich den Rest des Tages nun nicht mehr würde konzentrieren können.

„Sind Sie in Ordnung, Louise?" fragte der Wotzel neben ihr. „Sind wohl heute mit dem linken Fuß aufgestanden, was?"

Sie nickte. „Ich habe zu viel gearbeitet in letzter Zeit", seufzte sie.

„Hab' ich mir schon gedacht", bestätigte er voller Mitgefühl. „Na, Kopf hoch, Sie ham ja schließlich das ganze Wochenende vor sich, nich'!"

Isserley lächelte. Sie hatte in der Tat das ganze Wochenende vor sich – genau wie er auch. Vor Montag würden seine Kollegen nicht mit ihm rechnen, und selbst wenn er am Montag nicht bei der Arbeit erschien, würden sie annehmen, dass er Probleme gehabt hätte, von Glasgow wegzukommen. Also würde sie ihn doch nehmen. Mit ihm würde es keine Probleme geben.

„Und wo wollen Sie in Glasgow übernachten?" fragte sie, und ihr Finger schwebte schon über dem Icpathua-Schalter, während sie auf das übliche Gebrummel über irgendwelche Kumpel und Hotels wartete.

„Bei meiner Mum", antwortete er wie aus der Pistole geschossen.

„Bei Ihrer Mum?"

„Bei meiner Mum", bestätigte er. „Die is' klasse. Für jeden Spaß zu haben und 'n richtiger Raver, im Grunde. Die wär' mit mir zu John Martyn gekommen, aber 's geht ja nich', wegen dem schlechten Wetter."

„Wie nett“, sagte Isserley, lockerte langsam die schon um den Icpathua-Schalter zusammengerollten Finger und wand sie stattdessen um das blasige Lenkrad.

Auf dem Rest der Fahrt redeten sie nur noch wenig. Die Kassette mit der Country-Musik spielte bis zum Ende, und dann drehte Dave sie um und spielte die Rückseite, um voll auszunutzen, was Isserley ihm zu bieten hatte. Der fröhlich klagende Sänger jodelte wieder und wieder über schöne Erinnerungen, lang sich hinziehende Highways und verpasste Gelegenheiten.

„Wissen Sie, ich glaube, ich bin über diese Musik inzwischen hinausgewachsen“, sagte Isserley schließlich zu Dave. „Vor ein paar Jahren hat mir das gut gefallen, aber jetzt bin ich so weit, zu etwas anderem überzugehen. Vielleicht besorge ich mir als Nächstes etwas von John Martyn.“

„Toll“, meinte er ermutigend.

In Pitlochry setzte sie ihn am Straßenrand ab und fuhr dann weg, nachdem sie die Rücklichter einmal hatte aufblinken lassen.

Als sie fünf Minuten später auf der Gegenfahrbahn wieder an ihm vorbeifuhr, wartete er immer noch da am Straßenrand und hielt sein kleines Schild mit der Aufschrift GLASGOW hoch. Sollte er sie gesehen haben (und sie war sich fast sicher, dass er sie gesehen hatte), muss er sich wohl gefragt haben, was schief gegangen sein mochte.

Inzwischen war es zwei Uhr, und die Sonne war schon tief in ein schiefergraues Wolkenmeer hineingelockt worden: Bald würde es noch mehr Schnee geben. Käme der Schnee eher früher als später, würde die Dunkelheit beinahe sofort und nicht erst in anderthalb Stunden hereinbrechen; nur die schwer Gestörten oder die Verzweifelten würden sich dann noch hinauswagen und sich per Anhalter auf den Weg machen wollen. Isserley bezweifelte, dass sie Kraft genug hatte, sich heute mit den schwer Gestörten zu befassen, oder Glück genug, auf die Verzweifelten zu treffen. Was ihr Tagespensum anging, war es wohl eine realistische Einschätzung, dass ihre Arbeit beendet wäre, sobald die erste Schneeflocke fiel.

Und dann? Wohin würde sie dann gehen? Nicht zurück nach Ablach Farm, wenn es sich vermeiden ließ – irgendwohin, wo sie für sich sein konnte, wo niemand sie überwachte oder Vermutungen über sie anstellte. An irgendeinen Platz, von dem nur sie wusste.

Vielleicht konnte sie versuchen, in der Klosterruine Fearn Abbey zu schlafen – das heißt, richtig dort zu übernachten, nicht nur ein Nickerchen zu machen. Brauchte sie denn wirklich so dringend ein Bett? Ganz bestimmt würde sie für die eine Nacht auch einmal ohne Bett zurechtkommen und wie ein normaler Mensch schlafen können! Sollten Ensel und seine Kumpane sich doch den Kopf darüber zerbrechen, was mit ihr passiert sein mochte, während sie unter den Sternen schlief und endlich einmal ganz für sich war.

Kein sehr kluger Einfall, das war ihr vollkommen klar. Ihre Wirbelsäule würde ihr das niemals durchgehen lassen. Man konnte wohl kaum erwarten, dass man in der Lage sein würde, sich auf einem harten Untergrund schlafen zu legen und sich behaglich zusammenzukuscheln, wenn sie einem das halbe Rückgrat amputiert und in das, was noch übrig geblieben war, Metallstifte eingesetzt hatten. Das war der Preis, den man unweigerlich zahlen musste, wenn man aufrecht hinter dem Lenkrad eines Autos sitzen wollte.

Isserley, die jetzt wieder nach Norden fuhr, machte alles ganz automatisch, sie hielt Ausschau nach Anhaltern und etwas abseits vom Straßenrand auch nach Robben im Moray

Firth. Doch weit lebhafter zeichnete sich in Gedanken das Bild ihres eigenen weichen Bettes auf dem Bauernhof ab: Wie sie sich danach sehnte, jetzt in diesem Bett zu liegen! Wie herrlich es sich anfühlen würde, ihre Glieder wie üblich x-förmig von sich zu strecken und die Last, ihren Rücken gerade halten zu müssen, an die Matratze weiterzugeben. Das alte Bett, das Generationen von Wotzeln eingelegen hatten, verfügte genau über den richtigen Grad an „Nachgiebigkeit“: Es sackte genügend ein, um ihrer Wirbelsäule zu gestatten, sich ein wenig zu erholen und sich etwas zu krümmen, doch wiederum nicht so sehr, dass sich ihr die Metallklemmen in die Sehnen drückten, wie sie es unbarmherzig taten, wenn sie sich etwas zu tief gegen das Lenkrad sinken ließ. Erbärmlich, doch so war es nun einmal.

Sie wünschte, die Männer würden nicht immer aus dem Gebäude angelaufen kommen, wenn sie auf den Hof zurückkehrte, ob sie nun einen Wotzel für sie hatte oder nicht. Wie hatte es mit dieser idiotischen Sitte eigentlich überhaupt angefangen? Konnten sie denn um Himmels willen nicht einfach warten, bis sie ihnen eine Art Zeichen gab? Weshalb konnte sie denn nicht manchmal einfach unbeobachtet und unbemerkt auf den Bauernhof fahren, in ihr Cottage schlüpfen und sich schlafen legen? Gab es irgendeinen guten Grund dafür, dass man ihr nie die Befugnis erteilt hatte, die Alarmanlage des Bauernhofes auszuschalten, wenn sie sich den Gebäuden näherte? Könnte es sein, dass der ganze Wirbel, der immer anlässlich ihrer Rückkehr auf den Hof gemacht wurde, den Druck, Waren abliefern zu müssen, erhöhen sollte? Wer würde sich so etwas ausdenken? Der sollte sie doch am Arsch lecken, wer immer es auch war. Wahrscheinlich dachte sich der alte Vess diese kleinen raffinierten Methoden aus, um seine Angestellten daran zu hindern, aus der Reihe zu tanzen; wahrscheinlich war er genauso verdreht und verrückt wie sein Sohn, wenn seine Verrücktheit auch in eine andere Richtung ging …

Plötzlich kam es zu einem erschütternden Ruck, und sie musste feststellen, dass sie sich, wie durch Zeit und Raum katapultiert, in einer ungewohnten und Furcht erregenden Notsituation befand: Während überall um sie herum elektronische Hupen aufheulten, fühlte sie sich ganz verloren in einem immer dunkler werdenden Nirgendwo, hypnotisiert vom blendenden Näherkommen sich verbreitenden Lichts. Es war ihr nicht bewusst, dass sie sich bewegte; sie hätte eine Fußgängerin sein können, die zu einem herabstürzenden Meteoriten oder einer Brandbombe hochstarrte. Wie gelähmt wartete sie darauf, dass der Tod sie in loderndem Aufflammen ins ewige Nichts riss.

Erst als das erste Fahrzeug kreischend an ihr vorbeiraste und ihren Seitenspiegel mit einem lauten Knall und in einem Regen aus Glas explodieren ließ, begriff Isserley, wo sie war und was da passierte. Von den Scheinwerfern immer noch geblendet, riss sie das Lenkrad gegen den Uhrzeigersinn herum, während weitere Fahrzeuge dicht an ihr vorbeibrausten und Schwaden verdrängter Luft dumpf an der Seite ihres Wagens entlangdröhnen ließen.

Dann war die Gefahr genauso unvermittelt wieder vorüber, wie sie aufgeflackert war, und Isserleys Auto war nur eines in einer ganzen Reihe von Wagen, die sich auf einer dämmerigen Straße in Richtung Thurso bewegten.

Bei erstbester Gelegenheit lenkte Isserley den Wagen in eine Parkbucht und saß eine ganze Weile zitternd und schwitzend da, während die Nacht und der Schnee langsam niedersanken.

Sie war nicht gestorben, doch der Gedanke, dass es beinahe dazu gekommen wäre, verstörte sie. Wie erschreckend verletzlich solch ein Menschenleben doch war, dass man es in einem einzigen unachtsamen Moment, beim Abweichen von der vorgegebenen Richtung um nur einige wenige Grad, einbüßen konnte. Das tagtägliche Überleben war alles andere als selbstverständlich: Es war abhängig von Konzentrationsvermögen und Glück.

Das konnte einen tatsächlich nachdenklich machen.

So knapp war sie im Straßenverkehr bisher noch nie einem Unglück entgangen wie bei diesem Vorfall, und das schloss sogar ihre ersten ängstlichen Tage am Steuer ein. Und wessen Schuld war das wohl alles? Da brauchte Isserley nicht lange zu überlegen: Wieder war es dieser Amlis Vess. Vier lange Jahre war sie Auto gefahren, und in all der Zeit hatte es nicht einmal ein Problem gegeben. Sie war wohl die vorsichtigste Autofahrerin von der ganzen Welt, was also war heute so anders gewesen? Amlis Vess, das war der Grund. Er und sein kindischer Sabotageakt hatten es geschafft, dass sie dem Tod ins Auge geblickt hatte.

Was um Himmels willen wollte er denn hier überhaupt? Der würde doch nicht einmal den Unterschied zwischen einem Wotzel und seinem eigenen Hintern erkennen! Wer hatte die Verantwortung dafür, dass er an Bord dieses Frachtschiffes gegangen war? Wusste der alte Vess denn nicht, dass sein Sohn höchst gefährlich war? Gab es da denn niemanden, der alles organisierte und beaufsichtigte, wo doch so viel auf dem Spiel stand?

Es dauerte noch einige weitere Minuten, bis Isserley sich einigermaßen beruhigt hatte und einsehen konnte, dass sie raste. Das heißt, innerlich raste. Selbst in diesem Augenblick, als sie sich dessen bewusst wurde, gelang es ihr immer noch nicht, klar zu denken. Den ganzen Tag waren immer wieder Wogen der Unvernunft in ihr aufgestiegen und drohten, sie noch weiter nach unten zu ziehen. Sie musste sich dazu zwingen, sich über ihre im Augenblick viel drängenderen Bedürfnisse klar zu werden. Die Wut auf Amlis Vess, die fast schon paranoide Angst vor Ensel und seinen beschränkten Kumpanen – das alles würde ihr erhalten bleiben, bis sie sicher von der Straße heruntergekommen wäre. (Und doch: War es nicht auffällig, wie nicht *einmal einer* der Männer ihr zu Hilfe gekommen war, als Vess sie angegriffen hatte! – Scheißmänner! Die hielten eben zusammen, das war doch immer so – *oder war da noch irgendetwas anderes?*) Ach, schon gut, schon gut: lieber den Benzinstand prüfen.

Der Tank war beinahe leer. Darum würde sie sich kümmern müssen.

Und jetzt, wo sie daran dachte, merkte sie, dass auch ihr Magen schon seit Stunden völlig leer war: Sie war vollkommen ausgehungert, stand kurz davor, in Ohnmacht zu fallen! Herrje, wann hatte sie denn eigentlich das letzte Mal etwas gegessen? Gestern Morgen! Und heute war sie schon vor Morgengrauen aufgestanden und wie eine Wahnsinnige herumgelaufen, und das auch noch, praktisch ohne geschlafen zu haben.

Mal ganz ehrlich, sie musste den Tatsachen ins Auge sehen: Von dem Augenblick an, als sie sich heute auf die Straße begeben hatte, war sie eine tickende Zeitbombe gewesen, die Katastrophe beinahe unvermeidlich.

Isserley, die hundemüde war und sich schwindlig fühlte, hielt bei Donnys Garage in Kildary, um zu tanken. Sie wünschte, sie könnte sich genauso einfach Kraftstoff für ihren Körper kaufen. Während vor ihr andere Autofahrer anstanden, um zu bezahlen, schlich Isserley durch den Laden und schaute sehnsüchtig auf die abgepackten, in kränklichem fluoreszierendem Licht ausgestellten Süßigkeiten und Snacks. Soweit sie sah, gab es dort nichts, was wirklich zum Verzehr geeignet war.

Aber irgendetwas musste es doch geben. Das einzige Problem war, dass man das Richtige auswählen musste. Und das war alles andere als einfach. Das letzte Mal, als sie Risikofreude gezeigt und etwas für Wotzel Bestimmtes gegessen hatte, war sie drei Tage lang nicht mehr aus dem Bett gekommen.

Vor lauter Unentschlossenheit ganz träge, sah sie sich in dem Laden um und hielt Ausschau nach Musikkassetten, von John Martyn oder von Musikern, deren Namen irgendwie nach Tierfutter klangen, wobei diese Kassetten entweder genau fünf oder zehn Pfund kosten mussten. Aber hier verkauften sie überhaupt keine Kassetten.

Doch um noch einmal auf ihre unglückselige Erfahrung mit Wotzelfutter zurückzukommen: Vielleicht hatte sie damals den Fehler gemacht, sich etwas auszusuchen, das genau wie Serslidaschoten in Riegelform aussah. Diesmal sollte sie vielleicht lieber nicht nach dem Aussehen gehen, sondern nach den deklarierten Inhaltsstoffen. Tatsächlich sollte sie sich jetzt, in diesem Augenblick, etwas aussuchen, solange sie noch die Gelegenheit dazu hatte. Die Gefahr, dass es ihr hinterher übel werden könnte, wurde sicherlich aufgewogen durch das Risiko, in diesem Zustand und fast ausgehungert weiterzufahren.

Die Reihe der anderen Kunden hatte sich gelichtet: Bald würde sie für ihr Benzin zahlen müssen, andernfalls würde sie zu viel Aufmerksamkeit auf sich ziehen. Aus einem kleinen Metallkäfig nahm sie eine Tüte Kartoffelchips, und mit einiger Mühe entzifferte sie die mikroskopisch kleine Auflistung der Zutaten auf der glänzenden Verpackung. Es schien nichts Exotisches enthalten zu sein, lediglich Kartoffeln und Öl und Salz; die Männer auf dem Bauernhof bekamen in ihrer Kantine regelmäßig ein Kartoffelgericht wie dieses, wenn auch mit einem anderen Öl zubereitet.

Hastig überschlug Isserley im Kopf die Preise und wählte drei Tüten Chips, eine Geschenkpackung Pralinen und ein Exemplar des *Ross-shire Journal*, und so kam sie zusammen auf genau fünf Pfund. Dem gelangweilten Jugendlichen hinter der Theke reichte sie zwei Fünf-Pfund-Noten und lief schnell wieder zu ihrem Auto zurück.

Fünfzehn Minuten später stand Isserleys Auto im Leerlauf wieder in einer Parkbucht, und sie beugte sich über den surrenden Motor und kratzte mit der Handkante flockig-lockeren Schnee von der Windschutzscheibe. Etwas von dem Schnee schaufelte sie in die Handflächen und sog es dankbar mit dem Mund auf. Ihre Lippen waren gefühllos – das waren sie immer –, doch das weiche Fleisch im Inneren von Mund und Kehle erlebte die schmelzende Reinheit und den himmlischen Geschmack der gefrorenen Feuchtigkeit als freudigen Schauer. Drei Tüten verbrannter Kartoffelscheiben hatten sie ungeheuer durstig gemacht.

Als sie genug Schnee hinuntergeschlungen hatte, setzte sie sich wieder hinter das Lenkrad.

Gerade einmal fünfzehn Kilometer von zu Hause entfernt fuhr sie an einem Anhalter vorbei, der den Finger verloren in die Dunkelheit streckte.

Vergiss es, dachte sie, als sie einen Hügel erklomm und ihn hinter sich ließ.

Doch dann formte sich, als seien fototechnische Chemikalien in ihrem Kopf aktiviert worden, allmählich ein Bild von ihm. Er war wirklich höchst beeindruckend. Auf jeden Fall einen zweiten Blick wert. Es war erst fünf Uhr, praktisch noch mitten am Tag, wäre es Sommer gewesen. Viele Anhalter, die nicht unbedingt gestört sein mussten, konnten sich durchaus auf der Straße befinden. So einfach von vornherein durfte sie niemanden ausschließen.

Isserley wendete, vollführte ihr Wendemanöver vorsichtig und sicher. Niemand hupte sie an oder ließ Scheinwerfer warnend aufblitzen; aus Sicht der anderen Verkehrsteilnehmer war sie eine ganz normale, fähige Autofahrerin. Tief in ihrem Inneren fühlte sie sich weniger erschöpft als vorher, und etwas zu essen hatte ihr auch gut getan.

Als sie auf der anderen Straßenseite erneut an dem Anhalter vorbeifuhr, machte er in dem flüchtig auf ihm ruhenden Lichtkreis ihrer Scheinwerfer einen niedergeschlagenen, aber völlig unaggressiven Eindruck. Er hielt kein Schild hoch und war für das Wetter vielleicht ein wenig zu leicht, aber nicht allzu seltsam gekleidet. Er trug allerdings Lederhandschuhe, und der Reißverschluss seiner Lederjacke war bis zum Hals zugezogen. Auf seinem Kopf mit dem dunklen Haar, auf seinem Schnurrbart und auf den Schulterpolstern der Jacke glitzerte Schnee. Für schottische Verhältnisse war er groß und kräftig gebaut. Und aus seinem Gesichtsausdruck, den Isserley flüchtig sehen konnte, schloss sie auf eine gewisse Ungeduld, ein Näherrücken an eine selbst auferlegte Grenze, was ihn von seinem Versuch, per Anhalter wegzukommen, abbringen würde, wenn nicht verdammt bald jemand für ihn anhielt.

Also wendete sie wieder, fuhr zurück und hielt für ihn an.

Er steckte den Kopf durch das Fenster auf der Beifahrerseite, das sie halb heruntergekurbelt hatte.

„Nicht gerade ein günstiger Zeitpunkt, um hier draußen zu stehen“, bemerkte sie vorsichtig, womit sie ihn locken wollte, eine Erklärung abzugeben.

„Vorstellungsgespräch“, erwiderte er, und geschmolzener Schnee tropfte ihm vom Schnurrbart. „Hat länger gedauert, als die anfangs gesagt haben. In einer Stunde geht noch ein Bus, aber ich habe gedacht, ich versuch's einfach mal und halte einen Wagen an.“

Sie öffnete ihm die Tür und räumte die leeren Chipstüten vom Beifahrersitz weg.

„Danke“, sagte er, ohne zu lächeln, nur mit einem tiefen, vagen Seufzer, der vermutlich Dankbarkeit ausdrücken sollte. Um den Gurt anzulegen, zog er die Handschuhe aus; auf den beiden großen Händen flatterte jeweils eine auftätowierte Schwalbe in dem Netz aus Fleisch zwischen Daumen und Zeigefinger.

Als Isserley den Wagen vom Straßenrand weglenkte, fiel ihr etwas ein.

„Heute ist Samstag“, sagte sie.

„Tja“, bestätigte er. „Dies' Vorstellungsgespräch war nicht etwa beim Arbeitsamt oder so was, das war privat arrangiert.“ Er schaute kurz zu ihr herüber, als wolle er abschätzen, ob man ihr trauen könne, dann fügte er hinzu: „Ich hab' denen erzählt, dass ich mein Auto nicht weit weg geparkt habe.“

„Tja, es ist nicht einfach, Arbeit zu finden“, versicherte Isserley ihm. „Manchmal muss man sich dazu ganz schön schlau anstellen.“

Darauf antwortete er nichts, als sei es ihm verhasst, zu viel Würde auf einmal über Bord zu werfen. Doch nach ein paar Minuten sagte er: „Ich habe *wirklich* ein Auto. Die Steuern sind fällig, und es muss durch'n TÜV. Ein paar Wochen Lohn, und das renkt sich schon wieder alles ein.“

„Und, glauben Sie, die Leute, bei denen Sie gerade waren, werden Ihnen Arbeit geben?" fragte Isserley mit einem Kopfnicken in Richtung der mysteriösen Interviewpartner beim Vorstellungsgespräch, die sie gerade hinter sich ließen.

Seine Antwort kam prompt und fiel bitter aus. „Haben bloß meine Zeit verschwendet. Haben einfach nur herumgespielt mit dem Gedanken, wen einzustellen, verstehn Sie, was ich sagen will?"

„Ja, ich glaube schon", erwiderte Isserley und setzte sich aufrechter in ihren Sitz.

* * *

Der Anhalter, der seine Retterin aufmerksam betrachtete, war wenig beeindruckt. *Wieso* in aller Welt waren die Frauen heutzutage bloß so versessen darauf, so viel von ihren Brüsten zu zeigen? so fragte er sich. Ständig sah man das im Fernsehen, all diese jungen Frauen in London mit fettigen Haaren, die in Nachtclubs gingen und knappe schwarze Westen trugen, die nicht einmal groß genug waren, um einen Dackel zu bedecken. Die würden den Schock ihres Lebens kriegen, wenn sie in der Wildnis überleben müssten, mehr hatte er dazu nicht zu sagen. Kein Wunder, dass die Armee alles andere als glücklich war, dass auch Frauen zur Truppe gingen. Wer wollte schon sein Leben jemandem anvertrauen, der in den Schnee hinausging und dabei quadratmeterweise Titten zeigte?

Himmel, konnte diese Biene denn nicht ein bisschen flotter fahren! Zu Fuß wäre er ja fast genauso schnell. Er sollte ihr vorschlagen, dass sie die Plätze wechseln, dann könnte er dieses Teil mit doppelter Geschwindigkeit vorwärts bewegen, auch wenn es nur so ein japanisches Schrottding war. Ach, wenn er doch bloß diesen Wolseley wiederbekommen könnte, den er damals in den 80er Jahren gehabt hatte! Er wusste noch genau, wie der Schaltknüppel sich angefühlt hatte. Qualitätsleder auf dem Knauf. Weich wie Schweinsleder. Wahrscheinlich war es auch Schweinsleder. Wo mochte sein Wolseley jetzt sein? Irgend so ein Idiot mit Handy fuhr ihn jetzt wahrscheinlich. Fuhr ihn zu Schrott, wohl besser gesagt. Mit einem Wolseley konnte nicht jeder umgehen.

Blöde Zeitverschwendung, heute da hinzugehen und mit diesen Leuten zu reden. Zwei typische widerliche, angeberische Doppelverdiener. Licht, das automatisch anging, wenn man sich deren Haus näherte. Verschiedene Sorten Kaffee. Computer in jedem Zimmer. Bücherschränke aus Ahorn voll von *Gartengestaltung mit Feng Shui* und *Freude am Sex* und so'n Scheiß, und dann hatten sie auch noch einen reinrassigen Samojeden, aber nicht den Funken Ahnung, wie der richtig zu behandeln war. „Aber Herzchen, kau doch bitte nicht auf unserem schönen Schaffellteppich herum." Allmächtiger, wie gern hätte er der Hündin doch den Teppich aus dem Maul gerissen und ihr ein paar grundlegende Regeln des Gehorsams beigebracht.

Eine Hundeschule aufmachen, vielleicht wäre das ja überhaupt die Lösung. Bloß, diese Ärsche davon zu überzeugen, dass es wichtiger wäre, bei ihrem Hund benimmtechnisch was in Ordnung bringen zu lassen, als haufenweise Geld für einen Gärtner rauszuwerfen, würde wohl ein ganz schön hartes Stück Arbeit sein. Typisch für diese Yuppie-Heinis. Mit den Leuten aus dem Adel, in den guten alten Tagen, hatte er nie solche Probleme gehabt. Die hatten genau begriffen, dass man immer nur das kriegte, wofür man auch bezahlt hatte. Und wie man Hunde anständig erzieht, wussten die auch.

Ja, ja, die gute alte Zeit. Ob die wohl noch einmal wiederkam? Verdammt unwahrscheinlich. Wer Klasse hatte, *so richtige* Klasse, war heutzutage doch gearscht. Als Nächstes würde es noch der Königin an den Kragen gehen. Im neuen Millennium Platz gemacht für picklige kleine Schwule mit Anzügen in Übergröße und strohdoofe Weiber aus dem Ausland, die zu viel Brust zeigten.

Siebzig Stundenkilometer! Das war ja zum Mäusemelken!

Isserley warf einen verstohlenen Seitenblick auf ihren Fahrgast und versuchte, schlau aus ihm zu werden, denn er hatte seit einiger Zeit schon nichts mehr gesagt und saß still da, die Arme hatte er über der Brust verschränkt. Er sah haargenau aus wie ein Anhalter, den sie vor etwa einem Jahr einmal mitgenommen hatte und der den ganzen Weg von Alness nach Aviemore über die Territorialarmee geredet hatte. Tatsächlich war sie im ersten Augenblick sogar überzeugt gewesen, es müsse derselbe Mann sein, bis ihr einfiel, dass das gar nicht möglich war: Diesem einen speziellen Wotzel hatte sie die Nadeln zu spüren gegeben, kurz nachdem er ihr anvertraut hatte, wie seine Hingabe an die „TA" ihn seine Ehe gekostet und ihm gezeigt hat, wer seine wahren Freunde waren.

Natürlich wusste sie, dass sich diese Geschöpfe im Grunde genommen alle glichen wie ein Ei dem anderen. Nach einigen Wochen intensiver artgerechter Haltung und genormter Fütterung wurde das ganz deutlich. Doch wenn sie Kleidung trugen, sich das Haar frisierten, dass es sich in merkwürdige Muster legte, und seltsame Dinge aßen, die ihren Körper in unnatürliche Formen zerrten, sahen sie tatsächlich beinahe individuell aus – und zwar so sehr, dass man zuweilen, wie es einem sonst nur mit Menschen erging, das Gefühl hatte, den ein oder anderen von ihnen schon einmal gesehen zu haben. Was auch immer dieser Wotzel von der Territorialarmee angestellt haben mochte, um so auszusehen, wie er eben aussah, dieser hier neben ihr musste etwas ganz Ähnliches mit sich angestellt haben.

Er hatte einen dicken Schnurrbart, der radikal zurechtgestutzt war, damit er mit dem äußeren Rand seines großen roten Mundes abschloss. Seine Augen waren blutunterlaufen und voll stoisch ertragenen Schmerzes, dessen Hoffnung auf Linderung einzig und allein in tsunamigleicher Vergeltung und den unterwürfigen Entschuldigungen der Herrschenden der Welt bestehen konnte. Tief eingegrabene Falten verliehen der gerunzelten Stirn zusätzlich eine skulpturhafte Note, das Ganze unter dem symmetrisch geschnittenen Haar, das nach hinten gekämmt war und wie ein ausgespülter Pinsel wirkte. Er war durchaus muskulös, doch um die Hüfte herum etwas dicklich, und er trug eine beigefarbene Lederjacke, in der sich erste Risse zeigten, und Jeans mit ausgefransten Löchern an Stellen, an denen sich Schlüssel und die spitzen Ecken von Brieftaschen allmählich durch den Stoff gescheuert hatten.

Isserley widerstand der Versuchung, zum Kern der Sache zu kommen und ihn ganz direkt über die Territorialarmee zu befragen, doch zu ihrer eigenen Verblüffung gelang ihr das nur mit Mühe. Wieder suchte sie die Schuld bei Amlis Vess; seine moralischen Allüren und sein gespieltes Heldentum hatten sie zutiefst verärgert, so dass sie Spuren davon in einem anderen Geschöpf nur schwerlich ertragen konnte. Sie wollte die idiotischen Leidenschaften dieses Wotzels aufspüren, sie brutal ans Licht zerren, noch ehe er Gelegenheit hätte, sie mit dem Vorgeplänkel zu langweilen.

Sie sehnte sich danach, ihm die Nadeln zu spüren zu

geben, es hinter sich zu bringen, wobei sie wusste, dass das ein wirklich schlechtes Zeichen war. Es zeigte, dass sie Gefahr lief, stümperhaft zu handeln, eine Torheit zu begehen, die sich nicht von der eines Amlis Vess unterscheiden würde. Es war eine Frage der Berufsehre und des persönlichen Stolzes, dass sie sich nicht auf sein Niveau herabbegeben durfte.

„Sagen Sie", fragte sie deshalb in heiterem Ton, „um was für eine Arbeit haben Sie sich da denn beworben?"

„Ich beschäftige mich ein bisschen mit Gartengestaltung, damit ich im Moment einigermaßen über die Runden komme", antwortete er. „Meinen richtigen Beruf habe ich, na, wie sagt man doch gleich, im Moment etwas auf Eis gelegt."

„Was ist denn Ihr richtiger Beruf?"

„Ich züchte Hunde."

„Hunde?"

„Reinrassige Hunde. Hauptsächlich Hetzhunde und Schweißhunde, obwohl ich auch mit Mastiffs und Terriern angefangen hatte während der … während der letzten paar Jahre. Aber die Tiere waren wirklich nur das Beste vom Besten, verstehn Sie, was ich sagen will? Preisgekrönt, allesamt."

„Faszinierend", sagte Isserley und ließ schließlich ihre Unterarme nach vorn sinken. „Ich vermute, Sie haben ein paar prominenten und einflussreichen Leuten zu Hunden verholfen, habe ich Recht?"

„Tiggy Legge-Burke hatte einen von meinen Hunden", bestätigte der Anhalter. „Prinzessin Michael von Kent hatte einen. Und eine ganze Menge Leute aus dem Showbusiness. Mick McNeill von den Simple Minds. Und dieser andere Typ von Wham. Die hatten alle einen."

Isserley hatte keine Ahnung, wer all diese Leute waren. Ferngesehen hatte sie tatsächlich nur, um die Sprache zu lernen und um zu überprüfen, ob wegen verschwundener Anhalter polizeiliche Untersuchungen eingeleitet worden waren.

„Ich vermute, es ist wohl recht schwierig, einen Hund zu trainieren und ihn dann abzugeben“, meinte sie und versuchte, sich nicht anmerken zu lassen, dass sie das Interesse an ihm verloren hatte. „Der Hund hängt dann doch sicher an Ihnen, oder nicht?“

„Da gibt es überhaupt keine Probleme“, sagte er aggressiv. „Sie werden trainiert, dann werden sie abgegeben. Von einem Herrn an den anderen. Mit so was haben Hunde überhaupt keine Probleme. Hunde sind Rudeltiere. Die brauchen einen Anführer, keinen Busenfreund – na ja, wenigstens keinen zweibeinigen. Die Leute sind einfach zu gefühlsduselig mit ihren Hunden. Das kommt daher, dass sie keine blasse Ahnung haben, was Hunde angeht.“

„Ich bin sicher, dass ich auch keine Ahnung von Hunden habe“, gestand Isserley und hätte gern gewusst, ob sie wohl den rechten Augenblick verpasst hatte, ihn zu fragen, wo er rausgelassen werden wollte.

„Das Wichtigste, was man wissen muss“, sagte der Anhalter, der auf einmal ganz lebhaft wurde, „ist, dass Sie für einen Hund der Rudelführer sind. Aber natürlich nur, wenn Sie ihm immer klarmachen, wer der Boss ist, genauso, wie es der Rudelführer macht. In einem Hunderudel gibt es so was wie einen sanften Boss einfach nicht, verstehn Sie, was ich sagen will? Nehmen Sie zum Beispiel meine Schäferhündin Gertie. Wenn die auf meinem Bett schläft, gehe ich hin und schubse sie einfach runter, *wumms*!, auf die Erde, einfach so.“ Ruckartig schob er die massigen Hände vor und kam versehentlich an den Schnappverschluss des Handschuhfaches, das aufsprang und etwas Pelziges auf seinen Schoß spuckte.

„Herrje, was is' das denn?“ brummelte er. Glücklicherweise nahm er selbst die Perücke hoch und ersparte es so Isserley, zwischen seinen Beinen danach herumtasten zu müssen. Eine ängstliche Sekunde lang wendete sie die Augen von der Straße ab, nahm ihm den Klumpen Haar sacht aus der Hand und warf ihn nach hinten in die dunklen Tiefen des Wagens.

„Das ist nichts“, erwiderte sie, zog die Geschenkpackung Pralinen aus dem überbordenden Handschuhfach und ließ das Fach dann wieder zuschnappen. „Bitte, bedienen Sie sich ruhig.“

Sie war stolz auf sich, dass sie so viele Aufgaben bewältigt hatte und gleichzeitig noch gefahren war, und konnte ein aufkommendes Lächeln nicht unterdrücken.

„Wie war das?“ erkundigte sie sich, als er an der Zellophanverpackung herumnestelte. „Sie schubsen Ihren Hund vom Bett herunter ...“

„Tja“, erzählte er weiter. „So soll sie lernen, dass das Bett allein mein Revier ist. Verstehn Sie, was ich sagen will? Hunde *brauchen* das. Ein Hund mit einem schwachen Anführer ist ein unglücklicher Hund. Und wenn es erst so weit ist, dann fangen sie an, am Teppich herumzukauen, aufs Sofa zu pissen, Essen vom Tisch zu klauen – wie Kinder, die dringend ein bisschen Disziplin brauchen. So was wie 'n schlechten Hund gibt's gar nich'. Strohdoofe Hundebesitzer, das ist das Problem.“

„Sie scheinen ja wirklich enorm viel über Hunde zu wissen, da sind Sie doch bestimmt sehr erfolgreich als Züchter gewesen. Weshalb beschäftigen Sie sich denn da im Augenblick mit Gartengestaltung?“

„Die Marktlage im Hundezüchtergeschäft war Anfang der 90er Jahre einfach auf einem Tiefstand, deshalb“, antwortete er, und seine Stimme klang plötzlich säuerlich.

„Und was war der Grund dafür?“ fragte sie.

„Brüssel“, erklärte er geheimnisvoll.

„Oh“, meinte Isserley. Angestrengt bemühte sie sich, die Verbindung zwischen Hunden und diesen kleinen grünen, ursprünglich aus Brüssel stammenden Rosenkohlknospen zu sehen. Sie hätte schwören können, dass Hunde ausschließlich Fleisch fraßen. Vielleicht hatte dieser Züchter Brüsseler Kohl an seine Hunde verfüttert; wenn ja, war es kein Wunder, dass er am Ende Pleite gemacht hatte.

„Franzmänner, Frittenfresser, Kaasköpp und Krauts“, erläuterte er bedeutungsvoll.

„Oh“, sagte Isserley.

Sie hätte besser, so dachte sie jetzt, auf ihre innere Stimme hören und sich vor Anhaltern kurz vor Einbruch der Nacht hüten sollen: Um die Zeit waren wirklich nur noch die Gestörten unterwegs. Na ja, was soll's: In wenigen Minuten würden sie zur Ausfahrt in Richtung der Küstendörfer gelangen, und da könnte sie diesen Typen dann rauswerfen, natürlich nur, wenn er nicht ausgerechnet in ihre Gegend wollte. Sie hoffte, das würde nicht der Fall sein. Wieder fühlte sie sich entsetzlich, Erschöpfung und unerklärliches Elend pulsierten wie Gift durch ihren ganzen Körper.

„Diese Scheißkerle da drüben maßen sich an, über uns alle zu urteilen“, polterte der Hundezüchter und stieß die Finger ungeschickt in das Pralinensortiment, „die sind weit vom Schuss, weit weg von diesem Scheißland – 'tschuldigung, wenn ich jetzt ein bisschen drastisch werde –, und die haben nicht den Schatten einer Ahnung, Scheiße noch mal. Verstehn Sie, was ich sagen will?“

„Mhm. Ich nehme jetzt gleich die nächste Ausfahrt“, sagte sie, runzelte die Stirn und drehte den Kopf von einer Seite auf die andere, als sie die Dunkelheit nach dem vertrauten B9175-Schild absuchte.

Seine Reaktion darauf, dass sie kurzfristig abgelenkt war, fiel brüsk und heftig aus.

„Herrgott!“ knurrte er missbilligend. „Sie hören ja überhaupt nicht zu. Ein Haufen Ausländer wie Sie hat mir mein ganzes Leben versaut, verstehn Sie? Das eine Jahr habe ich noch achtzig Riesen auf der Bank, einen Wolseley, eine Frau, mehr Hunde, als ich bändigen kann. Fünf Jahre später habe ich rein weg gar nix mehr! Jetzt wohne ich allein in einem Fertighaus in diesem Scheißkaff Bonar Bridge, und im Hinterhof rostet so ein Scheiß-Mondeo vor sich hin! Und ich gucke mich nach so einem Scheiß-Job als Gärtner um! Was für 'n Sinn soll einer denn noch in so was sehen, was? Das frag' ich Sie!“

Der Blinker war bereits gesetzt und durchzuckte das düstere Wageninnere. Isserley, die sich bereithielt, von der A9 abzufahren, fuhr jetzt langsamer und hielt in den noch intakten Spiegeln Ausschau nach anderen Wagen. Dann drehte sie sich zu dem Anhalter um, und mit ihren riesigen Augen schaute sie ihm geradewegs in seine kleinen glasigen.

„Darin kann man wirklich keinen Sinn sehen“, versicherte sie ihm und betätigte den Icpathua-Schalter.

Kaum war sie wieder auf dem Bauernhof, war Ensel wie üblich der Erste, der mit fast schon grotesk anmutendem Eifer aus dem Gebäude zum Auto gesprungen kam. Seine beiden Gefährten sah man nur als Silhouetten im Licht, sie kamen viel langsamer heran, als beugten sie sich einem Privileg, das Ensel zustand.

„Ich wünschte, ihr würdet das nicht tun“, sagte Isserley gereizt, als Ensel die Schnauze durch das Fenster auf der Beifahrerseite reckte, um den betäubten Wotzel zu bewundern.

„Was sollen wir nicht tun?“ fragte er blinzelnd zurück.

Isserley beugte sich über den Schoß des Hundezüchters, um die Tür zu öffnen.

„Angelaufen kommen, um nachzusehen, was ich gebracht habe“, knurrte sie ärgerlich, halb bewusstlos von einem stechenden Schmerz in der Wirbelsäule. Die Tür ging auf, und der Körper des Wotzels sackte in Ensels Arme. Die anderen Männer kamen herbeigelaufen, um ihm zu helfen.

„Könnte ich denn nicht einfach kommen und euch sagen“, beharrte Isserley und streckte sich schwungvoll, „ob ich überhaupt etwas habe, und wenn nicht, ohne all den Wirbel direkt in mein Cottage gehen?“

Ensel tastete herum und versuchte, am Oberkörper des Wotzels sicheren Halt zu finden. Durch die Bewegung des Fleisches war der Reißverschluss der rindsledernen Jacke des Geschöpfes unter einem heftigen Ruck von allein aufgegangen.

„Aber es macht uns doch gar nichts aus, wenn du mal nichts hast bringen können“, beteuerte Ensel in gekränktem Tonfall. „Kein Mensch würde dir das zum Vorwurf machen.“

Isserley umklammerte das Lenkrad und unterdrückte Tränen der Wut und der Erschöpfung.

„Es geht ja gar nicht darum, ob ich etwas bringen konnte oder nicht“, seufzte sie. „Manchmal bin ich eben einfach … müde, das ist alles. Ich würde dann lieber allein sein.“

Ensel machte ein paar Schritte von dem Auto weg, zog dabei ein Stück von dem Wotzel auf die bereitstehende Sackkarre und runzelte vor lauter Anstrengung die Stirn, als er und seine Gefährten ihre Last rückwärts auf das Licht zurollten. Vielleicht runzelte er auch die Stirn darüber, wie sie ihn gerade angegriffen hatte.

„Ich will ja bloß … wir wollen dir ja bloß helfen, das ist alles", rief er kläglich zu ihr herüber.

Isserley stützte den Kopf auf die Arme und ließ sich über das Lenkrad sinken.

„Du meine Güte", stöhnte sie leise. Das war nun wirklich zu viel, als krönender Abschluss eines harten Arbeitstages unter unmöglichen Umständen und nachdem sie nur knapp dem Tod entronnen war: jetzt auch noch auf die Empfindlichkeiten ihrer Mitmenschen Rücksicht nehmen zu müssen.

„Vergiss es!" brüllte sie und starrte geradewegs in die Dunkelheit ihr zu Füßen, in ein ölverschmiertes Durcheinander von Pedalen, dreckiger Fußmatte, Lederhandschuhen und ausgeschütteten Pralinen. „Wir sprechen morgen früh darüber!"

Bis sich endlich die Tür des Gebäudes mit dem Rollmechanismus geschlossen hatte und Ruhe auf Ablach Farm eingekehrt war, hatte Isserley wieder zu weinen angefangen, so dass ihr die Brille, als sie sie schließlich abnahm, beinahe aus den Fingern glitt.

Männer, dachte sie.

SIEBTES KAPITEL

Als sich Isserley mühselig aus einem schwarzen Loch von Schlaf wieder an die Oberfläche gearbeitet hatte, bemerkte sie gleich, als sie die Augen öffnete, dass es noch dunkel war. Die Ziffern auf der Digitalanzeige ihrer kleinen Uhr, die im Nichts schwammen, leuchteten schwach und flackernd und sagten null, null, null, null. Die im Gerät steckende Kraftquelle musste ersetzt werden. Das hätte sie voraussehen sollen, dachte sie, anstatt ... anstatt was? Anstatt Geld für eine Schachtel mit Pralinen zu verschwenden, von denen sie von Anfang an gewusst hatte, dass sie sie nicht essen würde.

Verfangen in Laken und Decke, verwirrt, desorientiert und ein wenig ängstlich lag sie da. Obwohl sie in der Schwärze nichts weiter sehen konnte als die flackernde Uhr, erschien plötzlich vor ihrem geistigen Auge das deutliche Bild vom Boden ihres Wagens, das Letzte, woran sie sich erinnern konnte, bevor sie in tiefen Schlaf gefallen war. Sie durfte nicht vergessen, die ausgeschütteten Pralinen aufzusammeln und das Auto sauber zu machen, bevor sie sich wieder auf die Straße begab, sonst würde man die Schokolade mit den Füßen zertreten. Sie hatte gesehen, wie der Hundezüchter in eine Praline hineingebissen hatte. Sie waren mit irgendeinem klebrigen Papp gefüllt, das eine ziemliche Schweinerei hinterlassen und zweifellos auch bald in Verwesung übergehen würde.

In letzter Zeit hatte sie alles ein wenig schleifen lassen; bei nächster Gelegenheit musste sie dafür sorgen, dass wieder Ordnung einkehrte.

Isserley hatte keine Ahnung, wie viele Stunden sie geschlafen hatte; ob die lange Winternacht noch jung war oder bald vorüber sein würde. Es war sogar möglich, dass sie die wenigen fahlen Stunden des Tages verschlafen hatte und dass inzwischen bereits der düstere Nachmittag des folgenden Tages angebrochen war.

An der Art, wie sie sich fühlte, versuchte sie abzuschätzen, wie lange sie ohne Bewusstsein gewesen war. Sie fühlte sich so warm an wie ein überhitzter Motor, Schweiß tropfte köchelnd aus jenen Körperteilen, die noch schwitzen konnten. Wenn sie ihren Zyklen noch trauen konnte, musste das bedeuten, dass sie entweder nur sehr kurz oder aber sehr lang geschlafen hatte.

Vorsichtig streckte sie die Glieder; die Schmerzen waren nicht schlimmer als sonst auch, aber das war schon schlimm genug. Sie würde aufstehen und ihre Übungen absolvieren müssen, ganz gleich wie spät es war, andernfalls würde sie gar nicht mehr aufstehen können, gefangen in einem Käfig aus ihren eigenen Knochen und Muskeln.

Nun, da ihre Pupillen sich endlich zu weiten begannen, hob das Mondlicht ein kleines Detail ihres Schlafzimmers hervor. Doch weil ihr Zimmer recht spärlich möbliert war, handelte es sich bei diesen vereinzelten Details um Dinge wie Risse in den Wänden, Fetzen abgeblätterter Tapete, funktionslose Lichtschalter und, im Kamin, den Perlenschimmer des schlafenden Fernsehgeräts. Ausgedörrt tastete Isserley nach dem Glas Wasser neben dem Bett, doch das Glas war leer. Sie hob es an die Lippen und drehte es ganz mit der Öffnung nach unten, einfach um sich noch einmal zu vergewissern. Leer. Machte nichts: Sie konnte warten. Sie war stark. Bedürfnisse konnten nicht die Oberhand über sie gewinnen.

Sie setzte sich auf, befreite sich ungeschickt aus den Laken und stieß sich von der Matratze ab, um aufzustehen, landete schief, kippte beinahe seitwärts über. Eine lange Nadel aus Schmerz durchstach den Sockel ihrer Wirbelsäule, die Amputationsstelle, wieder hatte sie versucht, ihr Gleichgewicht mit dem Schwanz herzustellen. Sie schwang vor und zurück, bis sie ihren neuen Gleichgewichtspunkt gefunden hatte; die Laufflächen ihrer Füße, die ganz feucht vor Schweiß waren, hafteten leicht auf den eisigen Dielen.

Das Mondlicht war zu schwach, als dass sie dabei ihre Übungen absolvieren konnte. Sie wusste nicht, weshalb sie ihre Glieder tatsächlich sehen musste, um sie während der Übungen zu bewegen, doch so war es nun einmal. Es war, als könne sie in allzu undurchdringlicher Dunkelheit nicht sicher sein, was für eine Art Geschöpf sie war. Sie musste sich dessen vergewissern, was von ihrem Körper noch übrig geblieben war.

Vielleicht würde ihr der Fernseher nicht nur als Lichtquelle dienen, sondern ihr auch Orientierungshilfe sein. Unwirklichkeit wirbelte überall um sie herum wie die ansteckenden, Fieberphantasien auslösenden Keime oberhalb der Sauerstoffgruben im tiefsten Herzen der Siedlungen; sie hatte wieder einmal geträumt.

Nach solch einem Traum von den Gruben wäre es tröstlich gewesen, im Sonnenlicht einer sicheren Welt aufzuwachen. Das war jedoch nicht der Fall, und daher wäre es beruhigend gewesen, die Uhr viel versprechend in ihre Richtung leuchten zu sehen. Doch wenn sie beides nicht haben konnte, würde sie eben ohne diese Tröstungen zurechtkommen.

Isserley stolperte zum Kamin hinüber und schaltete das Fernsehgerät ein. Wie von einer leichten Brise gefächelte schwache Kohlenglut erwachte sein verschmutzter Bildschirm nur schleppend zum Leben. Einem psychedelischen Feuer gleich, erschien dann ein klares Bild im Kamin, während Isserley sich bereitmachte, um sich unter Verdrehungen und Krümmungen in Form zu bringen.

Zwei männliche Wotzel in malvenfarbigen Strumpfhosen, Rüschenhemden und sonderbaren grünen Hüten, die aussahen wie ausgestopftes Spielzeug in Form des Ungeheuers von Loch Ness, standen bei einem Loch im Erdboden, aus dem wie ein Aushauchen braunen Atems lockere Erde hochgeworfen wurde. Einer der Wotzel hielt eine kleine weiße Skulptur auf der aufgehaltenen Handfläche, eine dreidimensionale Ausgabe des Gefahrensymbols, das auf dem Hauptgebäude von Ablach Farm zu sehen war.

„… ja, ja, und nun jung Herr Wurm“, sagte er und wandte sich an die Skulptur mit einem fremdländischen Akzent, der sich noch merkwürdiger anhörte als der Slang von Glasgow. „Ein Gefallen und mit einem Totem Gräberspaten um die Kinn Backen geschlagen.“

Einen Augenblick lang dachte Isserley darüber nach und keuchte vor Anstrengung, während sie ihren steifen Oberkörper mehrere Male an die rechte Hüfte führte.

Die Fernsehkamera nahm sie (*bah! pfui!*) in das Erdloch mit hinein, wo ein hässlicher alter Wotzel in der Erde grub. Er sang vor sich hin, während er sich abmühte, und zwar mit einer undeutlich nuschelnden Stimme wie John Martyn.

„Eingrab' Scheit und ein Spatenvoll Samt einem Kittel ausleihn, und oh, eine Grube gar tief und hohl …“[1]

Das war alles ein wenig deprimierend, also schaltete Isserley mit den Fingern ihres Fußes auf einen anderen Kanal.

1 Wer mag, lese hierzu William Shakespeare, Hamlet, 5. Aufzug, 1. Szene.

Eine unüberschaubar große Menge von Wotzeln kam eine breite, sonnenüberflutete und mit Steinen gepflasterte Straße herunter. Ausnahmslos alle Teilnehmer an der Prozession waren von Kopf bis Fuß mit Laken verhüllt, ein schmaler Schlitz war jeweils für die Augen gelassen worden. Einer der Wotzel hielt ein Plakat in die Höhe, und an dieses Plakat war ein vergrößertes, undeutliches Zeitungsfoto eines ebenfalls ganz und gar lakenverhüllten Geschöpfes geheftet. Die Stimme eines Reporters erklärte, dass die entscheidende Frage nun sei, wie weit man diesen Frauen, vor den Augen der ganzen Welt, zu gehen erlauben würde.

Isserley schaute der Prozession noch einen Moment lang zu, weil sie neugierig war, wie weit man den Wotzeln zu gehen erlauben würde, doch das zeigte ihr die Kamera nicht mehr; sie schwenkte zu etwas völlig anderem hinüber, nämlich einer unüberschaubar großen Menge männlicher Wotzel in einem Sportstadion. Etliche sahen genauso aus wie der Hundezüchter, und einige schlugen sich und kämpften miteinander, während die Polizei versuchte, sie von den anderen wegzubugsieren.

Die Kamera schwenkte auf eine Großaufnahme eines beeindruckend kräftig gebauten Wotzels, dessen Muskeln aus einem bunten Fußballhemd quollen. Mit den Daumen schob er seine Oberlippe über die Nase und enthüllte so das Wort BRITISCHE, das in das feuchte rosige und sich über seinen gelben Zähnen kräuselnde Fleisch eingebrannt war. Dann zog er die Unterlippe über sein Kinn hinunter und enthüllte das Wort BULLDOGGE.

Isserley schaltete auf einen anderen Kanal. Ein weiblicher Wotzel mit Brüsten fast so groß wie Isserleys schrie hysterisch und hielt sich die Hände an die Wangen vor lauter Entsetzen angesichts eines Geschöpfes, das Isserley völlig unbekannt war. Es ähnelte einem riesigen Insekt und schwenkte Scheren, wie eine Krabbe sie hatte, bewegte sich jedoch ungeschickt auf zwei Beinen vorwärts. Ein männlicher Wotzel kam ins Bild gerannt und erschoss das Insektengeschöpf mit etwas, das aus einer Plastikpistole kam und wie der Strahl einer Taschenlampe aussah.

„Ich hatte dir doch gesagt, du sollst bei den anderen bleiben", bellte der männliche Wotzel den weiblichen an, während sich das arme Insektengeschöpf im Todeskampf wand. Seine Todesschreie, die über dem Lärm der tierischen Hintergrundmusik kaum hörbar waren, klangen beunruhigend menschlich, genauso zischend wie die Laute sexueller Leidenschaft.

Isserley schaltete das Fernsehgerät aus. Sie war inzwischen etwas munterer geworden, und so fiel ihr wieder etwas ein, das ihr von Anfang an hätte klar sein müssen, nämlich die Tatsache, dass es keinen Zweck hatte, mit Hilfe des Fernsehens zu versuchen, einen Zugriff auf die Wirklichkeit zu bekommen. Das Fernsehen machte alles nur noch schlimmer.

Vor etlichen Jahren war der Fernseher ein wunderbarer Lehrer gewesen, hatte sie beständig mit winzigen Informationsstückchen gefüttert, die sie annehmen konnte, wenn sie bereit dazu war, und war sie es nicht, konnte sie sie genauso gut ignorieren. Im Gegensatz zu den Büchern, die Esswis zusammengetragen hatte, damit sie etwas daraus lernte, plapperte der leuchtende Kasten im Kamin unermüdlich immer weiter, ob sie nun zuhörte oder nicht, und so blieb sie auch nie bei einem Wort oder einer Seite stecken. In diesen ersten frühen Monaten des Lesens und immer wieder Lesens war es Isserley nicht einmal gelungen, mehr als nur einige wenige Absätze in der *Geschichte der Welt* zu lesen, einem Buch von W. N. Weech, JP, FSA, MA (sogar die Furcht erregend ins Detail gehende Landwirtschaftsbroschüre *Die richtige Motorhacke* war weit weniger entmutigend), aber durch das Fernsehen waren ihr innerhalb von nur wenigen Wochen die Grundlagen der Wotzel-Psychologie klar geworden.

Doch merkwürdigerweise schien sie bereits vor Jahren einen Punkt erreicht zu haben, von dem an es keinen Platz mehr gab für diese winzigen Stückchen Information aus dem Fernsehen. Das Fernsehen hatte seinen Zenit der Nützlichkeit überschritten und war jetzt wieder sinnloses Gefasel geworden.

Nach wie vor hätte sie gern gewusst, was für ein Tag es war und ob die Sonne bald aufgehen würde oder gerade untergegangen war. Sie würde, so beschloss sie, das Haus verlassen, sobald sie gelenkig genug war, und dann selber sehen, wie die Nacht draußen zu deuten war. Worauf wartete sie überhaupt noch? Ihre Übungen konnte sie ja auch am Strand, im Schutz der Dunkelheit, beenden; sie hatte den starken Verdacht, dass es ganz frühmorgens war. Montagmorgen.

Allmählich hatte sie die Lage wieder im Griff.

Sie ging die Treppe hinunter, wobei sie sich am Treppengeländer entlangtastete, und betrat das Badezimmer. Schlafzimmer und Badezimmer waren die einzigen Räume in ihrem Cottage, die ihr ganz und gar vertraut waren; die anderen Räume waren ihr irgendwie ein großes Rätsel geblieben. Doch das Badezimmer stellte kein Problem für sie dar. Unzählige Male war sie im Dunkeln dort hineingegangen – während der Wintermonate praktisch jeden Morgen.

Isserley ging hinein, ohne etwas sehen zu können. Die Laufflächen ihrer Füße nahmen den Übergang von Holz zu vermoderndem Linoleum wahr. Wohin sie wollte, was sie brauchte, fand sie mühelos. Die Badewanne, die Wasserhähne, das Shampoo, den plötzlich mit großem Druck hervorschießenden Wasserstrahl: All diese Dinge waren an ihrem üblichen Platz und warteten auf sie. Niemand machte sich je daran zu schaffen.

Sorgfältig und mit großer Geduld duschte sich Isserley ab, wobei sie sich besonders den Narben und den fremdartigen Spalten widmete, an denen sie gefährlich gefühllos war: alles Stellen, die sich leicht entzündeten und an denen sich Wunden, die nie ganz verheilt waren, heimlich und unbemerkt wieder öffnen konnten. Mit den Händen verstrich sie stark schäumende Seife über dem ganzen Körper, eine weiche große Menge cremigen Reinigungsmittels, das wahrscheinlich längst nicht so reichlich auf ihrem Körper vorhanden war, wie sie sich das vorstellte. Sie sah sich umkränzt und umrahmt von Schaum, kleine Wolken aus Schaum wie die schäumende Gischt umweltverschmutzender Stoffe, die zuweilen auf den Wellen an den Strand von Ablach getragen wurden.

Geistesabwesend glitt sie in einen Zustand des Unbewussten und drehte sich langsam unter der warmen Wasserkaskade. Ihre Hände und Arme fuhren weiterhin über ihre von all dem Seifenschaum glitschige Haut und fanden zu einem regelmäßigen Rhythmus, einer regelmäßigen Route. Sie schloss die Augen.

Erst als sie merkte, dass sich einige Finger zwischen ihre Beine verirrt hatten und dort blind nach etwas suchten, was gar nicht mehr da war, kehrte sie wieder ganz an die Oberfläche des Bewusstseins zurück und spülte sich mit geschäftsmäßiger Gründlichkeit die Seife ab.

Komplett wie für die Arbeit angezogen, marschierte Isserley durch einen von Bäumen gebildeten Tunnel aufs Meer zu. Ihre Stiefel verursachten sanfte knackende Geräusche auf dem gefrorenen Morast; ihr feuchtes Haar dampfte in der kühlen Luft. Sie bewegte sich vorsichtig, setzte in der Dunkelheit ihre Schritte bewusst, die Hände hielt sie in Hüfthöhe vom Körper weggestreckt, um einen eventuellen Sturz abfangen zu können. Einmal drehte sie sich um und wartete einen Moment, bis sich ihre Atemwolke verflüchtigt hatte, damit sie sehen konnte, wie weit sie gekommen war. Ihr Cottage war eine undeutliche, gegen den Nachthimmel geschmiegte Silhouette, wobei zwei Fenster im oberen Stockwerk das Mondlicht reflektierten wie die Augen einer Eule. Sie wandte sich wieder dem Firth zu und marschierte weiter.

Am Ende der Baumallee öffnete sich das Land auf die Umgebung hin; nun konnte man sehen, wie groß Ablach Farm war, und Isserley ging einen langen grasbewachsenen Pfad entlang, der sich zwischen weitläufigen und ruhig daliegenden Gersten- und Kartoffelfeldern schlängelte. Von hier konnte man bereits das Meer sehen, und das Rauschen der Wellen schien sie von allen Seiten zu umgeben.

Tief hing der Mond über dem Firth, und unzählige winzige Sterne leuchteten hell von den dunkelsten, entferntesten Regionen des Universums herüber. Es musste etwa zwei oder drei Uhr morgens sein.

Auf dem Bauernhof waren die Männer jetzt höchstwahrscheinlich dabei, endlich das Schiff zu beladen. Und das war gut so. Je eher sie damit fertig wurden, umso eher könnte es wieder abfahren. Bald würde Amlis Vess wieder dorthin geschickt, wo er hergekommen war. Was für eine wunderbare Erleichterung würde das sein!

Sie holte tief Luft, kostete schon im Voraus das Gefühl aus und stellte sich vor, wie er nach Hause verfrachtet würde. Die Männer würden ihn in den Frachtraum des Schiffes führen, er würde arrogant hineinschlendern, dabei seinen verhätschelten glänzenden Körper zur Schau stellen und den Kopf in einer Geste jugendlicher Verachtung in die Luft recken. Wahrscheinlich würde er sich kurz vor dem Betreten des Schiffes umdrehen und demjenigen, der gerade in Reichweite stand, einen durchdringenden Blick zuwerfen, wobei seine bernsteinfarbenen Augen in der erlesenen Schwärze seines Fells funkeln würden. Dann wäre er weg. Weg.

Isserley war an den äußeren Rand des Ackerlandes von Ablach gelangt, das von den Klippen und den steilen Pfaden, die zum Wasser hinunterführten, abgezäunt war. In diese Abzäunung war ein Tor eingelassen, und dieses Tor war eine massive Konstruktion aus Schmiedeeisen, halb versteinerten Brettern und Maschendraht, das Ganze mit Scharnieren an zwei Pfosten befestigt, die so dick wie Baumstämme waren. Die Schlösser und Scharniere wirkten, besonders im Mondlicht, wie große, sperrige Teile eines Automotors, die man an das Holz geschweißt hatte. Glücklicherweise hatten die Vorbesitzer des Bauernhofes zu beiden Seiten des Tores jeweils eine kleine hölzerne Trittleiter gebaut, um es zweibeinigen Passanten leichter zu machen. Mit clownesken, mühevollen Verrenkungen kletterte Isserley über diese Stufen, jeweils drei zu beiden Seiten des Tores, und war dankbar, dass niemand sah, wie sie sich dabei anstrengen musste. Jeder normale Mensch hätte leicht darüber hinwegspringen können.

Auf der anderen Seite der Abzäunung, ganz in der Nähe des Tores, lagerte eine kleine Kuhherde auf dem schmalen grasbewachsenen Erdstreifen zwischen der Begrenzung von Ablach Farm und dem Klippenrand. Nervös prusteten die Kühe, als Isserley sich näherte, die mit dem helleren Fell leuchteten schwach in dem Dämmerlicht. Ein Kalb sprang auf, das Glitzern in seinen Augen wirbelte wie Funken aus einer Feuersglut umher. Dann erhob sich die ganze Herde und zog sich weiter in Richtung Abzäunung zurück; das Geräusch trappelnder Hufe und das schwere *Plopp* von fallendem Kuhdung waren deutlich erkennbar.

Isserley drehte sich um und warf einen Blick auf den Bauernhof. Ihr eigenes Cottage lag versteckt hinter Bäumen, doch das Hauptgebäude stand weithin sichtbar. Die Lichter im Haus brannten nicht.

Vermutlich schlief Esswis. Die aufreibenden Abenteuer des gestrigen Morgens hatten, da war sie sich sicher, ihn mehr Kraft gekostet, als er einer Frau gegenüber zugeben würde. Sie stellte sich vor, wie er ausgestreckt auf einem Bett ganz ähnlich dem ihren lag, dabei immer noch seine lächerliche Gutsherrenkleidung trug und geräuschvoll schnarchte. Harter Kerl oder nicht, er war wesentlich älter als sie und hatte über mehrere Jahre in den Siedlungen geschuftet, ehe Vess Industries ihn herausgefischt hatte; Isserley war die Rettung nach nur drei Tagen angeboten worden. Außerdem war er ein volles Jahr vor ihr operiert worden. Es war gut möglich, dass die Chirurgen nicht ganz so gute Arbeit bei ihm geleistet hatten, da sie noch mit Techniken experimentierten, die sie erst zur Vervollkommnung entwickelt hatten, als Isserley unters Messer kam. Wenn das so war, tat Esswis ihr Leid. Seine Nächte mussten alles andere als angenehm sein.

Isserley ging den Trampelpfad hinunter, der zum Strand führte, wobei sie auf dem steilen Abhang die Füße sehr vorsichtig einen vor den anderen setzte. Sie legte die Hälfte des Weges zurück, fast bis zu dem Punkt, an dem die Neigung weniger steil wurde, dann hielt sie inne. Unten grasten Schafe, und die wollte sie nicht aufschrecken. Schafe mochte sie lieber als alle anderen Tiere; sie verfügten über eine Unschuld und eine heiter-gelassene Zielstrebigkeit, die Lichtjahre entfernt war von der viehischen Gerissenheit und der manischen Erregbarkeit von Wotzeln. Wenn man sie bei schwachem Licht betrachtete, wirkten sie beinahe wie Menschenkinder.

Also blieb Isserley auf halbem Weg zu den Klippen stehen und beendete ihre Übungen dort. Während die Kühe irgendwo über ihr unruhig entlangzockelten und die Schafe gelassen weiter grasten, nahm sie die richtigen Haltungen ein, streckte die Arme dem silbrigen Horizont entgegen, beugte sich danach zur Küste des Moray Firth hinüber, federte dann zur Seite, nach Norden Richtung Rockfield und Leuchtturm, nach Süden Richtung Balintore und den größeren Ansiedlungen dahinter, und schließlich reckte sie sich den Sternen entgegen.

Nachdem sie diese einzelnen Übungen über eine lange Zeit wieder und immer wieder absolviert hatte, erreichte sie nun ein Stadium des halb Unbewussten, hypnotisiert vom Mond und der Monotonie; sie hielt weit länger durch als gewöhnlich und war deshalb am Ende so gelenkig, dass ihre Bewegungen etwas Anmutiges und Fließendes annahmen.

Beinahe sah es so aus, als würde sie tanzen.

Als Isserley Stunden vor Tagesanbruch wieder im Cottage war, musste sie feststellen, dass sich ihre Stimmung erneut verdüsterte. Gelangweilt und gereizt versuchte sie, im Schlafzimmer die Zeit totzuschlagen.

Sie würde wirklich einen der Männer bitten müssen, die elektrischen Leitungen hier im Haus in Ordnung zu bringen, damit sie Licht hatte. Im Hauptgebäude gab es elektrisches Licht, im Haus von Esswis gab es elektrisches Licht; sie sah keinen guten Grund dafür, dass es ausgerechnet in ihrem Cottage kein elektrisches Licht geben sollte. Ja, tatsächlich, wenn sie so darüber nachdachte, war es recht erstaunlich, dass ihr Cottage kein Licht hatte – empörend geradezu.

Sie versuchte, sich an all die Einzelheiten ihres Einzugs hier zu erinnern. Nicht an die Reise, und ganz gewiss nicht an das, was in den Siedlungen passiert war, aber wie war das noch gewesen, gleich als sie hier auf Ablach Farm eingetroffen war? Welche Vorkehrungen waren getroffen worden? Hatten die Männer etwa erwartet, dass sie bei ihnen im Hauptgebäude wohnen würde, in ihren stinkenden, notdürftigen Unterkünften? Wenn ja, dann würde sie ihnen diese Idee ganz schön schnell wieder ausgetrieben haben.

Also, wo hatte sie in der ersten Nacht geschlafen? Ihre Erinnerungen waren so undurchsichtig wie das verkohlte und schwärzliche Innenleben eines zu Ende gebrannten Feuers.

Möglicherweise hatte sie sich dieses Cottage selbst ausgesucht, oder vielleicht hatte Esswis es vorgeschlagen, der ja schließlich ein ganzes Jahr Zeit gehabt hatte, sich mit allem, was sich auf dem Bauernhof befand, vertraut zu machen. Das Einzige, was Isserley wusste, war die Tatsache, dass ihr Cottage, im Gegensatz zu dem Bauernhaus, das Esswis bewohnte, ganz verfallen gewesen war, als sie einzog, und das war es mehr oder weniger natürlich immer noch.

Doch das elektrische Verlängerungskabel, das sich überall durch ihr Haus schlängelte und das Fernsehgerät, den Heißwasserboiler und die Lampe draußen mit dem Generator verband: Wer hatte sich denn darum gekümmert, und wie widerwillig war das geschehen? Lag hier ein weiteres Beispiel dafür vor, dass sie ausgebeutet wurde, benutzt wie ein seelenloser Ausrüstungsgegenstand?

Sie gab sich alle Mühe, sich daran zu erinnern, und als es ihr dann endlich einfiel, war sie peinlich berührt und ein wenig verwirrt.

Die Männer – vor allem Ensel höchstwahrscheinlich, obwohl sie sich an keinen speziell erinnern konnte – hatten sich vom Moment ihrer Ankunft an eifrig um sie herum zu schaffen gemacht und ihr angeboten, allerlei Wunder für sie zu vollbringen. Ganz fasziniert vor lauter Neugier hatten sie sie beäugt und sich zusammengetan, um einen warmen Segen beruhigender Worte auf sie herabregnen zu lassen. Ja, es war ihnen klar, dass das, was ihr von Vess Industries angetan worden war, nicht mehr rückgängig gemacht werden konnte, doch das würde schon nicht das Ende der Welt bedeuten. Sie würden sie schon irgendwie dafür entschädigen. Sie würden aus diesem Cottage, dieser zugigen Beinah-Ruine, ein richtiges Heim für sie machen, ein gemütliches kleines Nest; sie war ein richtig armes kleines Ding, sie musste ja ganz außer sich sein angesichts dessen, wie … wie man an ihr herumgepfuscht hatte, ja, das verstanden sie alles sehr gut, ich meine, man braucht sich ja nur Esswis anzuschauen, das arme Schwein; aber sie war mutig, ein tapferes Mädchen, und sie würden sie behandeln, als sei überhaupt nichts Merkwürdiges oder Hässliches an ihr, denn sie und die Männer seien doch tief innen, unter der Hautoberfläche, im Grunde alle gleich, war es nicht so?

Sie hatte ihnen gesagt, dass sie nichts von ihnen wollte, überhaupt nichts.

Sie würde *ihre* Arbeit machen, und die Männer würden sich um ihre eigenen Angelegenheiten kümmern.

Um ihre Arbeit ordentlich zu machen, würde sie ein paar wenige grundlegende Dinge brauchen, die die Männer ihr bereitstellen mussten: eine Lampe im oder am Schuppen, in dem das Auto untergestellt war, fließendes warmes Wasser und einen elektrischen Anschluss, um ein Radio oder ein ähnliches Gerät betreiben zu können. Was das Übrige betraf, sollten sie sich nicht bemühen. Sie würde schon allein zurechtkommen.

Tatsächlich hatte sie es noch weit rüder ausgedrückt, nur für den Fall, dass die Männer zu dumm waren, um die Anspielung zu verstehen: Was sie am meisten brauchte, war eine ungestörte Privatsphäre. Sie sollten sie in Ruhe lassen.

Aber würde sie sich denn nicht einsam fühlen? So hatten sie gefragt. Nein, das würde sie nicht, hatte sie ihnen geantwortet, sie würde zu beschäftigt sein. Sie musste sich auf eine Arbeit vorbereiten, deren Komplexität und deren Feinheiten die Männer nie im Leben begreifen würden. Sie musste jetzt viel mit dem Kopf arbeiten. Sie würde alles von den einfachsten Grundregeln an lernen müssen, sonst würde diese ganze Sache wie ein Kartenhaus über ihnen einstürzen. Die Herausforderungen, denen sie sich jetzt zu stellen hatte, ließen sich nicht ganz so einfach bewältigen wie Strohballen in eine Scheune zu tragen oder Löcher in den Erdboden zu graben.

Inzwischen ging Isserley im Schlafzimmer auf und ab, und dabei drang ihr immer wieder das ständige schwache Aufblitzen des Radioweckers ins Bewusstsein. Laut und hohl klangen ihre Schritte auf den kahlen Dielen; es kam nur sehr selten vor, dass sie drinnen Schuhe trug, das passierte immer nur dann, wenn sie kurz davor war, das Haus zu verlassen.

Gereizt schaltete sie das Fernsehgerät wieder ein, obwohl sie es seit der Rückkehr ins Cottage schon einmal versucht und den Versuch höchst irritiert aufgegeben hatte.

Weil das Gerät vor so kurzem erst ausgeschaltet worden war, erwachte es sofort wieder zum Leben. Der Wotzel, der vor ein paar Minuten noch durch ein Fernglas auf eine Ansammlung grellbunter Unterhosen gestarrt hatte, die auf einer Wäscheleine hingen, leckte sich jetzt die Lippen, und seine Wangen zuckten. Weibliche Wotzel hatten sich unter der Leine aufgestellt und langten nach oben, um die Kleidungsstücke abzunehmen. Unbegreiflicherweise hing die Schnur zu hoch, als dass sie mühelos hätten heranreichen können, und so wippten und schwankten sie auf Zehenspitzen, sprangen hoch wie kleine Kinder, und ihre rosigen Brüste wabbelten wie Wackelpudding.

Auf einem anderen Kanal saßen mehrere ernsthaft wirkende Wotzel Schulter an Schulter hinter einem Pult. Über ihren Köpfen zeigte ein langes, schmales elektronisches Schild, das aussah wie eine Spielzeugversion des Schildes bei der Kessock Bridge, eine Abfolge von Buchstaben und Leerstellen: U GE E HT GKE T.

„S?“ versuchte es einer der Wotzel.

„Ne-ei-n, das stimmt leider nicht“, säuselte eine unsichtbare Stimme.

Isserleys Wagen stand mit laufendem Motor neben dem Schuppen und wurde von der einsamen Wolframlampe beleuchtet. Sie säuberte das Wageninnere, langsam und in Gedanken versunken, und zog jede kleine Handlung in die Länge. Die Sonne würde noch lange nicht aufgehen, sie versteckte sich hinter der Krümmung des Planeten.

Isserley kniete neben ihrem Wagen und beugte sich durch die offene Tür hinein. Das *Ross-shire Journal* benutzte sie als Unterlage, um ihre grüne samtene Hose nicht zu beschmutzen. Mit den Fingerspitzen tastete sie nach den ausgeschütteten Pralinen und warf sie eine nach der anderen über die Schulter auf die Erde. Nach und nach würden sie von den Vögeln gefressen werden, da war sie sich sicher.

Durch diese Aktion musste sie ans Essen denken und fühlte sich plötzlich ganz schwach und krank vor Hunger. Sie hatte nichts mehr zu sich genommen seit den Kartoffelchips gestern Nachmittag, ein wenig Schnee und etwa einem Liter warmen Wassers, das sie heute Morgen direkt aus dem Duschstrahl getrunken hatte. Das war nicht einmal annähernd genug, um einen Menschen bei Kräften zu halten.

Wie merkwürdig, dass es ihr nie bewusst wurde, wenn sie hungrig war, dass sie immer erst dann daran dachte, wenn sie sich völlig ausgehungert, dem Zusammenbruch nahe fühlte. Eine unglückselige Eigenheit, noch dazu eine, die gefährlich werden konnte: Sie musste sehr darauf achten, das in Zukunft besser zu handhaben. Es war tatsächlich wichtig, Routine zu pflegen, wie etwa jeden Morgen mit den Männern zu frühstücken, bevor sie sich auf die Straße begab – Routine, die durch Amlis Vess durchbrochen worden war.

Isserley atmete tief ein, als könne mehrmaliges Einatmen frischer Luft ihr noch eine ganze Weile Nahrung genug sein, und fuhr fort, ihren Wagen zu säubern. Die ausgeschütteten Pralinen schienen kein Ende zu nehmen; wie runde Käfer hatten sie in jeder nur denkbaren Ritze ein Versteck gefunden. Sie fragte sich, ob ihr Körper es ihr wohl durchgehen lassen würde, wenn sie ein paar davon aß.

Sie hob die Packung hoch, die sie mit den Handschuhen des Hundezüchters auf den Erdboden gelegt hatte, um sie später zu verbrennen. Sie hielt die rechteckige Pappschachtel ins Licht und schaute blinzelnd auf die Liste mit den Inhaltsstoffen. „Zucker“, „Milchpulver“ und „pflanzliche Fette“ klangen hinreichend harmlos, doch „Kakaomasse“, „Emulgator“, „Lecithin“ und „künstliche Aromen“ hörten sich irgendwie riskant an. Ja, tatsächlich klang „Kakaomasse“ geradezu tödlich. Dieses plötzlich aufkommende, instinktive Gefühl der Übelkeit war möglicherweise der Weg, den die Natur sich suchte, Isserley dazu zu bewegen, bei den Nahrungsmitteln zu bleiben, die sie kannte.

Doch wenn sie in das Hauptgebäude ging, um mit den Männern zu essen, lief sie womöglich Amlis Vess über den Weg. Das war nun wirklich das Allerletzte, was sie brauchte. Wie lange konnte sie noch so durchhalten? Wie bald würde er verschwinden? Sie schaute zum Horizont, in sehnsüchtiger Erwartung, den ersten Lichtschimmer zu sehen.

Im Lauf der Jahre hatte ihre Abneigung dagegen, mit Männern mehr Kontakt als unbedingt nötig zu haben, sie sehr selbstständig gemacht, besonders was die Pflege ihres Wagens betraf. Den zerbrochenen Seitenspiegel hatte sie bereits ersetzt, eine Arbeit, für die sie früher Ensel gebraucht hätte. Wenn es ihr gelang, sich von allem Ärger fern zu halten, könnte sie diesen Wagen für immer behalten und würde ihn nie gegen einen anderen austauschen müssen. Er bestand aus Stahl und Glas und Kunststoff – wieso sollte er jemals kaputtgehen? Sie füllte Benzin nach, wann immer der Wagen es brauchte, Öl, Wasser, alles. Sie fuhr langsam und vorsichtig und hielt sich von der Polizei fern.

Den neuen Seitenspiegel hatte sie von dem schon arg ausgeweideten grauen Nissan-Kombi geholt. Jetzt war er nur noch ein traurig wirkender Kadaver, doch es war völlig überflüssig, sentimental zu werden. Der Spiegel passte haargenau in ihren kleinen roten Corolla; selbst die kleinste Spur des Unfalls war ausgelöscht.

Während Isserley immer noch die Eleganz bewunderte, mit der sie diese Operation ausgeführt hatte, säuberte sie ihren kleinen Corolla weiter. Sein Motor stand immer noch auf Leerlauf, eine gut geölte Maschine, die wohlriechendes Gas in die rauhe Luft verströmte. Sie mochte ihr Auto. Es war ein braves Auto, wirklich. Wenn sie es gut pflegte, würde es sie nicht im Stich lassen. Sorgfältig wischte Isserley Morast und Schmiere von den Fußpedalen, machte Ordnung im

Handschuhfach und füllte mit Hilfe einer Flasche mit schlankem Hals den Icpathua-Tank unter dem Beifahrersitz auf.

Vielleicht konnte sie noch einmal wegfahren, um eine Tankstelle zu suchen, die die ganze Nacht geöffnet hatte, und sich dort etwas zu essen kaufen. Amlis Vess würde sehr bald wieder abfahren, wahrscheinlich in ein oder zwei Tagen. Ganz bestimmt würde es sie nicht umbringen, ein oder zwei Tage lang Wotzelfutter zu essen. Dann wäre er weg, und für sie würde wieder der normale Alltag einkehren.

Doch wenn sie sich jetzt auf die Straße begab, war das, und das wusste sie sehr wohl, durchaus gefährlich; es bestand die – entfernte, aber doch realistische – Gefahr, dass dort draußen auch irgendein elender Irrer sein könnte, der versuchen wollte, per Anhalter wegzukommen. Und wie sie sich kannte, würde sie ihn wahrscheinlich auflesen, und er wäre garantiert völlig ungeeignet, und sie würde schließlich wieder bei den Cairngorm-Bergen landen. So war sie nun einmal.

Die Männer aßen immer ein üppiges Frühstück, mit viel Protein und Stärke. Eine hoch aufgetürmte, dampfende Schüssel. Fleischpasteten, Würstchen, Sauce. Brot frisch aus dem Ofen, in Scheiben geschnitten so dick wie man wollte. Sie schnitt sich immer dünne Brotscheiben ab und achtete darauf, dass die Scheiben ordentlich und alle gleich dick waren, nicht so wie die verformten Klumpen, die die Männer für sich von dem Brotlaib herunterhackten. Normalerweise nahm sie zwei, höchstens drei Scheiben, mit Guschu oder Mussantapaste. Aber heute …

Isserley stand auf und schlug die Autotür schwungvoll zu. Auf keinen Fall würde sie sich auf die unteren Etagen begeben und sich von einem aufgeblasenen Unruhestifter eine Tirade anhören, während ein Haufen Gesindel aus den Siedlungen zusah und sich fragte, ob sie wohl zusammenbrechen würde. Hunger war eine Sache, Prinzipien eine andere.

Sie ging um die Vorderseite ihres Autos herum und öffnete die Motorhaube. Sie beugte sich vor und warf einen prüfenden Blick auf die warme, stark riechende, sacht zitternde Maschine. Sie überzeugte sich davon, dass sie den schlanken Stab aus rostfreiem Stahl, mit dem sie erst vor kurzem in den Öltank eingetaucht war, um den Ölstand zu überprüfen, in die dafür vorgesehene Rille zurückgesteckt hatte. Jetzt widmete sie sich mit einer Spraydose aus Donnys Garage den Zündkerzen und den Zündkabeln. Mit den Fingern legte sie den glänzenden Zylinder mit dem Flüssig-Aviir frei, die einzige importierte Veränderung, die der einheimische Motor des Wagens erfahren hatte. Das Metall des Zylinders war völlig durchsichtig, und Isserley konnte das Aviir im Innern des Zylinders deutlich erkennen, seine ölige Oberflächenspannung, die im Gleichklang mit dem Motor vibrierte. Auch hier war alles genau so, wie es sein sollte, obwohl sie bei einigem Glück nie würde Gebrauch davon machen müssen.

Sie schloss die Motorhaube, und einem Impuls folgend setzte sie sich darauf. Das warme, vibrierende Metall verschaffte ihr durch den dünnen Stoff ihrer Hose hindurch ein angenehmes Gefühl und lenkte sie von dem beständigen Grummeln in ihrem Magen ab. Am Horizont zeichneten die ersten Sonnenstrahlen die Konturen der Berge nach. Direkt vor ihrer Nase fiel eine einzelne Schneeflocke spiralförmig zu Boden.

„Isserley“, sagte sie in die Gegensprechanlage.

Die Rolltür des Hauptgebäudes ging sofort hoch, und sie trat schnell in das Licht. Umherwirbelnde Schneeflocken, spitz wie Kiefernnadeln, folgten ihr hinein, wie angesogen von einem Vakuum. Dann rollte die Tür wieder herunter, und sie war dem schlechten Wetter entkommen.

Wie sie es erwartet hatte, ging die Arbeit im Hangar zügig voran; zwei Männer waren damit beschäftigt, das Schiff zu beladen. Einer hockte im Schiffsinneren und wartete darauf, dass mehr glänzende Fracht heraufgereicht wurde. Der andere stand bei den Sackkarren, auf denen sich rosarote Bündel stapelten. Ein Vermögen an rohem Fleisch, alles sorgfältig portioniert und abgepackt, in transparente Viskose gehüllt und auf Kunststoffpaletten geschichtet.

„Hoi, Isserley!" Der Arbeiter, der die Sackkarren hin- und herschob, blieb stehen, um sie zu begrüßen. Auf dem Weg zum Aufzug hielt Isserley inne und winkte zurück, allerdings so kurz und flüchtig, wie sie nur konnte. Dadurch ermutigt, ließ der Mann seinen kleinen Palettenturm auf Rädern ausrollen und schlenderte zu ihr hinüber. Isserley hatte keine Ahnung, wer er war.

Sie war bestimmt bei ihrer Ankunft auf dem Bauernhof jedem Einzelnen persönlich vorgestellt worden, aber der Name dieses Mannes wollte ihr im Augenblick nicht einfallen. Er sah dümmlich aus, und er war fett und gedrungen – einen guten Kopf kleiner als Amlis Vess –, und sein Fell erinnerte sie an irgendein totes Ding, das am Straßenrand der A9 vertrocknete, ein borstiges graues Stück Fell, das von Autorädern und der Witterung bis zur Unkenntlichkeit entstellt war. Zu allem Überfluss hatte er auch noch eine abstoßende Hautkrankheit, die seine eine Gesichtshälfte wie ein Stück verschimmeltes Obst aussehen ließ. Zuerst empfand es Isserley als recht schwierig, ihn direkt anzusehen, doch dann fürchtete sie, er könne sich beleidigt fühlen und es ihr mit einer Bemerkung über ihre eigene Entstellung heimzahlen, und so beugte sie sich näher zu ihm hin und konzentrierte sich auf seine Augen.

„Hoi, Isserley“, sagte er noch einmal, als sei die Anstrengung, sich diese Bemerkung in ihrer gemeinsamen Muttersprache abzuringen, zu wertvoll, um sie bei nur einmaliger Benutzung zu vergeuden.

„Ich habe mir gedacht, ich gehe einmal etwas essen“, verkündete Isserley in geschäftsmäßigem Tonfall, „bevor ich mit der Arbeit beginne. Ist die Luft rein?“

„Die Luft?“ Verwirrt blinzelte der Mann mit dem schimmeligen Gesicht sie an. Unbewusst drehte sich sein Kopf in Richtung der Tür und der Landschaft dort draußen.

„Ich meine, kommt Amlis Vess uns nicht in die Quere?“

„O nein, der stört uns nicht“, sagte der Mann mit dem schimmeligen Gesicht in schleppendem Akzent, der doppelt so breit war wie der von Ensel. „Der bleibt jetzt immer unten im Speisesaal oder bei den Wotzelpferchen, und wir kommen hier oben beim Verladen gut voran, alles klar hier so weit.“

Isserley öffnete den Mund, um etwas zu sagen, es wollte ihr aber nichts einfallen.

„Der stellt jetzt nichts mehr an“, versicherte ihr der Mann mit dem schimmeligen Gesicht. „Yns und Ensel passen abwechselnd auf ihn auf. Im Grunde hängt er einfach nur so rum und redet ’n Haufen Scheiße. Und dem is’ es piepegal, ob einer was versteht von dem, was er so zusammenredet oder nich’. Der geht und redet mit den Tieren, wenn die Menschen ihn überhaben.“

Nur für einen kleinen Augenblick hatte Isserley vergessen, dass die Wotzel ja keine Zunge mehr hatten, und erschrak bei dem Gedanken, dass sie sich mit Amlis Vess unterhalten könnten, doch sie beruhigte sich sofort, als der Mann mit dem schimmeligen Gesicht derb lachte und hinzufügte: „Wir sagen dann immer zu ihm: ‚Und, reden die Tiere auch mit Ihnen?'"

Wieder lachte er, ein verächtliches Wiehern, das geprägt war von einem halben Leben in den Siedlungen. „Komischer Kerl, ganz nützlich gegen die Langeweile", zog er augenzwinkernd sein Resümee. „Den werden wir noch richtig vermissen, wenn er wieder weg ist."

„Tja, mag sein … wenn du das sagst", erwiderte Isserley, indem sie das Gesicht zu einer Grimasse verzog und versuchte, endlich in Richtung Aufzug zu entkommen. „Entschuldige mich, ich muss jetzt wirklich etwas essen."

Und weg war sie.

Amlis Vess war nicht im Speise- und Aufenthaltsraum.

Isserley überzeugte sich davon, indem sie noch einmal den Blick über die sterile niedrige Baracke schweifen ließ, und atmete dann ruhig weiter.

Der Raum war zwar groß, bestand aber ansonsten nur aus einem schlichten Rechteck, grob in die Erde gehauen ohne alle Nischen und Winkel, und mit Ausnahme der niedrigen Esstische gab es kaum Mobiliar dort; nichts hier war groß genug, um einem hoch gewachsenen Mann mit auffallend schöner Fellzeichnung als Versteck zu dienen. Er war tatsächlich nicht hier.

Obwohl der Saal selbst menschenleer war, hatte jemand die lange niedrige Bank vor der Küche bereits mit Gewürzen und sonstigen Zutaten, mit Schüsseln voll kaltem Gemüse, Mussantatuben, frisch gebackenen Brotlaiben, Kuchen, Krügen mit Wasser und Ezziin und großen Kunststofftabletts mit Besteck gedeckt. Aus der Küche drang ein himmlischer Geruch nach Gebratenem herein.

Isserley stürzte sich auf das Brot und schnitt sich zwei Scheiben ab, die sie großzügig mit Mussantapaste bestrich. Sie klappte sie zu einem Sandwich zusammen und fing an zu essen, stopfte die Nahrung an ihren gefühllosen Lippen vorbei in den sehnsüchtig wartenden Mund. Noch nie zuvor hatte Mussanta so köstlich geschmeckt. Sie schluckte angestrengt, kaute kraftvoll, denn sie konnte kaum abwarten, noch mehr Brot abzuschneiden, noch mehr Paste darauf zu streichen.

Der Geruch aus der Küche war berauschend. Etwas weit Besseres als das übliche Essen garte dort, etwas weit Abenteuerlicheres als Kartoffeln in Fett. Zugegebenermaßen war Isserley nur sehr selten hier, wenn gekocht wurde; oft aß sie ihr Essen kalt, wenn der Koch gegangen war und die meisten Männer mit dem Essen schon fertig waren. Sie suchte sich etwas aus den Resten zusammen, versuchte, sich unauffällig zu verhalten, sich den Ekel nicht anmerken zu lassen, den sie beim Geruch erkaltenden Fetts empfand. Doch dieser Geruch heute war etwas völlig anderes.

Immer noch mit dem Sandwich in der Hand, bewegte sich Isserley vorsichtig auf die Küchentür zu und lugte hinein, sie konnte einen flüchtigen Blick auf den großen braunen Rücken von Hilis, dem Koch, werfen. Er war ein Mensch mit berüchtigt scharfsinnigem Gespür, und so wurde er sich ihrer Gegenwart sofort bewusst.

„Verpiss dich", brüllte er fröhlich, noch bevor er sich überhaupt umgedreht hatte. „Bin noch nicht fertig!"

Verlegen setzte Isserley zum Rückzug an, doch kaum hatte sich Hilis schwungvoll umgedreht und gesehen, wer da gekommen war, da warf er versöhnlich einen versengten und sehnigen Arm in die Luft.

„Isserley!" rief er und schenkte ihr ein Lächeln, so breit, wie seine riesige Schnauze es erlaubte. „Wieso musst du immer diesen Mist essen? Du brichst mir das Herz! Komm herein und schau dir an, was ich heute serviere!"

Unbeholfen tastete sich Isserley in die Küche vor, das Sandwich, das Stein des Anstoßes gewesen war, ließ sie draußen auf der Bank. Für gewöhnlich durfte niemand die Küche betreten; überfürsorglich hütete Hilis sein glänzendes Reich und schuftete ganz allein darin wie ein besessener Wissenschaftler in seinem feuchten und grell erleuchteten Laboratorium. An allen Wänden hingen übergroße silberne Küchenutensilien wie die Werkzeuge in Donnys Garage, Dutzende Gerätschaften und Apparate zu speziellen Zwecken. Transparente Dosen mit Gewürzen und Saucenflaschen auf den Regalen und Arbeitsflächen verliehen den metallischen Oberflächen einen Hauch Farbe, obwohl ein Großteil der tatsächlichen Lebensmittel in Kühlschränken und Metalltrommeln verstaut war. Hilis selbst war zweifellos das lebendigste organische Gebilde in der Küche, ein mit dichtem Fell bewachsenes, kraftvoll gebautes Bündel nervöser Energie. Isserley kannte ihn kaum; im Laufe der Jahre hatten sie und er vielleicht vierzig Sätze miteinander gewechselt.

„Komm nur, komm nur!" brummelte er. „Aber pass auf, wo du hintrittst."

Die Öfen waren in den Fußboden eingebaut, so dass ein Mensch sich mühelos um das Essen kümmern konnte, ohne das Gleichgewicht zu verlieren. Hilis kauerte sich über den größten Ofen und schaute durch die dicke Glastür hinunter in die glutrote Nische. Mit drängenden Gesten forderte er Isserley auf, es ihm gleichzutun.

Sie kniete sich neben ihn.

„Schau dir das an", sagte er voller Stolz.

In dem Ofen, in einem orangefarbenen Lichtkreis schimmernd, rotierten langsam sechs Spieße, die jeweils mit fünf oder sechs identischen Fleischstücken beladen waren. Das Fleisch war so braun wie frisch gepflügte Erde und roch geradezu himmlisch, wie es da so in seinem eigenen Saft brutzelte und glitzerte.

„Sieht gut aus“, gab Isserley zu.

„Das *ist* auch gut“, bestätigte Hilis und führte die zuckende Nase so nah an das Glas, wie es eben ging; es hätte nicht viel gefehlt, und seine Nase wäre mit dem Glas in Berührung gekommen. „Auf jeden Fall besser als alles, was mir sonst so unter die Hände kommt.“

Alle Welt wusste, dass dies ein ganz wunder Punkt für Hilis war: Die besten Fleischstücke waren jedes Mal für das Frachtschiff reserviert, und ihm wurden die minderwertigeren Stücke zugeteilt, das Hackfleisch, der Hals, die Innereien und die Arme und Beine.

„Als ich gehört habe, dass der Sohn vom alten Vess kommt“, sagte er und sonnte sich in dem orangefarbenen Glanz des Ofens, „habe ich angenommen, dass niemand etwas dagegen haben würde, wenn ich zur Abwechslung einmal etwas ganz Besonderes serviere. Na ja, ich konnte ja nicht wissen …“

„Aber …“, sagte Isserley stirnrunzelnd, weil sie sich über die zeitliche Verzögerung zwischen der Ankunft von Amlis und diesen herrlichen, jetzt sich im Ofen drehenden Steaks wunderte. Hilis deutete ihre Verblüffung und grinste.

„Gute vierundzwanzig Stunden bevor dieser verrückte Mistkerl angekommen ist, habe ich diese Steaks schon in Marinade eingelegt! Was sollte ich da also machen? Sie unter dem Wasserhahn abspülen? Diese kleinen Scheißdinger hier sind vollkommen, sag’ ich dir, sie sind das gottverdammt Vollkommenste, was je auf einen Bratspieß gelangt ist. Die werden gottverdammt unglaublich schmecken!" Die Begeisterung ging mit Hilis durch.

Isserley starrte auf das sich am Grill drehende Fleisch hinunter. Sein Aroma drang durch das Glas und strömte ihr geradewegs in die Nasenlöcher.

„Du riechst es doch auch!" verkündete Hilis triumphierend, als habe er entgegen aller Erwartung bewirkt, dass der Duft in ihre erbärmlich winzige, chirurgisch verstümmelte Nase hatte vordringen können. „Ist das nicht herrlich?"

Isserley nickte, vor Verlangen war ihr ganz schwindlig.

„Ja", flüsterte sie.

Hilis, der nicht länger ruhig bleiben konnte, lief in engen Kreisen durch seine Küche und hampelte und zappelte nervös herum.

„Bitte, Isserley", bat er inständig und ließ eine Fleischgabel und ein Tranchiermesser immer wieder von einer Hand in die andere gleiten. „Bitte. Du musst etwas davon probieren. Mach einen alten Mann glücklich. Ich habe zuverlässig gehört, dass du gutes Essen zu schätzen weißt. Als du noch ein junges Mädchen warst, bist du viel mit der Elite zusammen gewesen, das erzählt man sich jedenfalls. Als du groß geworden bist, musstest du keinen Abfall fressen wie diese stupiden Idioten aus den Siedlungen."

In einem Zustand exhibitionistischer Erregung riss er schwungvoll den Deckel des Ofens auf und ließ einen höchst wohlriechenden Hitzeschwall entströmen.

„Isserley", bat er, „lass mich ein Stück davon abschneiden. Lass mich, lass mich, lass mich."

Sie lachte vor Verlegenheit. „Na schön, in Ordnung!" stimmte sie hastig zu.

Er arbeitete schnell wie der Blitz, seine Schnittführung

eine künstlerische Leistung, die man verpassen konnte, wenn man nur einmal kurz die Augen zumachte.

„Jaja*ja*", begeisterte er sich und sprang auf. Isserley wich kaum merklich zurück, als das dampfende, brutzelnde Stückchen Fleisch nur wenige Zentimeter vor ihrem Mund auftauchte, aufgespießt auf der rasiermesserscharfen Spitze des Tranchiermessers. Geschickt packte sie das Fleisch mit den Zähnen und zog es herunter.

Von der Küchentür her erklang eine sanfte Stimme.

„Sie wissen einfach nicht, was Sie da tun", seufzte Amlis Vess.

„Scheiße noch mal, Unbefugte haben zu meiner Küche keinen Zutritt!" sagte darauf Hilis, ohne zu überlegen.

Amlis Vess machte einen Schritt nach hinten; allerdings war, um ehrlich zu sein, ohnehin noch nicht viel von ihm in der Küche gewesen. Nur sein beeindruckendes schwarzes Gesicht und vielleicht die Schwellung seiner weißen Brust. Sein Rückzug sah nicht einmal nach einem Rückzug aus, es wirkte vielmehr wie ein lässiges Neuausrichten des Gleichgewichts, ein Verlagern seiner Muskeln. Genau genommen kam er außerhalb der Küche zum Stehen, wobei jedoch die unverminderte Intensität seines Blickes noch einen beträchtlichen Raum innerhalb der Küche für sich einnahm. Und sein Blick war nicht auf Hilis gerichtet, sondern auf Isserley.

Befangen und zu entmutigt, um sich zu rühren, kaute Isserley zu Ende, was noch von dem köstlichen Bissen übrig geblieben war. Glücklicherweise schmolz das Fleisch regelrecht in ihrem Mund, so zart war es.

„Können wir Ihnen irgendwie helfen, Mr. Vess?" fragte sie schließlich.

Vor lauter Wut verspannte sich der Kiefer von Amlis, und er ließ seine Schultermuskulatur spielen, als ziehe er in Erwägung, sie anzugreifen, doch stattdessen entspannte er sich unvermittelt, als habe er sich gerade eine bestimmte Dosis eines Beruhigungsmittels verabreicht.

„Bei dem Fleisch, das Sie da essen", sagte er sanft, „handelt es sich um den Körper eines Geschöpfes, das einmal gelebt und geatmet hat, genau wie Sie und ich."

Angesichts der Anmaßung und der idiotischen Vernageltheit der Jugend stöhnte Hilis und verdrehte die Augen vor Verzweiflung und Mitleid. Dann wandte er zu Isserleys Bestürzung der ganzen Angelegenheit den Rücken zu und widmete sich der anstehenden Arbeit, indem er den Kochtopf ergriff, der ihm am nächsten stand.

Während die Worte von Amlis immer noch in ihren Ohren nachklangen, fasste Isserley Mut, indem sie sich, wie bereits bei ihrer letzten Begegnung, auf seinen vornehmen Akzent konzentrierte, seine samtige, von Reichtum und Privilegien geprägte Aussprache. Bewusst rief sie sich ins Gedächtnis zurück, wie sie von der Elite zuerst gehätschelt, dann fallen gelassen worden war; vor ihrem geistigen Auge sah sie die Verantwortlichen, die entschieden hatten, dass sie besser geeignet sei für ein Leben in den Siedlungen, Männer mit dem gleichen vornehmen Akzent wie Amlis Vess. Sie lud diesen Akzent zum Verweilen ein, horchte auf ihren Groll, die schrille Saite, die dadurch in ihr angeschlagen wurde, und ließ sie nachhallen.

„Mr. Vess", sagte sie eisig, „ich sage es Ihnen ja nicht gern, aber ich möchte wirklich bezweifeln, dass es viel Ähnlichkeit gibt in der Art, wie Sie und ich leben, ganz zu schweigen von einer Ähnlichkeit zwischen mir und" – wegen der provozierenden Wirkung fuhr sie sich mit der Zunge über die Zähne – „meinem Frühstück."

„Tief innen, unter der Hautoberfläche, sind wir alle

gleich“, gab Amlis, ihrem Gefühl nach ein wenig beleidigt, zu bedenken. Auf diesen wunden Punkt, auf dieses Bedürfnis eines stinkreichen Idealisten, die gesellschaftlichen Realitäten zu leugnen, würde sie zielen müssen.

„Komisch, wie Sie sich dann unter den Umständen Ihr gutes Aussehen bewahren konnten“, gab Isserley höhnisch zurück, „bei all der harten, knochenbrecherischen Arbeit, die Sie verrichten mussten.“

Das hatte gesessen, merkte Isserley. Wieder schien es, als wolle Amlis zum Sprung ansetzen, seine Augen glühten, doch wie vorhin entspannte er sich: eine weitere Dosis derselben Droge.

„Das führt doch zu nichts“, seufzte er. „Kommen Sie doch bitte einmal mit.“

Vor Ungläubigkeit blieb Isserley der Mund offen stehen.

„Ich soll mit Ihnen kommen?“

„Ja“, sagte Amlis, als bestätige er die feinen Nuancen eines Unterfangens, auf das sie sich bereits geeinigt hatten. „Nach unten. Unten, wo sich die Wotzel befinden.“

„Das … das kann doch nicht Ihr Ernst sein“, erwiderte sie und ließ ein kurzes Lachen hören, das verächtlich wirken sollte, aber einfach nur unsicher klang.

„Wieso nicht?“ forderte er sie unschuldig heraus.

Beinahe erstickte sie an ihrer Antwort; vielleicht war es aber auch ein winziges Stückchen Fleisch, das ihr in der Kehle saß. Weil ich solche Angst vor den Tiefen der Erde habe, dachte sie. Weil ich nicht wieder lebendig begraben sein will.

„Weil ich mit meiner Arbeit vorankommen muss“, sagte sie.

Er schaute ihr tief in die Augen, nicht aggressiv, sondern als schätze er die Entfernung ab, die Strategie zu einem Sprung in ihre Seele.

„Bitte“, sagte er. „Ich habe da unten etwas gesehen, das Sie mir erklären müssen. Ernsthaft. Die Männer habe ich schon gefragt; die wissen das alle nicht. Bitte.“

Eine Weile sagte keiner etwas, und in der Zeit standen sie und Amlis reglos da, während Hilis die Luft großzügig mit Geklapper und Geklirr versorgte. Dann hörte Isserley zu ihrer großen Verblüffung ihre verspätete Antwort wie aus beträchtlicher Entfernung. Sie konnte sie nur sehr undeutlich hören, war sich des genauen Wortlauts nicht ganz sicher. Doch was immer es war, es bedeutete ja. Im Traum, zu der unwirklichen Begleitung von klirrendem Metall und brutzelndem Fleisch, sagte sie ja zu ihm.

Er drehte sich um, und sein geschmeidiger Körper glitt davon. Sie folgte ihm aus der Küche von Hilis zum Aufzug.

In der Zwischenzeit waren mehrere Männer in dem Speisesaal zusammengekommen, hingen herum, flüsterten miteinander, kauten, und sahen, wie Isserley und Amlis Vess an ihnen vorbeigingen.

Keiner machte Anstalten einzuschreiten.

Keiner drohte Amlis mit dem Tod, falls er noch einen einzigen Schritt machte.

Die Alarmsirene setzte sich nicht schreiend in Gang, als der Aufzug vor ihnen aufging, auch weigerten sich die Aufzugtüren nicht, sich zu schließen, als sie zusammen hineingegangen waren.

Kurz und gut, das Universum schien nicht zur Kenntnis zu nehmen, dass etwas nicht in Ordnung war.

Aufs Höchste befremdet stand sie neben Amlis in dem anonymen Ambiente des Aufzugs, sie starrte geradeaus, doch sie war sich bewusst, dass sich sein langer dunkler Hals irgendwo bei ihren Schultern befand und sich seine weiche Flanke nur Zentimeter von ihrer Hüfte entfernt atmend hob und senkte. Geräuschlos bewegte sich die Aufzugkabine nach unten, kam zischend ans Ziel.

Die Tür glitt auf, und in der Not ihrer Klaustrophobie stöhnte Isserley leise auf. Alles dort draußen war in fast völlige Dunkelheit getaucht, als seien sie in eine schmale Spalte zwischen zwei Schichten kompakten Gesteins gefallen und hätten zu ihrer Führung nur eine immer schwächer werdende Kindertaschenlampe bei sich. Da waren der Gestank nach in Gärung übergehenden Fäkalien und Urin, ein paar spinnenähnliche Umrisse von Maschendraht, dessen Silhouette sich im schwachen Licht von Infrarot-Glühbirnen abzeichnete, und überall vor ihnen hin- und herschwingend das Leuchtkäferglimmen eines ganzen Schwarms von Augen.

„Wissen Sie, wo der Lichtschalter ist?" fragte Amlis höflich.

ACHTES KAPITEL

Isserley tastete herum und fand den Lichtschalter. Ein Schwall harten Lichts strömte heraus, um das umzäunte Gelände vom Boden bis zur Decke zu füllen, wie eine Salzwasserflut, die sich in eine Felsspalte ergießt.

„Igitt", stöhnte sie und verspürte ein Ekelgefühl. So tief unten in der Erde zu sein war Wirklichkeit gewordener Albtraum für sie.

„Ein Albtraum, nicht wahr?" sagte Amlis Vess.

Ängstlich und trostbedürftig schaute Isserley zu ihm hin, doch er meinte natürlich das Vieh, nicht die Klaustrophobie – das erkannte sie an der verärgerten Mitleidsgrimasse, zu der er das Gesicht verzogen hatte. Typisch Mann: derart besessen von seinem eigenen Idealismus, dass er unfähig war, sich in einen Menschen einzufühlen, der unmittelbar vor seiner Nase Qualen litt.

Isserley trat festen Schrittes aus dem Aufzug heraus, wild entschlossen, sich vor ihm nicht zu blamieren. Gerade eben noch war ihr danach gewesen, das Gesicht in dem weichen schwarzen Fell seines Nackens zu vergraben, sich an seinen vollkommen ausgewogenen Körper zu klammern; jetzt hätte sie ihn am liebsten umgebracht.

„Das ist ja nur der Gestank von Tieren", sagte sie schniefend, die Augen hatte sie von ihm abgewandt, als er an ihre Seite stapfte. Zischend schloss sich der Aufzug hinter ihnen und verschwand.

Beim Graben dieses tiefsten Geschosses hatten die Männer

nicht viel mehr von dem Gestein aus der Triaszeit ausgehoben, als sie unbedingt mussten. Der Raum war nicht ganz zweieinhalb Meter hoch, und der sich sammelnde Dampf des Viehatems hing in einem Nebel um die fluoreszierenden Streifen. Die Wotzelgehege, ein an den Wänden entlanglaufender Kreis miteinander verbundener Pferche, nahmen beinahe den gesamten Raum ein; in der Mitte des Bodens war gerade Platz genug für einen Durchgang. In den Käfigen zur Linken die Einmonatswotzel; zur Rechten die Übergangswotzel; ganz am Ende, an der Wand gegenüber des Aufzugs, die Neuankömmlinge.

„Sie sind das erste Mal hier, habe ich Recht?" hörte sie die Stimme von Amlis.

„Nein", gab sie gereizt zurück, verärgert darüber, wie intensiv er offenbar ihre Körpersprache beobachtete.

Tatsächlich war sie bisher erst einmal hier gewesen, ganz am Anfang, bevor hier überhaupt Tiere untergebracht waren. Die Männer hatten ihr zeigen wollen, was sie zu Ehren ihrer Ankunft auf dem Bauernhof gebaut hatten, fix und fertig und auf ihren unerlässlichen Beitrag wartend.

„Sehr beeindruckend", hatte sie gesagt, oder so etwas in der Art, und war dann geflüchtet.

Nun war sie, Jahre später, mit einem der wohlhabendsten Männer der Welt an ihrer Seite, zurückgekehrt, weil er sie etwas fragen wollte. ‚Unwirklich' war nicht einmal annähernd das richtige Wort für diese Situation.

Die Käfige waren dreckiger und enger aneinander gedrängt, als sie das in Erinnerung hatte; die Holzbalken vernarbt und verfärbt, der Maschendraht beschmutzt und stellenweise verdeckt durch den dunklen Kitt von Fäkalien und anderen unkenntlichen Substanzen. Und natürlich sorgte das Vieh für zusätzlichen Gestank, bedrohliche Dichte von

Fleisch und feuchte Atmosphäre wieder und wieder umgewälzten Atems. Alles in allem waren über dreißig Wotzel hier eingesperrt, eine Tatsache, die bei Isserley einen regelrechten Schock auslöste: Es war ihr nicht bewusst gewesen, wie hart sie die ganze Zeit gearbeitet hatte.

In einem Berg hastig keuchenden Fleisches hatten sich die wenigen noch übrig gebliebenen Einmonatswotzel eng aneinander gedrängt; man musste sich schon große Mühe geben, um zu erkennen, wo der eine muskelbepackte Körper aufhörte und der nächste anfing, die Glieder waren ununterscheidbar ineinander verworren. Aufs Geratewohl verkrampften sich Hände und Füße, als bemühe sich ein umnebelter Kollektivorganismus vergeblich, eine koordinierte Reaktion von sich zu geben. Ihre fetten kleinen Köpfe glichen sich wie ein Ei dem anderen, schwangen zusammengeballt hin und her wie die Fangarme einer Seeanemone und blinzelten dümmlich in das plötzlich aufscheinende Licht. Niemand käme je auf den Gedanken, dass sie schlau und geschickt genug wären, um tatsächlich davonzulaufen, wenn ihre Käfige geöffnet würden.

Überall um die Einmonatswotzel herum glitzerte ihr stacheliger Strohteppich von all dem dunklen Durchfall der Reife. Nichts von dem, was menschlicher Verdauung auch nur den geringsten Schaden zufügen könnte, hatte in ihrem enormen Gedärm überlebt, all diese Stoffe waren ersetzt worden durch äußerst hochwertige und altbewährte Bakterien. Die Wotzel klammerten sich aneinander, als wollten sie verhindern, dass sich ihre Anzahl noch weiter verringerte. Vier von ihnen waren noch übrig geblieben; gestern waren es noch fünf gewesen, am Tag davor noch sechs.

Von den Einmonatswotzeln durch den säuberlich gefegten Gang getrennt, hockten die Übergangswotzel apathisch in ihren Käfigen, jeder auf seinem eigenen kleinen Areal aus Stroh. Indem sie den verfügbaren Platz auf dem Boden einer unausgesprochenen, instinktiven Berechnung zufolge aufgeteilt hatten, gelang es ihnen, jeder für sich zu bleiben, wenn auch nur wenige Zentimeter zwischen ihnen lagen. Sie warfen Isserley und Amlis finstere Blicke zu, einige kauten vorsichtig auf ihrem ungewohnten neuen Futter herum, andere kratzten sich den Kopf mit dem immer spärlicher und moosähnlicher werdenden Haar, wieder andere hielten die Fäuste im kastrierten Schoß geballt. Wenn sie sich auch in Körperbau und Gesichtsfarbe immer noch leicht voneinander unterschieden, hatten sie doch ihre eigene Zukunft ständig vor Augen. Langsam reiften sie ihrem Schicksal, ihrer natürlichen Bestimmung entgegen.

Ganz am Ende des Ganges standen die drei als letzte Hinzugekommenen aufrecht in ihrem Käfig, lehnten sich gegen den Maschendraht, winkten und gestikulierten.

„Ng! Ng! Ng!“ schrien sie.

Amlis Vess lief schnell hin, um sich mit ihnen zu verständigen, sein üppiger Schwanz schwang beim Laufen zwischen seinen kraftvollen, seidigen Hinterbacken. Isserley folgte ihm, ging aber langsam und vorsichtig. Sie hoffte, dass die Zungen der Wotzel sauber und ordentlich verarztet worden waren. Was Amlis nicht wusste, tat ihm auch nicht weh.

Kaum hatte sich Isserley bis auf eine Körperlänge der Umfriedung genähert, da erschreckte sie ein großes Wurfgeschoss halb zu Tode, das von innen gegen den Maschendraht geworfen wurde und mit ohrenbetäubendem Krachen das Metallnetz direkt vor ihr ausbeulte. Einen Schwindel erregenden Moment lang war sie überzeugt, die Absperrung sei damit durchbrochen worden, doch das vorgewölbte Stück Maschendraht sprang wieder zurück, und der Wotzel brach vor

Schmerz und Wut heulend auf dem Boden zusammen. Das Innere seines weit klaffenden Mundes war schwarz verbrannt, dort, wo der Stummel der Zunge chirurgisch verätzt worden war; weißliche Spucke klebte ihm im Schnurrbart. Mühselig rappelte er sich wieder hoch, offensichtlich in der Absicht, sich erneut auf Isserley zu stürzen, doch die beiden anderen Wotzel packten ihn und zogen ihn vom Maschendraht weg.

Als er so von einem hoch gewachsenen und athletischen Wesen niedergehalten wurde, das wesentlich jünger war als er, sackte der reizbare Wotzel kraftlos auf seinem Nest aus Stroh zusammen, seine Knie zuckten. Das dritte Geschöpf kroch nach vorn und fiel auf einem Stückchen Boden direkt beim Maschendraht auf die Knie. Es starrte nach unten auf den Boden, grunzte und schnüffelte bekümmert, als habe es etwas verloren.

„Ist ja gut, mein Junge", ermutigte Amlis das Geschöpf ernst. „Tu es noch einmal. Du kannst es. Ich weiß, dass du es kannst."

Der Wotzel beugte sich über die Erde und fegte mit der einen Handkante die verwischten Fußspuren seines wilden Gefährten fort. Sein leerer Hodensack, immer noch gesprenkelt mit getrocknetem Blut von der Kastration, schwang vor und zurück, als er den Boden glatt strich und verstreute Strohstückchen aufsammelte. Er bündelte eine Hand voll langer Strohhalme, drehte und faltete sie, um einen festen Stab zu formen, dann fing er an, im Schmutz zu zeichnen.

„Sehen Sie doch!" drängte Amlis.

Beunruhigt schaute Isserley zu, wie der Wotzel mit großer Entschlossenheit die Buchstaben eines Wortes kritzelte und sich sogar die Mühe machte, jeden einzelnen Buchstaben auf den Kopf zu stellen, so dass sie für diejenigen auf der anderen Seite des Maschendrahtes richtig herum standen.

„Es hat mir nie jemand erzählt, dass sie über eine eigene Sprache verfügen", staunte Amlis, der, wie es schien, zu beeindruckt war, um wütend zu sein. „Mein Vater redet von ihnen immer als von Gemüse auf Beinen."

„Ich nehme an, es hängt davon ab, was Sie als Sprache bezeichnen", sagte Isserley wegwerfend. Der Wotzel hatte sich hinter seine kunstvolle Arbeit geduckt, den Kopf hielt er unterwürfig gesenkt, seine Augen schimmerten feucht.

„Aber was *bedeutet* es denn?" fragte Amlis beharrlich weiter.

Isserley ließ sich durch den Kopf gehen, was er geschrieben hatte; seine Botschaft lautete E R B A R M E N. Diesem Wort war sie bei ihrer Lektüre eher selten begegnet, und im Fernsehen war es nie vorgekommen. Einen Moment zerbrach sie sich den Kopf auf der Suche nach einer Übersetzung, doch dann kam sie ganz zufällig darauf, dass sich das Wort überhaupt nicht in ihre eigene Sprache übersetzen ließ; das Wort bezeichnete eine Vorstellung, die in ihrer Welt einfach nicht existierte.

Isserley zögerte die Antwort hinaus und hielt sich die Hand vor den Mund, wie um anzudeuten, dass sie den Gestank immer unerträglicher fand. Ihr Gesicht war zwar unbewegt, doch ihre Gedanken rasten. Wie konnte sie Amlis nur davon abhalten, einen ganz und gar nicht gerechtfertigten Wirbel zu veranstalten?

Sie überlegte kurz, ob sie vielleicht versuchen sollte, das merkwürdige Wort unter Verzerrung der Lippen und unter Stirnrunzeln auszusprechen, so als habe man sie gebeten, das Gegacker eines Huhns oder das Muhen einer Kuh nachzumachen. Und wenn Amlis dann fragte, was es bedeutete, könnte sie ehrlicherweise sagen, dass es in der menschlichen Sprache keine Entsprechung für dieses Wort gebe. Sie hatte schon zum Sprechen angesetzt, doch da erkannte sie gerade noch rechtzeitig, dass das ein außerordentlich dummer Fehler gewesen wäre. Wenn sie das Wort aussprach, hieße das, dass sie ihm tatsächlich den Status eines Wortes zubilligte; Amlis würde zweifellos in Verzückung geraten vor lauter Freude darüber, dass die Wotzel fähig waren, ein Muster hingekritzelter Zeichen mit einem bestimmten Laut zu verbinden, ganz gleich, wie guttural und unverständlich dieser Laut auch sein mochte. Auf einen Schlag hätte sie in seinen Augen den Wotzeln sowohl Schrift als auch Sprache zugebilligt.

Aber musste sie denn, so fragte sie sich, den Wotzeln diese Fähigkeiten von Rechts wegen nicht tatsächlich zubilligen?

Isserley schob den Gedanken beiseite. Man brauchte sich diese Kreaturen doch nur einmal anzusehen! Ihre ungeschlachte, massige Gestalt, ihr Gestank, ihr idiotischer Blick, die Art, wie ihnen die Scheiße zwischen ihre fetten Zehen suppte. Hatte sie sich etwa so brutal verstümmeln lassen, war sie körperlich den Tieren schon so nah, dass sie den Kontakt zu allem Menschlichen verloren hatte und sich tatsächlich mit den Tieren *gleichsetzte*? Wenn sie nicht vorsichtig war, würde sie womöglich bald so leben wie sie, in sinnloser Selbstvergessenheit gackern und muhen wie die herumtollenden komischen Käuze im Fernsehen.

Innerhalb von nur wenigen Sekunden ging ihr all das durch den Kopf. Nach weiteren zwei oder drei Sekunden hatte sie sich eine Antwort für Amlis ausgedacht.

„Was das bedeuten soll? Was wollen Sie denn damit sagen?“ rief sie gereizt. „Es ist irgendein hingekritzeltes Zeichen, das für Wotzel offenbar eine Bedeutung hat. Aber woher soll ich denn wissen, welche!“

Sie sah Amlis direkt in die Augen, um ihrer abschlägigen Antwort mehr Überzeugungskraft zu verleihen.

„Ich kann mir schon denken, was es bedeutet", bemerkte er ruhig.

„Ja, ich bin überzeugt, dass Sie sich von etwas so Unbedeutendem wie Unwissenheit nicht abhalten lassen würden", sagte Isserley voller Verachtung und bemerkte zum ersten Mal, dass er um die Augenlider herum einige rein weiße Haare hatte.

„Was ich Ihnen begreiflich machen will", beharrte er verärgert, „ist doch lediglich die Tatsache, dass das Fleisch, das Sie vor ein paar Minuten gegessen haben, dasselbe Fleisch ist, das sich hier unten mit uns verständlich machen will."

Isserley seufzte und kreuzte die Arme über der Brust, es war ihr leicht übel von dem grellen Licht, dem strahlenden Starren und dem mühsamen Atmen dieser dreißig Tiere in einer Felsspalte tief unter der Erdoberfläche.

„*Mir* macht sich dieses Fleisch aber nicht verständlich, Amlis", sagte sie und wurde rot, weil sie ihn nachlässigerweise mit dem Vornamen angeredet hatte. „Können wir jetzt gehen?"

Amlis runzelte die Stirn und schaute nach unten auf die Kratzspuren im Schmutz.

„Sind Sie sicher, dass Sie nicht wissen, was diese Zeichen zu bedeuten haben?" fragte er, und in seiner Stimme schwang eine Spur Ungläubigkeit.

„Ich weiß wirklich nicht, was Sie von mir erwarten", brach es aus Isserley hervor, die plötzlich den Tränen nahe war. „Ich bin schließlich ein Mensch, kein Wotzel."

Amlis musterte sie von oben bis unten, als falle ihm erst jetzt auf, wie entsetzlich entstellt sie war. Er stand da in all seiner Schönheit, in seinem schwarzen, von der feuchten

Luft glänzenden Fell, und starrte Isserley an und dann die Wotzel und dann die Zeichen im Schmutz.

„Tut mir Leid“, sagte er schließlich und wandte den Kopf in Richtung Aufzug.

Stunden später, als Isserley auf der offenen Straße fuhr und den Himmel durch ihr heruntergerolltes Fenster einatmete, dachte sie darüber nach, wie der Zusammenstoß mit Amlis Vess verlaufen war.

Sie hatte sich gut gehalten, dachte sie. Es gab nichts, wofür sie sich schämen musste. Er hatte eine Grenze überschritten. Er hatte sich entschuldigt.

Das Problem mit den Wotzeln bestand darin, dass Leute, die keinerlei Ahnung hatten von diesen Wesen, dazu neigten, sie schrecklich misszuverstehen. Die Tendenz ging dahin, sie zu vermenschlichen. So tat zum Beispiel ein Wotzel etwas, das einer menschlichen Verhaltensweise ähnelte; er gab etwa einen Laut von sich, der dem Ausdruck menschlicher Qualen glich, oder machte eine Geste, die wie das flehentliche Bitten eines Menschen aussah, und der unwissende Beobachter zog dann gern voreilige Schlüsse.

Aber letztendlich konnten Wotzel nichts von alldem tun, was ein menschliches Wesen wirklich auszeichnete. Sie konnten nicht siuwilen, sie konnten nicht mesnischtilen, die Vorstellung des Slan gab es bei ihnen nicht. In ihrer Verrohtheit hatten sie sich nie weit genug entwickelt, um Hunschur zu benutzen; ihr Gemeinschaftsleben war so primitiv, dass sie keine Hississins kannten; auch schienen diese Geschöpfe nicht die Notwendigkeit von Tschail, ja noch nicht einmal von Tschailsinn erkannt zu haben.

Und wenn man ihnen in die kleinen glasigen Augen schaute, dann wusste man auch, weshalb.

Das heißt, wenn man genau hinschaute.

Daher war es besser, wenn Amlis überhaupt nicht wusste, dass die Wotzel über eine eigene Sprache verfügten.

Sie musste also darauf achten, diese Sprache nie zu sprechen, wenn er in Hörweite war. Das würde ihn nur provozieren. Erreicht wäre damit nichts. Wenig zu wissen war in diesem Fall gefährlicher, als überhaupt nichts zu wissen.

Nur gut, dass die Wotzel immer bewusstlos waren, wenn man sie in das Hauptgebäude trug. Wenn sie dann wieder auf die Beine kamen, waren sie bereits versorgt und verarztet, so dass sie keinen Lärm mehr machen konnten. Alle Probleme, die sich hätten ergeben können, waren somit im Keim erstickt.

Wenn man Amlis nur von alldem fernhalten könnte, bis das Transportschiff abfahrbereit war, würde er nie … nie irgendetwas erfahren.

Und wenn er dann an Bord des Schiffes gegangen war und sich auf dem Nachhauseweg befand, könnte er nach Herzenslust seinem überentwickelten Gewissen, seiner Sentimentalität frönen. Wenn er über Bord werfen wollte, was von den Wotzeln noch übrig geblieben war, um den Kreaturen gleichsam postum die Freiheit zu gewähren, sollte er das gerne tun, sie würde sich dann nicht mehr damit herumschlagen müssen, das müsste dann jemand anderes tun.

Womit sie sich herumschlagen musste, war weit grundsätzlicherer Natur, und genießerisches Frönen hatte da keinen Platz: Sie hatte eine schwierige Arbeit vor sich, und niemand außer ihr konnte diese Arbeit tun.

Als sie an Dalmore Farm in Alness vorbeifuhr, erspähte sie vor sich einen Anhalter. Weithin war er zu sehen wie ein Leuchtfeuer auf einer Hügelkuppe. Sie kurbelte das Fenster hoch und drehte die Heizung höher. Es kam Arbeit auf sie zu.

Sogar aus einer Entfernung von hundert Metern oder mehr erkannte sie, dass dieses Exemplar gebaut war wie eine massige Landwirtschaftsmaschine, ein Geschöpf, das jedes Gefährt auf Rädern einer harten Belastungsprobe aussetzen würde. Wie massig sein Körper war, wurde auch deshalb so besonders offensichtlich, weil er ihn in einen gelben reflektierenden Overall gezwängt hatte. Genauso gut hätte er ein experimentelles Verkehrszeichen sein können.

Als Isserley näher auf ihn zufuhr, sah sie, dass der gelbe Overall derart alt und verschmutzt war, dass er stellenweise fast schwarz wirkte: die Farben einer verrottenden Bananenschale. Ein solch dreckiger und zerschlissener Overall gehörte ganz bestimmt keinem Angestellten einer Firma; er war wohl sein eigener Chef; oder vielleicht arbeitete er überhaupt nicht.

Das wäre gut. Mit arbeitslosen Wotzeln ging man kaum ein Risiko ein. Obwohl sie in Isserleys Augen genauso normal wirkten wie regelmäßig arbeitende Wotzel, hatte sie doch die Feststellung gemacht, dass sie oft gesellschaftlich geächtet waren, isoliert und besonders verletzlich. Wenn sie erst einmal ausgestoßen waren, schienen sie den Rest ihres Lebens damit beschäftigt zu sein, sich am Rand der Herde herumzudrücken und sich zu bemühen, die Aufmerksamkeit paarungsbereiter Weibchen und hochrangiger Männchen auf sich zu ziehen, die sie liebend gern zu Freunden hätten, denen sie sich jedoch aus Angst vor sofortiger und strenger Strafe nie nähern durften. In gewisser Weise schien die Wotzelgemeinschaft selbst eine Auswahl derer zu treffen, die sie gern als Überschuss aussortiert sähe.

Schließlich war Isserley auf gleicher Höhe mit dem Anhalter und fuhr in ihrer üblichen geruhsamen Geschwindigkeit an ihm vorbei. Mit Gleichgültigkeit im Blick registrierte er dieses Vorbeifahren, dieses scheinbar verächtliche Ignorieren seiner Person; er wusste sehr wohl, dass seine verrottende Bananenfarbe als unpassend für die graubraune Polsterung der meisten Wagen angesehen wurde. Doch dort, wo Isserley herkam, gab es viele weitere Autofahrer, schien er sich zu denken, also sollte sie doch zum Teufel gehen.

Im Vorbeifahren taxierte sie ihn. Zweifellos hatte er mehr als genug Fleisch auf den Knochen; vielleicht zu viel. Fett war schlecht: Es war nicht nur ein völlig wertloses Polster, das entfernt werden musste, sondern es drang außerdem in weit tiefere Schichten ein – das jedenfalls hatte Anser, der Chefverwerter, ihr einmal erzählt. Fett verdarb gutes Fleisch genau wie ein Wurm, der sich hineingrub.

Dieser Anhalter könnte allerdings hauptsächlich aus Muskeln bestehen. Sie fuhr von der Straße herunter, wartete auf den richtigen Moment und wendete dann vorsichtig.

Da war noch ein anderes Problem: Er war vollkommen kahl, hatte nicht ein einziges Haar auf dem Kopf – was wohl, so dachte sie, weiter keine Rolle spielte, denn wenn sie ihn nahm, würde er sowieso bald keine Haare mehr haben. Doch was konnte dazu führen, dass Wotzel frühzeitig eine Glatze bekamen? Sie hoffte, dass es kein Defekt war, der die Qualität des Fleisches beeinträchtigte, irgendeine Art Krankheit. Einmal hatte ihr eine geisterhafte Stimme im Fernsehen erzählt, dass Leute, die an Krebs erkrankt waren, kahl wurden. Dieser Anhalter im gelben Overall – da war er ja wieder! – kam ihr nicht vor wie jemand, der an Krebs erkrankt war; er sah aus, als könne er ein Krankenhaus mit bloßen Händen auseinandernehmen. Und was war mit diesem Wotzel, den sie vor kurzem bei sich im Wagen gehabt hatte, dem, der Lungenkrebs hatte? Der hatte üppig viel Haar, soweit sie sich erinnern konnte.

Noch einmal fuhr sie an dem Kahlkopf vorbei und überzeugte sich davon, dass er über genügend Muskelmasse verfügte, um sogar den kritischsten Verwerter zufrieden zu stellen. Sobald es ihr möglich war, vollführte sie eine weitere Wende.

Es war allerdings schon recht komisch, dass sie bisher noch nie einen völlig glatzköpfigen Anhalter gehabt hatte. Rein statistisch gesehen hätte einer dabei gewesen sein müssen. Sein glänzender haarloser Schädel und dazu noch sein stählerner Körperbau und seine merkwürdige Kleidung waren wohl der Grund für dieses irrationale Unbehagen, das sie empfand, als sie immer langsamer wurde, um für ihn anzuhalten.

„Kann ich Sie mitnehmen?“ fragte sie überflüssigerweise, als er auf die Tür zugetappt kam, die sie für ihn aufhielt.

„Ja, danke auch“, sagte er, als er versuchte, sich vorsichtig auf den Beifahrersitz gleiten zu lassen. Sein Overall quietschte komisch, als er sich auf dem Sitz zusammenkrümmte; sie löste die Sitzsperre, damit er mehr Platz hatte.

Ihre Freundlichkeit schien ihn verlegen zu machen, und sobald er saß, schaute er stur geradeaus durch die Windschutzscheibe, während er mit dem Sicherheitsgurt herumnestelte; es schien, als müsse er den Gurt etliche Meter weit herausziehen, bevor er ihn um seinen Leibesumfang winden konnte.

„Okay“, sagte er, sobald er den Gurt eingeklickt hatte.

Sie fuhr davon, und er saß neben ihr und wurde rot, sein Gesicht eine rosafarbene Melone, die auf einer sich wölbenden Masse von schmierigem Gelb saß.

Nach einer guten Minute drehte sich der Anhalter schließlich langsam zu ihr um. Er musterte sie von oben bis unten. Dann drehte er den Kopf wieder zur Windschutzscheibe hin.

Er dachte: Mein Glückstag heute.

„Mein Glückstag heute", sagte er.

„Das hoffe ich", erwiderte Isserley in einem Tonfall warmherziger guter Laune, während ihr ein unerklärlicher Kälteschauer den Rücken hinunterlief. „Wohin wollen Sie?"

Die Frage hing in der Luft, wurde kalt wie eine nicht gegessene Mahlzeit und erstarrte dann. Er schaute beharrlich weiter geradeaus.

Isserley überlegte, ob sie die Frage wiederholen sollte, war dazu aber merkwürdigerweise zu befangen. Tatsächlich fühlte sie sich überhaupt ganz befangen. Ohne sich dessen bewusst zu sein, beugte sie sich leicht vor, schob die Ellenbogen nach vorn und verdeckte ihre Brüste.

„Klasse Titten sind das", sagte er.

„Danke", antwortete sie. Die Atmosphäre im Wagen begann sofort, vor lauter aufgewühlten Molekülen zu pulsieren.

„Über Nacht sind die sicher nicht gewachsen", sagte er kichernd.

„Nein, über Nacht nicht", stimmte sie ihm zu.

Ihre eigentlichen, ganz natürlich auf ihrem Unterleib hervorsprossenden Zitzen waren chirurgisch entfernt worden, bevor ihr in einer weiteren Operation diese aufgeblähten künstlichen Dinger auf den Brustkorb verpflanzt worden waren. Als Vorlage hatten die Chirurgen Bilder aus einer Zeitschrift benutzt, die Esswis geschickt hatte.

„Hab' lang schon keine so großen mehr gesehen", fügte der Anhalter hinzu, offensichtlich wollte er nur ungern von diesem Thema ablassen.

„Mhm“, machte Isserley, nahm ein Straßenschild wahr und stellte schnell einige Berechnungen an. Eines Tages würde sie Esswis sagen müssen, dass sie bei ihren weiträumigen Fahrten außerhalb des kleinen Bereichs umzäunter Felder nie einen weiblichen Wotzel mit Brüsten wie in seiner Zeitschrift gesehen hatte.

„Haben Sie lange gewartet?“ fragte sie, um das Thema zu wechseln.

„Lange genug“, brummelte er.

„Und wohin wollen Sie?“ Sie hoffte, dass die Frage inzwischen vielleicht bis an sein Hirn vorgedrungen war.

„Das entscheide ich, wenn ich angekommen bin“, antwortete er.

„Tja, also, ich fahre leider nur bis Evanton“, sagte sie. „Aber immerhin schon einmal ein kleiner Ortswechsel für Sie.“

„Ja“, sagte er naserümpfend. „Das is’ okay.“

Wieder umzuckten die Moleküle sie unsichtbar und leise.

„Also, was führt Sie denn heute auf die Straße?“ fragte sie fröhlich.

„Da sind ’n paar Sachen, die ich erledigen muss.“

„Also, ich wollte ja nicht neugierig sein“, fuhr sie fort. „Ich interessiere mich eben einfach für Menschen, das ist alles.“

„Is’ schon okay. Ich mach’ halt nich’ viel Worte, so bin ich eben.“ Das sagte er, als sei das eine besondere Auszeichnung, die ihm bei der Geburt verliehen worden war, wie etwa Reichtum oder gutes Aussehen. Unwillkürlich musste Isserley an Amlis denken.

„Bei Ihnen geht’s wohl ganz schön ab, was?“ fragte der Anhalter herausfordernd.

„Äh – wie bitte?“ fragte sie, denn dieser Ausdruck war ihr nicht bekannt.

„Sex“, erklärte er schlicht, sein großer Melonenkopf rötete

sich wieder. „Sie denken dran. So was rieche ich auf eine Meile Entfernung. Sie mögen Sex, stimmt's?"

Unruhig rutschte Isserley auf ihrem Sitz hin und her und warf einen prüfenden Blick in den Rückspiegel.

„Also, eigentlich arbeite ich viel zu viel, um überhaupt daran zu denken", erwiderte sie und bemühte sich um einen beiläufigen Tonfall.

„So 'n Scheiß", gab er ohne große Gefühlsregung zurück. „Sie denken doch sogar jetzt dran."

„Also, eigentlich denke ich an … an Schwierigkeiten bei der Arbeit", erklärte sie bereitwillig. Sie hoffte, er würde sie fragen, was sie von Beruf machte. Diesmal wäre sie eine Polizistin in Zivil, hatte sie entschieden.

„Ein Mädchen wie Sie muss überhaupt nicht denken", sagte er verächtlich.

Es waren noch acht Minuten Fahrt bis nach Evanton. Sie hätte Ballachraggan sagen sollen, was nur halb so weit gewesen wäre, aber es hätte ihn wahrscheinlich geärgert, wenn ihn jemand eine nur so kurze Strecke mitgenommen hätte.

„Ich wette, eine ganze Menge Kerle haben schon damit rumgespielt, stimmt's?" fragte er unvermittelt, als wolle er mit Kickstart eine Unterhaltung wieder in Gang setzen, die sie ungeschickterweise abgewürgt hatte.

„Nicht sehr viele", erklärte sie. Tatsächlich belief sich die genaue Zahl auf Null.

„Das glaub' ich nich'", sagte er und lehnte sich nach hinten an die Kopfstütze, wobei er halb die Augen schloss.

„Tja … es stimmt aber", seufzte Isserley verzagt. Nach der Digitalanzeige der Uhr am Armaturenbrett zu schließen waren erst fünfzig Sekunden vergangen.

Doch schließlich schien das Universum ihr Stoßgebet erhört zu haben. Die Augen des Anhalters wurden immer kleiner, schlossen sich ganz wie zum Schlaf. Sein Kopf sank ein wenig tiefer in den schmierigen, hochgeschlagenen Kragen seines Overalls hinein. Minuten vergingen, und nach und nach forderten das Schnurren des Motors und die sich wiegende graue Dünung der Straße eine Wirklichkeit zurück, die sie verloren hatten. Evanton war nur noch wenige Kilometer entfernt, als der Glatzkopf wieder zu sprechen anfing.

„Wissen Sie, was mich echt aufregt?“ fragte er, inzwischen wirkte er etwas lebhafter.

„Nein, was regt Sie denn echt auf?“ Vor Erleichterung sackte Isserley in sich zusammen und spürte voller Dankbarkeit, wie die Anspannung in der Atmosphäre nachließ und sich die Moleküle ruhiger bewegten.

„Diese Supermodels“, sagte er.

Im ersten Augenblick dachte Isserley an hoch entwickelte Automodelle, dann kam ihr in den Sinn, er müsse wohl die Zeichentrickbilder meinen, die frühmorgens über den Fernsehschirm flackerten: stilisierte weibliche Wesen, die durch das Weltall flogen und Handschuhe bis zu den Ellenbogen und Stiefel bis zu den Oberschenkeln trugen. Gerade noch rechtzeitig, sie hatte den Mund schon geöffnet, um ihm zu antworten, fiel ihr die tatsächliche Bedeutung des Wortes ein: Eines dieser außergewöhnlichen Geschöpfe hatte sie einmal in einer Nachrichtensendung flüchtig gesehen.

„Und die mögen Sie?“ fragte sie aufs Geratewohl.

„Die hasse ich wie die Pest.“

„Die verdienen einiges mehr als Sie und ich, oder?“ bemerkte sie, allerdings gelang es ihr auch jetzt nicht, einen Zugang zu seiner Persönlichkeit zu finden.

„Aber den Arsch müssen die dabei kaum bewegen“, sagte er.

„Ja, das Leben kann hart sein“, sagte sie darauf.

Er runzelte die Stirn und kräuselte die Lippen, als wolle er sich auf die anstrengende Aufgabe vorbereiten, sich etwas von der Seele zu reden.

„'n paar von diesen Supermodels", sagte er, „wie Kate Moss und diese Schwarze, also ... das is' mir wirklich völlig schleierhaft. Völlig schleierhaft."

Er sprach dieses Wort aus, als sei es etwas sehr Kostbares, das er irgendwo auf der Straße gefunden hatte, etwas, das normalerweise weit außerhalb seiner Kaufkraft lag, womit er aber jetzt vor aller Welt protzen wollte.

„Was ist Ihnen schleierhaft?" fragte Isserley ganz verloren.

„Wo sind denn bei denen die Titten, würd' ich echt gern mal wissen!" rief er und hielt sich die eine Riesenhand gewölbt vor die eigene Brust. „Supermodels schimpfen die sich, und dann haben die noch nich' mal richtige Titten! Wie passt das denn zusammen?"

„Ich weiß auch nicht, wer bei so etwas das Sagen hat", räumte Isserley kläglich ein, als die Atmosphäre im Wagen wieder zu flirren begann.

„Wetten, dass das Schwule sind", brummelte er. „Was bedeuten denen denn schon Titten? Das is' sicher die Lösung, vermute ich mal."

„Könnte stimmen", sagte Isserley leise, kaum hörbar. Sie fühlte sich wie durch die Mangel gedreht. Jetzt würden sie bald in Evanton sein, und sie würde alle Kraft brauchen, die ihr noch blieb, um ihn aus dem Wagen zu bugsieren.

„Sie wär'n 'n verdammt gutes Model", ließ er sie wissen und musterte sie erneut von oben bis unten. „So 'n richtiger Hingucker, wie die schnuckligen kleinen Nackten inner Zeitung, wissen Sie."

Sie seufzte und versuchte, ihn mit einem trocken-ironischen Grinsen zu bedenken.

„Dann würde ich wohl kleinere Titten brauchen, was?“ meinte sie. „Echt wie diese Supermodels.“ Ihr ungeschickter Versuch, seine rüde Ausdrucksweise nachzuahmen, klang falsch und erbärmlich einschmeichelnd; sie hatte die Kontrolle über die Situation verloren. Herrje, was musste er von ihr denken!

„Scheiß auf diese Supermodels!“ sagte er drängend, in einem Tonfall beinahe barscher Beteuerung. „*Ihr* Körper ist hundertmal besser. Die sind doch alle nich’ natürlich, diese Weiber. Die nehmen doch bestimmt Anabolika. Wie diese russischen Leichtathletinnen. Lässt die Titten schrumpfen, und die Weiber kriegen ’ne tiefe Stimme und ’n Schnurrbart. Nich’ zu fassen, was alles so möglich is’ auf dieser beschissenen Welt. Wo soll das noch alles hinführen. Und keiner spricht ’n Machtwort. Is’ mir völlig schleierhaft.“

„Ja, ja, es geht schon irgendwie merkwürdig zu auf der Welt“, pflichtete sie ihm bei. Und dann: „Jetzt sind wir gleich da.“

„Wo?“ fragte er argwöhnisch.

„Evanton“, erinnerte sie ihn. „Weiter fahre ich nicht.“

„Ach, ich glaub’ aber doch“, antwortete er in gedämpftem, fast nach innen gerichteten Tonfall. „Ein bisschen weiter können Sie doch ganz bestimmt noch fahren.“

Isserleys Herz begann heftiger zu schlagen.

„Nein“, beharrte sie, „ich fahre nur bis Evanton, weiter nicht.“

Der Anhalter fasste in die Tasche seines Overalls und holte ein breites graues Stanley-Messer heraus, dessen dreieckige Klinge bereits aus dem Futteral gezogen war.

„Nur einfach schön weiterfahren“, sagte er sanft.

Krampfhaft umklammerte Isserley das Lenkrad und gab sich alle Mühe, weiter ruhig zu atmen.

„Das wollen Sie nicht wirklich tun“, sagte sie.

Das endlich brachte ihn zum Lachen.

„Biegen Sie einfach links ab, noch vor der nächsten Straße“, sagte er.

„Es wäre besser … für uns beide …“, keuchte sie, „wenn wir einfach anhalten würden … und ich Sie rauslassen könnte.“ Ihr linker Zeigefinger zitterte oberhalb des Icpathua-Schalters.

Er schien sie nicht gehört zu haben. Eine alte Kirche mit zubetonierten Fenstern ragte auf der linken Fahrbahnseite in die Höhe, ein langer Kiesweg daneben zog sich bis in das Gestrüpp hinein.

„So, da wär'n wir“, teilte er ihr ruhig mit.

Isserley schaute in den Rückspiegel. Der Wagen, der ihr am nächsten war, befand sich etwa einhundert Meter hinter ihr. Wenn sie sich überwinden konnte, einfach ordentlich Gas zu geben und nicht so weit im Voraus wie sonst abzubremsen, könnte sie sicher und mit getönten Fenstern in einer Parkbucht stehen, bis der andere Wagen sie eingeholt hatte.

Sie betätigte den Icpathua-Schalter.

„Hier *links* abbiegen, hab' ich gesagt!“ schrie der Anhalter. „Links!“

Panik stieg in ihr hoch wie ein Gas in einer Flüssigkeit, sie verschätzte sich mit den Gängen ihres Wagens und zerrte so heftig daran, dass das Kreischen einem den Magen umdrehen konnte. Im selben Moment schaute sie zum Beifahrersitz. Der Overall des Glatzkopfes, so fiel ihr jetzt auf, hatte Hosen so dick wie Rindsleder, die noch mit einer zusätzlichen gelben Schicht überzogen waren, die wie geteertes Segeltuch aussah. Die Icpathua-Nadeln waren einfach nicht durchgedrungen.

Plötzlich spürte sie einen stechenden Schmerz an der Seite. Das war das Stanley-Messer, das sich ihr durch den dünnen Stoff ihres Oberteils in das Fleisch bohrte.

„Ja! Ja!" zischte sie ängstlich, brachte den Icpathua-Schalter in Ruhestellung und bog auf den Pfad ein, zu dem er sie gelotst hatte. Kies knirschte unter den Rädern und schlug laut klatschend gegen das Unterteil des Fahrgestells. Ihre Hände verkrampften sich um das Lenkrad, und als Reaktion auf die plötzliche Linkswende versuchte sie gegenzusteuern, und mit jedem Heben und Senken des Brustkorbes beim Atmen spürte sie den Stich der Messerklinge an ihrer Seite.

„Okay, okay!" schrie sie.

Er zog das Messer weg, und mit der freien Hand griff er nach vorn, um das Lenkrad ruhig zu halten. Sein Griff war fest, doch gleichzeitig sanft, als wolle er ihr das Autofahren beibringen. Seine Hand war doppelt so groß wie ihre.

„Bitte ... denken Sie noch einmal darüber nach", keuchte Isserley.

Er antwortete nicht, nahm aber die Hand vom Lenkrad, weil er offenbar überzeugt war, dass sie ihre Sache jetzt gut machen würde. Das Auto zockelte durch eine vernachlässigte Landschaft niedrigen Gestrüpps und verrotteter Reste von Heuballen. Vor ihnen ragte eine Ansammlung billiger, zweckmäßiger Bauernhäuschen in die Höhe, Skelette aus Betonbruchstücken und verbogenem Stahl. Die A9 war fast gänzlich aus dem Rückspiegel verschwunden und tauchte, wie ein Fluss in der Ferne, nur noch gelegentlich auf.

„Bieg links ab, da bei den aufgestapelten Reifen", befahl ihr der Anhalter. „Und dann halt an."

Isserley befolgte seine Anweisungen. Sie hatten hinter einer dicken, drei Meter hohen und zehn Meter langen

Mauer gehalten. Das Haus selbst war nicht mehr da, nur diese Mauer stand noch.

„So is' gut", sagte der Anhalter.

Isserley hatte ihre Atemzüge jetzt unter Kontrolle. Sie versuchte, ihr ganzes Wesen auf einen Punkt ihres Kopfes zu konzentrieren. Nur ihre Geistesgegenwart konnte sie jetzt noch retten, denn weglaufen konnte sie nicht. Sie, die einmal so behende wie ein Lamm hatte rennen können. Sie konnte nicht weglaufen.

„Ich habe einflussreiche Freunde an wichtigen Stellen", sagte sie flehentlich.

Wieder lachte er, kurz und trocken, es klang, als huste er.

„Raus aus dem Auto", sagte er.

Beide öffneten die Tür auf ihrer jeweiligen Seite und traten hinaus auf den felsigen Boden. Er kam zu ihr herum und schloss die Tür auf der Fahrerseite. Er drängte sie gegen den Wagen. Während er immer noch das Stanley-Messer in der einen Hand hielt, griff er mit der anderen nach ihrem schwarzen Baumwolloberteil, packte den Stoff mit der ganzen Hand und zog ihr das Oberteil über die Brüste. Er war so stark, dass seine Umklammerung des zusammengerafften Kleidungsstückes, das ihr in die Achselhöhlen schnitt, sie beinahe vom Boden hob. Hastig nahm sie die Arme nach oben und ließ sich das Oberteil ausziehen.

„Wir können … wir können es uns zusammen wirklich schön machen", bot sie an und bedeckte ihre Brüste mit den leicht zitternden Händen, „wenn Sie mich nur lassen."

Ungerührt und mit gerötetem Gesicht stellte er sich auf Armeslänge von ihr entfernt auf. Mit der einen Hand hielt er immer noch das Messer umklammert, die andere streckte er nach vorn und fing an, ihre Brüste zu kneten, eine nach der anderen, und in gewissen Abständen nahm er immer wieder die Brustwarzen zwischen Daumen und Zeigefinger und rollte sie wie Teigkügelchen hin und her.

„Na, das is' schön, was?“ fragte er.

„Mmmm“, gab sie ihm zur Antwort. Natürlich hatte sie in ihren Brüsten überhaupt kein Gefühl, dafür spürte sie umso mehr an ihrem Rückgrat, das er gegen die gewölbte Oberfläche des Wagens presste. Der kalte Schmerzens- und Angstschweiß, der sie gleichsam unter Strom setzte, zog sich ihr kribbelnd über die Schultern.

Eine halbe Ewigkeit knetete er ihre Brüste. Sein Atem und ihr Atem vereinigten sich in der eisigen Luft zu einer kleinen Wolke. Weit oben kam eine fahle Sonne zum Vorschein und spiegelte sich auf seinem kuppelförmigen Kopf. Der Motor des Wagens gab ein klopfendes Geräusch von sich, als sich die Motorteile allmählich abkühlten und von der frostigen Witterung durchdrungen wurden.

Schließlich ließ der Anhalter ihre Brustwarzen los und machte einen Schritt zurück.

„Los, knie dich hin“, sagte er. Während Isserley so schnell wie möglich gehorchte, führte er die freie Hand an den Schlitz in der Mitte seines Overalls und löste sacht die Verschlüsse, woraufhin unter der schmutzigen schwarzgelben Hülle ein überraschend weißes Unterhemd zum Vorschein kam. Der Overall ließ sich von oben bis zum Schritt aufknöpfen, stand dann weit offen. Er holte seine Geschlechtsteile heraus, den haarigen Hodensack und alles Übrige. Er machte einen Schritt vor, so dass sein Penis genau vor ihrem Gesicht hin- und herschwang.

Er hielt ihr das Stanley-Messer in den Nacken und ließ sie durch ihr Haar hindurch die Spitze der Klinge spüren.

„Dass ich nur ja nichts von deinen Zähnen merke, kapiert?“ sagte er.

Sein Penis wirkte ungeheuer aufgebläht, fetter und blasser als ein menschlicher Penis, und hatte einen leicht violetten, asymmetrischen Kopf. Auf der Spitze gab es ein kleines Loch, das aussah wie das nicht ganz geschlossene Auge einer toten Katze.

„Ja, ich habe kapiert", sagte sie.

Nachdem sie etwa eine Minute lang sein nach Urin riechendes Stück Fleisch im Mund gehabt hatte, wurde die Messerspitze in ihrem Nacken leicht weggezogen und durch harte, kurze, dicke Finger ersetzt.

„Das reicht", stöhnte er und umklammerte fest eine Hand voll von ihrem Haar.

Er machte einen Schritt zurück und ließ seinen Penis aus ihrem Mund gleiten. Ohne Vorwarnung packte er ihren Ellenbogen und zog ihn hoch. Isserley blieb nicht die Zeit, ihre Muskeln in der typischen Wotzel-Manier anzuspannen, und so knickte ihr Arm in verschiedenen Gelenken ungehindert ab, ein Zickzack unverkennbar menschlich abgewinkelter Gliedmaßen. Der Anhalter schien das nicht zu bemerken. Diese Tatsache erfüllte Isserley mehr als alles, was bisher geschehen war, mit Übelkeit erregendem Entsetzen.

Als sie aufgestanden war, stupste der Anhalter sie noch näher an den Wagen, bis sie gegen die Motorhaube stieß.

„Dreh dich um", sagte er.

Sie gehorchte, und sofort packte er ihre grünen Samthosen und zog sie ihr mit einem einzigen Ruck bis zu den Knien herunter.

„Allmächtiger", brummte er hinter ihr. „Hast du mal 'n Autounfall gehabt?"

„Ja", flüsterte sie. „Tut mir Leid."

Einen berauschenden Moment lang dachte sie, das würde ihn von seinem Vorhaben abbringen, doch dann spürte sie seine Handfläche auf ihrem Rücken, als er sie bäuchlings auf die Motorhaube stieß.

Verzweifelt suchte sie nach dem richtigen Wort, dem einen Wort, das ihn dazu bringen könnte aufzuhören. Es war ein Wort, das sie kannte, das sie jedoch nur einmal geschrieben gesehen hatte – tatsächlich war das gerade erst heute Morgen gewesen, ein Wotzel hatte es aufgeschrieben. Ausgesprochen hatte sie es nie gehört.

„Herrbarmen", flehte sie.

Seine beiden Hände hatte er auf ihrem Rücken, der Knauf des Stanley-Messers drückte sich in ihr Rückgrat. Sein Penis stieß und stocherte zwischen ihren Schenkeln, mühte sich, einen Einlass zu finden.

„Bitte", flehte sie, ihr war plötzlich eine Idee gekommen. „Lassen Sie mich es Ihnen zeigen. Das wird schöner für Sie. Ehrenwort."

Sie ließ sich ganz flach auf die Motorhaube fallen, ihre Brüste und ihre Wange pressten sich gegen das glatte Metall, dann legte sie die Hände auf die Hinterbacken und zog sie auseinander. Ihre Genitalien waren, so wusste sie, auf ewig innerhalb eines Wulstes hässlichen vernarbten Gewebes begraben, und zwar als Folge der Amputation ihres Schwanzes. Doch die von den Narben gebildeten Falten selbst sahen unter Umständen aus wie die Spalte eines Wotzel-Geschlechtsteils.

„Ich seh' nix", grunzte er.

„Kommen Sie näher heran", drängte sie ihn und wandte sich unter Schmerzen in seine Richtung, um seinen kuppelförmigen Kopf näher heranrücken zu sehen. „Da. Schauen Sie doch."

Isserley nutzte die Tatsache aus, dass sie auf der Motorhaube des Wagens gut das Gleichgewicht halten konnte, sie schwang blitzschnell die Arme nach hinten und gleichzeitig nach oben. Sie schwang sie wie zwei Peitschen und zielte genau. Zwei Finger sowohl der rechten als auch der linken Hand gruben sich in die Augen des Anhalters, geradewegs hinein bis zu den Knöcheln, geradewegs hinein in seinen heißen und feuchten Schädel.

Keuchend riss sie die Finger wieder heraus und knallte die Hände auf die Motorhaube. Es gelang ihr, sich genau in dem Moment aufzurichten, als der Glatzkopf in die Knie sackte; halb wahnsinnig sprang sie, während ihr noch die Hosen um die Knöchel hingen, zur Seite, um ihm auszuweichen, als er nach vorn kippte und sein Gesicht dann mit einem saftigen Klatschen von der Stoßstange zurückprallte.

„Igitt! Igitt! Igitt!" schrie sie hysterisch und wischte sich die Finger an den nackten Schenkeln ab. „Igitt! Igitt! Igitt!"

Sie zog sich die Hosen hoch, stolperte zu ihrem achtlos beiseite geworfenen Oberteil und nahm es vom Boden auf.

„Igitt! Igitt! Igitt!" schrie sie, als sie sich wieder in das feuchte und schmuddelige Kleidungsstück zwängte. Eine dünne Schicht groben Sandes schrammte ihr über Schultern und Ellenbogen, als sie sich die Ärmel bis zu den zittrigen Handgelenken herunterzog.

Mühselig kletterte sie wieder in das Auto und drehte den Zündschlüssel um. Hustend setzte sich der Motor wieder in Gang; sie ließ ihn laut aufheulen. Unter lautem Krachen des Getriebes lenkte sie den Wagen rückwärts vom Leichnam des Glatzkopfes weg, dann würgte sie den Motor ab.

Gerade als sie den Motor wieder anlassen und wegfahren wollte, überkam sie das dringende Bedürfnis, sich noch einmal die Finger abzuwischen, diesmal mit dem Stück Tuch, das sie für die Windschutzscheibe benutzte. Es fiel ihr auf, dass ein ziemlich großes Stück eines ihrer Fingernägel fehlte.

Mit den Handflächen schlug sie gegen das Lenkrad. Dann stieg sie aus dem Auto und ging zu dem Leichnam des Anhalters zurück, um sich zu holen, was unter keinen Umständen gefunden und analysiert werden durfte.

Es dauerte eine ganze Weile, sie war gezwungen, zu improvisieren und aus der Vegetation der Umgebung Werkzeuge zu Hilfe zu nehmen.

Als sie so weit war, stieg sie ins Auto und fuhr weg, zurück auf die Hauptstraße.

Andere Autos hupten sie an, als sie versuchte, sich einzureihen.

Sie hatte die Scheinwerfer auf Fernlicht eingestellt.

Das durfte sie nicht, wenn sie sich zu der friedlichen Prozession der anderen gesellen wollte.

NEUNTES KAPITEL

Auf direktem Weg fuhr Isserley nach Tarbat Ness, zu einer Mole, bei der sie schon einmal gewesen war. Sie befand sich am unteren Ende einer kurzen und gefährlich steilen Straße, auf die ein Verkehrszeichen mit einem stilisierten Auto hinwies, das in stilisierte Meereswellen stürzte.

Isserley fuhr vorsichtig, parkte so, dass sie exakt an der vorderen Kante der Mole zum Stehen kam, und zog die Handbremse, als versuche sie, etwas zu befestigen, das andernfalls verloren ginge. Dann stützte sie die Arme auf das Lenkrad und wollte bereitwillig zulassen, was auch immer an Gefühlen in ihr aufkam. Doch da kam nichts auf.

Das Meer lag absolut reglos und stahlgrau da. Eine ganze Weile starrte Isserley durch die Windschutzscheibe auf das Wasser, ohne auch nur einmal zu blinzeln. Es war allgemein bekannt, dass Robben hier spielten; das stand auch auf einem Schild zu lesen, irgendwo auf der Straße hinter ihr. An die zwei Stunden starrte sie so auf das Meer hinaus, sie hatte den festen Entschluss gefasst, dass nichts ihr entgehen sollte. Das Meer verdunkelte sich, eine weitläufige Fläche getönten Glases. Sollten sich Robben darunter versteckt halten, kamen sie jedenfalls nicht an die Oberfläche.

Nach einiger Zeit kam still und leise die Flut und leckte an der Mole. Isserley hatte keine Ahnung, ob das Wasser so hoch steigen könnte, dass ihr Auto hochgehoben und aufs Meer hinausgetragen würde. Wenn das Wasser sie hinunterzog, würde sie wohl ertrinken müssen, nahm sie an. Früher einmal war sie eine gute Schwimmerin gewesen, doch auch das war zu einer Zeit gewesen, als sie noch einen völlig anderen Körper gehabt hatte.

Sie versuchte, gerade so viel Energie aufzubringen, um den Zündschlüssel umdrehen und sich so weit fortbewegen zu können, bis sie in Sicherheit wäre, doch es wollte ihr nicht gelingen. Es überforderte sie, sich einen anderen Ort vorzustellen, an dem sie jetzt sein wollte. *Hierher* hatte sie kommen wollen, als sie noch Kraft genug gehabt hatte, um Entscheidungen zu fällen; diese Kraft war jetzt versiegt. Hier würde sie jetzt bleiben. Die See würde sie entweder nehmen oder aber in Ruhe lassen. Was spielte das noch für eine Rolle?

Je länger Isserley auf der Mole wartete, desto mehr kam es ihr so vor, als sei sie gerade erst angekommen, sei nur Augenblicke da gewesen. Die Sonne bewegte sich über den Himmel wie das trügerische Leuchten von Autoscheinwerfern in der Ferne, die nie näher kamen. Das Wasser der Nordsee pochte sanft an die Unterseite des Wagens. Unverdrossen schaute Isserley weiter durch die Windschutzscheibe geradeaus. Irgendetwas Wichtiges entglitt ihr. Sie würde hier warten, bis sie es zu fassen bekam. Falls nötig, würde sie ewig warten.

Die ganze Zeit über veränderte eine große Wolke am sich verdüsternden Himmel ihre Gestalt. Obwohl sie sich nicht bewusst wurde, dass es windig war, mussten gewaltige Kräfte dort oben am Werk sein, die die Wolke umgestalteten, das Ergebnis nicht zufriedenstellend fanden und ihr wiederum eine neue Form gaben. Es begann als schwebende Landkarte eines Kontinents, wurde dann komprimiert zu einem Schiff, entwickelte sich danach zu etwas, das sehr nach einem Wal aussah. Bei Anbruch der Nacht verflossen die Umrisse zu etwas, das größer, diffuser, abstrakter, bedeutungsloser war.

Die Dunkelheit kam, und Isserley hatte die Zeit immer noch nicht als ausreichend empfunden, um zu entscheiden, was sie als Nächstes tun wollte. Sacht wiegte sich der Wagen hin und her, die Flanken der Wellen schlugen von unten dagegen. Sie würde gehen, wenn sie bereit dazu war.

In Sekunden, sicherlich nicht mehr als ein paar tausend, verging die Nacht. Isserley schlief nicht. Sie saß hinter dem Steuer und sah zu, wie die Nacht verging. Zuweilen gab die See während dieser dunklen Stunden den Versuch auf, sie einzuschüchtern, und schlich sich davon.

Als die Sonne aufging, blinzelte Isserley ein paar Mal. Sie setzte die Brille ab, doch das Problem war die Windschutzscheibe, vor lauter Kondenswasser war sie beschlagen. Ihr eigener Körper war dampfend heiß und feucht, als habe sie geschlafen. Geschlafen haben konnte sie aber nicht. Das war nicht möglich. Nicht einen Augenblick lang hatte sie in ihrer angespannten Aufmerksamkeit nachgelassen.

Sie stellte die Scheibenwischer an, um den hell glänzenden Dunst wegzuwischen. Es tat sich nichts. Sie drehte den Zündschlüssel um. Schwach hüstelte ihr Motor und zitterte, dann war er still.

„Wenn du es unbedingt so haben willst", sagte sie laut. Ihre Stimme bebte vor Wut.

Darum würde sie sich kümmern müssen.

Etwa eine Stunde später waren die Fenster von allein wieder klar geworden. Da wurde sich Isserley eines Schmerzes an der Seite bewusst. Mit den Fingerspitzen rieb sie über die Stelle; verkrustet mit etwas, das nur Blut sein konnte, klebte der Stoff ihres Oberteils an ihrem Körper. Ärgerlich zupfte sie daran. Und dabei hatte sie angenommen, dass sie unverletzt geblieben war.

Versuchsweise probierte sie gleich an Ort und Stelle aus, wie weit sie die Hüften drehen oder die Oberschenkel heben konnte. Es tat sich nichts. Von der Taille an abwärts hätte sie genauso gut tot sein können. Auch darum würde sie sich kümmern müssen.

Sie kurbelte das Fenster auf der Fahrerseite ein kleines Stück herunter und lugte durch den Schlitz. Die Flut hatte sich von der Küste zurückgezogen und gab gallertartigen Seetang, halb verwestes Strandgut und knöchernen Fels den Blicken preis, der pickelig übersät war mit jenen kleinen Weichtieren, die die Leute – die Wotzel – sammelten. Wellhornschnecken. Das war das Wort. Wellhornschnecken.

Von ferne kamen zwei Gestalten die Küste entlangmarschiert, auf Isserleys Mole zu. Isserley sah sie näher kommen und konzentrierte ihre ganze Willenskraft darauf, sie zum Kehrtmachen zu bewegen. Doch trotz all seiner wütenden Intensität gelang es dem Strahl ihrer Gedanken nicht, die Grenze zwischen sich und den beiden anderen zu überschreiten. Sie machten nicht kehrt.

Als sie auf etwa fünfzig Meter herangekommen waren, erkannte Isserley in den beiden Gestalten einen weiblichen Wotzel und einen Hund nicht identifizierbaren Geschlechts. Der weibliche Wotzel war klein und zierlich, trug einen Schaffellmantel und einen grünen Rock. Die Beine der Frau waren stockdünn und steckten in schwarzen Strümpfen und grünen Gummistiefeln. Das Haar auf ihrem Kopf war lang und dicht und wehte ihr um das Gesicht. Während sie über die Felsen vorwärts marschierte, rief sie den Namen des Hundes, mit einer Stimme, die so ganz anders war als die eines männlichen Wotzels.

Der Hund war nicht nackt; er trug einen rotkarierten Umhang. Er schwankte beim Gehen und gab sich alle Mühe, auf den rutschigen Felsen das Gleichgewicht zu halten. Immer wieder sah er sich nach dem weiblichen Wotzel um.

Schließlich waren die beiden so nah an Isserley herangekommen, dass sie sich überlegte, ob es nicht besser wäre, wenn sie die Brille wieder aufsetzte, doch da blieben sie abrupt stehen. Der weibliche Wotzel winkte, drehte sich dann um und ging fort, der Hund rannte zu ihr und ging dann bei Fuß.

Vor Erleichterung atmete Isserley tief aus. Wieder versenkte sie sich in die Betrachtung der Wolken, die Betrachtung der See.

Als der Wagen in der Sonne endlich durch und durch getrocknet war, versuchte sie erneut, den Zündschlüssel umzudrehen. Gehorsam sprang der Motor an. Sie schaltete ihn aus. Sie würde gehen, wenn sie bereit dazu war.

Sie wandte sich zur Beifahrerseite und starrte auf den pockennarbigen Sitz hinunter, während sie den Icpathua-Schalter betätigte. Zwei silbrige Nadeln durchstachen die Polsterung, zwei dünne Fontänen einer Flüssigkeit spritzten hoch in die Luft.

Isserley lehnte sich in ihren Sitz zurück, schloss die Augen und fing an zu greinen.

ZEHNTES KAPITEL

Isserley hatte es sich zur Gewohnheit gemacht, an einem Anhalter zunächst einfach vorbeizufahren, um in Ruhe zu einer Entscheidung zu kommen. So hatte sie es immer gehalten. So würde sie es auch jetzt halten. Da war ein Anhalter in Sicht. Sie fuhr an ihm vorbei.

Kräftige Muskeln waren, was sie suchte. Mit mickrigen, dürren Exemplaren konnte sie nichts anfangen. Dieser hier war mickrig und dürr. Mit ihm konnte sie nichts anfangen. Sie fuhr weiter.

Der Tag brach an. Abgesehen von dem Streifen grauen Asphalts, auf dem sie sich fortbewegte, existierte die fassbare Welt für sie nicht. Natur bedeutete Ablenkung. Sie war nicht gewillt, sich ablenken zu lassen.

Die A9 schien leer, doch darauf konnte man sich nie verlassen. Alles und jedes konnte passieren, jederzeit. Deshalb behielt sie die Straße auch immer fest im Auge.

Drei Stunden später zeigte sich ein weiterer Anhalter. Es war ein weibliches Wesen. An weiblichen Wesen war Isserley nicht interessiert.

Irgendwo über dem Lenkrad, mehr zur Beifahrerseite hin, machte sich ein ratterndes Geräusch bemerkbar. Dieses ratternde Geräusch hatte sie schon vorher einmal gehört. Es hatte so getan, als würde es verschwinden, doch es hatte sich irgendwo im Körper ihres Wagens verborgen gehalten. Das würde Isserley sich nicht gefallen lassen. Wenn sie ihre Arbeit beendet hatte, würde sie mit dem Wagen auf den Bauernhof zurückfahren, dieses ratternde Geräusch aufspüren und die Sache in Ordnung bringen.

Zweieinhalb Stunden später zeigte sich vor ihr wieder ein Anhalter. Isserley hatte es sich zur Gewohnheit gemacht, an einem Anhalter zunächst einfach vorbeizufahren, um in Ruhe zu einer Entscheidung zu kommen. Also fuhr sie erst einmal an ihm vorbei.

Er hielt ein großes Pappschild mit der Aufschrift NACH PERTH BITTE in die Höhe. Er war nicht kahlköpfig. Er trug keinen Overall. Sein Körper war nur im oberen Bereich sehr kräftig, ein v-förmiger Oberkörper auf langen Beinen. Wie dünn mochten diese Beine sein? Seine verblichenen Jeans flatterten um sie; es war wohl sehr windig heute.

Sie fuhr zurück, um ihn noch einmal gründlich zu mustern. Seine Arme waren in Ordnung. Seine Schultern waren fantastisch. Sein Brustumfang war durchaus beachtlich, wenn auch seine Taille schmal war.

Nachdem sie gewendet hatte, fuhr sie ein drittes Mal auf ihn zu. Er hatte lockiges, widerspenstiges rotes Haar und trug einen dicken Strickpullover aus Wolle in vielen verschiedenen Farben. Alle Wotzel mit dick gestrickten Pullovern, die Isserley bisher kennen gelernt hatte, waren arbeitslos und führten das Leben eines Paria. Offenbar gab es da irgendeine Behörde, die sie zwang, derartige Kleidungsstücke zu tragen, vielleicht als ein Merkmal ihrer niedrigen gesellschaftlichen Stellung.

Dieser Wotzel, der ihr da zuwinkte, musste wohl ein Ausgestoßener sein. Und seine Beine würden bei der Mast problemlos dicker werden.

Sie fuhr an den Straßenrand, und er kam lächelnd auf das Auto zugelaufen.

Isserley öffnete die Tür auf der Beifahrerseite und war im Begriff hinauszurufen: „Kann ich Sie mitnehmen?"

Plötzlich kam es ihr unsinnig vor, so etwas zu fragen. Natürlich wartete er darauf, dass jemand ihn mitnahm. Er hielt ein großes Schild mit der Aufschrift NACH PERTH BITTE in die Höhe; sie hatte für ihn angehalten. Keine Situation bedurfte weniger einer Erklärung als diese. Jedes weitere Wort war reine Energieverschwendung.

Schweigend sah sie zu, wie er sich anschnallte.

„Ich ... Das ist wirklich sehr nett von Ihnen", sagte der Anhalter, grinste verlegen und fuhr sich mit den Fingern durch das dichte Haar, das sich aber sofort wieder auf seine Augen legte. „Allmählich war mir schon ziemlich kalt."

Ernst und bedächtig nickte sie und versuchte, ihrerseits zu lächeln. Ob es ihr gelang, war ihr nicht ganz klar. Ihre Gesichtsmuskeln schienen noch weniger als sonst mit ihren Lippen in Beziehung zu stehen.

Der Anhalter faselte weiter: „Ich lasse mein Schild einfach hier unten neben mir, geht das, ja? Sie haben doch Platz genug zum Schalten, ja?"

Wieder nickte sie und ließ den Motor aufheulen. Im Innersten beunruhigte sie ihre Sprachlosigkeit; sie schien die Fähigkeit zu sprechen verloren zu haben; irgendetwas war mit ihrer Kehle nicht in Ordnung. Schon klopfte ihr Herz heftig, obwohl bis jetzt noch nichts geschehen war und sich eine Entscheidung noch nicht abzeichnete.

In dem festen Entschluss, ganz normal zu funktionieren, öffnete sie den Mund, um etwas zu sagen, doch das war ein Fehler. Sie spürte, dass der Laut, der in ihrer Kehle aufstieg, für den Wotzel völlig unverständlich sein würde, also schluckte sie ihn wieder hinunter.

Nervös strich sich der Anhalter über das Kinn. Er hatte einen weichen roten Bart, doch der war so dünn, dass er aus einiger Entfernung überhaupt nicht zu erkennen war. Wieder lächelte er und wurde dann rot.

Isserley atmete tief und leicht zitternd ein, setzte den Blinker und fuhr davon, den Blick fest auf die Straße gerichtet.

Sie würde sprechen, wenn sie bereit dazu war.

Der Anhalter nestelte an seinem Schild herum und versuchte, ihre Aufmerksamkeit auf sich zu lenken, als er sich vorbeugte. Sie war nicht gewillt, ihm diese zu schenken. Verblüfft lehnte er sich zurück, faltete die kalten Hände, erst die linke über die rechte, dann umgekehrt, dann steckte er sie unter die flauschigen Ärmel seines Pullovers.

Er fragte sich, was in aller Welt er nur zu ihr sagen könnte, um ihr die Befangenheit zu nehmen, und weshalb sie sich überhaupt die Mühe gemacht hatte, ihn aufzulesen, wenn sie nicht mit ihm reden wollte. Irgendeinen Grund musste sie gehabt haben. Jetzt ging es nur noch darum herauszufinden, was das für ein Grund war. Nach ihrem Gesichtsausdruck zu schließen, den er kurz hatte sehen können, bevor sie sich abgewandt hatte, musste sie vollkommen erschöpft und übermüdet sein; vielleicht war sie vorhin am Steuer eingenickt und hatte entschieden, ein Anhalter würde sie wach halten. Sie würde also höfliche Konversation von ihm erwarten.

Das war ein beunruhigender Gedanke; für höfliche Konversation war er im Grunde nicht der Mensch. Lange philosophische Erörterungen unter vier Augen waren eher seine Sache, wie die nächtlichen Gespräche mit Cathy, wenn sie beide ein wenig bekifft waren. Zu schade, dass er dieser Frau keinen Joint anbieten konnte, um das Ganze ein wenig aufzulockern.

Stattdessen zog er in Erwägung, eine Bemerkung über das Wetter zu machen. Nicht auf die billige Art, sondern indem er erklärte, was an Tagen wie diesem wirklich in ihm vorging, wenn der Himmel wie … wie ein ganzes Meer aus Schnee über der Erde lag. Es war einfach wahnsinnig, wie das alles da oben hängen konnte, all das feste Wasser, genug, um eine ganze Grafschaft unter Tonnen weißen, puderigen Eises zu begraben, und das alles schwebte hoch da oben so leicht wie eine Wolke. Ein richtiges Wunder.

Wieder schaute er zu der Frau hinüber. Sie fuhr wie ein Roboter, den Rücken hatte sie gerade durchgestreckt wie eine Metallstange. Er gewann den Eindruck, dass Naturschönheiten ihr nicht gerade viel bedeuteten. Hier gab es also keine Gemeinsamkeiten.

„Hi, ich heiße William", könnte er eventuell sagen. Dazu war es jetzt allerdings vielleicht ein wenig zu spät. Aber irgendwie musste er das Schweigen brechen. Möglicherweise fuhr sie ja die ganze Strecke bis nach Perth. Wenn sie ihn zweihundert Kilometer weit mitnahm, ohne dass sie auch nur ein einziges Wort wechselten, wäre er bei der Ankunft reif für die Klapsmühle.

Vielleicht klang ‚Hi, ich heiße William' ja auch ein wenig unfein, ein wenig amerikanisch, wie ‚Hi, ich heiße Arnold und bediene Sie heute Abend'. Eine etwas zurückhaltendere Bemerkung wäre vielleicht angebrachter. Beispielsweise ‚Ach übrigens, ich heiße William'. So als erwähnte er das mitten in einer lebhaften Unterhaltung, die sie gerade führten. Was sie leider jedoch nicht taten.

Übrigens, was stimmte eigentlich mit dieser Frau nicht?

Er grübelte eine Weile und gab sich alle Mühe, sein eigenes Unbehagen beiseite zu lassen und sich stattdessen auf sie zu konzentrieren. Er versuchte, sie so zu sehen, wie Cathy das wohl täte, wenn sie jetzt neben ihm säße; sie hatte eine ganz besondere Gabe dafür, Menschen schnell und richtig einzuschätzen.

Ernsthaft versuchte William, mit der intuitiven, weiblichen Seite seines Wesens in Kontakt zu treten, und kam sehr schnell zu der Schlussfolgerung, dass etwas wirklich sehr, sehr Schlimmes mit dieser Frau passiert sein musste. Sie hatte Probleme, befand sich in irgendeiner Notlage. Möglicherweise stand sie sogar unter Schock.

Oder vielleicht dramatisierte er das Ganze auch einfach nur. Cathys Freund, der Schriftsteller Dave, sah *ständig* so aus, als stehe er unter Schock. Die ganzen Jahre, die sie ihn jetzt schon kannten, hatte er so ausgesehen. Mit diesem Aussehen wurde er wahrscheinlich schon geboren. Aber diese Frau: Von ihr gingen die merkwürdigsten Vibrationen aus. Merkwürdiger noch als von Dave. Und auch körperlich war sie ganz entschieden nicht in guter Verfassung.

Ihr Haar war unordentlich und durchzogen von etwas, das wie Achsenfett aussah, und einzelne Strähnen standen merkwürdig ab. Diese Frau hatte seit einer ganzen Weile schon nicht mehr in den Spiegel geschaut, das war sicher. Sie roch – also eigentlich stank, wenn er ausnahmsweise einmal so harsch urteilen durfte – nach in Gärung übergehendem Schweiß und nach Meerwasser.

Ihre Kleidung war mit eingetrocknetem Schlamm verdreckt. Vielleicht war sie gestürzt oder hatte einen Unfall gehabt. Sollte er sie fragen, ob alles in Ordnung war? Womöglich könnte sie beleidigt sein, wenn er sich über den Zustand ihrer Kleidung äußerte. Womöglich dachte sie, er wolle sie sexuell belästigen. Es war so schwer, fremden Frauen gegenüber einfach freundlich zu sein, auf irgendwie aufrichtig menschliche Art und Weise, wenn man ein Mann war. Man konnte höflich und nett sein, was ganz und gar nicht dasselbe war; so verhielt man sich den Mitarbeitern beim Arbeitsamt gegenüber. Einer fremden Frau konnte man nicht einfach sagen, dass einem ihre Ohrringe gefielen oder dass sie wunderschönes Haar hatte – genauso wenig wie man sie einfach fragen konnte, wie es kam, dass ihre Kleidung so verschmutzt war.

Womöglich war diese ganze überfeinerte Zivilisation schuld daran. Zwei Tiere, oder auch zwei Angehörige eines Naturvolkes, würden sich über so etwas nie im Leben Sorgen machen. Wenn das eine schmutzig war, würde das andere einfach anfangen, zu lecken oder zu putzen oder was sonst nötig war. Und das alles hätte überhaupt nichts Sexuelles an sich.

Aber vielleicht war er auch einfach nur ein Heuchler. Ganz sicher nahm er diese Frau doch wahr als … nun ja … als Frau eben. Sie war eine Frau; er war ein Mann. Das waren die bis in alle Ewigkeit unabänderlichen Tatsachen. Und machen wir uns doch nichts vor, für dieses Wetter war sie wirklich erstaunlich leicht bekleidet. Schon lange, ehe die Schneefälle eingesetzt hatten, hatte er nicht mehr so viel Dekolletee in der Öffentlichkeit gesehen.

Allerdings waren die Brüste verdächtig fest und schienen bei all ihrer Größe der Schwerkraft zu trotzen; vielleicht hatte sie sie mit Silikon aufpumpen lassen. Das war schade. Es war mit gesundheitlichen Risiken verbunden – die Implantate konnten auslaufen, konnten Krebs verursachen. Und das alles war so unnötig. Jede Frau war schön. Kleine Brüste schmiegten sich genau in die Handfläche eines Mannes und fühlten sich warm und vollkommen an. Das sagte er immer wieder zu Cathy, wenn mit den ganzen Reklamesendungen der neueste Wäschekatalog eintraf und sie ihre Depressionen bekam.

Vielleicht trug diese Frau ja auch nur einfach einen dieser teuflisch geschickten Wonderbras. Männer waren ganz schön naiv in solchen Sachen. Er musterte sie von der Seite, von der Achselhöhle bis zur Taille, und hielt Ausschau nach den verräterischen Zeichen von Metallbügeln oder industriell verstärkter Spitze. Außer einem kleinen Loch im Stoff ihres Oberteils, wie von Stacheldraht oder von einem spitzen Zweig gerissen, konnte er nichts entdecken. Die Stoffränder waren verschmiert mit irgendeiner eingetrockneten klebrigen Substanz. Konnte das Blut sein? Er hätte liebend gern gefragt. Er wünschte, er wäre Arzt, dann dürfte er fragen, und man würde es ihm ungestraft durchgehen lassen. Konnte er vorgeben, Arzt zu sein? Über Medizin wusste er so manches, durch Cathys Schwangerschaften, ihren Motorradunfall, den Schlaganfall seines Vaters, Suzies Suchtprobleme.

„Entschuldigung, ich bin Arzt", könnte er sagen, „und mir ist aufgefallen ..." Doch er log nicht gern. Ach, welch ein verworren Netz wir spinnen, wenn wir erst einmal zu lügen beginnen, hatte doch wohl Shakespeare gesagt. Und Shakespeare war nun wahrhaftig nicht dumm.

Je länger er die Frau anschaute, desto merkwürdiger erschien sie ihm. Ihre grünen, samtartigen Hosen waren eindeutig Retrolook der siebziger Jahre, wenn man einmal von den schmuddeligen Knien absah, doch ihre Beine passten entschieden nicht zu diesem Disco-Outfit. Sie zitterten unter dem dünnen Stoff ein wenig und waren so kurz, dass sie kaum an die Pedalen heranreichten; so sahen die Beine von jemandem aus, der an zerebraler Lähmung litt. Er drehte den Kopf und schaute durch den Spalt zwischen den beiden Vordersitzen nach hinten, rechnete beinahe damit, dort einen klappbaren Rollstuhl zu finden. Doch da war nur ein alter Anorak, ein Kleidungsstück, in dem er sie sich gut vorstellen konnte. Sie trug Schuhe, die aussahen wie von Doc Martens, allerdings waren sie noch klobiger, wie die von Boris Karloff in Frankenstein.

Doch am allermerkwürdigsten war ihre Haut. Mit Ausnahme ihrer hellen und glatten Brüste hatte jedes kleinste Stückchen Haut, das er sehen konnte, dieselbe sonderbare Beschaffenheit: mit feinem Flaum bedeckt, wie das Fell einer vor kurzem erst sterilisierten Katze, das gerade erst anfing, wieder nachzuwachsen. Überall hatte sie Narben: um die Hände herum, am Schlüsselbein und vor allem im Gesicht. Jetzt konnte er ihr Gesicht gerade nicht sehen, so gut versteckt war es hinter der wirren Mähne ihres Haars, doch er hatte schon vorher einen recht intensiven Blick darauf werfen dürfen, und dort verlief Narbengewebe am Kiefer entlang, am Hals, an der Nase, unter den Augen. Und dann die Brille. Sie musste Gläser mit der größtmöglichen in der Augenheilkunde bekannten Dioptrienstärke haben, so riesig wirkten ihre Augen.

Er beurteilte Menschen nicht gern nur nach Äußerlichkeiten. Die inneren Werte zählten. Doch wenn die äußere Erscheinung einer Frau derart ungewöhnlich war, hatte das Äußere aller Wahrscheinlichkeit nach einen prägenden Einfluss auf ihr gesamtes Leben gehabt. Die Lebensgeschichte dieser Frau, wie immer sie auch ausfiel, dürfte höchst beachtlich sein: vielleicht tragisch, vielleicht anregend.

Liebend gern hätte er gefragt.

Wie traurig, wenn er diese Geschichte nie zu hören bekäme. Den Rest seines Lebens würde er darüber grübeln. Das wusste er. Das hatte er schon einmal erlebt. Einmal, vor acht Jahren, war das gewesen, hatte er selbst ein Auto besessen und einen Anhalter mitgenommen, der unvermittelt angefangen hatte zu weinen, direkt neben ihm im Wagen. William hatte nicht gefragt, was mit ihm los war; das Ganze war ihm zu peinlich gewesen, damals war er noch so ein richtiger kleiner Macho von zwanzig Jahren gewesen. Rechtzeitig zur Ankunft an seinem Ziel hatte der Mann aufgehört zu weinen, war aus dem Wagen gestiegen und hatte sich fürs Mitnehmen bedankt. Seit dieser Zeit hatte William, vielleicht einmal in der Woche, an diesen Mann denken müssen.

„Sind Sie in Ordnung?“ Das könnte er sie ganz bestimmt fragen. Wenn sie ihn dann kurz und knapp abfertigen wollte, konnte sie ihn auf der Stelle in die Schranken weisen. Oder sie konnte so antworten, dass alles eher offen blieb.

William leckte sich die Lippen und versuchte, die Worte auf seine Zunge zu bringen. Sein Herz fing an zu rasen, sein Atem ging schneller. Die Tatsache, dass sie ihn nicht ansah, machte alles nur noch schlimmer. Er zog in Erwägung, sich zu räuspern, wie er das Männer in Filmen hatte tun sehen, doch dann wurde er rot, weil die Idee so dumm war. Sein Brustbein, oder vielleicht war es auch die Lunge, vibrierte wie eine große Trommel.

Das war lächerlich. Inzwischen war zu hören, wie schwer er atmete. Sie würde glauben, er wolle sich auf sie stürzen oder so etwas.

Er holte tief Luft und gab die Absicht auf, sie überhaupt etwas zu fragen, wenigstens aus heiterem Himmel. Vielleicht würde sich später ganz natürlich etwas ergeben.

Wenn er nur das Gespräch irgendwie auf Cathy bringen könnte, das würde sie möglicherweise beruhigen. Dann würde sie wissen, dass er mit einer anderen Frau zusammenlebte, Vater von zwei Kindern war, ein Mensch, der nicht einmal im Traum daran denken würde, jemanden zu vergewaltigen oder sonstwie zu belästigen. Doch wie sollte er das Thema anschneiden, wenn sie nicht fragte? Schließlich konnte er doch nicht einfach sagen: ‚Ach übrigens, nur für den Fall, dass es Sie interessiert, ich habe eine Partnerin, die ich von Herzen liebe.' Das würde so dumm klingen. Nein, schlimmer als dumm: ganz entschieden unheimlich, ja sogar irgendwie geistesgestört.

Dafür war all die Lügerei verantwortlich. All diese Lügen, die die Menschen seit Anbeginn der Zeit erzählt haben, all diese Lügen, die sie immer noch erzählen. Der Preis, den alle Welt dafür zu zahlen hatte, war der Tod jeglichen Vertrauens. Die Folge war, dass sich zwei Menschen, wie unschuldig sie auch immer sein mochten, niemals wie zwei Tiere einander nähern konnten. Zivilisation!

William hoffte, dass er sich an all das erinnern würde, um mit Cathy darüber zu diskutieren, sobald er zu Hause war. Er war da auf etwas durchaus Wichtiges gestoßen, dachte er.

Andererseits, wenn er Cathy zu viel über diese Frau erzählte, die ihn mitgenommen hatte, würde sie es möglicherweise falsch verstehen. Als er seinerzeit von seiner alten Freundin Melissa und der gemeinsamen Wanderung durch Katalonien erzählt hatte, war das nicht allzu gut angekommen, das konnte er nicht leugnen, auch wenn Cathy ihm inzwischen mehr oder weniger verziehen hatte.

Herrje, weshalb sprach diese Frau denn nicht mit ihm?

Voller Verzweiflung starrte Isserley geradeaus. Sie konnte immer noch nicht sprechen, und der Anhalter wollte offenbar nicht. Wie üblich musste sie sich um alles kümmern. Ständig musste sie sich um alles kümmern.

Ein großes grünes Verkehrsschild wies darauf hin, dass es bis Perth noch hundertachtzig Kilometer waren. Sie müsste ihm sagen, wie weit sie fahren wollte. Sie hatte keine Ahnung, wie weit sie fahren wollte. Sie schaute in den Rückspiegel. Die Straße war leer, unter dem grauen, schneegesättigten Licht nur schwer zu erkennen. Sie konnte nichts anderes tun als einfach immer weiterfahren, ihre Hände auf dem Lenkrad bewegten sich kaum, ein Schrei tiefer Qual steckte ihr in der Kehle.

Auch wenn sie sich überwinden könnte, eine Unterhaltung zu beginnen, machte allein der Gedanke daran, wie viel Mühe es kosten würde, die Unterhaltung aufrechtzuerhalten, ihr das Herz schwer. Offenbar war er ein typischer männlicher Vertreter seiner Rasse; dumm, wortkarg und doch ausgestattet mit der Schläue schwer zu fassender Nagetiere. Sie würde mit ihm sprechen, und im Gegenzug würde er nur brummen, einsilbige Antworten noch auf ihre klügsten Fragen geben und bei der erstbesten Gelegenheit in tiefes Schweigen verfallen. Sie würde ihr Spiel spielen und er seins, und so immer hin und her, vielleicht stundenlang.

Plötzlich wurde Isserley bewusst, dass sie einfach nicht mehr die Kraft für dieses Spiel hatte.

Die Augen auf die düstere Straße vor ihr geheftet, empfand Isserley tiefe Demütigung angesichts der unsinnigen Mühe, die all das kostete, angesichts dieses beschwerlichen Drängens und Bohrens, als sei er eine kostbare Perle, die in unendlich kleinen Schritten aus ihrer im Verborgenen ruhenden Muschel gelöst werden musste. Die Geduld, die das von ihr erforderte, war übermenschlich. Und wozu das Ganze? Für einen Wotzel genau wie alle anderen, einer von Milliarden, die diesen Planeten verseuchten. Ein paar Pakete Fleisch, so viel war er wert.

Weshalb musste sie Tag für Tag derart viel Zeit und Kraft

für dieses Spiel aufwenden? Würde sie das bis ans Ende ihres Lebens tun müssen? Diese Verstellung bis in alle Ewigkeit, ihr Innerstes nach außen kehren, nur um (meistens dann doch) mit leeren Händen dazustehen und wieder von vorn beginnen zu müssen?

Das könnte sie nicht ertragen.

Sie schaute in den Rückspiegel, dann zur Seite zu dem Anhalter hin. Ihre Blicke begegneten sich; er wurde rot und grinste dümmlich, wobei er heftig atmete. Allein schon seine reine viehische Fremdheit traf sie wie ein Schlag; und in einer berauschenden Aufwallung ähnlich der Übelkeit nach einem jähen Blutverlust hasste sie ihn.

„Hasusse", stieß sie zwischen zusammengepressten Zähnen hervor und betätigte den Icpathua-Schalter.

Langsam kippte er in ihre Richtung; mit der flachen Hand stieß sie ihn von sich. Er federte von ihr weg, dabei neigten sich seine breiten Schultern wie ein schwankender Heuballen, und sein Kopf fiel dumpf gegen das Fenster auf der Beifahrerseite. Isserley setzte den Blinker und lenkte den Wagen von der Straße weg.

Sie hatte den Wagen sicher in eine Parkbucht gestellt, der Motor lief noch, und sie drückte auf den Knopf, mit dem sie die Fensterscheiben des Wagens verdunkeln konnte. Zum ersten Mal überhaupt wurde sie sich dieser Handlung bewusst. Normalerweise schwebte sie irgendwo hoch oben im Raum, wenn dieser Augenblick kam; heute war sie fest verankert auf dem Fahrersitz, die Hände hatte sie an den Bedienelementen. Das Fensterglas um sie herum nahm eine tief bernsteinfarbene Tönung an, die Welt wurde dunkel und verschwand, und das kleine Licht im Wageninneren ging an. Sie ließ den Kopf nach hinten an die Kopfstütze sinken und nahm die Brille ab, und sie horchte auf das Grummeln und Grollen des Verkehrs in der Ferne, das sie über dem Surren ihres Motors wahrnahm.

Ihr Atem, so fiel ihr auf, ging völlig normal. Ihr Herz, das zugegebenermaßen ein wenig schwerer hatte arbeiten müssen, als sie den Wotzel hatte einsteigen lassen, schlug inzwischen wieder vollkommen ruhig.

Was auch immer in der Vergangenheit das Problem mit ihrer physischen Reaktion gewesen sein mochte, schien sie jetzt endgültig gelöst zu haben.

Sie beugte sich vor, um das Handschuhfach zu öffnen. Zwei Tränen lösten sich aus ihren Augen und fielen auf die Jeans des Anhalters. Sie runzelte die Stirn, denn sie konnte sich das nicht erklären.

Auf direktem Weg fuhr Isserley nach Ablach Farm zurück und versuchte während des ganzen Weges zu ergründen, was auf einmal nicht stimmte.

Da waren natürlich die Geschehnisse von gestern … oder war es schon vorgestern? … Sie war nicht ganz sicher, wie lange sie anschließend bei der Mole gewesen war … aber diese Geschehnisse … nun ja, die hatten sie wirklich erschüttert, das ließ sich nicht leugnen. Aber das gehörte jetzt der Vergangenheit an. Schnee von gestern, wie die Wotzel … wie sie es Leute hatte sagen hören.

Jetzt fuhr sie an den leer stehenden Stahlwerken vorbei, war fast schon zu Hause, und einen schönen kräftigen Wotzel hatte sie auch neben sich sitzen, wie an einem ganz normalen Tag. Das Leben ging weiter, es gab Arbeit zu erledigen. Die Vergangenheit schrumpfte zusammen wie etwas, das sich im Rückspiegel zu einem winzigen Pünktchen zusammenzog, und die Zukunft strahlte durch die Windschutzscheibe und erforderte ihre volle Aufmerksamkeit. Beim Ablach-Schild setzte sie den Blinker.

Als sie über Rabbit Hill fuhr, war sie so weit, dass sie zugegeben hätte, möglicherweise nicht in so guter Verfassung zu sein. Doch sie war entschlossen, sich zusammenzureißen und nicht noch mehr Zeit zu verschwenden. Vor ihrem geistigen Auge sah sie auch bereits deutlich, was sie zu tun hätte, um sich wieder besser zu fühlen. Tief in ihrem Innersten saß irgendetwas gefangen. Irgendetwas Kleines: nichts Ernstes. Aber doch immerhin gefangen.

Um ihre Genesung zu vervollkommnen, um wieder ganz sie selbst zu werden, musste sie es freilassen.

Und sie wusste ganz genau, was sie zu tun hatte.

Sie parkte den Wagen vor dem Hauptgebäude und drückte auf die Hupe, voller Ungeduld wartete sie darauf, dass die Männer herauskamen.

Die Rolltür wurde geöffnet, und wie gewöhnlich zeigten sich Ensel und seine beiden Freunde, deren Namen sie sich gar nicht erst gemerkt hatte. Wie gewöhnlich kam Ensel hastig herbeigelaufen, um sich durch das Fenster auf der Beifahrerseite anzuschauen, was sie ihnen mitgebracht hatte. Isserley wappnete sich gegen die übliche Platitude über die Qualität des Exemplars.

„Ist mit dir alles in Ordnung?“ signalisierte Ensel durch die Scheibe. Er schaute geradewegs auf sie und beachtete überhaupt nicht den Wotzel, der unter einer schlecht sitzenden blonden Perücke und einem nachlässig übergeworfenen Anorak zusammengesunken dasaß. „Du bist … äh … du hast da etwas Schmutz auf deiner Kleidung.“

„Das lässt sich auswaschen“, erwiderte Isserley eisig.

„Natürlich, natürlich", sagte Ensel, den ihr Ton einschüchterte. Er öffnete die Wagentür, und der Wotzel, der nicht richtig ausbalanciert auf dem Sitz kauerte, fiel wie ein Sack Kartoffeln heraus. Erschrocken machte Ensel einen Satz nach hinten, dann schnaubte er verlegen und versuchte, voller Schwung das Missgeschick zu überspielen. „Ähm … das ist aber wirklich ein schönes Exemplar, oder?" sagte er anzüglich grinsend. „Einer der Besten bis jetzt."

Isserley ließ sich nicht zu einer Antwort herab, sondern stieß die Autotür auf ihrer Seite auf und stieg aus. Ensel, der mit den anderen Männern schon damit beschäftigt war, den Wotzel herauszuziehen, nahm mit einem verwirrten Blinzeln zur Kenntnis, dass sie sich näherte.

„Ist etwas nicht in Ordnung?" grunzte er, als er sich abmühte, seine Last auf eine Sackkarre mit Rädern zu hieven. Das Gewebe des Strickpullovers von dem Wotzel war zu locker und als Haltegriff kaum geeignet.

„Alles in Ordnung, keine Sorge", antwortete Isserley. „Ich gehe mit euch hinunter, das ist alles."

Sie ging weiter und lehnte sich gegen die Wand des Hauptgebäudes, während die Männer vorwärts stolperten, um mit ihr Schritt zu halten, und die Sackkarre mit dem Wotzel hinter sich herzogen.

„Ähm … gibt es da irgendein Problem?" fragte Ensel.

„Nein", erwiderte Isserley und sah ruhig zu, wie sie schließlich holpernd durch die Tür kamen. „Ich will einfach nur sehen, was jetzt weiter passiert."

„Ach ja?" fragte Ensel verblüfft. Die anderen Männer drehten die Köpfe und sahen sich an. Stumm schlurften sie über den Boden des Hangars, während Isserley neben ihnen ging.

Vor dem Aufzug kam es zu einem peinlichen Moment. In

dem Aufzug gab es eindeutig nur Platz für die Männer und ihre Last, nicht so jedoch für Isserley.

„Ähm … du weißt aber doch, dass es da nicht wirklich viel zu sehen gibt“, sagte Ensel einfältig lächelnd, als er schiebend und drängend mit seinen Gefährten die große Trommel betrat.

Isserley riss sich die Brille herunter und steckte sie sich in den ausgefransten Ausschnitt ihres Oberteils, dabei fixierte sie Ensel mit stahlhartem Blick, als sich die Aufzugtüren zuzuschieben begannen.

„Fangt ja nicht ohne mich an“, sagte sie warnend.

* * *

Isserley, die allein in dem nur schwach beleuchteten Aufzug stand, ließ sich tiefer und tiefer in die Erde hinuntertragen. Sie passierte den Speisesaal und den Aufenthaltsraum, begab sich noch unter die Ebene mit den Wohnquartieren der Männer.

Als sie ohne Reibung durch den gut geölten Schaft nach unten sank, hielt sie die Augen fest auf den Spalt gerichtet, der sich öffnen würde, sobald sie die Transitebene erreicht hätte. Unter der Transitebene gab es nichts mehr, nur noch die Wotzelgehege.

Sie hatte damit gerechnet, dass Unbehagen, ja sogar Panik, in ihr aufkommen würde, wenn sie sich so weit nach unten begab. Doch als der Aufzug anhielt und sich die Türen all diese vielen Armeslängen unterhalb der Erdoberfläche gleitend öffneten, war sich Isserley keines Gefühls von Übelkeit bewusst. Sie spürte, dass alles in Ordnung kommen würde. Sie würde bekommen, was sie brauchte.

Die Verwertungshalle war der größte von den labyrinthartigen, miteinander verbundenen Räumen, aus denen die

Transitebene bestand. Die Decken waren hoch, der Raum von den Abmessungen her großzügig, seine Beleuchtung so grell, dass nicht das kleinste Eckchen im Dunkeln lag. Das Ganze erinnerte an den Ausstellungsraum eines Autohauses, den man gänzlich ausgeräumt und für substanziellere Zwecke neu hergerichtet hatte. Frische Luft gab es reichlich, sie blies aus den vielen Klimaanlagerosten in den getünchten Wänden. In der Luft schwang sogar ein Hauch des intensiven Meeresgeruches mit.

Drei Wände der Halle waren von langen Arbeitsbänken aus Metall gesäumt, an denen zur Zeit jedoch niemand arbeitete. Ensel und die anderen Männer sowie auch der Chef-Verwerter Anser standen alle zusammen in der Mitte des Raumes, sie beugten sich über eine Vorrichtung aus Metall, von der Isserley wusste, dass es *die Wiege* war.

Die aus einzelnen Teilen landwirtschaftlicher Geräte zusammengesetzte *Wiege* war ein Meisterwerk hoch technisierter Konstruktionskunst. Grundlage war die ausgeschlachtete Maschinerie eines Baggers, die mit einem Wassertrog aus rostfreiem Stahl verschweißt worden war. Den oberen Abschluss, der einem Menschen bis auf Brustkorbhöhe reichte, bildete ein zwei Meter langer Abschnitt einer Förderrinne für Getreide, kunstvoll dergestalt zurechtgehauen, dass sich ihre scharfen Kanten harmlos nach innen bogen. Die Rinne, die glänzend und elegant aussah wie eine riesige Sauciere, neigte sich mechanisch auf ihrem von außen nicht zu sehenden Drehpunkt und war jetzt in eine exakt horizontale Stellung gebracht.

Das Gleichgewicht der *Wiege* regulierte Ensel, voller Selbstgefälligkeit sonnte er sich in seiner Verantwortung, dem Chef-Verwerter persönlich zur Hand gehen zu dürfen; seine beiden Freunde waren mit einer Aufgabe beschäftigt, die etwas weniger Präzision erforderte, ganz in der Nähe entkleideten sie den Wotzel.

Anser, der Chef-Verwerter – oder Metzger, wie er sich nach wie vor weit lieber nannte –, wusch sich gerade. Er war ein gedrungener, drahtiger Mann, der kaum größer wäre als Isserley, stände er auf zwei Beinen. Doch er hatte breite, knotige Gelenke und kräftige Hände, die er in die Höhe hielt, als er sich neben einer Metallwanne auf die Hinterbacken hockte.

Er hob den beinahe missgebildet kleinen Kopf mit den rauhen Borsten und sog schnüffelnd die Luft ein, als nehme er die Ankunft eines fremden Geruchs wahr – Isserleys Geruch, nicht den des Wotzels.

„Är-rhm", sagte er. Das war weder Menschen- noch Wotzelsprache. Er räusperte sich nur.

Isserley war aus dem Aufzug getreten, und seine Türen hatten sich hinter ihr geschlossen. Sie wartete darauf, dass man sie einlud, näher zu treten, oder wenigstens begrüßte. Die Männer taten weder das eine noch das andere, sondern fuhren einfach mit ihrer Arbeit fort, als sei sie unsichtbar. Ensel rollte ein kleines Metallwägelchen, auf dem auf einem Tablett lauter hell glänzende Instrumente lagen, in Ansers Reichweite. Seine beiden Freunde, die den Wotzel auszogen, keuchten und schnauften vor Anstrengung, doch das Geräusch wurde von der Musik gedämpft, die den ganzen Raum erfüllte.

Richtige Musik, Menschenmusik, wurde von Lautsprechern, die sich an die Wände schmiegten, in den Raum ausgestrahlt. Sanfter Singsang und das Klimpern von Instrumenten vermittelten die behagliche Atmosphäre von zu Hause, ein durchdringender Geruch halb von der Kindheit her im Gedächtnis haftender Melodien. Sie zischten und summten beruhigend.

Den Männern war es bereits gelungen, dem Neuankömmling den flauschigen Pullover auszuziehen, und jetzt mühten sie sich mit dem Rest ab. Das fahle Fleisch war in etliche Schichten Kleidung gehüllt, wie die Schichten eines Kohlkopfes oder eines Rettichs. Im Innern befand sich weit weniger Wotzel, als Isserley gedacht hatte.

„Vorsicht, Vorsicht", brummte Anser, als die Männer ungeschickt an den Knöcheln des Wotzels herumfummelten, um ihm die dicken Wollsocken herunterzuziehen. Sobald solch ein Tier erst einmal in seinem Gehege war, befanden sich seine Unterschenkel ganz nah an der Stelle, auf die die Fäkalien fallen würden; jede ihm jetzt zugefügte Schramme würde mit großer Wahrscheinlichkeit zu eitern beginnen.

Vor Anstrengung keuchend, beendeten die Männer ihre Arbeit, das letzte winzige Kleidungsstück warfen sie oben auf einen bereits sehr hohen Stapel Kleider. Die ganzen letzten Jahre hatte man ihr immer die Kleidung und die persönlichen Sachen von Wotzeln in einer Tüte überreicht, immer auf der Schwelle des Hauptgebäudes; jetzt sah sie zum ersten Mal, wie diese Tüte gefüllt wurde.

„Är-rhm", sagte Anser wieder. Indem er seinen Schwanz dazu benutzte, das Gleichgewicht zu halten, watschelte er auf den Hinterbeinen zur *Wiege* hinüber, dabei hielt er die Arme immer nach oben gereckt. Seine Arme waren im Gegensatz zu seinem übrigen Fell, das grau war, schwarz glänzend wie die von Amlis. Das kam jedoch lediglich daher, dass er gerade eben seine Arme bis zu den Schultern hinauf gewaschen hatte und das Fell jetzt klatschnass war und wie geschniegelt aussah.

Durchdringend schaute er Isserley an, als bemerke er ihre Anwesenheit erst jetzt.

„Kann ich Ihnen irgendwie behilflich sein?“ fragte er, und dabei glättete er mit in Kreisen über den Körper fahrenden Händen das Fell auf den Oberarmen noch ein bisschen mehr. Wassertropfen platschten auf den Boden zu seinen Füßen.

„Ich … wollte einfach nur einmal zuschauen“, antwortete Isserley.

Der argwöhnische Blick des Chef-Verwerters brannte sich in sie hinein; ihr wurde bewusst, dass sie nach vorn gebeugt dastand, die Arme hatte sie über der Brust gefaltet, sie versuchte, so menschlich wie nur möglich auszusehen.

„Zuschauen?“ wiederholte Anser verwirrt, während die Männer sich alle Mühe gaben, den Wotzel vom Boden hochzuhieven.

Isserley nickte. Es war ihr vollkommen bewusst, dass sie es vier Jahre lang immer vermieden hatte, hierher zu kommen, und mit Anser lediglich im Speisesaal gesprochen hatte. Sie hoffte, dass er aus ihren seltenen Gesprächen wenigstens den Schluss gezogen hatte, dass sie ihn respektierte, ja sogar ein wenig fürchtete. Genau wie sie zeichnete auch er sich bei seiner Arbeit durch einen hohen Grad an Professionalität aus.

Wieder räusperte sich Anser. Andauernd räusperte er sich; die Männer erzählten sich, er sei irgendwie krank.

„Na ja, dann … halten Sie sich aber im Hintergrund“, gab er ihr barsch zu verstehen. „Sie sehen aus, als seien Sie durch den Dreck gekrochen.“

Isserley nickte und ging einen Schritt zurück.

„In Ordnung“, sagte Anser. „Hebt ihn rauf.“

Sie ließen den schlaff baumelnden Körper des Wotzels auf die *Wiege* fallen, dann drehten sie ihn so, dass er in das fluoreszierende Deckenlicht schaute. Seine Glieder wurden ordentlich zurechtgelegt, seine Schultern passten exakt in eine spezielle schulterförmige Auszahnung, die in das Metall der Förderrinne geschnitten worden war. Sein Kopf lag auf dem Rand der Rinne, sein lockeres rotes Haar hing genau über dem großen Metalltrog.

Während dieser ganzen Prozedur machte der Wotzel, wenn er sich auch sonst friedlich überallhin drehen ließ, von allein nicht die geringste Bewegung, wenn man einmal von dem unwillkürlichen Zucken seiner Hoden in dem schrumpfenden Hodensack absah.

Als der Körper zu Ansers Zufriedenheit zurechtgelegt und das Wägelchen mit den Instrumenten an den Rand der *Wiege* geschoben worden war, begann der Metzger mit seiner Arbeit. Er stützte sich mit dem Schwanz und dem einen Hinterbein ab, dann hob er das andere Hinterbein zum Gesicht des Wotzels hoch und steckte ihm zwei Finger seines Fußes in die Nasenlöcher. Ein kräftiger Ruck nach oben, und der Kopf des Tieres wurde zurückgezogen, der Mund öffnete sich weit. Nur einmal hielt Anser einen kurzen Moment inne, um sich davon zu überzeugen, dass er sicher stand, und bewegte spielerisch Finger und Hände. Dann wählte er von dem Wägelchen, das er neben sich stehen hatte, ein silberfarbenes Instrument, das aussah wie ein verlängertes „q", sowie ein weiteres, das einer winzigen Sichel ähnelte. Beide Instrumente wurden unverzüglich in den Mund des Wotzels eingeführt.

Isserley strengte sich an, um alles zu sehen, doch Ansers breite Handgelenke und die Drehbewegung seiner Finger nahmen ihr die Sicht, als er dem Wotzel die Zunge herausschnitt. Langsam begann Blut auf die Wangen des Wotzels herabzusickern, als sich Anser umdrehte und mit klapperndem Geräusch seine Werkzeuge auf das Tablett mit den Instrumenten fallen ließ. Ohne zu zögern, nahm er ein elektrisches Gerät auf, das einem großen Schraubenzieher mit sternförmigem Aufsatz ähnelte, und führte blinzelnd vor lauter Konzentration das Gerät in den Mund des Wotzels ein. Lichtblitze glommen in den Zwischenräumen von Ansers geschickten Fingern auf, als er die nässenden Blutgefäße suchte und sie mit knisterndem Summen ausbrannte und so verschloss.

Kaum hatte der Geruch verbrennenden Fleisches die Luft durchdrungen, da war Anser auch schon eifrig damit beschäftigt, den Mund des Wotzels mit einer Saugpumpe auszuspülen. Der Wotzel hustete: das erste wirkliche Anzeichen dafür, dass er alles andere als tot war und ihm nichts Ernsthafteres fehlte als Icpathuasi.

„Brav, mein Junge", brummelte Anser und kitzelte den Adamsapfel des Geschöpfes, damit es schluckte. „Är-rhm."

Sobald der Mund des Tieres in einem für Anser zufrieden stellenden Zustand war, wandte er seine Aufmerksamkeit dessen Genitalien zu. Er nahm ein sauberes Instrument zur Hand, schlitzte den Hodensack auf, und mit raschen, feinen, beinahe vibrierenden Einschnitten seines Skalpells entfernte er die Hoden. Es war eine viel unkompliziertere Angelegenheit als die Arbeit an der Zunge; es dauerte vielleicht dreißig Sekunden. Bevor Isserley überhaupt merkte, was passiert war, hatte Anser die Blutung bereits verätzt und vernähte fachmännisch den Hodensack.

„So, das hätten wir", verkündete er und warf Nadel und Faden auf das Tablett. „Erledigt. Är-rhm." Und er schaute seinen Gast an.

Blinzelnd erwiderte Isserley den Blick. Sie hatte beträchtliche Mühe, ihren Atem unter Kontrolle zu halten.

„Ich hätte … nicht gedacht, dass … dass es alles so schnell gehen würde", gestand sie mit rauher Stimme, und dabei stand sie immer noch gebückt und in sich zusammengekauert da. „Ich hatte gedacht, es … es gäbe viel mehr … Blut."

„O nein", beruhigte Anser sie und fuhr dem Wotzel mit den Fingern durch das Haar. „Weil alles so schnell geht, bleibt die Wunde minimal. Schließlich wollen wir ja kein Geschöpf unnötig leiden lassen, nicht? Är-rhm." Von Stolz erfüllt gestattete er sich ein leises Lächeln. „Ein Metzger muss auch etwas von einem Chirurgen an sich haben, wissen Sie."

„Oh, das ist … wirklich sehr beeindruckend", beglückwünschte ihn Isserley kläglich, während sie die ganze Zeit zitterte und fröstelnd die Arme verschränkt hielt, „so wie Sie das machen."

„Danke", erwiderte Anser und stöhnte auf vor Erleichterung, als er sich wieder auf alle viere fallen ließ.

Ensel hatte die *Wiege* auf die Seite gekippt, und die anderen Männer waren schon dabei, den Wotzel herunterzuhieven und den Körper zurück auf die Sackkarre zu bugsieren, so dass man ihn zum Aufzug rollen konnte.

Isserley biss sich auf die gefühllosen Lippen, um nicht vor Enttäuschung aufschreien zu müssen. Es konnte doch nicht einfach alles so schnell vorbei sein! Und dann auch noch unter Aufbietung von so wenig Gewalt, so wenig … Dramatik? Das Herz klopfte ihr in der Brust, ihre Augen brannten, die Fingernägel gruben sich ihr in die geballten Fäuste. In ihr tobte das Bedürfnis nach Loslösung, ein Bedürfnis, das sich kurz vor der Explosion befand, und dennoch war das Martyrium des Wotzels schon vorüber; er befand sich bereits auf dem Weg nach unten, zu seinen Artgenossen in den Pferchen.

„Schleift mit seinen Füßen nicht so über die verdammte *Stufe*", rief Anser verärgert, als die Männer ihre Last in den

Aufzug zerrten. „Das habe ich euch schon tausendmal gesagt."

Er warf Isserley einen wissenden Blick zu, als wolle er bestätigen, dass von allen Leuten wenigstens sie eine recht genaue Vorstellung davon haben dürfte, wie oft er die Männer auf diese Art bereits zur Ordnung gerufen haben musste. „Na gut, hundertmal vielleicht", räumte er ein.

Zischend schlossen sich die Aufzugtüren. Isserley und Anser befanden sich allein in dem großen Raum mit der *Wiege* und dem Geruch nach verbranntem Fleisch.

„Är-rhm", verkündete Anser, als das Schweigen peinlich wurde. „Gibt es vielleicht noch etwas, das ich für Sie tun kann?"

Isserley hielt sich fest umklammert, sie wollte nichts aus sich herauslassen.

„Ich überlege … gerade nur", sagte sie. „Sind Sie … sind da noch … noch *Einmonatswotzel*, die … die zu verarbeiten sind?"

Anser trottete zu dem Wasserbottich hinüber und tauchte die Arme hinein.

„Nein", antwortete er, „wir haben gerade so viele zurechtgemacht, wie nötig war."

Die Bewegung des Wassers harmonierte mit der Musik, die aus den Lautsprechern drang.

„Sie wollen sagen", fragte Isserley, „dass es keine Wotzel mehr gibt, die so weit sind?"

„Oh, da ist noch einer übrig", erwiderte Anser, zog seine Arme aus dem Bottich und schüttelte mit heftigen Schlenkern das überschüssige Wasser zur Seite. „Aber der hält sich noch. Der kann das nächste Mal mit."

„Weshalb kann er denn nicht *diesmal* mit?" drängte Isserley weiter. „Ich würde so gern sehen, wie" – wieder biss sie sich auf die Lippen –, „wie Sie ihn verarbeiten. Ich würde so gern das Endprodukt sehen."

Bescheiden lächelte Anser, als er sich wieder auf alle viere fallen ließ.

„Tut mir Leid, aber die übliche Quote ist bereits verladen", bemerkte er mit einem leisen Anflug von Bedauern.

„Sie wollen sagen", beharrte Isserley, „dass es im Transportschiff keinen Platz für weitere Wotzel gibt?"

Anser sah auf den Boden, musterte seine Hände und hob sie dann eine nach der anderen hoch.

„Ach, da ist noch Platz genug, ja, Platz genug", entgegnete er nachdenklich. „Es ist nur so, dass ... är-rhm ... na ja, *die*" (er verdrehte die Augen Richtung Himmel) „rechnen mit einer bestimmten Menge Fleisch, wissen Sie. Auf der Grundlage der Menge, die wir üblicherweise liefern. Wenn wir mehr verladen, könnten sie von uns erwarten, dass wir im nächsten Monat wieder dieselbe größere Menge schicken, verstehen Sie?"

Isserley presste sich die Hände an die Brust, sie wollte versuchen, das Hämmern in ihrem Herzen zu beruhigen. Doch da war einfach zu viel Polsterung im Weg.

„Das geht schon in Ordnung", versicherte sie Anser, ihre Stimme klang gepresst vor lauter Dringlichkeit. „Ich ... ich kann auch mehr Wotzel bringen. Da gibt es überhaupt keine Probleme. Im Augenblick laufen sehr viele herum. Und ich werde von Mal zu Mal besser bei der Arbeit."

Anser starrte sie an und runzelte verwirrt die Stirn, offenbar wusste er nicht, was er von ihr zu halten hatte.

Isserley starrte zurück, halb tot vor Bedrängnis. Die Teile eines weiblichen Gesichts, die sie hätte benutzen können, um ihn wortlos zu etwas zu bewegen, flehentlich zu bitten, waren alle entfernt oder verstümmelt. Nur die Augen waren ihr geblieben. Sie glänzten hell, als sie ohne zu blinzeln ins Leere starrte.

Minuten später wurde auf Ansers Anweisung der letzte Einmonatswotzel in die Verarbeitungshalle gebracht.

Im Gegensatz zu dem betäubten Neuankömmling, der ihm vorausgegangen war, musste dieser Wotzel nicht getragen werden. Er kam von zwei Männern geführt aufrecht und sanftmütig daher. Tatsächlich musste er kaum geführt werden; wie im Schlaf zog er schlurfend seinen massigen rosafarbenen Körper vorwärts. Die Männer stupsten ihn lediglich mit den Flanken, wann immer er im Begriff schien, zu stolpern oder vom Weg abzuweichen. Sie begleiteten ihn: Das war das richtige Wort. Sie begleiteten ihn zur *Wiege.*

Sein angeschwollener massiger Körper war derart steif und unbeweglich, dass der Wotzel, als er die *Wiege* erreicht hatte und so angestoßen wurde, dass er das Gleichgewicht verlor, wie ein gefällter Baum umkippte und rückwärts mit einem fleischigen Wumms auf das glatte Behältnis fiel. Überraschung lag in seinem Blick, als sein eigenes Mammutgewicht ihn die rutschige Schräge der Rinne hinunterbeförderte; die Männer hatten nichts weiter zu tun, als seine Bewegung so auszurichten, dass seine Schultern in die dafür vorgesehenen Höhlungen fielen.

Langsam und vorsichtig war Isserley näher gekommen, sie brannte darauf, sein Gesicht zu sehen. Die Schweinsäuglein, die in seinem kahl geschorenen Schädel funkelten, waren zu klein, als dass man von weitem den Ausdruck darin hätte deuten können. Um nichts in der Welt durfte ihr entgehen, was dort geschrieben stand.

In rascher Folge schlossen und öffneten sich die Augen des

Einmonatswotzels; seine kuppelförmige Stirn verzog sich zu einem Runzeln. Hier würde jetzt gleich etwas mit ihm geschehen, das über seine Fähigkeit, die Dinge stoisch zu ertragen, weit hinausgehen würde. Zwar hatte er inzwischen gelernt, seiner eigenen massigen Gestalt, seiner eigenen Gleichgültigkeit jeglichem Unbehagen gegenüber zu vertrauen, doch jetzt spürte er, dass er kurz davor war, den Boden unter den Füßen zu verlieren. Angst stieg in ihm auf und suchte irgendwo in den Zellen seiner voll gestopften Physiognomie nach einer Ausdrucksmöglichkeit.

Obwohl er ein Beruhigungsmittel bekommen hatte, kämpfte der Wotzel, allerdings nicht mit den Männern, die ihn festhielten; vielmehr kämpfte er mit seinem eigenen Gedächtnis. Es kam ihm so vor, als habe er Isserley schon einmal irgendwo gesehen. Oder vielleicht erkannte er auch nur, dass sie das einzige Wesen in dem Raum war, das wenigstens annähernd aussah wie er. Wenn irgendjemand irgendetwas für ihn tun würde, dann müsste das wohl sie sein.

Langsam und vorsichtig trat Isserley noch näher heran und gestattete dem Wotzel, seine Aufmerksamkeit ganz auf sie zu richten. Auch sie forschte in ihrem Gedächtnis danach, wo sie ihn unterbringen sollte. Seine Wimpern, die einzigen Haare, die er im Kopf- und Gesichtsbereich noch hatte, waren ungewöhnlich lang.

Derart angestrengt versuchte der Wotzel inzwischen, seine Erinnerung an Isserley wieder aufzufrischen, dass er nicht zu bemerken schien, wie etwas auf seine Stirn herabgesenkt wurde, das dem Zapfhahn einer Tanksäule ähnelte und mit einem langen elastischen Kabel am unteren Ende der *Wiege* befestigt war. Anser führte die Metallspitze des Instrumentes an das faltenlose Fleisch bei der Augenbraue des Wotzels und drückte auf den Griff. Die Lampen im Gebäude wurden beinahe unmerklich schwächer. Nur ein einziges Mal blinzelte der Wotzel mit den Augen, als der Stromstoß durch sein Gehirn und dann an seiner Wirbelsäule entlang nach unten lief. Eine feine Rauchwolke kringelte sich von einem dunkler werdenden Fleck an seiner Braue in die Höhe.

Mit einem Ruck zog Anser ihm das Kinn hoch, um den Hals zu entblößen. Mit zwei eleganten Drehbewegungen aus dem Handgelenk heraus schlitzte er die Arterien im Hals des Wotzels auf, dann trat er zurück, als dampfend heiß und überraschend rot eine Blutfontäne in den silberfarbenen Trog spritzte.

„Ja!“ schrie Isserley unwillkürlich. „Ja!“

Der Klang ihres Schreis erfüllte die Verarbeitungshalle noch, als alle Geschäftigkeit urplötzlich zum Stillstand kam. Ein entsetzliches Schweigen brach herein, das durch eine Pause in der Flötenmusik noch schlimmer wurde. Nichts regte sich, da war nur der nicht aufzuhaltende Blutstrom aus dem weit klaffenden Hals des Wotzels, die schäumende Flüssigkeit, die schimmerte und gärte, Hals und Kopf des Wotzels unter sich begrub und seine Wimpern wie einzelne Verästelungen von Seetang hin und her wirbelte. Die Männer – Anser, Ensel und die anderen – standen wie angewurzelt da. Ihrer aller Augen waren auf Isserley gerichtet.

Isserley krümmte sich so sehr zusammen, dass sie fast vornüberkippte. Die Qualen enttäuschter Erwartung ließen sie die Fäuste abwechselnd ballen und öffnen.

Die Spitze von Ansers Messer schwebte über dem Oberkörper des Wotzels. Isserley wusste, dass der nächste Schritt ganz sicher darin bestände, das Tier vom Hals bis zur Leiste aufzuschlitzen und das Fleisch zur Seite zu klappen wie den oberen Teil eines Overalls. Sehnsüchtig starrte sie auf das Messer, als es eine ganze Weile in der Luft hing. Dann zog

Anser es verheerenderweise zurück und ließ es auf das Tablett fallen.

„Es tut mir Leid, Isserley", erklärte er ruhig, „aber ich glaube kaum, dass es eine besonders gute Idee ist, wenn Sie hier bleiben."

„O bitte", flehte Isserley und krümmte sich. „Lassen Sie sich durch mich nicht abhalten."

„Wir tun hier unten unsere Arbeit", erinnerte der Chef-Verwerter sie streng. „Gefühle haben da keinen Platz."

„Ach, das weiß ich, das weiß ich doch", sagte Isserley zusammenzuckend. „Bitte, fahren Sie einfach fort, so als sei ich gar nicht da."

Anser beugte sich über die *Wiege* und nahm ihr so die Sicht auf den dampfenden Kopf des Wotzels.

„Ich glaube, es ist besser, Sie gehen jetzt", sagte er übertrieben deutlich. Ensel und die anderen schauten nervös zwischen ihm und dem Gegenstand seines Missfallens hin und her.

„Schauen Sie ...", krächzte Isserley. „Weshalb denn die ganze Aufregung? Können Sie denn nicht einfach ... einfach ..."

Sie schaute auf ihre Hände hinunter, weil sie spürte, dass die Männer sie anstarrten. Sie war entsetzt, als sie sah, dass ihre Finger von oben nach unten durch die Luft schlugen, als wolle sie versuchen, mit den Fingernägeln etwas aus der Luft herauszuklauben.

„Ensel", sagte Anser bedächtig. „Ich glaube, Isserley fühlt sich ... vielleicht nicht wohl."

Über den nassen Fußboden kamen die Männer langsam auf Isserley zu, ihre Spiegelbilder zuckten in dem strahlenden Glanz.

„Bleibt bloß weg von mir", sagte sie warnend.

„Bitte, Isserley", sagte Ensel, der immer weiter auf sie zukam. „Du siehst …" Sein Gesicht verzog sich zu einer unbeholfenen Grimasse. „Es ist schrecklich, dich so zu sehen."

„Bleibt bloß weg von mir."

Auf dem grell erleuchteten Areal der Verarbeitungshalle kam es Isserley so vor, als werde das Licht allmählich noch intensiver, als vervielfache sich seine Wattleistung von Sekunde zu Sekunde. Auch schien die Musik unharmonisch zu werden und sich in Übelkeit erregender Weise in ihr Rückgrat zu bohren. Brennender Schweiß lief ihr in die Augen und den Rücken hinunter. Sie befand sich, so fiel ihr plötzlich wieder ein, tief unter der Erde. Die durch Tonnen festen Gesteins umgewälzte Luft mit dem künstlichen Duft nach Meeresgischt war widerlich. Sie war gefangen, umgeben von Wesen, für die dies alles normal war.

Plötzlich griffen sehnige männliche Arme von allen Seiten zu ihr hoch, packten ihre Handgelenke, ihre Schultern, ihre Kleidung.

„Nehmt eure stinkenden Pfoten von mir!" zischelte sie. Doch der Griff, mit dem die Männer sie gepackt hielten, war stärker als der verzweifelte Widerstand, mit dem sie um sich schlug.

„Nein! Nei-ei-n! Nei-ei-ei-n!" brüllte sie, als sie zu Boden geworfen wurde.

In dem Augenblick, in dem sie fiel, fing alles um sie herum an, sich auf Ekel erregende Weise zusammenzuziehen. Die Wände rissen sich von ihren Fundamenten los und glitten zur Mitte des Raumes hin, als würden sie von dem Kampf angelockt. Die Decke, eine massive rechteckige Betonschicht, die von fluoreszierendem Weiß durchzogen war, riss sich zitternd und bebend los und senkte sich drohend auf sie herab.

Kreischend versuchte sie, sich zu einer Kugel zusammenzurollen, doch viele starke Hände hielten sie mit ausgestreckten Armen und Beinen auf dem Boden fest. Dann stürzten Wände und Decke über ihr zusammen, und die Dunkelheit verschlang sie.

ELFTES KAPITEL

Noch bevor sie wieder völlig das Bewusstsein erlangt hatte, nahm Isserley bereits zwei, auf unwirkliche Weise ineinander übergehende Gerüche wahr: rohes Fleisch und vor kurzem niedergegangener Regen. Sie öffnete die Augen. Über ihr erstreckte sich der endlose Nachthimmel, den eine Million weit entfernter Sterne glitzern ließen.

Sie lag auf dem Rücken, in einem Fahrzeug mit offenem Dach, das in einer Garage mit offenem Dach parkte.

Ihr Wagen war es nicht; tatsächlich war es überhaupt kein Wagen, wie ihr allmählich klar wurde. Sie lag in dem mit einem Klappdeckel versehenen, weit geöffneten Rumpf des Transportschiffes, über sich eine gähnende Öffnung im Dach des Hauptgebäudes.

„Ich habe die Männer davon überzeugt, dass frische Luft Ihnen gut tun würde", erklang die Stimme von Amlis Vess, aus nicht allzu großer Distanz.

Isserley wollte ihn sehen und versuchte, den Kopf zu drehen, aber ihr Hals war so steif, dass er genauso gut in einem Schraubstock hätte stecken können. Aus lauter Angst, den gefürchteten Schmerz auszulösen, atmete sie kaum und lag ganz still, und sie fragte sich, wodurch ihr Kopf von dem metallenen Boden angehoben wurde. Von den wie betäubt sich anfühlenden Hüften weg hob sie die klammen Finger und betastete das Material, das unter ihr lag: eine raue, gewebte Matte von der Art, auf der Menschen gern schliefen.

„Als die Männer Sie aus dem Aufzug heraustrugen, schienen Sie zu würgen, beinahe zu ersticken“, fuhr Amlis fort. „Ich hätte Sie gern nach draußen gebracht, aber die anderen wollten mich nicht lassen. Gleichzeitig haben sie sich geweigert, Sie selbst hinauszutragen. Also habe ich sie überredet, dem hier zuzustimmen.“

„Danke“, brummelte sie leidenschaftslos. „Ich bin sicher, ich hätte auch so überlebt.“

„Ja“, räumte er ein, „das hätten Sie zweifellos.“

Isserley musterte den Himmel eingehender. Es war noch eine Spur Violett darin zu sehen, und der Mond schob sich erst zaghaft ins Bild. Es könnte sechs Uhr abends sein, höchstens sieben Uhr. Sie versuchte, den Kopf zu heben. Die Reaktion ihres Körpers war wenig freundlich.

„Kann ich Ihnen helfen?“ fragte Amlis.

„Ich ruhe mich nur aus“, versicherte sie ihm. „Ich habe wirklich einen sehr anstrengenden Tag gehabt.“

Mehrere Minuten vergingen. Isserley gab sich alle Mühe, sich an ihre Zwangslage anzupassen, eine Lage, die ihr sowohl schrecklich als auch lachhaft erschien. Sie bewegte die Zehen, dann versuchte sie, unauffällig ihre Hüften zu bewegen. Ein Schmerz wie von stechenden Nadeln durchzuckte ihr Steißbein.

Taktvoll nahm Amlis Vess davon Abstand, eine Bemerkung zu ihrem tiefen Atemzug zu machen. Stattdessen sagte er: „Ich beobachte den Himmel, seit ich hier bin.“

„Ach ja?“ erwiderte Isserley. Ihre Augen fühlten sich unangenehm verkrustet an, als sie blinzelte. Liebend gern hätte sie sie abgewischt.

„Nichts von dem, was ich mir auch nur entfernt habe vorstellen können, hat mich auf das hier vorbereitet“, fuhr Amlis fort. Seine Aufrichtigkeit war unverkennbar, und das berührte Isserley seltsam.

„Das habe ich anfangs auch gedacht", entgegnete sie.

„Tagsüber ist der Himmel von einem reinen Blau", bemerkte er, als habe sie das bis jetzt womöglich noch nicht festgestellt und als habe er erst ihre Aufmerksamkeit darauf lenken müssen. Mit der tiefen Ernsthaftigkeit seiner Begeisterung konfrontiert, hatte sie plötzlich Lust, vor Lachen loszukreischen.

„Ja, das stimmt", gab sie ihm Recht.

„Und da sind auch noch viele andere Farben", fügte er hinzu.

Diesmal lachte sie wirklich, ein Schnauben, das hauptsächlich Schmerz war.

„Ja, viele", presste sie zwischen den Zähnen hervor. Endlich war es ihr gelungen, die Hände zu heben, und sie verschränkte sie über dem Bauch auf eine Art und Weise, die sie als tröstlich empfand. Zentimeter um Zentimeter kehrte sie ins Leben zurück.

„Wissen Sie", fuhr Amlis fort. „Vor gar nicht allzu langer Zeit fiel ein wenig Wasser vom Himmel." Seine Stimme war etwas höher als gewöhnlich, verletzlich vor Ehrfurcht. „Es fiel einfach vom Himmel. In winzigen Tropfen, tausende davon ganz dicht beieinander. Ich habe hochgeschaut, weil ich wissen wollte, woher sie kamen. Sie schienen aus dem Nichts heraus Gestalt anzunehmen. Ich konnte es kaum glauben. Dann habe ich meinen Mund zum Himmel hin geöffnet. Einige Tropfen fielen geradewegs hinein. Es war ein unbeschreibliches Gefühl. Als wolle die Natur mir regelrecht Nahrung geben."

Isserley fuhr sich mit den Händen über den Stoff ihres Oberteils auf dem Bauch; er war etwas feucht, aber nicht sehr. Es konnte nicht lange geregnet haben.

„Genauso unvermittelt, wie es begonnen hatte, hörte das Niederfallen des Wassers auch wieder auf", sagte Amlis. „Aber auch jetzt noch riecht alles ganz anders."

Inzwischen konnte Isserley ihren Kopf leicht drehen. Sie stellte fest, dass man sie vor einen der Kühlschränke des Schiffes gelegt hatte. Ihr Hinterkopf ruhte auf einem breiten Pedalgestänge am unteren Ende des Gerätes, dessen Funktion darin bestand, beim Darauftreten den Deckel anzuheben. Ihr Kopf war nicht schwer genug, um den Deckel anzuheben; das erforderte das Gewicht eines Mannes.

Zu ihrer Rechten, auf dem Metallboden ganz in der Nähe ihrer Schulter, lagen zwei mit Transparentfolie abgedeckte Tabletts mit Fleisch. Auf dem einen Tablett nur Steaks bester Qualität, von einem tiefen Rotbraun und gut durchwachsen. Das andere, größere Tablett voll bepackt mit minderwertigeren Stücken: gereinigten Eingeweiden vielleicht oder Hirn. Sogar durch die Verpackung hindurch roch es streng. Die Männer hätten das Fleisch wirklich erst fertig einpacken können, bevor sie sie hier liegen ließen.

Sie drehte den Kopf nach links. Amlis saß ein Stückchen von ihr entfernt, und er war immer noch so schön, die Hinterbeine hatte er unter sich verschränkt, die Arme hielt er gerade, den Kopf leicht zu dem offenen Dach des Gebäudes hochgereckt. Sie konnte einen flüchtigen Blick auf seine scharfen weißen Zähne werfen; er aß gerade etwas.

„Sie hätten nicht hier bei mir bleiben müssen", sagte sie und versuchte, die Knie anzuheben, ohne ihn merken zu lassen, wie viel Mühe sie das kostete.

„Ich sitze hier fast den ganzen Tag und die ganze Nacht", erklärte er. „Die Männer wollen mich natürlich nicht aus dem Gebäude herauslassen. Aber durch dieses Loch im Dach kann ich die ungewöhnlichsten Dinge sehen." Doch jetzt wandte er seine Aufmerksamkeit ihr zu, und er stand auf, um näher an sie heranzurücken. Sie hörte das sachte

Klacken seiner krallenbewehrten Finger auf dem Metallboden, als er herantapste.

In respektvoller Entfernung von ihrem ausgestreckten Körper, auf Armeslänge vielleicht, blieb er stehen und ließ sich wieder auf die Hinterbacken sinken, die Hinterbeine unter sich verschränkt. Seine Arme blieben gerade, sein zerzaustes weißes Brustfell streckte sich zwischen ihnen hervor. Sie hatte vergessen, wie schwarz der Flaum auf seinem Kopf war, wie golden seine Augen.

„Stößt all das Fleisch Sie denn nicht ab?“ fragte sie spöttisch.

Er überhörte die ironische Spitze in ihrer Bemerkung.

„Das ist ja alles tot jetzt“, antwortete er. „Jetzt kann ich da ja wohl nichts mehr tun, oder?“

„Ich dachte, Sie versuchen vielleicht immer noch an Moral und Ethik der Männer zu appellieren, wissen Sie“, fuhr Isserley fort und merkte selbst, wie sie den sarkastischen Ton übertrieb.

„Nun, ich habe mein Bestes getan“, erwiderte Amlis in selbstkritischem schnurrenden Ton. „Aber ich erkenne sehr wohl, wann eine Aufgabe hoffnungslos ist. Im Übrigen ist es ja nicht *Ihre* Haltung oder die der Männer, an der ich etwas ändern muss.“ Und er warf einen Blick auf die Ladung im Schiffsrumpf, um sich das Ausmaß des Schlachtens wie auch dessen kommerziellen Zweck deutlich zu machen.

Isserley betrachtete seinen Nacken und seine Schultern und sein Fell, das so weich war, dass es in dem leichten Wind hin- und herwogte. Die Intensität, mit der sie an ihrer Feindseligkeit ihm gegenüber festhielt, ließ mehr und mehr nach, während sie sich vorstellte, dass er seine warme flauschige Brust gegen ihren Rücken legte und mit seinen weißen Zähnen sanft in ihren Nacken biss.

„Was essen Sie da?“ wollte sie wissen, denn sein Kiefer schien in ständiger Bewegung zu sein.

„Ich esse nicht“, erklärte er unbekümmert und kaute einfach weiter.

Unvermittelt kam ein Gefühl der Verachtung in Isserley hoch: Er war wie alle Reichen und Mächtigen – ein blasierter Kerl, der sich bequem im Lügen eingerichtet hatte und der so arrogant war, dass es ihn kalt ließ, wenn andere die Wahrheit kannten. Vor Missbilligung verzog sie das Gesicht, als wolle sie sagen: Na schön, wie Sie wollen. Trotz der Fremdheit ihrer Züge deutete er ihren Gesichtsausdruck sofort richtig.

„Ich esse nicht, ich kaue“, beteuerte er feierlich, doch in seinen bernsteinfarbenen Augen lag ein Zwinkern. „Und zwar Icpathua.“

Da fiel Isserley wieder ein, dass er auf dem Gebiet traurige Berühmtheit erlangt hatte, und obwohl es sie durchaus neugierig machte, gab sie vor, hochmütig darüber zu stehen.

„Ich hätte gedacht, dass Sie aus so etwas inzwischen herausgewachsen sind“, sagte sie.

Doch damit ließ sich Amlis nicht ködern.

„Icpathua ist keine Angewohnheit, die zur Jugendzeit oder einer anderen Phase des Lebens gehört“, erklärte er kühl. „Es ist eine Pflanze, die ihre ureigenen einzigartigen Eigenschaften besitzt.“

„Schön, schön“, seufzte Isserley, wandte den Kopf ab und richtete ihre Aufmerksamkeit wieder auf den sternenübersäten Himmel. „Eines Tages bringt Sie das so oder so um.“

Sie hörte, wie er lachte, hatte sein Gesicht aber dabei nicht gesehen. Das bedauerte sie, und dann ärgerte sie sich darüber, dass sie es bedauerte.

„Da müsste ich schon einen ganzen Ballen so groß wie mein Körper schlucken", sagte er.

Da lachte dann sie, ohne es zu wollen; die Vorstellung, wie er etwas Derartiges bewerkstelligen würde, war merkwürdig komisch. Sie versuchte, ihr Lachen hinter der Hand zu verstecken, doch die Schmerzen in ihrem Rücken waren zu böse, und so lag sie steif da und lachte hilflos in sich hinein, das Gesicht vor ihm entblößt. Je mehr sie lachte, desto weniger hatte sie es unter Kontrolle; sie hoffte nur, er begriff, dass sie über die lächerliche Vorstellung lachte, Amlis Vess angeschwollen wie eine schwangere Kuh zu sehen.

„Icpathua ist ein außerordentlich wirkungsvolles Schmerzmittel, wissen Sie", bemerkte er sanft. „Wieso versuchen Sie es nicht einmal?"

Das vertrieb das Grinsen von Isserleys Gesicht.

„Ich habe keine Schmerzen", erklärte sie ihm mit eisiger Stimme.

„Natürlich haben Sie Schmerzen", erwiderte er in rügendem Tonfall, der seine verhätschelten Vokale noch mehr hervorhob. Wütend stemmte sie sich auf den Ellenbogen auf und durchbohrte ihn mit ihrem schärfsten Blick.

„Ich habe keine Schmerzen, in Ordnung?" wiederholte sie, als der kalte Schweiß qualvollen Schmerzes ihr kitzelnd über die Haut des Oberkörpers fuhr.

Einen Augenblick lang leuchteten seine Augen feindselig auf, dann blinzelte er langsam und gleichgültig, als sei gerade eine weitere Spur des Beruhigungsmittels in seinen Blutkreislauf geflossen.

„Wie immer Sie wollen, Isserley."

Ihren Namen hatte er, soweit sie sich erinnern konnte, nie ausgesprochen. Bis jetzt. Sie hätte gern gewusst, was ihn dazu gebracht hatte und ob dieselbe Konstellation von Bedingungen sich bald wieder einmal ergeben würde.

Aber jetzt sollte sie ihn wirklich irgendwie loswerden. Sie musste unbedingt einige Gymnastikübungen absolvieren, um wieder in Form zu kommen, und um nichts in der Welt würde sie das in seiner Gegenwart tun.

Das Naheliegendste wäre, sich zu entschuldigen und zu ihrem Cottage zu gehen, wohin er ihr nicht folgen konnte. Aber ihre Schmerzen waren zu schlimm, als dass sie versuchen sollte, das halbe Dutzend Metallstufen zwischen dem Schiffsrumpf und dem Hallenboden in Angriff zu nehmen.

Da sie jetzt auf die Ellenbogen gestützt dalag, konnte sie Schultern und Rückgrat ein wenig bewegen, ohne dass es allzu auffällig war. Und sie konnte ihn ablenken, indem sie sich weiter mit ihm unterhielt.

„Was, glauben Sie, wird Ihr Vater mit Ihnen anstellen, wenn Sie wieder zu Hause sind?“ fragte sie.

„Mit mir anstellen?“ Zunächst schien die Frage für ihn keinerlei Sinn zu ergeben. Wieder war sie unabsichtlich mit seiner privilegierten Lebensweise zusammengeprallt. Ganz offensichtlich war die Vorstellung, dass jemand etwas gegen seinen Willen mit ihm anstellen könnte, ihm völlig fremd. Verletzlichkeit war etwas für die niederen Klassen.

„Tatsächlich weiß mein Vater gar nicht, dass ich hier bin“, sagte er schließlich und konnte dabei nicht verhindern, dass sich ein gewisses Behagen in seinem Tonfall bemerkbar machte. „Er glaubt, ich bin in Yssiis oder irgendwo im Nahen Osten. Jedenfalls hatte ich ihm bei unserem letzten Gespräch gesagt, dass ich dahin unterwegs sei.“

„Aber Sie sind doch damit angekommen“, erinnerte ihn Isserley und deutete mit einem Kopfnicken auf das Fleisch und die Kühlschränke um sie herum. „Mit einem Transportschiff von Vess Industries."

„Ja", grinste er, „aber die offizielle Erlaubnis dazu hat mir keiner gegeben." Sein Grinsen war jungenhaft, beinahe kindlich. Er schaute in den Himmel hoch, und wieder bewegte sich das Fell auf seiner Kehle wie wogender Weizen im Wind. „Sehen Sie", sagte er, „mein Vater hegt immer noch die verzweifelte Hoffnung, dass ich eines Tages das Geschäft übernehmen werde. ‚Das Ganze soll doch in der Familie bleiben', sagt er immer. Damit meint er natürlich, dass es ihn *umbringen* würde, wenn sich ein Konkurrent die wertvollste neue Ware der Welt unter den Nagel reißen würde. Im Augenblick sind die Worte ‚Woddissin' und ‚Vess' untrennbar miteinander verbunden; wer sich nach dem Geschmack von etwas unvorstellbar Göttlichem sehnt, denkt automatisch ‚Vess'."

„Wie praktisch für Sie beide", sagte Isserley.

„Mit *mir* hat das doch nichts zu tun – na ja, jedenfalls nicht, seit ich alt genug bin, um Fragen zu stellen. Mein Vater behandelt mich wie einen Sassynil. ‚Was gibt's da schon zu wissen?' sagt er immer. ‚Das Zeug wächst, wir ernten es und verfrachten es hierher.' Aber mit mir tut er nicht ganz so geheimnisvoll wie mit allen anderen. Ich brauche bloß ein Fünkchen Interesse am Geschäft zu zeigen, und man spürt förmlich, wie er schwach wird. Hofft immer noch, dass mir endlich die Augen geöffnet werden. Ich nehme an, deshalb hat er mir auch überall freien Zugang gewährt – einschließlich der Andockhäfen von Vess."

„Na und?"

„Na und, ich will damit sagen ... Auf dieser Fahrt war ich so etwas wie ... wie heißt das denn noch gleich? Ein blinder Passagier."

Wieder lachte sie. Die Knochen und Muskeln in ihren Armen sackten zusammen, und sie landete erneut auf dem Rücken.

„Ich nehme an, je reicher man ist, desto länger muss man suchen, ehe man noch richtigen Nervenkitzel verspürt", bemerkte sie.

Endlich war er beleidigt.

„Ich musste mich mit eigenen Augen davon überzeugen, was hier vor sich geht", knurrte er.

Isserley versuchte noch einmal, sich aufzurichten, und sie überdeckte die Tatsache, dass ihr das nicht gelang, mit einem herablassenden Seufzer.

„Hier geht gar nichts so Ungewöhnliches vor sich", sagte sie. „Hier geht es einfach nur um … Angebot und Nachfrage." Diese letzten Worte sprach sie in einem Singsang, als seien sie eine unsterbliche, durch nichts zu trennende Paarung eingegangen, wie Tag und Nacht oder Mann und Frau.

„Tja, meine schlimmsten Befürchtungen haben sich bestätigt", fuhr er fort und achtete gar nicht auf das, was sie gesagt hatte. „Die Grundlage dieses ganzen Geschäfts ist entsetzliche Grausamkeit."

„Sie wissen doch gar nicht, was Grausamkeit ist", sagte sie und spürte all die Stellen auf und in ihrem Körper, an denen sie verstümmelt worden war. Was konnte dieser verwöhnte junge Mann doch von Glück reden, dass seine „schlimmsten Befürchtungen" sich um das Wohlergehen exotischer Tiere drehten anstatt um Schrecken, denen er sich im Überlebenskampf womöglich selbst gegenübersehen würde.

„Sind Sie je unten in den Siedlungen gewesen, Amlis?" fragte sie ihn herausfordernd.

„Ja", antwortete er in seiner übertrieben perfekten Aussprache. „Natürlich. Jeder sollte sich einmal davon überzeugen, wie es dort unten zugeht."

„Aber Sie waren sicher nie lange genug dort unten, um sich unbehaglich zu fühlen, was?"

Ihre scharfe Erwiderung brachte ihn in Rage; seine Ohren richteten sich steif auf.

„Was schlagen Sie denn vor, das ich tun soll?" fragte er. „Mich freiwillig zur Zwangsarbeit melden? Mir den Schädel von irgendwelchen Schlägertypen einhauen lassen? Ich bin *reich*, Isserley. Muss ich mich dafür umbringen lassen oder Abbitte leisten?"

Isserley verweigerte die Antwort. Ihre Finger hatten sich wieder zu ihren verkrusteten Augen hochgetastet. Es war eine zarte Kalkschicht getrockneter Tränen, die sie im Schlaf geweint hatte. Sie wischte sie weg.

„*Sie* sind hierher gekommen", sagte Amlis, „um einem harten Leben zu entfliehen, habe ich Recht? *Ich* habe nie ein hartes Leben gehabt, wofür ich von Herzen dankbar bin, das kann ich Ihnen versichern. Leiden will schließlich keiner, wenn es sich vermeiden lässt. Wir, als Menschen, wollen doch sicher alle dasselbe."

„Sie werden nie wissen, was ich will", zischte sie ihn mit einer Heftigkeit an, die sie selbst überraschte.

Eine Weile erstarrte die Unterhaltung in eisigem Schweigen. Kalte Windböen drangen durch das Dach des Gebäudes herein; der Himmel wurde noch dunkler; der Mond ging auf, ein kreisrunder See phosphoreszierenden Schwebens. Nach einiger Zeit trug der Wind ein einzelnes Blatt in das Gebäude hinein; es flatterte hinunter auf den Schiffsrumpf, und sofort stürzte sich Amlis darauf. Wieder und wieder drehte er es in seinen Händen hin und her, während Isserley mühsam versuchte, sich von ihm abzuwenden.

„Erzählen Sie mir von *Ihren* Eltern“, sagte er schließlich, als fordere er sie auf, ihren Teil eines denkbar günstigen und einfachen Geschäftes zu erfüllen. Isserley spürte, wie etwas gegen eine harte Masse unverdauten Hasses in ihren Eingeweiden stieß.

„Ich habe keine Eltern mehr“, antwortete sie mit eisig warnendem Unterton.

„Na, dann erzählen Sie mir eben, wie sie waren, als sie noch lebten“, verbesserte er sich.

„Ich spreche nicht über meine Eltern“, erklärte Isserley. „Nie. Da gibt es nichts zu erzählen.“

Amlis schaute ihr in die Augen und akzeptierte ohne weiteres, dass er an die Grenzen eines Gebietes gestoßen war, zu dem man ihm, obwohl er Amlis Vess war, keinen Zugang gewähren würde. Er seufzte.

„Wissen Sie“, sagte er beinahe verträumt, „ich glaube zuweilen, dass die einzigen Dinge, die es wirklich wert sind, dass man über sie spricht, die Dinge sind, über die zu reden die Leute sich hartnäckig weigern.“

„Ja“, sagte Isserley barsch, „zum Beispiel, weshalb manche Leute in ein Leben des Faulenzens und Philosophierens hineingeboren werden, während andere in eine Grube gestoßen und dazu angehalten werden, sich verdammt noch mal mit der Arbeit zu sputen.“

Amlis kaute auf seinem Icpathua, seine Augen verengten sich vor Wut und Mitleid.

„Für alles im Leben muss man bezahlen, Isserley“, entgegnete er. „Auch dafür, dass man reich geboren wurde.“

„Ja, klar“, schnaubte sie verächtlich, ihr war ganz elend vor Verlangen, über den weißen Flaum auf seiner Brust zu streichen, der Linie seiner seidigen Flanken zu folgen. „Man sieht ja auch ganz leicht, wie Ihnen das geschadet hat.“

„Nicht jeder Schaden, der einem zugefügt wurde, ist offensichtlich“, sagte er leise.

„Nein“, gab sie verbittert zurück, „aber es sind doch die offensichtlichen Schäden, nach denen sich die Leute die Köpfe verdrehen, meinen Sie nicht? Das Brandzeichen, das jeder sofort erkennt, was, Mr. Vess?“

Erschreckenderweise reckte er sich hoch, stand bei ihrer Schulter und senkte den Kopf dicht, schockierend dicht, zu ihrem Kopf herab.

„Hören Sie mir doch zu, Isserley“, bedrängte er sie, sein schwarzes Gesichtshaar sträubte sich, der warme Atem aus seinem Mund kitzelte ihren Hals. „Glauben Sie etwa, ich sehe nicht, dass Ihnen das halbe Gesicht weggeschnitten wurde? Glauben Sie etwa, ich merke nicht, dass man Ihnen merkwürdige Höcker aufgepflanzt, Ihre Brüste entfernt, Ihren Schwanz amputiert, Ihr Fell abrasiert hat? Glauben Sie etwa, ich kann mir nicht vorstellen, was Sie bei alldem empfinden?“

„Das möchte ich bezweifeln“, stieß sie keuchend hervor, die Augen brannten ihr.

„Natürlich sehe ich, was man Ihnen angetan hat, aber was mich wirklich interessiert, ist das innere Wesen eines Menschen“, drängte er weiter.

„Oh, *bitte*, Amlis: Ersparen Sie mir diesen Mist“, stöhnte Isserley und wandte den Kopf von ihm ab, als ihr die Tränen aus den Augen die eine Wange hinunterströmten, um in der hässlichen Spaltöffnung ihres verstümmelten Ohres zu verschwinden.

„Glauben Sie etwa, niemand ist in der Lage zu spüren, dass Sie tief in Ihrem Innern ein menschliches Wesen sind?“ rief er aus.

„Wenn solche Leute wie Sie gespürt hätten, dass ich verdammt noch mal ein menschliches Wesen bin, hätten sie mich doch wohl nicht in die Siedlungen geschickt, oder?" schrie sie ihm als Antwort entgegen.

„Aber Isserley, *ich* habe Sie doch nicht in die Siedlungen geschickt."

„O nein", wütete sie, „kein Einziger ist persönlich verantwortlich, was?"

Mit einer heftigen Bewegung drehte sie sich weg von ihm, vergaß aber, sich gegen den Schmerz zu wappnen. Er schoss ihr durch das Rückgrat, wie ein Fleischspieß, der sie vom Brustkasten bis zum Rektum durchbohrte. In dem Augenblick, in dem sie aufschrie, war Amlis auch schon an ihrer Seite.

„Lassen Sie mich Ihnen helfen", sagte er und legte ihr einen Arm um die Schultern und seinen Schwanz um das Kreuz.

„Lassen Sie mich in Ruhe!" weinte sie.

„Erst wollen wir einmal dafür sorgen, dass Sie sich aufsetzen können", war seine Antwort darauf.

Er half ihr, sich auf die Knie hochzuziehen, dabei streifte seine samtige, knochige Stirn ihre Kehle, dann trat er sofort wieder zurück und gestattete ihr, ihren Gleichgewichtspunkt zu finden.

Sie streckte ihre steifen Glieder und spürte die krampfhafte Anspannung tief in ihrem Fleisch, den lange nachklingenden Schauer seiner Berührung auf ihrer Haut. Ihre Schulterblätter knackten gefährlich, als sie sie rotieren ließ; sie konnte es sich jetzt nicht leisten, sich Sorgen darüber zu machen, was sie wohl für einen Eindruck hinterließ. Sie schaute sich nach Amlis um, sah, dass er sich einmal kurz tiefer in den Laderaum hinabbeugte.

„Hier, nehmen Sie etwas davon", sagte er und näherte sich ihr auf drei Beinen, in der freien Hand hielt er einen Klumpen irgendeiner pflanzlichen Substanz. Er machte einen ganz ernsten Eindruck, was Isserley auf unerklärliche Weise komisch erschien.

„Ich bin gegen Drogen", protestierte sie, dann brach sie plötzlich in schallendes Gelächter aus, ihre brüchigen Verteidigungsmechanismen wurden vom Schmerz aus den Angeln gehoben. Sie wischte sich frische Tränen von den Wangen, nahm einen moosartigen kleinen Zweig Icpathua von ihm an und steckte ihn sich in den Mund.

„Ich muss es einfach nur kauen, oder?"

„Ja", antwortete er. „Nach einer Weile wird es zu einer Art Wiederkäu-Brei, und dann brauchen Sie gar nicht mehr weiter darüber nachzudenken."

Eine halbe Stunde später ging es Isserley bedeutend besser. Ein Gefühl des Betäubtseins, ja sogar des Wohlbefindens, breitete sich in ihrem Körper aus. Direkt vor Amlis Vess absolvierte sie ihre Gymnastikübungen, und es machte ihr gar nichts aus. Er redete und redete über das Übel des Fleischessens, und was er sagte, kam ihr irgendwie rührend und komisch vor. Er war wirklich ein sehr komischer junger Mann, vorausgesetzt, man nahm sich seine frömmlerisch belehrenden Phantastereien nicht allzu sehr zu Herzen. Sie genoss den tiefen Klang seiner monoton immer weiter surrenden Stimme und drehte ihre Glieder langsam, versuchte, sich auf ihren eigenen Körper zu konzentrieren, und kaute wieder und wieder auf dem bitteren Kraut herum.

„Wissen Sie", sagte Amlis, „seit die Leute angefangen haben, Fleisch zu essen, tauchen immer wieder Berichte über einige mysteriöse Krankheiten auf. Und es hat ungeklärte Todesfälle gegeben."

Isserley grinste; seine Untergangspredigten hatten so etwas feierlich Erheiterndes.

„Sogar die Elite deutet an, es könne da womöglich die ein oder andere Gefahr bestehen“, beharrte er.

„Tja“, erwiderte sie nonchalant, „dazu kann ich nur so viel sagen: Wir hier unten legen bei unserer Arbeit nur die allerhöchsten Qualitätsmaßstäbe an.“

Wieder prustete sie los, und zu ihrer Überraschung fiel er mit ein.

„Was kostet übrigens bei uns zu Hause ein Woddissin-Filet?“ fragte sie und streckte die Arme dem Nachthimmel entgegen.

„Etwa neun- oder zehntausend Liss.“

Unvermittelt hörte sie mit ihren Drehungen auf und sah ihn ungläubig an. Zehntausend Liss waren der Betrag, den ein durchschnittlicher Bürger pro Monat für Wasser und Sauerstoff zu zahlen hatte.

„Machen Sie Witze?“ fragte sie und starrte ihn mit offenem Mund an, die Hände ließ sie am Körper herabsinken.

„Wenn es weniger als neuntausend kostet, kann man sicher sein, dass es mit irgendetwas anderem versetzt wurde.“

„Aber … wer kann sich denn so etwas leisten?“

„Fast keiner. Was natürlich dazu führt, dass es irrsinnig begehrt ist.“

Nachdenklich schnüffelte Amlis an einem Stapel scharlachroten, mit Folie abgedeckten Fleisches, als wolle er zu einer abschließenden Meinung darüber kommen, ob er es zu Hause schon einmal in seiner endgültigen Gestalt gerochen hatte. „Wenn einer einen Beamten bestechen, sich bei einem Kunden einschmeicheln … oder eine Frau verführen will … Nichts sonst ist dafür derart geeignet.“

Isserley konnte es immer noch nicht ganz fassen.

„Zehntausend Liss …“, staunte sie.

„Inzwischen ist es so“, fuhr Amlis fort, „dass Fleisch etwas *derart* Kostbares ist, dass sie doch tatsächlich versuchen, es in Laboratorien künstlich herzustellen.“

„Und dann soll ich wohl arbeitslos werden, was?“ fragte Isserley und machte sich wieder an ihre Übungen.

„Tja, vielleicht“, entgegnete Amlis. „Vess Industries zahlt ein Vermögen für den Transport.“

„Ich bin sicher, die Leute von Vess können sich das leisten.“

„Natürlich können sie das. Aber trotzdem wären sie die Sorge liebend gern los.“

Isserley streckte ihre Arme waagerecht von sich und fuhr damit langsam durch die Luft.

„Die Reichen werden sich nie und nimmer damit zufrieden geben, die werden immer richtiges Fleisch haben wollen“, erklärte sie.

Amlis spielte mit seinem Blatt und hantierte so weit damit herum, wie es möglich war, ohne es kaputtzumachen.

„Es ist im Gespräch“, sagte er, „Fleisch für die Armen auf den Markt zu bringen, und zwar in einer minderen Qualität. Mein Vater macht um die ganze Sache natürlich noch ein großes Geheimnis. Aber zufällig weiß ich, dass inzwischen ein paar reichlich merkwürdige Experimente durchgeführt wurden. Das ist eben alles Geschäft. Mein Vater würde den ganzen Planeten in Stücke hacken, wenn er vermuten würde, es ließe sich Profit damit erzielen.“

Isserley drehte sich langsam auf einem Fuß, wie ein Propeller oder ein Wetterhahn. Das war etwas, das sie nie im Leben hätte tun können, hätte man an ihrem Körper nicht herumgepfuscht. Auf eine gewisse schüchterne Art produzierte sie sich vor Amlis.

„Es gibt da einen recht scheußlichen Snack“, erklärte er, „der in den Siedlungen inzwischen sehr beliebt ist – hauchdünne Scheibchen einer stärkehaltigen Knolle, in Fett frittiert und zu knackigen Chips getrocknet. Vess Incorporated hat diese Scheiben mit einer Art Wotzel-Nebenprodukt aromatisiert. Die Nachfrage ist phänomenal.“

„Abschaum ernährt sich eben von Abschaum“, sagte Isserley und streckte sich wieder dem Himmel entgegen.

Außerhalb des Transportschiffes war jetzt ein zischendes Geräusch zu hören. Isserley und Amlis schauten über den Rand des Schiffsrumpfes in das Gebäude hinunter und sahen Ensel und einen anderen Mann aus dem Aufzug treten. Die beiden Männer schauten über die gähnende Leere des Betonbodens hinweg zu ihnen hoch.

„Wir wollten einfach nur einmal nachschauen“, rief Ensel, und seine raue Stimme wurde hohl und echoartig von den metallenen Wänden zurückgeworfen, „ob mit dir auch alles in Ordnung ist.“

„Mir geht es gut, Ensel“, erwiderte Isserley, die ihn kaum beachtete. „Und Mr. Vess ist hier wirklich gut aufgehoben.“

„Äh … na schön“, sagte Ensel. „Na schön.“ Und ohne ein weiteres Wort drehte er sich auf der Stelle um und betrat wieder den Aufzug, sein Gefährte folgte ihm. Ein weiteres Zischen, und sie waren fort.

Amlis sprach ganz ruhig an Isserleys Schulter.

„Sie bedeuten Ensel wirklich sehr viel, wissen Sie das?“

„Ach, der soll doch seinen blöden Schwanz nehmen und mich mal am Arsch lecken“, sagte Isserley und holte mit der Zunge das zu Brei zerkaute Icpathua-Stück aus der Wange, um weiter darauf herumzukauen.

Über ihnen hatte es inzwischen wieder angefangen zu regnen, wenn auch nur leicht. Voller Staunen und Verwunderung schaute Amlis in das Dunkel hinauf. Die Sterne waren verschwunden; ein milchiger Nebel war an ihre Stelle getreten, und die leuchtende schwebende Scheibe war beinahe überhaupt nicht mehr zu sehen. Wassertropfen, die gegen sein Fell klatschten, sanken sofort in die dunklen, glatten Tiefen und glitzerten und vibrierten auf seiner strahlend weißen Brust. Zögerlich hob er sich auf seine Hinterbeine hoch, lehnte sich auf seinen Schwanz zurück und öffnete den Mund. Seine Zunge hatte Isserley bisher noch nicht gesehen. Sie war genauso rot und rein wie das Blütenblatt einer Anemone.

„Isserley", sagte er und schluckte. „Stimmt es, was man sich über das Meer erzählt?"

„Mhm?" Sie freute sich an dem Regen auf ihrem Gesicht; sie wünschte sich, er möge heftig niederprasseln.

„Ich habe die Männer darüber reden hören", fuhr Amlis fort. „Eine Wassermasse, die irgendwie ... direkt neben dem Festland liegt und dort auch dauerhaft bleibt. Sie haben es aus der Ferne gesehen. Sie sagen, dass das Meer riesig ist und dass Sie ständig dort hingehen."

„Ja", seufzte sie. „Das stimmt."

Die Öffnung im Dach des Hauptgebäudes schloss sich allmählich; offenbar hatte Ensel entschieden, dass sie inzwischen genug frische Luft gehabt hatte.

„Und als ich diese armen Wotzel freigelassen hatte", sagte Amlis, „habe ich, obwohl es stockdunkel war, etwas gesehen, das ... aussah wie ... *Bäume*, nur unglaublich riesig, viel größer als dieses Gebäude." Sein vornehmer Akzent war jetzt wirklich Mitleid erregend; er war wie ein Kind, das die Herrlichkeit des Universums in gespreizter Sandkastensprache zusammenzufassen versuchte.

„Ja, ja", lächelte sie. „Das stimmt alles. Es ist alles da draußen."

Das Dach war jetzt allerdings geschlossen; die Außenwelt war verschwunden.

„Nehmen Sie mich mit hinaus, damit ich es auch einmal sehen kann, bitte", sagte Amlis plötzlich, und seine Stimme hallte schwach in dem Hangar als Echo nach.

„Völlig ausgeschlossen", antwortete sie kategorisch.

„Aber es ist doch dunkel", drängte er. „Kein Mensch würde uns sehen."

„Völlig ausgeschlossen", wiederholte sie.

„Machen Sie sich Sorgen wegen der Wotzel? Diese stumpfsinnigen Tiere können doch wohl kaum sehr gefährlich werden, oder?" sagte er flehentlich.

„O doch, sehr gefährlich", versicherte sie ihm.

„Eine Gefahr für Leib und Leben oder für den reibungslosen Ablauf der Geschäfte von Vess Industries?"

„Die Geschäfte von Vess Industries sind mir scheißegal."

„Dann nehmen Sie mich doch mit", beschwor er sie. „In Ihrem Fahrzeug. Ich werde ganz brav sein, das verspreche ich. Ich will doch nur einmal schauen. Bitte."

„Nein, habe ich gesagt."

Einige Minuten später fuhr Isserley langsam unter der Laube aus ineinander verschlungenen Baumästen am Bauernhaus von Esswis vorbei. Im Haus war Licht, wie üblich. Die Scheinwerfer hatte Isserley nicht eingeschaltet. Sie konnte auch im Mondlicht gut genug sehen, und so brauchte sie auch ihre Brille nicht aufzusetzen. Im Übrigen war sie diesen Pfad bereits hunderte von Malen zu Fuß entlanggegangen.

„Wer hat denn diese Häuser gebaut?" fragte Amlis, der auf dem Beifahrersitz hockte, seine Hände lagen auf dem Rand des Armaturenbrettes.

„Das waren wir“, antwortete Isserley gelassen. Sie war froh, dass keine Häuser jenseits des Bauernhofgeländes zu sehen waren und dass ihr eigenes verfallenes Cottage wie etwas aussah, das man aus herumliegenden Steinstückchen und Schutt zusammengestoppelt hatte. Über das wesentlich imposantere Haus von Esswis sagte sie: „Das da ist für Esswis gebaut worden. Er ist gewissermaßen mein Chef. Er repariert die Zäune, besorgt das Tierfutter, lauter solche Sachen.“

Sie fuhren dicht am Haus von Esswis vorbei, so dicht, dass Amlis die beschlagenen Fensterscheiben und die klobigen Ziergegenstände aus Holz auf den Fensterbrettern erkennen konnte.

„Wer hat das denn geschnitzt?“

Isserley schaute auf die Figuren.

„Ach, das war Esswis“, antwortete sie automatisch, als sie vorbeifuhren. Doch diese Lüge konnte, so wurde ihr plötzlich bewusst, durchaus auch die Wahrheit sein. Vor ihrem inneren Auge leuchtete kurz eine Reihe von Gestalten aus Treibholz auf, die zu skelettartiger Eleganz zurechtgeschnitzt und -geschliffen waren, zu ballettösen Haltungen der Qual erstarrt, Seite an Seite hinter den doppelt verglasten Fenstern aufgestellt. Vielleicht verbrachte Esswis so die einsameren Winterstunden.

Isserley fuhr durch die offenen Felder, auf denen verstreut runde Heuballen lagen wie schwarze Löcher am Horizont. Ein Feld lag brach, auf dem Feld gegenüber wuchs üppig das geheimnisvolle grüne Laub der Kartoffeln. Hier und da sprossen Büsche und Bäume, die keinerlei landwirtschaftlichem Zweck dienten, dem Himmel entgegen und stellten, entsprechend der Art, frostunempfindliche Blüten oder lange, zerbrechlich wirkende Zweige zur Schau.

Isserley wusste, was in Amlis vorgehen musste: Hier breitete sich pflanzliches Leben aus, das nicht in großen Behältern gezüchtet oder aus kalkigem, schleimigem Boden gegraben werden musste, sondern das wie ein Freudenausbruch direkt in den Himmel wuchs. Hier reihte sich ein Hektar heiter-gelassener Fruchtbarkeit an den anderen und versorgte sich scheinbar völlig ohne menschliches Nachhelfen ganz allein. Und dabei sah er die Felder von Ablach nur im Winter: Wenn er doch sehen könnte, was sich hier im Frühjahr tat.

Sie fuhr sehr, sehr langsam. Der Pfad zur Küste war eigentlich nur für Fahrzeuge mit Vierradantrieb befahrbar, und sie wollte ihr Auto nicht beschädigen. Außerdem nagte die unsinnige Angst an ihr, dass eine Unebenheit im Boden ihr die rechte Hand zur Seite schnellen lassen könnte und sie dann versehentlich den Icpathua-Schalter betätigen würde. Wenn auch Amlis nicht angeschnallt war und vor lauter Aufregung auf dem Sitz hin und her rutschte, könnten ihn die Nadeln doch erwischen.

Beim großen Tor am Ende des Pfades auf Ablach, ganz in der Nähe der Klippen, hielt Isserley den Wagen an und stellte den Motor ab. Von dieser Stelle aus hatte man ungehinderte Sicht auf die Nordsee, die in dieser Nacht ganz silbern unter einem Himmel lag, dessen östliche Ränder grau von kommendem Schnee waren, während im Westen Mond und Sterne immer noch hell schienen.

„Oh“, sagte Amlis leise.

Er befand sich mehr oder weniger im Schockzustand, das sah sie deutlich. Er starrte geradeaus auf die sich weithin erstreckenden, unwirklichen Wassermassen, und sie starrte zur Seite auf sein Gesicht und konnte mit Gewissheit darauf vertrauen, dass ihr sehnsüchtiges Schmachten ihm nicht bewusst wurde.

Nach einer ganzen Weile war Amlis dann bereit, eine Frage zu stellen. Isserley wusste, was das für eine Frage sein würde, noch bevor er überhaupt den Mund geöffnet hatte, und antwortete ihm, ehe er zu sprechen beginnen konnte.

„Diese dünne Linie glänzenden Lichts dort", sagte sie und deutete darauf. „Da endet das Meer. Na ja, das heißt, es endet nicht wirklich dort, es geht ewig so weiter. Aber dort endet unsere Wahrnehmung davon. Und darüber: Da beginnt der Himmel. Sehen Sie?"

Es war auf fast schmerzliche Weise ergreifend, aber auch irgendwie köstlich, wie Amlis in ihr die Wächterin über eine ganze Welt zu sehen schien, als gehöre diese Welt ihr. Und vielleicht tat sie das ja auch.

Der furchtbare Preis, den sie hatte zahlen müssen, hatte diese Welt auf gewisse Weise zu ihrer Welt gemacht. Sie zeigte Amlis, was der natürliche Raum jedes Menschen sein könnte, der das höchste Opfer auf sich nahm – ein Opfer, das außer ihr niemand zu bringen gewagt hatte. Nun ja, außer ihr und Esswis. Doch Esswis verließ sein Bauernhaus praktisch nie, war wahrscheinlich niedergeschmettert von seiner Entstellung. Landschaftliche Schönheiten bedeuteten ihm nichts; sie waren kein ausreichender Trost. Sie dagegen zwang sich immer wieder, hierher zu kommen und zu sehen, was es zu sehen gab. Täglich setzte sie sich dem weiten, unvoreingenommenen Himmel aus und war froh, getröstet zu werden.

Nach einiger Zeit tauchte eine Schafherde auf, eines nach dem anderen marschierten die Tiere den Klippenrand an der äußeren Begrenzung von Ablach Farm entlang. Ihr Fell glänzte im Mondlicht, ihre schwarzen Gesichter vor dem düsteren Stechginster waren fast unsichtbar.

„Was sind das denn für Wesen?" staunte Amlis und drückte sich die Nase an der Fensterscheibe platt.

„Man nennt sie Schafe", erklärte ihm Isserley.

„Woher wissen Sie das?"

Isserley überlegte blitzschnell.

„So nennen sie sich selbst", sagte sie.

„Sie sprechen deren Sprache?" fragte er und starrte mit weit aufgerissenen Augen, als die Wesen vorbeitrotteten.

„Nicht richtig", sagte sie. „Nur ein paar Worte."

Er schaute auch noch dem Letzten von ihnen hinterher, sein Kopf näherte sich mehr und mehr Isserleys Kopf, als er beobachtete, wie die Schafe sich langsam aus seinem Blickfeld entfernten.

„Haben Sie je versucht, die Schafe als Fleisch zu verwerten?" fragte Amlis.

Isserley war verblüfft. „Das meinen Sie doch wohl nicht ernst, oder?"

„Woher soll ich wissen, auf was für Ideen ihr Leute noch so kommt?"

Wiederholt blinzelte Isserley und suchte nach etwas, das sie sagen konnte. Wie konnte er sich so etwas überhaupt nur vorstellen? Gab es da eine gewisse Rücksichtslosigkeit, die Vater und Sohn miteinander gemein hatten?

„Sie gehen … sie gehen auf allen *vieren*, Amlis, sehen Sie das denn nicht? Sie haben ein Fell – einen Schwanz – Gesichtszüge, die sich von unseren gar nicht so sehr unterscheiden …"

„Na hören Sie", sagte er gereizt, „wenn Sie schon das Fleisch eines Lebewesens essen …"

Isserley seufzte; sie sehnte sich danach, ihm einfach den Zeigefinger auf die Lippen zu legen und ihn zum Schweigen zu bringen.

„Bitte", flehte sie, als auch das letzte Schaf in einem Stechginstertunnel verschwunden war. „Verderben Sie das jetzt nicht.“

Aber er, typisch Mann, ließ sich nicht davon abbringen, die Vollkommenheit des Augenblicks kaputtzumachen; er schlug zu dem Zweck nur eine andere Richtung ein.

„Wissen Sie“, sagte er, „ich habe ziemlich viel mit den Männern geredet.“

„Mit welchen Männern?“

„Mit den Männern, mit denen Sie arbeiten.“

„Ich arbeite allein.“

Amlis holte tief Luft; fing noch einmal von vorn an.

„Die Männer sagen, Sie sind gar nicht mehr Sie selbst.“

Isserley schnaubte verächtlich. Das war bestimmt Ensel, von dem er da sprach. Ensel, der nur aus Krätze und Narben und geschwollenen Eiern bestand und sich vor dem hohen Tier, das zu Besuch gekommen war, einmal so richtig auskotzte. Vertrauliche Geständnisse von Mann zu Mann.

Sie spürte, wie das Gift des Hasses wieder in ihren Kreislauf strömte, und sie war traurig, ja fast beschämt: Was war es doch für eine Erleichterung gewesen, das einmal nicht spüren zu müssen, und sei es auch nur für eine kleine Weile! Konnte das bisschen Brei, auf dem sie herumgekaut hatte, tatsächlich eine derart besänftigende Wirkung haben? Sie drehte sich zu Amlis um und lächelte unbeholfen.

„Haben Sie noch etwas von dem ... äh ...“ Zwing mich nicht, es auszusprechen, dachte sie.

Von dem Klumpen Icpathua, den Amlis mitgebracht hatte, reichte er ihr noch ein kleines Zweiglein.

„Die Männer sagen, Sie haben sich sehr verändert“, sagte er. „Ist Ihnen irgendetwas zugestoßen?“

Während Isserley sein Geschenk noch in der Hand

hielt, gab sie sich alle Mühe, ihre Verbitterung im Zaum zu halten.

„Ach, nur die ein oder andere Pechsträhne von Zeit zu Zeit. Reiche junge Männer, die versprochen haben, sich um mich zu kümmern, und dann dabeistehen und zuschauen, wie ich in die Scheißgrube runtergeschickt werde. Mein Körper, der zerstückelt wird. Solche Sachen eben."

„Ich meine, jetzt kürzlich."

Isserley lehnte den Kopf zurück an den Sitz und schob das Icpathua zu dem, das sie immer noch im Mund hatte.

„Mir geht es gut", seufzte sie. „Meine Arbeit ist ziemlich schwierig, das ist alles. Es geht mal rauf und mal runter. Sie würden das nicht verstehen."

Am Horizont braute sich mit großer Geschwindigkeit eine Schneewolke zusammen. Sie wusste, dass er nicht die geringste Ahnung hatte, was das war, und dieses Wissen genoss sie.

„Wieso kündigen Sie nicht?" schlug er vor.

„Kündigen?"

„Ja, kündigen. Einfach nicht mehr weitermachen."

Isserley verdrehte die Augen zum Himmel beziehungsweise zum Dach ihres Autos. Die Polsterung, das sah sie jetzt, war in einem reichlich schäbigen Zustand.

„Ich bin überzeugt, Vess Incorporated wäre zutiefst beeindruckt", seufzte sie. „Ihr Alter Herr würde mir seine ganz persönlichen Glückwünsche für mein weiteres Wohlergehen schicken, da bin ich mir sicher."

Amlis lachte wegwerfend.

„Ja, glauben Sie denn, mein Vater macht sich die Mühe und kommt extra hierher, um Ihnen seine Zähne in den Nacken zu graben?" fragte er. „Der schickt einfach jemanden, der Ihren Platz einnehmen wird. Hunderte von Leuten betteln um solch eine Chance."

Das war für Isserley durchaus eine Neuigkeit – eine schreckliche, Übelkeit auslösende Neuigkeit.

„Das kann doch nicht stimmen", hauchte sie.

Einen Augenblick lang schwieg Amlis, als er versuchte, einen sicheren Weg über das hinweg zu finden, was sich zwischen ihnen aufgetan hatte: die schartigen Falltüren ihres Kummers.

„Nicht einen Moment lang würde ich das klein machen wollen, was Sie durchlitten haben", sagte er vorsichtig, „aber Sie müssen begreifen, dass bei uns zu Hause Gerüchte über diesen Ort im Umlauf sind – Gerüchte über den Himmel, und darüber, dass man die Sterne sehen kann, über die Reinheit der Luft, die Üppigkeit von allem. Da erzählt man sich sogar Geschichten über riesige Wassermassen – und wie sich all das Wasser weiter und immer weiter hinzieht" (er lachte), „kilometerweit an einem Stück."

Dann sagte er eine Weile nichts mehr, wartete, bis sie bereit dazu war. Sie hatte sich in ihren Sitz zurückgelehnt, die Augen waren ihr zugefallen. Im Mondlicht wirkten ihre feuchten Lider silbrig und mit einem komplizierten Muster versehen, wie das Blatt, das er im Hauptgebäude bewundert hatte.

Und sie ist doch schön, dachte er, auf ihre eigene äußerst merkwürdige Weise.

Schließlich sprach Isserley wieder.

„Sehen Sie, ich kann doch nicht einfach kündigen", erklärte sie. „Meine Arbeit gibt mir ein Zuhause ... Nahrung ..." Sie gab sich große Mühe, noch mehr zu finden.

Das wartete Amlis nicht ab. „Die Männer haben mir erzählt, Sie leben praktisch nur von Brot und Mussantapaste", sagte er. „Ensel sagt, dass es scheint, Sie kämen meistens mit nichts weiter als Luft aus. Wollen Sie mir sagen, dass in dieser Welt hier nichts wächst, von dem Sie leben könnten? Und dass es hier keinen Platz gibt, den Sie sich als Zuhause einrichten könnten?"

Wütend packte Isserley das Lenkrad.

„Wollen Sie mir etwa nahe legen, dass ich wie ein Tier leben soll?"

Lange Zeit saßen sie schweigend da, während sich die Schneewolken über dem Firth sammelten und dann Richtung Bauernhof trieben. Isserley, die Amlis verstohlene Blicke zuwarf, bemerkte, dass sich zu seiner Ehrfurcht und seiner Aufregung jetzt Unbehagen gesellt hatte: Unbehagen, sie gekränkt zu haben, Unbehagen angesichts dessen, was da über ihm geschah. In seinen unerfahrenen Augen sahen die Schneewolken zweifellos so aus wie die Verderben bringende Dunstglocke zu Hause, die Art Dunstglocke, die zuweilen so entsetzlich giftig war, dass sogar die Elite gezwungen wurde, unter der Erde Zuflucht zu suchen.

„Wird uns … wird uns hier auch nichts passieren?" fragte er schließlich, genau in dem Augenblick, als der Mond von dem wirbelnden grauen Nebel verschluckt wurde.

Isserley grinste. „Kein Abenteuer ohne Gefahr, Amlis", schalt sie ihn.

Schneeflocken fingen an, durch die Luft zu wirbeln, drehten sich wild, zitterten, schraubten sich in die Tiefe, tauchten herab und landeten auf der Fensterscheibe. Amlis zuckte zusammen. Dann wehten ein paar Flocken durch das offene Fenster auf der Beifahrerseite herein und setzten sich auf sein Fell.

Isserley spürte, wie er neben ihr zitterte, und nahm einen neuen Geruch an ihm wahr. Es war schon sehr lange her, dass sie das letzte Mal Angst bei einem Menschen gerochen hatte.

„Nur ruhig, Amlis", schnurrte sie in aller Gelassenheit. „Das ist doch nur Wasser."

Nervös betastete er die fremdartige Substanz auf seiner Brust, dann ließ er ein verblüfftes Brummen hören, als ihm die Substanz zwischen den Fingern schmolz. Er schaute Isserley an, als habe sie dieses ganze Schauspiel höchstpersönlich für ihn inszeniert; als habe sie einfach so das ganze Universum für ihn auf den Kopf gestellt, für den Fall, dass ihn das einen Moment lang entzücken würde.

„Einfach nur zuschauen", sagte sie. „Nicht reden. Einfach nur zuschauen."

Nebeneinander saßen sie in Isserleys kleinem Wagen, als sich der Himmel seiner Last entledigte. Nach einer halben Stunde war das Land um sie herum weiß bestäubt, und eine glitzernde Kristallschicht kletterte an der Windschutzscheibe hoch.

„Das ist … ein Wunder", sagte Amlis schließlich. „Als gäbe es da ein weiteres Meer, aber eines, das in der Luft schwebt."

Eifrig nickte Isserley: Wie intuitiv er das begriffen hatte! So hatte das auch Isserley schon etliche Male empfunden.

„Warten Sie nur, bis die Sonne aufgeht! Da werden Sie dann staunen!"

Da spielte sich auf einmal etwas in der Luft zwischen ihnen ab, etwas, das das molekulare Gleichgewicht störte.

„Das werde ich nicht mehr erleben, Isserley", erwiderte Amlis traurig. „Da werde ich nicht mehr hier sein."

„Nicht mehr hier sein?“

„Ich reise heute Nacht noch ab“, sagte er.

Immer noch schien sie nicht begriffen zu haben, was er damit meinen könnte.

„Das Schiff“, erinnerte er sie, „legt in ein paar Stunden ab. Und ich werde natürlich mit an Bord sein.“

Sie saß ganz still da und ließ diese Mitteilung in sich einsinken.

„Das sieht Ihnen aber so gar nicht ähnlich, zu tun, was man Ihnen befohlen hat“, witzelte sie nach einer Weile lahm.

„Ich *muss* einfach nach Hause zurück“, erklärte Amlis, „um über das zu reden, was ich hier gesehen habe. Die Leute müssen erfahren, was hier mit ihrem Segen geschieht.“

Isserley lachte bitter. „Aha, Amlis, der Kreuzritter“, sagte sie voller Verachtung, „der der ganzen Menschheit das Licht der Wahrheit bringt.“

Er grinste, in seinen Augen blitzte ein Gefühl der Kränkung auf. „Sie sind eine Zynikerin, Isserley. Hören Sie, wenn es sich für Sie leichter verdauen lässt, dann sagen Sie sich eben, dass ich keine wirklichen Ideale habe. Sagen Sie sich, dass ich einfach nur zurück will, um meinen Vater so sehr zu reizen, dass er sich schwarz ärgert.“

Sie lächelte schwach. Inzwischen hatte der Schnee die Windschutzscheibe fast vollständig verdunkelt; bald würde sie ihn wegwischen müssen, sonst würde sich schnell ein Gefühl der Klaustrophobie in ihr ausbreiten.

„Eltern, was?“ nörgelte Amlis verlegen und versuchte, eine zerbrechliche Brücke zwischen ihnen aufrechtzuerhalten. „Die sollten einen doch am Arsch lecken.“ Ein solch ordinärer Ausdruck aus seinem Mund klang gezwungen und unsicher; er hatte nicht ganz den richtigen Ton getroffen, alles ein wenig entgleiten lassen. Schüchtern langte er herüber und legte ihr sanft eine Hand auf den Arm.

„Im Übrigen", sagte er, „wäre es wirklich sehr einfach, sich von dieser Welt verführen zu lassen. Sie ist sehr, sehr … schön."

Isserley hob die Arme, um das Lenkrad zu packen. Seine Hand glitt von ihr herunter, als sie, ohne im Dämmerlicht zu zögern, das Zündschloss fand. Der Motor setzte sich klopfend in Gang, die Scheinwerfer leuchteten auf.

„Dann fahre ich Sie jetzt besser zum Hauptgebäude zurück", sagte Isserley. „Die Zeit wird langsam knapp."

* * *

Als sie beim Hauptgebäude ankamen, stand die große Aluminiumtür einen Spalt offen, und Isserley sah, dass Ensel die Schnauze bereits vorgereckt hatte. Sie konnte sich vorstellen, dass er während all der Stunden, die Amlis fort gewesen war, sicher sehr ins Schwitzen gekommen war; er hatte höchstwahrscheinlich Wache. Sollte er doch jetzt ruhig herauskommen und ihr sagen, dass dieser Fang ihr bisher bester war, dieser kleine Widerling.

Doch Ensel blieb reglos an Ort und Stelle stehen und wartete.

Isserley streckte den Arm an Amlis vorbei aus, um die Tür auf der Beifahrerseite zu öffnen, denn deren Mechanismus konnte er nicht bewältigen. Ihr Unterarm streifte kurz sein Fell, und sie roch die warme Haut darunter. Die Tür öffnete sich weit und ließ einen kalten Windstoß und fedrige Schneeflocken in das Gebäude.

„Kommen Sie nicht mit hinein?" fragte Amlis.

„Ich fahre zu meinem eigenen Haus“, erwiderte Isserley. „Außerdem muss ich morgen früh wieder an die Arbeit.“

Ein letztes Mal begegneten sich ihre Blicke, ein kurzes Aufblitzen von Feindseligkeit funkelte zwischen ihnen. Dann:

„Passen Sie gut auf sich auf“, murmelte er und ließ sich aus dem Wagen auf den weißen Boden hinunter. „Da gibt es eine innere Stimme tief in Ihnen. Hören Sie auf das, was sie sagt.“

„Sie sagt, verpissen Sie sich“, entgegnete sie, doch dabei lächelte sie schief und weinte.

Er stapfte durch den Schnee und auf die Tür zu, die sich für ihn hochgerollt hatte.

„Irgendwann einmal komme ich wieder“, rief er und drehte beim Gehen den Kopf über die Schulter zurück. Dann, grinsend: „Das heißt, natürlich nur, wenn ich eine Transportmöglichkeit finde.“

Isserley fuhr zu ihrem Cottage, parkte den Wagen in der Garage und ging in ihr Haus. Seit sie das letzte Mal zu Hause gewesen war, hatten geheimnisvolle Eindringlinge einige Hochglanzflugblätter unter ihrer Tür durchgeschoben. Eine Vereinigung von Wotzeln, die allesamt zu mickrig waren, als dass sie den Test bestanden hätten, wollten, dass sie bei einer Wahl für sie stimmte; Schottlands Zukunft stand auf dem Spiel, und in ihren Händen lag die Macht, das Land zu retten. Da war auch eine Notiz von Esswis, die Isserley gar nicht erst zu lesen versuchte. Stattdessen ging sie direkt zu Bett, hüllte ihren nackten Körper in Decken und weinte stundenlang.

Die kleinen Ziffern auf der Digitalanzeige ihrer Uhr mit der leeren Batterie blinkten inzwischen überhaupt nicht mehr, doch sie schätzte, dass es etwa vier Uhr morgens war, als das Transportschiff schließlich mit dem typischen Ächzen abhob.

Anschließend hörte sie, wie sich das Dach des Gebäudes mit dem Rollmechanismus schloss. Besänftigt von der Musik der Wellen, die in der Stille von Ablach Farm spielte, wiegte sie sich dann in den Schlaf.

ZWÖLFTES KAPITEL

Die Arme hatte sie auf den Brüsten gekreuzt, die Handflächen lagen auf den Schultern, und die Augen hatte sie geschlossen, und so ließ sich Isserley unter Wasser gleiten. Sie gestattete den hart gestraften Muskeln und Knochen ihres Nackens, den Kopf freizugeben, und sie spürte, wie ihr Haar an die Oberfläche wirbelte, als ihr schwerer kleiner Schädel nach unten sank. Die Welt löste sich in Dunkelheit auf, und die vertrauten Geräusche von Ablach Farm wurden von einem stumpfen Wassermurmeln verschluckt.

Der Rest von Isserleys Körper tauchte zögerlicher unter als ihr Kopf, probierte zunächst einen neuen Schwerpunkt aus, versuchte, sich treiben zu lassen, bevor auch er Richtung Boden fiel. Bläschen kamen ihr aus Ohren und Nase. Ihr Mund war leicht geöffnet, atmete nicht.

Nach ein oder zwei Minuten öffnete sie die Augen. Durch das schimmernde Wasser und den wogenden Seetang ihres Haares sah sie den verzerrten Glanz des Sonnenlichts, wie ein Blick, den man von fern auf eine geöffnete Tür am Ende eines dunklen Korridors wirft. Als ihre Lungen zu schmerzen begannen, fing dieses Licht an, sich auszubreiten, dann im selben Rhythmus wie ihr schwer arbeitender Herzschlag zu pochen. Es war Zeit, aufzutauchen und Luft zu holen.

Sie stieß sich vom Boden ab und schoss spritzend mit Kopf und Schultern durch die Wasseroberfläche, keuchend sog sie frischen Sauerstoff ein, wischte sich das triefend nasse Haar aus dem Gesicht zurück und blinzelte und schniefte.

Als sich ihr das Gewicht ihres Kopfes wieder auf die Schultern legte, knackte ihre Wirbelsäule, verschob sich und erzeugte ein Übelkeit erregendes Knorpelgeräusch, das tief in ihrem Fleisch gefangen war.

In der Welt außerhalb des Wassers hatte das Sonnenlicht aufgehört, zu schimmern und zu pulsieren: Warm und beständig schien es durch das verschmutzte Fenster des Badezimmers. Der Duschkopf war wie eine Lampe erleuchtet, und Spinnweben an der Decke glänzten wie Schafwollbüschel, die an einem Stacheldrahtzaun hängen geblieben waren. Der Keramikdeckel des Wasserkastens von der Toilette war fast zu hell, um ihn anzuschauen, so dass Isserley die Augen auf dem wächsernen Kasten selbst ruhen ließ. Die blassblauen, dort eingeritzten Buchstaben ARMITAGE SHANKS waren für Isserley so unverständlich wie eh und je, trotz all der Jahre, in denen sie die Sprache gelernt hatte. Der Heißwassertank würgte und rülpste, so wie er das immer tat, wenn Isserley ausnahmsweise einmal ein Bad nahm statt zu duschen. Dicht bei ihren Füßen gurgelten und zischten die verrosteten Wasserhähne aus Messing. Auf der Shampoo-Flasche aus grünem Plastik stand FÜR DIE TÄGLICHE HAARWÄSCHE GEEIGNET. Alles war wieder normal. Amlis Vess war fort, sie war geblieben, und es war bereits der morgige Tag. Sie hätte von Anfang an wissen müssen, dass es so enden würde.

Isserley ließ den Kopf zurücksinken und lehnte das untere Ende des schmerzenden Schädels an den Keramikrand der Badewanne. An der Decke direkt über der Wanne hing, durch den Dampf vieler Jahre angefressen, die eiterfarbene Tapete in komplizierten Fetzen und Blasen herab. Mehrere Farbanstriche, dünnen Erdschichten gleich, waren von diesem Verschleiß durchdrungen worden. Von allem, was Isserley in dieser Welt bis jetzt gefunden hatte, kam dies der Landschaft ihrer Kindheit am nächsten. Sie senkte den Blick.

Ihr Körper unter der reflektierenden Wasseroberfläche war unsichtbar, mit Ausnahme ihrer Zehenspitzen und der Kurven ihrer Brüste. Sie starrte auf diese fremdartigen Fleischberge hinunter und konnte sich leicht vorstellen, dass sie in Wirklichkeit etwas ganz anderes waren. Wie sie da so völlig isoliert vom Rest ihres Körpers auf dem sonnenbeschienenen Wasser trieben, erinnerten sie sie an Felsen im Meer, die bei Ebbe den Blicken preisgegeben wurden. Steine auf ihrer Brust, die sie nach unten drückten. Amlis Vess hatte sie nie ohne diese aus ihr herausquellenden künstlichen Tumore gesehen; würde nie erfahren, dass sie einmal eine glatte Brust gehabt hatte, die seiner würdig gewesen wäre. Hart und eben, mit glänzendem, kastanienbraunen Fell, von dem die Männer kaum die Finger lassen konnten, so gern wollten sie darüber streichen.

Fest schloss sie die Augen und ertrug das köstlich unangenehme Gefühl des aus ihren verstümmelten Ohren herauströpfelnden Wassers. Als nutzten sie dieses Nachlassen der Wachsamkeit aus, sickerten unvermittelt ein paar Tropfen kochend heißen Wassers aus dem Heißwasserhahn auf ihren linken Fuß. Isserley zischte vor Überraschung und ballte die Zehen zu einer Faust zusammen. Wie merkwürdig, so dachte sie, dass solch winzige, banale Unannehmlichkeiten immer noch eine derartige Bedeutung hatten, jetzt, da Amlis sich verabschiedet hatte und sie bereit war zum Sterben.

In der rostigen Seifenschale, die am Wannenrand hing, lagen mehrere in Pappe verpackte neue Rasierklingen. Eine davon wickelte sie aus und warf die Pappe weg. Sie langte hinunter auf den dreckverschmierten Fliesenfußboden und griff nach dem Spiegel, den sie mit nach unten gebracht hatte. Sie hielt ihn mit ausgestreckten Armen über sich, richtete ihn so aus, dass er das Licht möglichst gut einfing, und betrachtete in aller Direktheit ihr Gesicht.

Sie versuchte, sich so zu sehen, wie ein Wotzel sie womöglich sehen würde.

Schon beim ersten flüchtigen Blick fand sie es schwer zu glauben, wie sehr sie sich vernachlässigt hatte. Es kam ihr so vor, als hätte sie vor ein paar Tagen erst getan, was getan werden musste, um die Grenze zum Tierischen hin zu überschreiten; in Wirklichkeit musste sehr viel mehr Zeit seitdem vergangen sein. Was musste sie den Wotzeln, die sie kürzlich gesehen hatten, doch für einen seltsamen Anblick geboten haben. Nur gut, dass die letzten paar sicher aus dem Verkehr gezogen waren, denn sie musste zugeben, dass sie jetzt den Anforderungen keineswegs mehr genügte; ihr Fell wuchs wieder überall, mit Ausnahme der Stellen, die so stark vernarbt oder so künstlich waren, dass dort nichts mehr wachsen konnte. Sie sah beinahe menschlich aus.

Ihr Haaransatz war kaum mehr zu erkennen; wuscheliger Flaum bedeckte ihre Stirn und zog sich hinunter bis zu dem dichteren Fell auf ihren Augenbrauen. Die Wimpern der Unterlider waren als solche gar nicht mehr auszumachen, da sie nahtlos übergingen in die Stoppeln auf ihren Wangen, braune Stoppeln, die immer weicher wurden, je mehr sie wuchsen. Über ihre Schultern und Oberarme zog sich andeutungsweise ein kastanienbrauner Flaum.

Wenn Amlis ein wenig länger geblieben wäre, hätte er etwas von dem sehen können, für das die Männer der Elite ihr immer wieder versprochen hatten, sie würden sie dort behalten, wo sie hingehörte, sie würden ein gutes Wort für sie einlegen, wenn die Zeit käme, sie würden sicherstellen, dass man sie nie an einen Ort schicken würde, an den zu gehen ein so schönes Mädchen nie und nimmer gezwungen werden dürfte. Es wäre ein Verbrechen wider die Natur, hatte einer von ihnen einmal zu ihr gesagt, als er ihre Flanke streichelte und sich an die Innenseite und in die Nähe des seidig glatten Schlitzes ihres Geschlechtsteiles verirrte.

Mit großer Sorgfalt führte Isserley die Rasierklinge. Sie hatte sich die Wangen mit Shampoo betupft, doch weil das Fell bis hoch an den Rand der Augenlider reichte, musste sie sorgfältig darauf achten, sich den seifigen Schaum nicht in die Augen hochzuschieben. Ihre Augen waren ohnehin schon entzündet, weil sie so viele Stunden am Tag die Brille tragen musste. Und weil sie natürlich so viele Tränen wegen Amlis vergossen hatte, und wegen des Lebens überhaupt.

Mit gefühlvollen, zarten kratzenden Bewegungen rasierte sie sich das Fell vom Gesicht und ließ einige dünne Härchen als Wimpern stehen. Sie bemühte sich, das Stirnrunzeln zu unterlassen, die Stirn zu glätten, während sie mit der Rasierklinge darüber fuhr. Nach jeder kratzenden Bewegung spülte sie die Klinge im Badewasser ab; bald schwamm ihr Fell überall um sie herum auf dem Wasser, getragen von einer kleinen Flotte aus Shampoo-Schaum.

Als Isserley fertig war, nahm sie den Spiegel wieder zur Hand und musterte sich eingehend. Ein winziges wässeriges Blutströpfchen rieselte ihr die Stirn hinunter; sie wischte es weg, bevor es ihr ins Auge laufen konnte. Die kleine Wunde würde im Nu verheilt sein.

Statt eines geraden Haaransatzes im Windschutzscheibenstil hatte sie experimentiert und sich einen V-Schnitt gemacht. Das hatte sie manchmal bei den Wotzeln gesehen und gedacht, dass es recht attraktiv wirkte.

Der Rest war ganz einfach. Sie wickelte eine neue Klinge aus und rasierte sich Arme und Beine, Schultern und Füße.

Keuchend vor Anstrengung, fuhr sie sich mit den Armen auf den Rücken und rasierte sich dort, die eine Hand hielt den Spiegel, die andere führte die Klinge. Ihr Unterleib hatte lediglich ein paar hingetupfte Bewegungen nötig; die vernarbte Haut an den Stellen, wo man ihr die Zitzen entfernt hatte, war eingedellt und hart wie der Oberkörper eines schlanken, muskulösen Wotzels, der sich von Alkohol und fettigem Futter fern hielt. Das Gewirr knotigen Fleisches zwischen den Beinen wagte sie gar nicht erst zu berühren oder eingehend zu betrachten; da war jede Mühe vergebens.

Das Badewasser um sie herum war kalt geworden und sah aus wie ein Teich, auf dessen abgestandenem Wasser sich braune Algen hinzogen. Sie stand auf und spülte sich kurz und heftig mit heißem Wasser aus dem Duschkopf ab, um das lose Fell wegzuschwemmen. Dann stieg sie aus der Wanne und trat auf den kalten Fliesenfußboden neben das schäbige kleine Häufchen abgelegter Kleidung. Sie hob die Kleider mit den Zehen auf, warf sie in die Badewanne und drückte sie unter das Wasser, das augenblicklich schmutzig wurde.

Amlis Vess war fort, und ihr blieb nichts weiter zu tun, als sich wieder an die Arbeit zu begeben.

Die Mittagsnachrichten liefen im Fernsehen, als sie gerade ihre Übungen absolvierte. Zum ersten Mal seit Jahren standen die Nachrichten in einer gewissen Beziehung zu ihr.

„Eine Suchaktion ist derzeit im Gange nach William Cameron, wohnhaft in Perthshire“, kam es von einer besorgt klingenden weiblichen Stimme, als der schmutzige Fernsehschirm in Isserleys Schlafzimmer das Bild des rothaarigen Wotzels im Strickpullover zeigte, den sie vor einigen Tagen aufgelesen hatte, „der zuletzt am Sonntag bei dem Versuch gesehen wurde, per Anhalter von Inverness aus nach Hause zu fahren". Nach dieser ersten Fotografie wurde eine zweite eingeblendet, die einen Wotzel zeigte, der sich vor einem Wohnwagen ausruhte, zwischen seinen Beinen lag ein weibliches Wesen mit schläfrigen Augen und einer Brille mit dicken Gläsern. Zwei pausbäckige Kleinkinder standen unscharf und erstarrt ganz vorn im Bild, die Augen hatten sie vor lauter Überraschung angesichts des Blitzlichts weit aufgerissen. „Von der Polizei verlautet, dass es bis jetzt keinen Hinweis auf eine Verbindung zwischen Mr. Camerons Verschwinden und dem gewaltsamen Tod von Anthony Mallinder am Sonntag gibt." Der Rothaarige und seine Familie wurden ausgelöscht, und ein grobkörniges Bild von dem abscheulichen Glatzkopf in dem gelben Overall wurde darüber geblendet, woraufhin Isserley sofort eine Gänsehaut bekam. „Es wird jedoch bestätigt, dass möglicherweise eine Verbindung zum Verschwinden des deutschen Medizinstudenten Dieter Genscher bestehen könnte, der zuletzt in der Gegend von Aviemore gesehen wurde." Der beängstigende Anblick des Glatzkopfes wurde gnädigerweise ersetzt durch den Schnappschuss eines harmlos aussehenden Wotzels, an den Isserley sich überhaupt nicht erinnern konnte. Sofort danach, es schien nur ein Bruchteil von einer Sekunde vergangen zu sein, wurden einige qualitativ ausgezeichnete Aufnahmen der A9 gezeigt, wobei die Kamera tief unten in Bodennähe befestigt war, um die vorbeifahrenden Wagen aus der Sicht eines Anhalters zu erfassen.

Isserley fuhr mit ihren Übungen fort, als die Nachrichten schließlich zu anderen Dingen übergingen: einer riesigen Herde ausgehungerter Wotzel irgendwo im Ausland, dem schlechten Benehmen eines Sängers, der nicht John Martyn war, Sportveranstaltungen, Wetter. Die Bedingungen für

Autofahrer würden voraussichtlich recht gut sein, wenn die Wettervorhersage Recht behielt.

Das Absolvieren der Übungen und das durch das Fenster einfallende Sonnenlicht hatten ihr Haar getrocknet. Sie betrachtete sich prüfend in ihrem kleinen Spiegel und runzelte die Stirn. Ihr frisches schwarzes Oberteil – dasjenige, das von all ihren Oberteilen im Kleiderschrank jedenfalls am frischesten aussah – war leicht ausgefranst. Immer noch schick, aber leicht ausgefranst.

Diesen rothaarigen Wotzel hättest du nicht mitnehmen sollen, sagte sie sich plötzlich. William Cameron.

Sie schob den Gedanken von sich und versuchte, ihre Aufmerksamkeit wieder auf das anstehende Problem zu lenken. Wo sollte sie neue Kleidungsstücke herbekommen? In Donnys Garage wurde keine Kleidung verkauft. Jahrelang hatte sie der Versuchung widerstanden, Kleidungsstücke zu tragen, an die sie im Verlauf ihrer Arbeit gekommen war, denn sie hatte immer Angst gehabt, jemand könne erkennen, dass die Sachen einem bestimmten Wotzel gehörten, aber vielleicht …

Den hättest du nicht mitnehmen sollen, sagte sie sich wieder. Die Sache entgleitet dir. Es ist aus.

Ihre Hosen waren in Ordnung, der grüne Samt glänzte und war sauber. Vielleicht ein wenig fleckig auf dem Hosenboden, aber das bekam ja ohnehin niemand zu sehen, vorausgesetzt, es lief alles glatt. Ihre Schuhe waren geputzt und offensichtlich unverwüstlich. Ihr Dekolletee glänzte im Sonnenlicht wie etwas von der Titelseite einer Wotzel-Zeitschrift. Der winzige Schnitt am Haaransatz war bereits verheilt; sie kratzte den Wundschorf ab, und es fing nicht wieder an zu bluten. Sie fuhr sich mit den Fingern durch das Haar, alle zehn Fingernägel saßen fest an Ort und Stelle. Sie holte tief Luft, sog die kühle, klare Luft durch die Nasenlöcher ein und hielt dabei das Rückgrat ganz gerade. Die Erdatmosphäre draußen vor dem Fenster war licht und blau und verdeckte die Unendlichkeiten des Alls dahinter.

Das Leben geht weiter, so beharrte sie vor sich selbst.

Beim Verlassen des Hauses fand sie die Notiz von Esswis, die sie völlig vergessen hatte. So wie das Papier aussah, musste es wohl schon ein paar Tage unter ihrer Tür gelegen haben. Das verzwickte Gekritzel von Esswis erleichterte die Sache auch nicht gerade, doch eines wurde unmittelbar klar: Dies war kein persönlicher Brief. Esswis leitete lediglich eine Nachricht von Vess Incorporated weiter, die zunächst an ihn als Isserleys Vorgesetzten gegangen war.

Soweit Isserley es entziffern konnte, fragte Vess Incorporated an, ob nicht gegebenenfalls die Möglichkeit bestehe, dass sie ein paar Wotzel mehr als sonst bringe. Eine Steigerung von zwanzig Prozent im Jahr wäre erfreulich. Sollte es da irgendwelche Schwierigkeiten geben, könnte die Firma jemanden schicken, der ihr aushelfen würde. Im Übrigen ziehe man bereits ernsthaft in Erwägung, ohnehin jemanden zu entsenden.

Isserley steckte die zusammengefaltete Notiz in eine Tasche ihrer Hose, obwohl sie noch nicht alles gelesen hatte. Vess Incorporated würde begreifen müssen, dass man so mit ihr verdammt noch mal nicht umspringen konnte. Mit dem nächsten Transportschiff würde sie der Firma eine kleine Nachricht zukommen lassen. In der Zwischenzeit würde sie darüber nachdenken, welche Änderungen in ihrem Arbeitsablauf durchgeführt werden mussten.

Isserleys Ankunft im Speisesaal führte zu mancherlei kehligem Gemurmel unter den Männern. Ganz offensichtlich hatten sie nicht von ihr erwartet, sich so bald nach ihrem beschämenden Auftritt wieder blicken zu lassen, doch das rührte nur daher, dass sie dumm waren und nichts begriffen. Hätten sie nicht liebend gern noch eine Weile länger Gelegenheit gehabt, über sie zu klatschen! Was für einen Aufruhr müssen ihr Zusammenbruch und ihr Hinauswurf aus der Verwertungshalle doch in der ereignislosen kleinen Welt der Männer ausgelöst haben! Und welche Ausmaße hätte die Legendenbildung noch angenommen, wenn sie sich tagelang, gelähmt vor Scham, in ihrem Cottage versteckt gehalten hätte, ehe sie schließlich von Hunger geschwächt gezwungen gewesen wäre, zu ihnen zu kriechen! Nun, diese Genugtuung würde sie ihnen auf keinen Fall geben. Sie würde zäh und hartnäckig standhalten, sie würde ihnen schon zeigen, aus welchem Holz sie geschnitzt war.

Voller Verachtung ließ sie die Blicke über diese ganze Männerhorde schweifen. Verglichen mit Amlis Vess waren sie geschmacklose groteske Gestalten, Rohlinge mit Spatzenhirnen. Nie im Leben hätte sie sich ihrer eigenen Entstellungen schämen sollen; ganz gewiss war sie nicht hässlicher als diese Männer, und vornehmer und gebildeter war sie allemal.

„Ist das Qualitätsfleisch schon weg?" fragte sie und inspizierte gründlich die Töpfe und Schüsseln auf den Serviertischen. Die Erinnerung an dieses eine Geschmackserlebnis mit dem göttlichen marinierten Steak, das Hilis zu Ehren von Amlis vorbereitet hatte, suchte sie plötzlich heim.

„Tut mir Leid, es ist alles hier drin", sagte der Schielende mit dem schimmeligen Gesicht, dessen Namen sie immer wieder vergaß. Er klopfte sich auf den räudigen, geblähten Bauch und lachte schnaufend.

Isserley strahlte reine Verachtung in seine Richtung aus. Dich sollten sie auf Strohdiät setzen, dachte sie, dann wandte sie ihm den Rücken zu und beschäftigte sich mit ihrem alten Ersatz, Brot und Mussantapaste. Besser das zu essen, so fade es auch sein mochte, als mit diesen blasigen fetten Würstchen und weichen Pastetenstücken ein Risiko einzugehen: Wer konnte schon wissen, was für eine Art Schund darin war.

„Noch 'ne Menge Pastete da", versicherte ihr jemand.

„Nein danke", lächelte sie heuchlerisch, als sie sich an eine der Bänke lehnte und dabei Angebote ignorierte, sich neben diesen oder jenen Mann auf den Boden zu setzen. Die eine Hand hielt sie unter das dünn mit Paste bestrichene Brot, um eventuell fallende Krümel aufzufangen, und so begann sie zu essen, starrte über die Köpfe der Männer hinweg und machte Pläne für den Tag.

„Dieses delikate Fleisch war wirklich phantastisch", erinnerte sich Yns, der Ingenieur, und witzelte dann grinsend: „Amlis Vess muss uns eben einfach nur noch ein paar Mal besuchen, was?"

Isserley schaute auf ihn herab, als er sie mit schlechten Zähnen und einem Saucenglitzern auf der Schnauze angrinste. Doch bei all ihrem Abscheu begriff sie mit einem Mal, dass er vollkommen harmlos war, ein stumpfsinniges Arbeitstier ohne alle Macht, ein Sklave, ein entbehrliches Mittel zum Zweck. So gefangen, wie er unter der Erde hauste, war sein Leben kaum besser als das Dasein, das er geführt hätte, wäre er in den Siedlungen geblieben. Wollte man brutal ehrlich sein, musste man sagen, dass all diese Männer verfielen, Haar um Haar und Zahn um Zahn, wie überbeanspruchte Ausrüstungsgegenstände, wie Werkzeuge, die man für eine bestimmte Arbeit billig gekauft hatte, die aber das Ende dieser Arbeit nicht mehr erleben würden. Während Isserley die luftigen Weiten ihres grenzenlosen Reiches durchstreifte, blieben die Männer unterhalb der Arbeitsräume von Ablach gefangen, plagten sich mit ihrer geistlosen Arbeit, mühten sich ab in Wolfram-beleuchtetem Dämmer, atmeten abgestandene Luft und aßen, was auch immer für die hohen Herren nicht gut genug und deshalb wertlos war. Vess Incorporated hatte viel Getöse gemacht und von Rettung und Pionierarbeit gefaselt, hatte sie in Wirklichkeit aber nur aus dem einen Loch herausgeholt, um sie in dem nächsten erneut zu begraben.

„Ich bin überzeugt, man könnte hier einige Änderungen durchführen", sagte Isserley, „ohne einen Besuch von Amlis Vess zum Anlass zu nehmen, diese Änderungen zu rechtfertigen."

Dies führte erneut zu kehligem Gemurmel, sinnlosem Aufruhr, gestammelt von Kreaturen ohne jede Hoffnung. Nur ein Mann äußerte laut und deutlich seine Meinung.

„Es geht das Gerücht um, dass Vess Incorporated umfangreichere Lieferungen wünscht", sagte Ensel. Er aß gerade ein grünes Gemüsepüree aus einer Schüssel und spülte es mit klarem Wasser hinunter statt mit dem von den anderen bevorzugten Ezziin. Während eine plötzliche Aufwallung von Mitleid in ihr hochkam, begriff Isserley, dass er versuchte, sich zu pflegen, ein gewisses Niveau aufrechtzuerhalten. Vielleicht hatte er sich die ganze Zeit über für sie aufgespart, voller Bedacht sein Fell daran gehindert auszufallen, ein Fell, das die Farbe ungewaschener Kartoffeln hatte und die Beschaffenheit einer … einer alten Anorakkapuze.

„Ich bin überzeugt, dass Vess Incorporated es liebend gern sähe, wenn wir alle härter arbeiten", bemerkte sie.

Eine ganze Weile aßen alle schweigend weiter.

Diesen rothaarigen Wotzel hättest du nicht mitnehmen sollen, dachte Isserley wieder. *Es ist aus.*

Ihr Gesicht verzog sich zu einer Grimasse, und die Grimasse versteckte sie, indem sie in ihr Brot biss. Sei nicht solch ein Angsthase, schalt sie sich. In einer Woche wird kein Mensch mehr daran denken.

Als das Essen weniger wurde, Gang für Gang verschwand, verflüchtigten sich die einzelnen Gerüche und wurden ersetzt durch den intensiver werdenden Mief von Männerschweiß und gegorenem Alkohol. Die Atmosphäre war dazu angetan, in Isserley beinahe automatisch Abscheu aufkommen zu lassen, doch heute gelang es ihr, darüber zu stehen. Tatsächlich entspannte sie sich sogar, als sich in ihr mehr und mehr die Erkenntnis durchsetzte, dass die hier anwesenden Männer die Einzigen waren, die sie in diesem Zustand zu Gesicht bekommen würden. Anser, dem sie so bald nach ihrem beschämenden Erlebnis um nichts in der Welt über den Weg laufen wollte, war nirgendwo zu sehen, und das Essen wurde sehr schnell immer weniger. Auch Hilis war abwesend, wie stets um die Zeit, zu der das Essen aufgetragen wurde. Das war gut so: Das kam ihr sehr entgegen.

Jetzt, im Nachhinein, war ihr klar, dass sie sich unter keinen Umständen in seine Küche hätte führen lassen dürfen; Hilis hatte versucht, sehr persönlich zu werden, hatte sich benommen, als seien sie vom gleichen Schlag. Sie war von niemandes Schlag – je eher er das begriff, desto besser für sie beide. Was Anser betraf, so hatte der sie zu einem Zeitpunkt gedemütigt, an dem sie ganz besonders empfindsam und verletzlich gewesen war, Mistkerl. Sie wünschte, sie könnte ihn vom Angesicht der Erde fortwischen, um ihn dafür zu bestrafen, dass er seine Macht derart missbraucht hatte. So gesehen war es nur gut, dass er sich hier nicht blicken ließ.

Die Essenszeit näherte sich ihrem Ende; einer der Männer

war bereits gegangen, und andere leckten und schlürften die geheimsten Winkel ihrer Schüsseln und Krüge aus. Isserleys Erleichterung über die Abwesenheit von Hilis und Anser verwandelte sich schließlich in Neugier – wo mochten sie sein? Ihr dämmerte, dass alles wohl nur eine Frage von Hierarchiestrukturen und Privilegien war. Anser und Hilis standen auf der sozialen Leiter einige Stufen über diesen muskulösen, überall im Speisesaal verstreuten Exemplaren; wahrscheinlich aßen die beiden gemeinsam an irgendeinem gemütlichen, abgeschiedenen Winkel – und kamen zweifellos auch in den Genuss von hochwertigeren Nahrungsmitteln. Woran mochten die beiden sich gerade gütlich tun? Das hätte sie liebend gern gewusst. Diese versiegelten Kisten mit Vorräten, die mit jeder monatlichen Transportsendung eintrafen: Enthielten die wirklich nur Serslida und Mussanta und solche Sachen, oder waren da vielleicht auch noch geheime Luxusgüter, von denen sie nie auch nur eine Kostprobe bekam? Und was war mit der Art und Weise, in der Vess Incorporated ihr Nachrichten über Esswis zukommen ließ, trotz der Tatsache, dass sie hier Dreh- und Angelpunkt des Ganzen war? Männer und ihre kleinen Machtspielchen! Schon bald würde sie sich dieser Ungerechtigkeiten annehmen.

Isserley bestrich ein weiteres Stück Brot mit Mussanta, dann nahm sie sich in eine Schüssel eine Portion desselben grünen Gemüses, das Ensel sich ausgesucht hatte. Sie war fest entschlossen, sich von diesem Tag an immer nur nach einem ausgiebigen Frühstück auf den Weg zu machen, um sicherzustellen, dass sie nie mehr fern von zu Hause Beute der beschämenden Bedürftigkeit beißenden Hungers wurde. Sie trank mehrere Tassen Wasser und spürte, wie ihr Magen in ihr anschwoll.

„Es heißt, es würde noch eine Frau kommen", platzte der Mann mit dem schimmeligen Gesicht heraus und kicherte dann verlegen unter Isserleys strengem Blick.

„An deiner Stelle würde ich damit lieber nicht rechnen", riet sie ihm.

Blinzelnd wandte sich der Mann mit dem schimmeligen Gesicht wieder seinem Krug Ezziin zu, Ensel jedoch ließ sich nicht so leicht einschüchtern.

„Aber was ist, wenn sie tatsächlich jemanden schicken?" fragte er nachdenklich. „Das würde eine große Veränderung für dein Leben bedeuten, nicht? So wie es bis jetzt gelaufen ist, musst du dich doch manchmal recht einsam gefühlt haben. Dieses weitläufige Gelände, das zu bearbeiten ist, und das von dir ganz allein."

„Ich komme schon zurecht", erwiderte Isserley gleichmütig.

„Aber es geht doch nichts über Freundschaft, habe ich nicht Recht?" beharrte Ensel.

„Von so etwas habe ich keine Ahnung", sagte Isserley mit warnendem Unterton.

Innerhalb von nur zwei Minuten hatte sie den Speisesaal verlassen und war wieder an der Erdoberfläche.

Vom unsichtbaren Horizont her schob sich ein Dunstschleier heran, als sie mit ihrem Wagen auf die A9 einbog. Auf der Straße selbst herrschte immer noch genügend klare Sicht, doch die Felder zu beiden Seiten waren bereits halb verloren, Getreidesilos versanken im Nebel, sanftmütig ließen Kühe und Schafe zu, dass sie verschluckt wurden. Eine Woge weißen Dunstes schwappte an die Grasufer der Landstraße.

Noch so etwas, das Amlis so gern gesehen hätte, wofür er wer weiß was getan hätte, dachte Isserley. Die Wolken, die sich auf die Erde herabsenken. Reines Wasser, das wie Rauch durch die Luft schwebt.

Da gab es eine Million Dinge, die Amlis nie zu Gesicht bekommen würde, so privilegiert er auch sein mochte, so ohne allen Makel und ohne alle Narben er auch sein mochte. Er war ein Regent auf dem Weg nach Hause, doch sein Königreich war eine Schlackenhalde verglichen mit Isserleys eigenem Reich. Sogar die Mitglieder der Elite, die abgeschirmt wurden von den schlimmsten Scheußlichkeiten, waren wie Gefangene in üppigen Käfigen; dort verbrachten sie ihr gesamtes Leben, ohne sich die Schönheit, deren Zeuge Isserley tagtäglich wurde, auch nur annähernd vorstellen zu können. All die Dinge, denen die Elite sich im Leben verschrieben hatte, waren in geschlossenen Räumen unter Verschluss: Geld, Sex, Drogen, unverschämt teure Lebensmittel (– zehntausend Liss für ein Woddissin-Filet!). Und das alles, um sie von der entsetzlichen Verwüstung, der Dunkelheit, dem Verfall abzulenken, von all jenem, das direkt dort draußen jenseits der dünnen Haut ihres Heimes auf sie wartete.

Hier in Isserleys eigener, ganz persönlicher Welt war alles umgekehrt. Was innerhalb der Häuser – verschwindend kleine Flecken unter dem weiten Himmel – vor sich ging, war ohne jede Bedeutung; die Häuser und ihre Bewohner waren wie winzige Muscheln und Krabben, die sich unter einem Ozean blassblauen Sauerstoffs an den Meeresgrund schmiegten. Nichts von dem, was sich auf dem Erdboden abspielte, konnte je mit der Erhabenheit der Geschehnisse dort oben konkurrieren. Amlis hatte das alles flüchtig gesehen, hatte einige Stunden lang einen verstohlenen Blick auf den Himmel werfen können und hatte es dann zurücklassen müssen; sie hatte ein Opfer gebracht und hatte auf ewig die ganze Welt gewonnen.

Niemand außer ihr durfte hierher kommen, sagte sie sich.

In einiger Entfernung stand ein Anhalter auf ihrer Straßenseite und gestikulierte erwartungsvoll. Sie fuhr langsamer, um ihn in Ruhe taxieren zu können. Ein anderer Wagen hinter ihr ließ den Motor aufheulen und hupte voller Ungeduld, er wollte überholen. Sie beachtete ihn nicht. Er konnte sich so viel beschweren, wie er wollte, solange er diesen Anhalter in Frieden ließ, bis sie zu einem Entschluss gekommen war.

Der Anhalter war groß und trug einen Anzug, allerdings keinen Regenmantel darüber, und auch auf dem Kopf trug er nichts. Er war nicht kahlköpfig: Tatsächlich umgab seinen Kopf ein Strahlenkranz grauen Haars, das in dem Wind flatterte. Er stand direkt neben dem Schild mit der Aufschrift P und gab so jedem Fahrer die Zusicherung, dass es keine große Mühe bereiten würde, für ihn anzuhalten. Das war es in etwa, was Isserley auf den ersten Blick bei all dem hektischen Gehupe und Gebrumme des anderen Wagens hinter ihr erfassen konnte.

Sie fuhr an dem Anhalter vorbei und lenkte den Wagen in die Parkbucht, um dem ärgerlichen Fahrzeug Gelegenheit zu geben, sie zu überholen. Natürlich glaubte der Anhalter, sie habe für ihn angehalten, doch es war zu früh für Isserley, eine derartige Verpflichtung einzugehen; sie würde keine weiteren Fehler mehr machen. Sobald die Straße frei war, gab sie wieder Gas und fuhr weiter, und der Anhalter, der trottend und halb laufend auf ihren Wagen zukam, blieb plötzlich ruckartig stehen, als sie ihn in einer Rauchwolke ihrer Abgase zurückließ.

Bei der zweiten Annäherung, als sie auf der gegenüberliegenden Seite vorbeifuhr, fiel ihr auf, dass er recht schäbig gekleidet war. Die Kleidungsstücke selber waren von guter

Qualität – er trug einen dunkelgrauen Anzug und darunter einen hellgrauen Pullover –, doch sie hatten einen schmierigen Schimmer und hingen wie lose Haut an seiner massigen Gestalt. Die Schlitze seiner Jacketttaschen bauschten sich wie zusätzliche Öffnungen nach außen, seine Hosen waren über den Knien zerbeult und ausgebleicht, die Hand, die kraftlos dem vorbeiziehenden Verkehr zuwinkte, sah schmutzig aus. Doch wie mochte er innen beschaffen sein?

Er drehte sich um und sah ihrem Auto nach, als sie vorbeifuhr, denn auf beiden Fahrbahnen war nur wenig Verkehr. Sollte er in ihr die Fahrerin erkannt haben, die vor einer Minute beinahe für ihn angehalten hatte, so ließ er sich das nicht anmerken; sein Gesicht war ganz stoische Maske, hart und faltig. Isserley musste zugeben, dass er bei weitem nicht das beeindruckendste Exemplar war, das sie je zu Gesicht bekommen hatte. Er schien schon eher etwas ältlich zu sein; sein Haar war grau, er hatte einen graubraunen Bart mit weißen Sprenkeln darin, und seine Haltung war auch nicht sehr aufrecht. Er war zwar ziemlich muskelbepackt, hatte aber auch einiges Fett aufzuweisen. Unter Wotzeln war er nicht gerade ein Amlis Vess, da gab es keinen Zweifel, doch er war auch kein Yns. Er war eben Durchschnitt.

Bei der dritten Annäherung beschloss sie, ihn zu nehmen. Und wieso auch nicht? Was machte das schließlich schon aus? Welches Recht hatte Vess Incorporated, ihr die Arbeit noch schwerer zu machen, als sie ohnehin schon war? Wenn es nach denen ginge, würde sie die Einwohner der gesamten Welt überprüfen, Millionen und Abermillionen von Geschöpfen, und auf der wahnwitzigen Suche nach Vollkommenheit beinahe jeden Einzelnen verwerfen. Es war an der Zeit, dass sie begriffen, was dort draußen wirklich herumlief. Dieser Anhalter etwa war ein Beispiel dafür.

Sie lenkte den Wagen in dieselbe Parkbucht wie vorhin und hupte dabei leicht, nur für den Fall, dass er Bedenken hatte, man wolle ihn zum zweiten Mal zum Narren halten. Regentropfen begannen gegen die Windschutzscheibe zu klatschen, als er auf sie zuging; innerhalb der wenigen Sekunden, die er brauchte, um die Tür auf der Beifahrerseite zu erreichen, war aus vereinzelten Regentropfen ein regelrechter Schauer geworden.

„Wohin wollen Sie?" fragte sie, als er sich neben sie in das Auto schwang, eine zerknitterte graue Masse, auf deren Schultern ein grimmiger Kopf festgeschraubt war.

„Ich habe kein besonderes Ziel", antwortete er und starrte einfach geradeaus.

„Wie bitte?"

„Entschuldigung", sagte er und erwiderte ihre Frage mit einem schwachen Lächeln, obwohl seine blutunterlaufenen Augen ohne jeden Humor blieben. „Danke, dass Sie angehalten haben. Fahren Sie einfach weiter, einfach nur weiter."

Schnell musterte sie ihn von oben bis unten. Sein Anzug war nicht nur schäbig, er war auch über und über bedeckt mit Haaren – nicht seinen eigenen, sondern schwarzen und weißen. Sein eigenes Haar war irgendwann einmal radikal geschnitten worden, und der ursprüngliche Schnitt war immer noch zu erkennen, doch überall um die alten Kanten herum war ein wahres Moos neuer Haare gesprossen: ein drahtiges Dickicht auf seinem Nacken, ein widerspenstiger Flaum auf der Kinnlade und dann die Stoppeln, die praktisch seine ganze Haut von den Wangen bis hinunter zu dem schmuddeligen Kragen seines Pullovers bedeckten.

„Aber wohin wollen Sie denn nun?" beharrte Isserley.

„Das ist mir wirklich egal", antwortete er, und durch seine dumpfe, monotone Stimme klang scharf eine gewisse Gereiztheit an. „Kennen Sie irgendeinen Ort, wo es aufregend ist? Ich nicht."

Isserley versuchte, auf ihre Instinkte zu horchen, einzuschätzen, ob er irgendwie gefährlich werden könnte. Merkwürdigerweise spürte sie nichts in der Art. Mit einer Geste deutete sie auf den Sicherheitsgurt, und seine muskulösen, kräftigen Hände, deren Fingernägel schwarz vor Schmutz waren, nestelten herum auf der Suche nach dem Schnappverschluss.

„Fahren Sie mich doch zum Mond, wie wäre das?" schlug er gereizt vor. „Fahren Sie mich nach Timbuktu. Fahren Sie mich nach Tipperary. Es heißt doch in dem Lied, es ist ein langer Weg bis dahin."

Verwirrt drehte sich Isserley von ihm weg. Der Regen prasselte herab. Sie betätigte den Schalter für den Scheibenwischer und den Blinker.

Noch als er sich anschnallte, dachte der Anhalter, es sei immer noch Zeit genug, es sich anders zu überlegen. Was in aller Welt hatte es für einen Sinn, das alles durchzuziehen? Wieso stieg er nicht einfach wieder aus dem Wagen und ging direkt dorthin, wo er hergekommen war, und behielt sein … sein *Gift* für sich? Das war irgendwie krank, Tag für Tag immer dasselbe, auf die Straße rauszugehen und zu sehen, ob er nicht irgendeinen armen Trottel dazu bringen konnte, ihn mitzunehmen. Und kaum hätte er ein aufmerksames Publikum, würde er es ihnen so richtig geben, mitten in die Eingeweide, mitten zwischen die Augen, immer wieder dasselbe. Und weshalb tat er das andauernd? Weshalb? Hinterher fühlte er sich auch nicht besser – normalerweise eher schlechter. Und die Fahrer, die ihn mitnahmen, fühlten sich auch schlechter, da gab es keinen Zweifel – wenn die dann überhaupt noch etwas fühlen konnten. Und was war das im Übrigen für eine Art, Leute zu behandeln, die ja doch nur versuchten, einem einen Gefallen zu tun!

Vielleicht würde er die hier anders behandeln, weil sie ein Mädchen war. Von einer Frau mitgenommen zu werden kam reichlich selten vor, besonders von einer so jungen. Sie sah so aus, als ob sie in ihrem kurzen Leben auch schon zu leiden gehabt hatte: Sie hatte es wohl nicht leicht gehabt. Bleich war sie, saß ganz steif da und versuchte, ein tapferes Gesicht zu machen. Nicht das erste Mal, dass er so etwas sah. So jung, und schon so viel durchgemacht. Die Titten zur Schau gestellt, um zu demonstrieren, dass sie es längst noch nicht aufgegeben hatte, sexy sein zu wollen, aber der Rest von ihr total erledigt und abgekämpft, vor der Zeit gealtert. Ob sie wohl zwei schreiende Winzlinge hatte, die zu Hause bei ihren Eltern auf sie warteten? War sie drogenabhängig oder sonstwie suchtkrank? Eine Prostituierte, die auf der Suche nach einer anderen Möglichkeit war, finanziell über die Runden zu kommen? Die Haut auf ihren dürren, verkrampften Händen war trocken und vernarbt. Ihr Gesicht konnte er jetzt nicht sehen, aber auf den ersten Blick hatte es wie ein Schlachtfeld herber Erfahrungen gewirkt. Herrje, wenn er ihr doch nur ersparen könnte, was er ihr gleich zumuten würde – eine übermenschliche Anstrengung machen könnte, alles für sich zu behalten. Tja, denkste. Er würde es ihr geben wie allen anderen auch. Bis irgendetwas passierte, was ihn zum Aufhören zwingen würde. Bis endlich alles aus war.

Er sah ihre kleine Nase, wie sie schnüffelnd hinter dem Vorhang ihres Haars hervorkam. Kein Zweifel, sie schnüffelte in seine Richtung. Das taten sie alle. Es ging los.

„Ich mache ein Fenster auf, ja?" bot er gelangweilt an.

Isserley warf ihm ein verlegenes Lächeln zu, es war ihr peinlich, ertappt worden zu sein.

„Nein, nein, es regnet doch", protestierte sie. „Sie werden ja ganz nass. Der – der Geruch macht mir wirklich nichts aus, ehrlich. Ich habe mich nur gerade gefragt, was es wohl ist."

„Das ist Hund", erwiderte er und starrte einfach geradeaus.

„Hund?"

„Reines Hundearoma", bestätigte er. „Spanielessenz." Wieder hielt er die geballten Fäuste auf den Schenkeln und fuhr unruhig mit den Füßen über den Boden; Isserley fiel auf, dass er keine Socken trug. Wiederholt ächzte und stöhnte er, als bearbeite ihn jemand zum Spaß mit einem spitzen Werkzeug, und zog Grimassen in Richtung seines Schoßes, und dann fragte er plötzlich: „Sind Sie ein Hundetyp oder ein Katzentyp?"

Einen Moment lang dachte Isserley nach.

„Also eigentlich keines von beiden", antwortete sie und war sich immer noch nicht sicher, welche Rolle ihr in diesem merkwürdigen Gespräch zufiel. Sie zerbrach sich den Kopf bei dem Versuch hervorzukramen, was sie über das Thema Hunde und Katzen wusste. „Ich weiß nicht, ob ich mich um ein Haustier wirklich gut kümmern könnte", räumte sie ein. Sie bemerkte einen weiteren Anhalter auf dem nächsten Hügel und fragte sich, ob es womöglich ein Fehler gewesen war, als sie sich für diesen entschieden hatte. „Nach dem, was ich gehört habe, scheint es recht kompliziert zu sein. Muss man einen Hund nicht ständig vom Bett herunterschubsen, um ihm zu zeigen, wer der Herr im Haus ist?"

Wieder ächzte und stöhnte der Wotzel, diesmal offenbar vor Schmerzen, als er versuchte, verärgert ein Bein über das andere zu schlagen, und sich das Knie an der Unterkante des Armaturenbretts anstieß.

„Wer hat Ihnen denn das erzählt?“ fragte er höhnisch.

Isserley beschloss, den Namen des Hundezüchters nicht zu erwähnen, für den Fall, dass die Polizei nach ihm suchte. „Ich glaube, das habe ich irgendwo gelesen“, antwortete sie.

„Tja, also, ich schlafe nicht in einem Bett“, sagte der schäbige Wotzel und verschränkte die Arme über der Brust. Seine Stimme hatte wieder einen tieferen, monotonen Klang angenommen, eine seltsame Mischung aus kratzbürstiger Unverschämtheit und unergründlicher Verzweiflung.

„Ach ja“, sagte Isserley. „Und wo schlafen Sie?“

„Auf einer Matratze hinten in meinem Lieferwagen“, erwiderte er, als wolle sie versuchen, ihn davon abzubringen, aber als sei ihm das inzwischen längst egal. „Mit dem Hund.“

Arbeitslos, dachte Isserley. Doch dann sofort: Das spielt keine Rolle. Lass ihn gehen. Es ist aus. Amlis ist fort. Keiner liebt dich. Die Polizei kreist uns immer mehr ein. Geh nach Hause.

Aber es gab kein Zuhause, zu dem sie gehen konnte. Es sei denn, sie erledigte ihre Arbeit. Sie verdrängte die schwarzseherischen Gedanken und versuchte stattdessen, mit dem Wotzel, den sie da neben sich hatte, ein vernünftiges Gespräch zu führen.

„Wenn Sie einen Lieferwagen haben“, forderte sie ihn höflich heraus, „weshalb fahren Sie dann per Anhalter? Weshalb fahren Sie nicht mit Ihrem eigenen Wagen?“

„Ich kann mir das Benzin nicht leisten“, brummelte er.

„Bekommen Sie kein … ähm … kein Arbeitslosengeld vom Staat?“

„Nein.“

„Nein?“

„Nein.“

„Ich dachte, jeder Arbeitslose bekommt Arbeitslosengeld vom Staat.“

„Ich bin nicht arbeitslos“, erwiderte er. „Mir gehört ein Unternehmen.“

„Oh.“ Aus den Augenwinkeln heraus sah Isserley, wie mit seinem Gesicht eine merkwürdige Veränderung vor sich ging. Seine Wangen hatten Farbe bekommen, und seine Augen glänzten, vor fieberhafter Begeisterung vielleicht oder von Tränen. Er bleckte die Zähne, die von dem weichen Belag alter Essensreste gepunktet waren.

„Ich zahle mir selbst ein Gehalt, verstehen Sie?“ erklärte er, und plötzlich artikulierte er besonders deutlich. „So viel ich mir eben leisten kann. Nachdem ich meine Angestellten bezahlt habe.“

„Ähm … also, wie viele Leute arbeiten denn unter Ihnen?“ fragte Isserley, die sich beunruhigt fühlte durch sein festgefrorenes Grinsen, durch die Intensität seiner angespannten Aufmerksamkeit. Er wirkte, als sei er gerade aus einem Koma aufgeweckt worden, als habe man ihm rigoros einen kraftvollen Cocktail aus Wut, Selbstmitleid und Heiterkeit eingeflößt.

„Tja, das ist eine ziemlich gute Frage, eine ziemlich gute Frage“, sagte er und trommelte mit den Fingern auf den Oberschenkeln. „Die erscheinen womöglich nicht alle bei der Fabrik, wissen Sie. Sind durch die verschlossenen Tore vielleicht abgeschreckt worden. Sind durch das abgestellte Licht vielleicht abgeschreckt worden. Während der vergangenen Wochen habe ich mich selbst dort nicht blicken lassen. Es ist in Yorkshire, wissen Sie. Da brauche ich eine Menge Benzin, um nach Yorkshire zu kommen. Und dann schulde ich der Bank auch noch an die dreihunderttausend Pfund.“

Der Regen hatte inzwischen nachgelassen, was Isserley Gelegenheit gab, sich zu orientieren. Sie könnte ihn in Alness absetzen, wenn sein verrücktes Benehmen außer Kontrolle geriet. Einen wie ihn hatte sie vorher noch nie gehabt. Sie fragte sich, sehr zu ihrer Beunruhigung, ob sie ihn mochte.

„Heißt das, Sie sind in Schwierigkeiten?“ fragte sie, womit sie das Geld meinte.

„In Schwierigkeiten? Ich? Nei-ei-ei-ein“, sagte er. „Das Gesetz habe ich nicht übertreten.“

„Aber sind Sie denn nicht … nicht als vermisst gemeldet?“

„Meiner Familie habe ich eine Postkarte geschickt“, schoss er sofort zurück, und die ganze Zeit grinste er, grinste einfach, und Schweiß glitzerte auf seinen Augenbrauen und auf seinem Schnurrbart. „Seelenfrieden um den Preis einer Briefmarke. So kann die Polizei es sich außerdem sparen, wertvolle Zeit zu verschwenden.“

Bei der Erwähnung der Polizei wurde Isserley ganz starr. Dann machte sie sich, nachdem sie ihrem Körper befohlen hatte, sich zu entspannen, plötzlich Sorgen, sie könne ihre Arme in einem Winkel abgebogen haben, der für Wotzel-Muskulatur unmöglich ist. Sie schaute auf ihren linken Arm hinunter, den Arm, der ihm am nächsten war. Es sah so aus, als sei alles in Ordnung. Aber was war denn das für ein entsetzliches quietschendes Geräusch so nah bei ihrem Gesicht? Oh: Das waren die Scheibenwischer, die über trockenes Glas kratzten. Hastig stellte sie sie ab.

Gib auf, es ist aus, dachte sie.

„Sind Sie verheiratet?“ fragte sie, nachdem sie tief Luft geholt hatte.

„Tja, eine ziemlich gute Frage, eine ziemlich gute Frage“, erwiderte er ganz in Aufruhr und hob sich förmlich hoch aus seinem Sitz. „Bin ich verheiratet. Bin ich verheiratet. Lassen Sie mich einmal nachdenken." Seine Augen leuchteten so hitzig, dass es schien, als wollten sie gleich explodieren. „Ja, ich nehme an, ich war verheiratet", beschloss er, als gestehe er unter Aufbietung grässlich guter Laune jemandem einen Punkt zu, den der andere gerade auf seine Kosten erzielt hatte. „Zweiundzwanzig Jahre lang, um ganz genau zu sein."

„Und jetzt sind Sie geschieden?" fragte Isserley weiter.

„Das hat man mir jedenfalls gesagt, ja, das hat man mir gesagt", antwortete er mit einem Augenzwinkern, das wie ein heftiger nervöser Tick aussah.

„Das verstehe ich nicht", sagte Isserley. Sie bekam allmählich Kopfschmerzen. Der Wagen war erfüllt von dem starken Gestank nach Hund, dem radioaktiven Strahlen psychischer Qualen und dem plötzlichen Aufblitzen der Mittagssonne direkt in ihren Augen.

„Haben Sie schon einmal jemanden geliebt?" fragte der Wotzel sie herausfordernd.

„Ich – ich weiß nicht", sagte Isserley. „Ich glaube nicht." Bald würde sie ihn entweder nehmen oder aber gehen lassen müssen. Ihr Herz begann heftig zu arbeiten, und ihr Magen schien sich in Krämpfen zu winden. Irgendwo hinter ihr war ein dröhnendes Geräusch zu hören, das sich nach einem Blick in den Rückspiegel als ein anderes Fahrzeug herausstellte – ein riesiges Wohnmobil, das sich ungeduldig von der einen auf die andere Seite neigte. Isserley überprüfte ihre eigene Geschwindigkeit, und entnervt musste sie feststellen, dass sie nur fünfzig Kilometer in der Stunde fuhr – selbst für ihre Verhältnisse also sehr langsam –, und so fuhr sie ein wenig näher an den Straßenrand heran.

„Ich habe meine Frau geliebt, wissen Sie", sagte der Hundegeruch-Wotzel gerade. „Ich habe sie sehr geliebt. Sie war die Welt für mich. Cilla Black durch und durch."

„Wie bitte?“

Als das Wohnmobil vorbeifegte und seinen Schatten über Isserleys Wagen zog, fing der Wotzel an zu singen, laut und ungehemmt.

„*Sh’was my world, she was my night, my da-a-ay; sh’was my world, sh’was every breath, I ta-a-ake, and if our love ceases to be-e-e, then it’s the end of my world, for me-e-e!*“ So unvermittelt, wie er angefangen hatte, hörte er auch wieder auf und schenkte ihr erneut ein heftiges Grinsen, Tränen tröpfelten seine grauen Wangen hinunter. „Haben Sie ’s jetzt kapiert?“

Isserleys Kopf dröhnte, als der Wagen wieder zurück in die Straßenmitte steuerte.

„Stehen Sie unter dem Einfluss bewusstseinsverändernder Drogen?“ fragte sie.

„Könnte sein, könnte sein“, sagte er und blinzelte wieder. „Gegorener Kartoffelsaft, hergestellt in Polen. Knallhart gegen Schmerzen, knallhart gegen die Ursachen von Schmerzen, und das alles für sechs Pfund neunundvierzig die Flasche. Allerdings eine ziemliche Enttäuschung im Bett. Und Unterhaltungen werden ein bisschen einseitig, habe ich so das Gefühl.“

Mehrere hundert Meter vor und hinter ihr war die A9 ganz leer, nachdem das Wohnmobil vorbeigerast war und schon den halben Weg zum Horizont zurückgelegt hatte. Isserley ließ einen Finger über dem Icpathua-Schalter schweben. Ihr Herz pochte nicht so heftig, wie es das gewöhnlich tat; stattdessen war ihr übel, so als müsste sie sich jeden Moment übergeben. Tief atmete sie Luft mit Hunde-Aroma ein und unternahm eine große Anstrengung, die letzte noch offene Frage zu klären.

„Wer kümmert sich denn um Ihren Hund, wenn Sie per Anhalter unterwegs sind?“

„Keiner", sagte er und zog eine Grimasse. „Sie bleibt im Lieferwagen."

„Den ganzen Tag und die ganze Nacht?"

Sie hatte die Frage nicht in besonders anklagendem Tonfall gestellt, aber sie schien ihn tief zu kränken. Seine manische Energie erlosch in einem einzigen Schwall, und teilnahmslos und niedergeschlagen saß er da.

„Ich bleibe ja nie lange weg", erklärte er, jetzt wieder mit monotoner Stimme. „Ich brauche eben auch mal meinen Auslauf. Sie versteht das."

Wieder schwebte Isserleys Finger zitternd über dem Icpathua-Schalter, dann zögerte sie und schluckte aufwallende Übelkeit hinunter.

„Es ist ein ziemlich großer Lieferwagen", brummelte der Wotzel abwehrend.

„Mhm", beruhigte ihn Isserley und biss sich auf die Lippe.

„Ich muss einfach wissen, dass sie noch da ist, wenn ich zurückkomme", sagte er flehentlich.

„Mhm", sagte Isserley. Schweißtropfen brannten an ihren Fingern der linken Hand, und ihr Handgelenk schmerzte. „Entschuldigen Sie bitte", flüsterte sie. „Ich … ich muss einmal kurz anhalten. Ich … fühle mich nicht ganz wohl."

Der Wagen bewegte sich ohnehin nur noch kriechend vorwärts. Sie ließ ihn in die nächste Parkbucht auslaufen und hielt dann an. Der Motor erschauerte und war dann still. Mit der einen zitternden Faust stützte sie sich am Lenkrad ab, und mit der anderen Hand kurbelte sie ein Fenster herunter.

„Sie sind nicht so recht gut beieinander, stimmt's?"

Sie nickte, sprechen konnte sie nicht.

Eine Weile saßen sie schweigend da, während die frische Luft hereinwehte. Isserley atmete tief ein, der Wotzel ebenso. Er schien irgendwie mit sich zu ringen, so wie sie auch.

Schließlich sagte er leise und traurig, aber doch klar und deutlich:

„Wissen Sie was, das Leben ist Scheiße."

„Ich weiß nicht", seufzte Isserley. „Diese Welt ist doch wunderschön."

Er knurrte verächtlich.

„Wir sollten es den Tieren überlassen, nehme ich an. Wir sollten diesen ganzen verdammten Mist den Tieren überlassen." Das schien sein letztes Wort in dieser Angelegenheit zu sein, doch als er sah, dass Isserley angefangen hatte zu weinen, hob er seine schmutzige Hand und tätschelte zögerlich die Luft ganz dicht bei Isserleys Schulter. Dann überlegte er es sich anders, faltete die Hände im Schoß und schaute weg, aus dem Fenster auf der Beifahrerseite hinaus.

„Für heute habe ich meinen Ausflug gehabt", sagte er leise. „Wie wäre es, wenn Sie mich jetzt hier absetzen würden?"

Isserley schaute ihm direkt in die Augen. Sie glänzten vor lauter ungeweinten Tränen, und in jedem Auge sah sie eine winzige Isserley gespiegelt.

„Ich verstehe", sagte sie und betätigte den Icpathua-Schalter. Der Kopf des Wotzels kippte gegen das Fenster auf der Beifahrerseite und blieb dort liegen. Graue Haarbüschel, die auf seinem Nacken wuchsen, flatterten im Wind.

Isserley kurbelte ihr Fenster hoch und drückte den Knopf, mit dem man die Fensterscheiben verdunkelte. Sobald das Wageninnere düster und abgeschieden war, zog sie den Wotzel vom Fenster zurück und drehte sein Gesicht nach vorn. Seine Augen waren geschlossen. Er wirkte friedlich, nicht entsetzt oder ängstlich wie die anderen. Es sah aus, als würde er schlafen, als würde er über eine allzu lange Fahrt hinweg dösen, den Schlummer von tausend Lichtjahren.

Isserley öffnete das Handschuhfach und suchte eine Perücke und eine Brille aus. Sie nahm den Anorak vom Rücksitz herüber. Vorsichtig zog sie ihren Beifahrer an, drückte sein stumpfes, ausgebleichtes Haar unter einer Mähne platt, die so schwarz und glänzend war, wie sein eigenes Haar vielleicht einmal gewesen sein mochte. Auf der vernarbten Haut ihrer Handflächen fühlten sich seine Augenbrauen warm und stoppelig an.

„Es tut mir Leid", flüsterte sie. „Es tut mir Leid."

Als er abfahrbereit war, nahm sie die Verdunkelung von den Fenstern und startete den Motor. Sie war nicht einmal zwanzig Minuten von zu Hause entfernt, wenn der Verkehr es zuließ.

Wieder auf Ablach Farm, war Ensel wie üblich der erste, der aus dem Gebäude ankam, um sie zu begrüßen. Alles war, so schien es jedenfalls, wieder ganz normal.

Isserley öffnete die Tür auf der Beifahrerseite, und Ensel begutachtete, was dort saß.

„Ein Prachtexemplar", beglückwünschte er sie. „Eines der Besten bis jetzt."

Da verlor Isserley endgültig die Fassung.

„*Sag* das nicht!" schrie sie, so laut es ging. „*Weshalb* musst du das verdammt noch mal andauernd *sagen*!"

Ensel, der unter der Heftigkeit ihrer Reaktion zurückschreckte, packte den Körper, der sich zwischen ihnen befand. Auch Isserley packte den Körper und mühte sich ab, ihn in aufrechter Position zu halten, während er über den Sitz in die ausgestreckten Arme der Männer gezogen wurde. „Er ist *nicht* der beste", wütete sie, während sie klammerte und schob. „Er ist auch nicht der schlechteste. Er ist eben ein … eben ein …" Der Körper, der all diesen vielen Händen entglitt, schlug heftig auf dem Steinboden auf. Wütend kreischte Isserley: „Ach, leckt mich doch alle!"

Sie überließ die rauen Gesellen ihrem Gerempel und Geknurre und fuhr in einer Staubwolke davon zu ihrem Cottage.

* * *

Zwei Stunden später, als sie sich gerade etwas beruhigt hatte, fand sie die Notiz von Esswis in ihrer Tasche und las sie noch einmal, wobei sie sich diesmal zwang, auch die letzten paar Zeilen zu entziffern. Es schien, dass Vess Incorporated noch ein weiteres Anliegen an sie hatte. Sie fragten sich, ob sie nicht vielleicht eine Möglichkeit sehe, ihnen einen weiblichen Wotzel zu beschaffen, vorzugsweise einen mit intakten Eiern. Es bestehe nicht die Notwendigkeit, das Weibchen zu verarbeiten. Es solle einfach nur sorgfältig eingepackt und auf den Weg gebracht werden, dann würde sich Vess Incorporated schon um alles Weitere kümmern.

DREIZEHNTES KAPITEL

Nackt und bange vor dem Schlaf durchstreifte Isserley ihr Haus von Zimmer zu Zimmer, im Dunkeln, eine Stunde um die andere. Die eingeschlagene Route verlief in einer Spirale, begann in ihrem Schlafzimmer, zog sich dann auf den Treppenabsatz hinaus und hinein in das zweite Schlafzimmer, das sie nicht benutzte, dann hinunter in den Flur mit den verrotteten Dielen, in das leere größte Schlafzimmer, das große Zimmer nach vorn heraus, in dem überall Zweige und Äste lagen, in die ausgeräumte Küche, das klamme Badezimmer. Sie marschierte durch jeden einzelnen Raum und ging wieder und wieder im Kopf die Geschichte ihres bisherigen Lebens durch und fragte sich, was sie in Zukunft tun würde.

Eines der Dinge, die sie in Erwägung zog und die ihr helfen sollten, wenigstens bis zum Morgen durchzuhalten, war das Herausreißen der Innenwände im Cottage. Die Idee kam ihr unten in dem großen Zimmer, als sie plötzlich einen großen Ast hochgehoben und ihn mit aller Kraft gegen die nächste Wand geschleudert hatte. Das Ergebnis war höchst befriedigend: Bei der Berührung mit dem Ast explodierte der Putz und legte eine dunkle Höhlung und eine Strebe rauen Holzes frei. Sie schlug noch einmal dagegen, und noch mehr kam herunter. Vielleicht würde sie das Haus in einen einzigen großen Raum umwandeln. Vielleicht würde sie das ganze verdammte Gebäude abreißen.

Nachdem sie zwanzig Minuten oder länger auf die Wand eingeschlagen hatte, war da ein Loch, kaum groß genug, um hindurchzukriechen, und den Ast zu schwingen verschaffte ihr längst nicht mehr die Befriedigung der ersten paar Schläge. Heftig pochende Schmerzen machten sich an den Narben ihrer Hand bemerkbar, dort, wo der sechste Finger amputiert worden war, und die Wut und die Wildheit, mit der sie zuschlug, taten ihrem Rückgrat nicht gut. Also gab sie auf und begann wieder mit dem Herummarschieren. Mit den nackten Füßen hob sie Schutt auf. Sie ging von Zimmer zu Zimmer und klopfte mit den Fingernägeln gegen die Wände. Das Haus knisterte und knarrte. Draußen, in den Bäumen von Ablach Farm, riefen sich Eulen etwas zu, sie schrien wie Menschenfrauen beim Orgasmus. Der Wind schwoll an von dem Geräusch der Wellen, die an den Strand krachten. Irgendwo noch weiter weg tutete ein Nebelhorn.

Es war weit nach Mitternacht, als Isserley endlich zu Bett ging, sie war zu müde, um noch länger nachzudenken. Inzwischen hatte sie eine Reihe halb fertiger Pläne, und sie hoffte, lange genug wach geblieben zu sein, um sicherzustellen, dass die Sonne aufgegangen sein würde, wenn sie aufwachte.

Sie schlief tief und, so kam es ihr jedenfalls vor, sehr lange, aber als sie wieder auftauchte und vor Entsetzen keuchte, war es immer noch stockdunkel. Die Betttücher waren eng um ihre Beine gewickelt, sie waren klamm und feucht, ein wenig rau von kleinen Körnchen Putz, kleinen abgebrochenen Zweigen und Schmutz. Sie berührte sich überall am ganzen Körper: Die Haut auf Armen und Schultern war so heiß wie Fleisch, das man gerade aus dem Ofen geholt hatte, aber ihre Beine waren eiskalt. Um geweckt zu werden, war dies die denkbar schlimmste Schlafphase.

Grausamerweise war es ihrem Körper, obwohl er sein Gleichgewicht immer noch nicht hatte finden können, doch gelungen, ihren üblichen Albtraum in die kurze Schlafphase hineinzuzwängen, den Traum, in dem sie lebendig begraben und allein gelassen wurde, dazu verurteilt, in einem stickigen Gefängnis zu sterben.

Und doch … *war* es denn überhaupt ihr üblicher Albtraum gewesen? Als sie sein Nachbild, das vor ihrem geistigen Auge immer mehr dahinschwand, noch einmal betrachtete, fiel ihr auf, dass etwas an dem Traum verändert war. Das Gefühl, das der Traum in ihr auslöste, war das gleiche, doch zum ersten Mal schien die Gestalt im Mittelpunkt der Tragödie jemand anderes zu sein als sie selbst. Am Anfang nicht, nein: Am Anfang war es unverkennbar Isserley, die in die Eingeweide der Erde hinuntergeführt wurde. Doch gegen Ende schien sie in Gestalt, Größe und Art eine andere zu sein. Und in jenen letzten beklommenen Sekunden vor dem Erwachen hatte der Traum überhaupt nicht mehr von einem menschlichen Wesen gehandelt, sondern von einem Hund, der irgendwo weit draußen in einem Niemandsland in einem Fahrzeug gefangen war. Sein Herrchen würde nicht mehr zurückkommen, und er würde sterben.

Als Isserley ganz wach war, befreite sie sich aus den Betttüchern, legte die warmen Arme um die kalten Beine und fing an, sich selbst gut zuzureden, um die aufsteigende Panik in den Griff zu bekommen.

Natürlich handelte es sich bei dem Hund, von dem sie geträumt hatte, um den Hund des gestrigen Wotzels, aber es bestand keinerlei Notwendigkeit, Albträume von ihm zu haben. Dem Tier würde es gut gehen. Sein Herrchen würde ganz bestimmt die Fenster im Lieferwagen einen Spalt weit aufgemacht haben. Und selbst wenn er das nicht getan hatte, waren Fahrzeuge ja schließlich nicht hundertprozentig luftdicht, und es war eher kühl draußen. Sich vorstellen zu wollen, dass der Hund verhungern würde – nun, das war einfach idiotisch. Wenn der Hund Hunger bekam, würde er anfangen zu bellen, und die Leute würden sich schließlich über den Lärm ärgern und nachforschen, woher er kam. Und im Übrigen, wie konnte das Schicksal eines Hundes denn überhaupt so wichtig sein? Hunde starben jeden Tag. Auf der A9 hatte sie platt gewalzte Kadaver von etlichen Hunden gesehen, war selbst über die Überreste von einigen gefahren, statt mit riskantem Manöver auszuweichen. Sie hatten unter den Reifen eine kaum spürbare Erschütterung verursacht. Außerdem standen Hunde auf einer primitiveren Bewusstseinsstufe.

Isserley rieb sich die Augen und schaute hoch. Gestern hatte sie neue Batterien in die Uhr eingelegt, als Teil eines Versuchs, ihr Leben wieder in den Griff zu bekommen: 4.09 leuchtete jetzt auf der Digitalanzeige. Vielleicht wäre es besser gewesen, nicht zu wissen, wie viele Stunden sie noch bis Sonnenaufgang zu warten hatte. Vielleicht wäre es besser gewesen, überhaupt nicht aufzuwachen.

Sie kroch aus dem Bett, steif und bewegungsunfähig wie gewöhnlich. Wie himmlisch wäre es doch, sich an den Chirurgen rächen zu können, die ihr das angetan hatten! Sie hatte nicht einmal deren Gesichter zu sehen bekommen: Als sie ihre Messer in sie gruben, war sie schon bis zur Bewusstlosigkeit mit Drogen vollgepumpt. Und jetzt prahlten sie vor Vess Incorporated wahrscheinlich damit, wie viel sie aus ihren Fehlern gelernt hatten und dass es gar kein Vergleich mehr zwischen den groben Experimenten war, die Esswis und Isserley geheißen hatten, und den Wundern, die sie inzwischen zu Wege brachten. In einer gerechten Welt gäbe man ihr vor ihrem Tod Gelegenheit, diese Chirurgen auf einen Operationstisch zu binden, um ein paar eigene Experimente mit ihnen anzustellen. Ohne Zunge im Mund könnten sie dann zuschauen, wie sie ihnen ihrerseits die Genitalien herausschnitt. Um sie daran zu hindern, allzu viel Lärm zu machen, würde sie ihnen ein mächtiges Stück ihrer eigenen abgetrennten Schwänze in den Mund stecken. Sie würden die Hinterbacken zusammenklemmen, wenn sie ihnen das Rückgrat mit Eisenspießen durchbohrte. Mit den Augen würden sie Blut hervorzwinkern, wenn sie ihnen tapfere neue Gesichter meißelte.

Isserley schaltete den Fernseher ein und begann mit ihren Übungen.

„Ein Leben ohne Liebe ertrage ich nicht", flüsterte eine Stimme in ihr dunkles Schlafzimmer hinein. Das Bild erschien, eine schwarzweiße kleine Wotzelfrau, die sich an einen breitschultrigen Wotzelmann klammerte, der den Blick von ihr fort in den Himmel gerichtet hatte.

„Red' doch nicht solchen Unsinn", schalt er sie sanft. „Das brauchst du doch auch nicht."

Isserley streckte den Fuß aus, um umzuschalten, gerade als ein glänzendes Flugzeug mit wirbelnden Propellern in ein dramatisches Dämmerlicht davonflog.

Warme Farben breiteten sich über dem Bildschirm aus, abstrakt und sich ständig verändernd. Das Kamerabild zog sich zurück und zeigte schließlich scharf den schimmernden Kreis eines nassen Stück Glases, das zwischen einem riesigen Daumen und Zeigefinger gehalten wurde, wie ein einzelnes, mit Suppe beschmiertes Brillenglas.

„Mit Kulturen wie diesen", sagte eine entschlossen klingende Stimme, „wird womöglich bald einmal ein Mittel gegen Krebs gefunden werden."

Isserley stand da und starrte wie hypnotisiert in das Feuer, das sie angezündet hatte. Aus Zweigen und Ästen hatte sie einen weit größeren Scheiterhaufen aufgeschichtet als gewöhnlich, und die Flammen loderten golden und aprikosenfarbig in die Morgendämmerung. Nur mit Mühe riss sie sich davon los und ging an ihrem Wagen vorbei, den sie bereits aus dem Schuppen geholt und mit laufendem Motor so gestellt hatte, dass sie gleich vom Bauernhofgelände wegfahren konnte. Isserley humpelte zum Hauptgebäude hinüber, und dabei schleiften ihre Schuhe unangenehm über den steinigen Boden. Irgendetwas stimmte nicht mit dem unteren Ende ihres Rückgrates, etwas, das auch die Übungen bis jetzt nicht hatten in Ordnung bringen können.

„Isserley", sagte sie in die Sprechanlage hinein.

Es antwortete niemand, doch die große Metalltür mit dem Rollmechanismus öffnete sich. Gleich bei der Tür befand sich, wie erwartet, die schwarze Plastiktüte mit den persönlichen Sachen des letzten Wotzels. Sie griff sich die Tüte und verließ das Gebäude sofort wieder, nur für den Fall, dass derjenige, der gerade Dienst hatte, womöglich aus den Tiefen der Erde zu einem kleinen Schwätzchen heraufkommen würde.

Wieder beim Feuer, zog sie die Schuhe, den Pullover und den mit Hundehaar übersäten Anzug des Wotzels aus der Tüte und musterte den Rest gründlich. Viel war da allerdings nicht mehr: Offenbar hatte er unter dem Anzug nur ein fleckiges T-Shirt getragen, aber keine Unterhosen. In seinem Jackett fand sich nichts, und seine Hosentaschen waren bis auf Autoschlüssel und Brieftasche ebenfalls leer.

Sie legte den Pullover auf die Motorhaube ihres Wagens, um ihn von dem taufeuchten Gras fernzuhalten, taufte das Jackett, das T-Shirt, die Hosen und die Schuhe mit einem Sprühregen aus Benzin und warf diese Kleidungsstücke dann auf das Feuer. An ihren Händen hafteten überraschend viel Hundehaare, die sie nicht an ihrer eigenen Kleidung abwischen wollte. Wenn sie Glück hatte, würden die Haare sich auf natürlichem Weg abreiben.

Sie ächzte vor Schmerzen, als sie sich hinkniete, um die Brieftasche durchzusehen. Verglichen mit den anderen Brieftaschen, die sie zu Gesicht bekommen hatte, war diese hier sehr dick, der Inhalt war jedoch nicht sehr vielfältig. Anstatt der üblichen beschichteten Plastikkarten, behördlichen Konzessionen und Genehmigungen, Adressen, Fahrkarten und Verkaufsquittungen gab es in dieser Brieftasche nur Geld und eine Art Postkarte, die wie eine Liliputlandkarte so klein zusammengefaltet war. Was die Brieftasche so dick machte, war die Masse des Bargeldes. Von einigen Münzen abgesehen enthielt die Brieftasche ein Bündel Banknoten, meist Zwanziger sowie ein paar Zehner und Fünfer, insgesamt 375 Pfund. So viel Geld auf einmal hatte Isserley bisher noch nicht gesehen. Es reichte aus, um fünfhundertundfünfunddreißig Liter Benzin zu kaufen oder einhundertundzweiundneunzig Flaschen von dem blauen Shampoo oder gut eintausend Rasierklingen … oder … siebenundfünfzig Flaschen von dem gegorenen Kartoffelsaft, den der Wotzel erwähnt hatte. Sie stopfte sich die Banknoten in die Hosentaschen und verteilte sie dabei gleichmäßig auf beide Seiten, um die Taschen nicht so auszubeulen.

Die Art Postkarte erwies sich als große, mehrfach zusammengefaltete Farbfotografie. Auseinandergefaltet und geglättet, zeigte sie den Wotzel, als er noch wesentlich jünger war, bei der Umarmung einer Frau, die ein hauchdünnes weißes Kleid trug. Beide hatten glänzendes schwarzes Haar, rosige Wangen und ein breites, halbmondförmiges Lächeln. Isserleys Wotzel war glatt rasiert, faltenlos und völlig frei von Schmutz. Auf seinen Zähnen waren keine alten Essensreste zu sehen, und seine Lippen waren feucht und rosa. Ganz bestimmt war das jetzt nur eine Interpretation ihrerseits, aber sie meinte, aus seinem Gesichtsausdruck schließen zu können, dass er aufrichtig glücklich war. Sie fragte sich, wie er wohl geheißen hatte. Da befand sich eine verzierte Inschrift, *Pennington Studio*, auf dem unteren rechten Rand, und das kam Isserley wie ein ausländischer Name vor, obwohl der Wotzel für ihre Ohren gar nicht ausländisch geklungen hatte.

Als Penningtons Kleider bereits brannten, spielte Isserley mit dem Gedanken, ihn zu retten. Für Amlis war es nicht schwierig gewesen, ein paar Wotzel freizulassen; sicherlich würde ihr das genauso wenig Mühe bereiten. Die Männer dort unten waren Schwachköpfe, und außerdem würden die meisten jetzt ohnehin schlafen.

Aber natürlich war es inzwischen zu spät. Bereits in der vergangenen Nacht würde man Pennington die Zunge und die Eier herausgenommen haben. Er hatte sowieso nicht sehr am Leben gehangen, und es war ziemlich unwahrscheinlich, dass er inzwischen seine Meinung geändert hatte. Es war besser, ihn in Ruhe zu lassen.

Mit einem Stock fachte Isserley das Feuer weiter an und fragte sich, weshalb sie sich überhaupt die Mühe machte, so gründlich vorzugehen. Die Macht der Gewohnheit. Sie warf den Stock in die Flammen und ging zu ihrem Wagen.

Während Isserley die A9 entlangfuhr, hob sich die Sonne weiter über den Horizont in die Höhe und erholte sich von dem, was auch immer sie während der Nacht hinter den schneebedeckten Bergen zu leiden gehabt hatte. Wolkenlos und endlich befreit, strahlte sie mit unvermittelter Kraft und überzog ganz Rossshire mit einem großzügigen goldenen

Licht. Nur dadurch, dass sich Isserley zur richtigen Zeit am richtigen Ort befand, war auch sie Teil dieser Landschaft; ihre Hände auf dem Lenkrad wurden golden.

So herrliches Licht wie dieses war jede Mühe wert, dachte sie – na ja, jedenfalls fast jede Mühe. Jenseits der verdrehten Knochen und der vernarbten Haut war das Leben keineswegs beschissen.

Penningtons Pullover fühlte sich ein wenig merkwürdig auf ihrer Haut an, aber sie war schon dabei, sich daran zu gewöhnen. Es gefiel ihr, wie die Manschetten eng anliegend ihre Handgelenke umschlossen, wobei die verschmutzten Fasern in der Sonne leuchteten. Es gefiel ihr, wie sie auf ihre Brust hinunterschauen konnte und nicht länger dieses abstoßende Dekolletee aus künstlichem Fett sehen musste, sondern sich ihr der Eindruck von etwas Pelzartigem vermittelte, eine Illusion ihres wirklichen Selbst.

Nicht weit vor ihr stand ein Anhalter und reckte den Daumen auf die Straße vor. Er war jung und dünn und hielt ein zerbeultes Schild mit der Aufschrift NIGG in die Höhe. Isserley fuhr an ihm vorbei und verlangsamte nicht einmal die Geschwindigkeit. Der Wotzel machte eine „Ach-leck-mich-doch"-Geste in ihrem Rückspiegel und drehte sich dann um, hielt sich bereit für das Auto, das als Nächstes kommen würde.

* * *

Es war ganz einfach, die Stelle zu finden, an der sie Pennington aufgelesen hatte. Auf dem Straßenabschnitt, der zu dieser Stelle führte, war die Fahrbahn besonders eng – deshalb hatten sich auch hinter ihr so viele Wagen gestaut –, und natürlich war da noch das Schild mit dem P, nach dem sie Ausschau halten konnte. Als sie es gefunden hatte, parkte sie den Wagen genau dort, wo sie am Vortag gehalten hatte, genau an der Stelle, jedenfalls bis auf ein paar Meter genau. Sie stieg aus, schloss die Türen ab und machte sich auf die Suche nach dem nächsten Fußpfad, der in die Felder hineinführte.

Auch Penningtons Lieferwagen war viel einfacher zu finden, als sie erwartet hatte. Er war an einer Stelle verstaut, an der sie selbst ein Fahrzeug geparkt hätte, wenn sie es auf diesem Stückchen Ackerland hätte verstecken wollen. Von einer Reihe hoher Bäume überschattet, stand dort eine verfallene Mühle, sie hatte kein Dach mehr und bestand nur noch aus Außenwänden, und dagegen lehnten aufgestapelte Heuballen. Wetter, wie es der Jahreszeit nicht entsprach, hatte das Heu ruiniert, und man hatte es zum Verrotten dort gelassen. Vom Blickwinkel der Autofahrer her, die auf der A9 vorbeifuhren, war hier nichts außer dem kurz aufblitzenden verfallenen Gebäude und dem Heu zu sehen. Vom Bauernhaus aus, das einen knappen Kilometer entfernt war, sah man nur dicht beieinander stehende Bäume, die den Bauern gnädigerweise nicht an die verfaulten Ressourcen erinnerten, die zu entfernen viel Geld kosten würde. Auf dem kleinen Stückchen Land zwischen den Bäumen und der Mühle stand, nur für Eindringlinge sichtbar, Penningtons Lieferwagen.

Es war ein weit luxuriöseres Fahrzeug, als Isserley angenommen hatte. Sie hatte sich ein rostiges, zerbeultes Etwas vorgestellt, das man kaum mehr auf die Straße lassen konnte, dunkelblau vielleicht, mit verwaschener Aufschrift auf der Seite. Stattdessen sah sie vor sich etwas glänzend Cremefarbenes, abgesetzt mit poliertem Chrom und völlig intaktem schwarzen Gummi, wie eines der brandneuen Fahrzeuge, die bei Donnys Garage zu besichtigen waren.

Im Innern dieses glitzernden Rumpfes sprang Penningtons gefangener Hund von einem Sitz auf den anderen und bellte hysterisch. Isserley sah, dass sich das Tier die Lungen aus dem Leib keuchte, doch durch die geschlossenen Fenster war der Krach nur leise und gedämpft wahrzunehmen – aus der Nähe ein Höllenlärm, doch sie bezweifelte, dass dieser Lärm weit tragen würde, sogar mitten in der Nacht würde man nicht viel hören.

„Brav, sei ganz brav", sagte sie und stieg hoch in das Fahrzeug.

Es war Isserley gar nicht in den Sinn gekommen, Angst zu haben, als sie Penningtons Schlüssel benutzte, um die Seitentür des Lieferwagens aufzuschließen. Der Hund würde entweder weglaufen oder sie angreifen; also würde sie ihm entweder zusehen, wie er blitzschnell in der Ferne verschwand, oder sie könnte gezwungen sein, ihn zu töten. Ihr Gewissen würde sie in jedem Fall beruhigt haben, egal, wie der Hund sich nun verhalten würde.

Schwungvoll öffnete sie die Tür, und mit einer Heftigkeit, die an die Fehlzündung eines Autos erinnerte, sprang der Hund heraus. Er landete im Gras, überschlug sich dabei beinahe, und zitternd und zuckend drehte er sich dann zu Isserley um. Sein Fell war schwarz mit einigen weißen Flecken, er sah wie eine Miniaturausgabe von Amlis aus, und finster und verwirrt schaute er zu ihr hoch, ein wulstiges Runzeln zog den Flaum seiner dunklen Stirn in Falten.

Isserley ließ die Tür des Lieferwagens offen und ging weg, zurück auf die A9 zu. Es war nicht wirklich eine Überraschung für sie, als der Hund ihr hinterherlief und an dem Saum von Penningtons Pullover schnüffelte, der lose wie ein Kleid auf Isserleys Oberschenkel herabfiel. Die Nase des Spaniels stupste wiederholt gegen ihre Hüfte, dann spürte sie, wie seine feuchte Zunge ihr über die Hände leckte. Angeekelt stöhnte sie auf und hob beide Arme in die Luft, als wolle sie sich ergeben, während sie hastig zu ihrem Auto lief.

Penningtons Hund gelang es noch ein weiteres Mal, ihr die Hand zu lecken, als sie sichergehen wollte, dass sie ihm die Schnauze nicht in der Autotür einklemmte. Durch die Fensterscheibe starrte er verständnislos zu ihr hoch, als sie den Wagen startete.

„Du bist jetzt allein auf dich gestellt, Hundchen", sagte Isserley, wobei sie sich natürlich bewusst war, dass sie und der Hund keine gemeinsame Sprache hatten.

Dann fuhr sie davon und ließ das Tier am Straßenrand sitzen.

Auf dem Heimweg wurde Isserley klar, dass sie wieder darüber nachdachte, was sie mit dem Rest ihres Lebens anfangen sollte; Gedanken, die ihr auch schon während der vergangenen Nacht endlos im Kopf herumgegangen waren.

Natürlich gab es da eine ganze Reihe von Möglichkeiten für sie, je nachdem, wie viel Mut sie aufbringen könnte oder wie viel körperliche Qualen sie bereit war zu ertragen. Jeder einzelne Plan stellte seine ureigenen reizvollen Belohnungen in Aussicht und barg in sich seine ureigenen Angst einflößenden Konsequenzen. Doch sie war es leid, die eine Zukunft gegen die andere abzuwägen; sie hatte schon zu viel gedacht.

Es war an der Zeit, ihren Instinkten die Entscheidung zu überlassen. Sie würde die Finger in Reichweite des Armaturenbretts schweben lassen, und wenn sie den Schalter herunterdrückten, nun ja … so sollte es dann eben sein.

Nach einigen Minuten näherte sie sich bereits dem Straßenschild mit der Aufschrift *B9175: Portmahomack und*

Küstendörfer. Sie warf einen prüfenden Blick in den Rückspiegel und auf die Straße vor sich: Weder von vorn noch von hinten näherte sich ihr jemand, der sie vorwärts treiben oder aufhalten könnte. Ihre Finger hingen über dem Blinker. Ihr Fuß schien auf dem Gaspedal wie festgewachsen. Pfeilschnell schoss das Schild vorbei, die Ausfahrt wurde von den Bäumen verschluckt, und sie fuhr immer noch Richtung Norden. Die Entscheidung war getroffen. Sie würde Ablach Farm nie wieder sehen.

Ein wenig später, Isserley fuhr immer noch nach Norden, lenkte sie den Wagen auf die Dornoch Bridge, und sofort hatte sie ein irgendwie flaues Gefühl im Magen. Hunger war es nicht, obwohl sie inzwischen durchaus auch hungrig war. Es war eine Vorahnung. Auf der anderen Seite wartete etwas auf sie.

Als sie die Brücke zur Hälfte passiert hatte, fuhr sie auf einen für Ausflügler vorgesehenen Parkplatz an der Seite. Es stand bereits ein Tourist dort, der über das Geländer auf den glitzernden Firth starrte, das Fernglas zum Sichten von Robben und Delfinen hatte er griffbereit. Isserley parkte den Wagen hinter seinem luxuriösen Wohnmobil und öffnete vorsichtig die Tür. Indem der Tourist sich umdrehte, gab er zu erkennen, dass er ihre Ankunft bemerkt hatte. Er war fettleibig und klein und hatte spindeldürre Beine: Die Prüfung würde er eindeutig nicht bestehen.

„Hallo." Er winkte und blinzelte in die Sonne.

„Hallo", gab Isserley wie ein Echo zurück, den Wagen als Barriere zwischen sich und ihm. Als sie überzeugt war, dass er stehen bleiben würde, wo er war, drehte sie sich von ihm weg und schaute die Brücke entlang auf das Festland hin. Eine hohle Hand hielt sie schützend über das Gesicht, dann nahm sie die Brille ab und starrte in die Ferne, den Blick aus ihren riesigen Augen richtete sie auf die Autos, die sich bei dem Kreisverkehr zu stauen schienen, eine kleine Herde von Fahrzeugen, die sich nicht ganz schlüssig schienen, ob sie sich weiterbewegen sollten, ganz so, als könnten sie sich nicht zwischen der Straße nach Clashmore und der nach Dornoch entscheiden.

Dann bemerkte sie die Kopfbedeckung von Polizisten, die gestikulierend mitten unter den Fahrzeugen standen.

Isserley schwang sich wieder in ihren Wagen und ließ den Motor aufheulen. Weit geschickter und kühner, als sie es von sich selber je für möglich gehalten hatte, wendete sie den Wagen mitten auf der Brücke – zweifellos eine höchst gesetzeswidrige Handlung, aber eine Handlung, die die winzigen Polizisten in der Ferne nicht würden ahnden können. Sie schaute über die Schulter zurück, um einen prüfenden Blick auf den Touristen beim Geländer zu werfen; respektvoll starrte er ihr hinterher, während sie davonfuhr, doch er benutzte dabei nicht sein Fernglas, also wollte er höchstwahrscheinlich nicht versuchen, sich ihr Aussehen oder ihre Autonummer einzuprägen.

Ich will nach Hause, dachte sie, doch ihr Entschluss stand fest: Sie hatte kein Zuhause mehr.

Wenige Minuten später fuhr sie bereits in südlicher Richtung an Tain vorbei und ließ sich nicht in Versuchung führen, ihren Entschluss noch einmal zu überdenken. Hätte sie von der A9 abfahren und den Weg durch das Stadtzentrum nehmen wollen, dann hätte sie am anderen Ende die Stadt verlassen und auf einer anderen Strecke nach Portmahomack fahren können – nach Portmahomack und nach Ablach Farm. Doch Ablach Farm stand ihr jetzt nicht mehr offen. Vess Incorporated würde sich ihrer nicht annehmen, wenn sie keine Waren mehr lieferte, das wusste sie; die Firma würde ihr nicht aus reiner Herzensgüte Kost und Logis gewähren.

Was Amlis anging, so hatte er gesagt, dass er zurückkommen würde … aber Leute wie er gingen mit Versprechungen doch immer großzügig um, oder? Was war denn mit all den Männern gewesen, die ihr versprochen hatten, sie zu beschützen, als sie das Klassifizierungsalter erreicht hatte? „In die Siedlungen? Ein so schönes Mädchen wie du? Die sollen nur kommen und das versuchen, Iss, da stehe ich aber sofort bei meinem Vater auf der Matte." Verwöhnte kleine Wichtigtuer, alle wie sie da waren. Scheißkerle allesamt, verdammte Scheißkerle.

Es wäre wirklich sehr einfach, sich von dieser Welt verführen zu lassen, hatte Amlis gesagt, als er ihren Arm berührt hatte. Sie ist sehr, sehr schön. Was hatte er damit sagen wollen? Hatte er etwa sagen wollen, dass auch *sie* schön war? Weshalb hätte er sie wohl sonst gerade in diesem Augenblick berührt? Seine Finger … Aber nein, natürlich hatte er das nicht damit sagen wollen. Zum ersten Mal in seinem Leben sah er vor sich einen Ozean und einen Himmel schwer von Schnee, während neben ihm ein verstümmelter Krüppel schwitzte. Der Reiz ihrer vernarbten Haut konnte wohl kaum mit einer nackten neuen Welt konkurrieren, oder?

In ihrem Herzen spürte sie einen plötzlichen Schmerz. Schon in diesem Moment vermisste sie die Küste von Ablach. Die ganze Zeit, in der sie in der vergangenen Nacht durch die leeren Räume von ihrem Cottage marschiert war, hätte sie dort verbringen und am mondbeschienenen Meeresufer oder auf den Klippen entlangspazieren können. Doch selbst da hätte sie wahrscheinlich schon gewusst, dass das Abschiednehmen alles nur noch schlimmer gemacht hätte.

Einer der nicht zu verwirklichenden Zukunftspläne, die sie in Erwägung gezogen hatte, als sie durch ihr Cottage marschierte, hatte vorgesehen, dass sie an der Küste von Ablach in einer Höhle leben würde. Es gab dort mehrere, die sie vorher aufgrund ihrer Klaustrophobie nie erforscht hatte – aber genau diese Klaustrophobie war natürlich auch das Problem bei der Vorstellung, in einer Höhle leben zu wollen.

An dem Strand befand sich außerdem ein kleines Häuschen aus Stein („die Fischerhütte", hatte Esswis es einmal genannt, mit der Miene und dem Gebaren eines Mannes, der alles wusste). Seine Türen waren so verwittert und verrottet, dass sie wie Vorhänge im Wind hin- und herschwangen; sein fensterloses Inneres war schmutzig und übersät mit Teer und verwesendem Schafskot. Doch was sie hauptsächlich daran hinderte, dort Unterschlupf zu suchen, war die Tatsache, dass es dort außerdem eine große, am Boden fest geschraubte Maschinerie gab, einen schmiedeeisernen Mechanismus so groß wie eine Kuh, der dazu bestimmt war, Boote auf den Strand hinaufzuhieven. Natürlich war es möglich, dass die Vorrichtung nicht mehr in Betrieb war, aber sicher konnte man da nicht sein. Immense Schwierigkeiten wären die Folge gewesen, wenn sie nackt und schlafend in einer Ecke dieser Hütte gelegen hätte und plötzlich eine ganze Bootsladung von Fischern hereinspaziert wäre.

Außerdem hatte sie noch in Erwägung gezogen, sich selbst eine kleine Unterkunft irgendwo auf den Klippen von Ablach zu bauen, aus Zweigen, Treibholz und vielleicht auch diesen großen Stücken Wellblech, die oft an den Strand angespült wurden. Doch Esswis wäre es sicherlich aufgefallen, wenn auf dem Hof ein zusätzliches Gebäude aus dem Boden sprießen sollte, besonders dann natürlich, wenn Isserley vermisst wurde und er nach ihr suchte. Und sobald Vess Incorporated Kenntnis davon hatte, dass sie fortgelaufen war, würde man Esswis ganz bestimmt die Anweisung geben, nach ihr zu suchen.

Isserley runzelte die Stirn, als ihr die Polizisten wieder einfielen. Sie konnte es sich nicht leisten, von ihnen angehalten zu werden, denn ihren Wagen zierten abgelaufene Steuerplaketten, und außerdem hatte sie keinerlei offiziell gültige Dokumente. Sie musste ein Versteck finden und durfte eine Zeit lang nicht mehr Auto fahren. Das war keine besonders schwierige Aufgabe; das würde bestimmt zu machen sein. Immerhin war sie ja nicht mehr ausschließlich auf die A9 angewiesen, sondern konnte es sich leisten, die kleineren Straßen abseits der A9 zu erkunden, wo es nur wenig Verkehr und größere Areale nicht gerodeter Waldstücke gab. Wie ein Fasan konnte sie zwischen den Bäumen verschwinden.

Drei Tage später erwachte Isserley aus Träumen sexueller Lust, und mit den Händen hielt sie Fell umklammert. Es war die Kapuze des Anoraks, der ihr auf dem Rücksitz ihres Wagens als Kopfkissen diente. Ihr ganzer Körper schmerzte und war dennoch so sehr erfüllt von dem phantasierten Orgasmus, dass sie beinahe laut losgelacht hätte.

Ganz in der Nähe des Ufers eines Sees schmiegte sich ihr Wagen in eine Laube aus Farnkraut. Tatsächlich berührten die Spitzen der Zweige das eine oder andere Wagenfenster, und winzige Vögel hüpften vom Autodach in die Sträucher und zurück, wobei ihre zerbrechlichen Krallen über das Metall trappelten. Nicht erkennbare Geschöpfe, Enten womöglich oder Schwäne, kräuselten immer wieder einmal das gezeitenlose Wasser ganz in der Nähe, vor allem an den Spätnachmittagen. Das Laubdach über ihr war so dicht, dass fallender Schnee den Boden nie berühren würde, und von dem

See wurde mehr Sonnenlicht reflektiert, als durch die Bäume drang.

Alles in allem war diese Laube ein solch perfektes Versteck, dass Isserley dort, als sie ihren Wagen vor ein paar Tagen zum ersten Mal vorsichtig hineingelenkt hatte, bereits ein anderes Auto vorfand. Glücklicherweise war es unbewohnt. Es war inzwischen kaum mehr als das bloße Gerüst eines Autos: ausgeweidet, ohne Räder, mit Rost in allen Farben des Waldes, mit Moos bewachsen. Isserley parkte ihren Wagen direkt daneben und nutzte so die zusätzliche Tarnung.

Es ließ sich nicht leugnen, dass die erste Nacht schwierig gewesen war. Der Rücksitz war nur einige wenige Zentimeter zu kurz, als dass sie sich der Länge nach hätte ausstrecken können, doch diese wenigen Zentimeter erwiesen sich, was die Bedürfnisse ihres Körpers anging, als entscheidend. Aber sie hatte überlebt, und in den darauf folgenden beiden Nächten war es ein wenig besser gegangen.

Sie hatte nicht im Wagen schlafen wollen, doch bis sie eine geeignetere Unterkunft fand, hatte sie keine andere Wahl. Die Vorstellung, irgendwo zusammengerollt auf einem Feld unter Sternen zu schlafen, hatte zwar etwas sehr Romantisches und Rebellisches an sich, doch tief in ihrem Innern wusste sie, dass ihr Rückgrat sie am nächsten Tag dafür bestrafen würde. Sie brauchte ein Bett oder jedenfalls etwas Weiches, auf dem sie liegen konnte. Der Rücksitz ihres Wagens war wenigstens gepolstert und glatt. Und sollte sie morgens aufwachen und ihr Körper ihr ernsthafte Probleme bereiten, könnte sie sich immerhin an den Kopfstützen der Vordersitze hochziehen.

Wenn sie jeden beliebigen Platz auf der ganzen Welt auswählen könnte, wäre ein verlassener Leuchtturm der ideale Platz zum Schlafen, das perfekte Zuhause. Doch waren

Leuchttürme je verlassen? Sie wünschte, sie wären es. Sie standen da unmittelbar am Rand des Festlandes, direkt neben der offenen See, und ihre Turmspitzen reckten sich beinahe bis in die Wolken. Dort oben konnte Isserley sich gut vorstellen, ganz dort oben, und da würde sie dann auf einer weichen Matratze schlafen, überall um sich herum nur Fenster, die das Sonnenlicht hereinließen, sobald es sich zeigte.

Im Augenblick lag sie tief unten auf der Erde und fühlte sich schon ganz schwach vor lauter Hunger. Heute würde sie wirklich unbedingt etwas essen müssen, etwas Gehaltvolleres als die rohe Rübe, die sie in der vorletzten Nacht von einem Feld gestohlen hatte.

Gleich als sie mit ihren Übungen fertig war, watete sie an einer seichten Stelle in das eisige Wasser des Sees und wusch sich. Dann rasierte sie sich, den Spiegel hielt sie in der einen Hand, die Rasierklinge in der anderen, und tunkte Shampoo-Schaum in das glitzernde Wasser. Sie hoffte, das Shampoo würde den Lebewesen in diesem See keinen Schaden zufügen. Ein paar Tropfen einer Seifenchemikalie in einem derart riesigen Reservoir natürlicher Reinheit konnten doch sicherlich keinen nachhaltigen Effekt erzielen, oder?

Um ihre erste warme Mahlzeit seit Verlassen des Bauernhofes zu bekommen, fuhr sie zu einer Tankstelle, an der sie früher schon gewesen war, wenn sie getankt hatte.

Eines Tages würde sie ihre Ängste womöglich überwinden und tatsächlich in eine größere Stadt fahren, ihren Wagen bei hunderten anderer Wagen parken und einen Supermarkt betreten, wie die Wotzel das taten, wenn sie Lebensmittel brauchten. Aber dieser Tag war noch längst nicht in Sicht. Erst kürzlich war sie an einem riesigen Tesco-Supermarkt direkt neben der A96 Richtung Aberdeen vorbeigefahren und hatte sich gefragt, ob sie wohl den Mut haben würde hineinzugehen. Das Geschäft befand sich in so unmittelbarer Nähe der Straße, dass sie durch die getönten Glasscheiben der Türen beinahe ungehindert hineinsehen konnte. Alles, was sie jemals im Fernsehen gesehen hatte, war offenbar in dieses massive Betongebäude hineingezwängt worden, und eine ganze Horde von Wotzeln zerrte daran herum, sie rempelten sich an und stürzten sich auf die allerbesten Stücke. Nein, dazu war sie noch nicht bereit.

An der Tankstelle tankte sie für zwanzig Pfund. Außerdem suchte sie sich ein abgepacktes Fleischgericht von dem Selbstbedienungsregal aus Metall und Plastik aus, das den Aufdruck HAPPY TUM'S ROADSIDE DINER trug. Drei Gerichte standen zur Auswahl: Hot Dog, Hähnchenrolle und Rindfleisch-Burger. Alle waren sie in weißes Papier gewickelt, so dass sie den Inhalt nicht sehen konnte. Sie entschied sich für Hähnchenrolle. Sie hatte im Fernsehen gehört, dass Rindfleisch gefährlich war – möglicherweise sogar tödlich. Wenn es Wotzel umbringen konnte, wollte sie sich gar nicht erst vorstellen, was es mit ihr anstellen würde. Was den Hot Dog anging, nun ja … es hatte etwas geradezu Absurdes, sich erst derart viel Mühe zu machen, um einen Hund vor dem sicheren Tod zu bewahren, und ein paar Tage später dann einen zu essen.

Sie nahm das in Papier gewickelte Paket hoch und setzte es in die Mikrowelle, dann befolgte sie genau die Anweisungen, um die richtigen Knöpfe zu drücken. Fünfundvierzig Sekunden später hielt sie, dampfend heiß, ihre Hähnchenrolle in der Hand.

Fünfundvierzig Minuten später kauerte sie im Gras hinter einem Parkplatz in Saltburn und gab sich alle Mühe, sich zu übergeben. Ihr Mund war sperrangelweit geöffnet, Speichel tropfte ihr von der Zungenspitze, aber als der Schwall endlich kam, stieg er ihr stattdessen in die Nase und sprühte und sprudelte ihr wie mit Kohlensäure versetzte Sauce aus den engen Nasenlöchern heraus. Eine Minute lang hatte sie die Befürchtung, sie würde ersticken oder Mageninhalt würde sich seinen Weg durch ihre Tränenkanäle hinaufbrennen und ihr dann aus den Augen tropfen. Doch das waren mit der Panik aufkommende Wahnvorstellungen, und nach gar nicht allzu langer Zeit ließen die Krämpfe nach.

Als alles vorbei war, schraubte Isserley mit zitternden Händen den Drehverschluss von einer großen Flasche mit Aqua Viva – offenbar Wasser. Sie hatte die Flasche zusammen mit der Hähnchenrolle gekauft, nur für den Fall, dass ihr das unbekannte Fleisch nicht bekam. Sie hatte schon so eine Ahnung gehabt, dass das der Fall sein würde, aber sie hatte es trotzdem versucht. Das Rätsel, welche Lebensmittel sie gefahrlos essen konnte, würde sich nicht an nur einem Tag lösen lassen. Durch Ausprobieren würde sie herausfinden, was für sie in Ordnung war. Einstweilen saugte sie am Plastikhals der Wasserflasche und schluckte in großen Zügen die beruhigende klare Flüssigkeit.

Verhungern würde sie nicht. Auf den Feldern wuchsen Kartoffeln, Rüben lagen überall verstreut für die Schafe, und an den Bäumen hingen Äpfel. All das war durchaus zum Verzehr geeignet, wie die Männer auf Ablach Farm Tag für Tag im Speisesaal unter Beweis stellten. Genug war es zwar nicht, aber sie würde überleben. Im Lauf der Zeit würde sie Lebensmittel entdecken, die sie sich im Augenblick noch nicht vorstellen konnte, Lebensmittel, die sie an die Leckerbissen ihrer Kindheit erinnern würden, Lebensmittel, nach deren Genuss sie sich schläfrig, zufrieden und mit sich im Reinen fühlen würde.

Und das alles wartete irgendwo dort draußen auf sie, da war sie sich sicher.

Als sie auf der schmalen Straße durch den Wald zurück zu ihrer Laube am See fuhr, erschreckte sie plötzlich der Anblick eines Wotzels vor ihr, der wild gestikulierte, um sie zum Anhalten zu bringen. Er war kein Polizist, er war ein Anhalter, aber er war sehr aufgeregt, beinahe tanzte er mitten auf der Fahrbahn. Bei dem Versuch, ihm auszuweichen, schwenkte sie aus, doch er sprang ihr in den Weg, breitete die Arme weit aus und zwang sie, abrupt auf die Bremse zu treten.

Er war ein kräftiges Exemplar, jung und wunderbar muskulös unter seiner Lederjacke, aber sein Gesicht war wild und verzerrt.

„Eh, tut mir echt Leid, eh, echt Leid!“ schrie er und ließ seine Handflächen klatschend auf ihrer Motorhaube aufschlagen, wobei er ihr einen flehentlichen Blick zuwarf. „Aber ich musste Sie einfach anhalten, echt, eh!“

„Bitte gehen Sie aus dem Weg!“ rief Isserley durch die Windschutzscheibe und ließ den Motor bedrohlich aufheulen. „Ich nehme keine Anhalter mit!“

„Meine Freundin, die kriegt gerade ’n Baby!“ brüllte er zurück und schwenkte einen fleischigen Arm in Richtung eines unsichtbaren Punktes irgendwo hinter dem Wald. „Herrje noch mal! Über zweihundert Kilometer weit bin ich gekommen, und jetzt hab’ ich bloß noch zehn verdammte Scheißkilometer vor mir!“

„Ich kann Ihnen nicht helfen!“ schrie Isserley.

„Also, Scheiße, eh!“ brüllte er, verzog das Gesicht zu einer Grimasse und schlug sich mit der Hand vor die Stirn. „Eh, ich rühr’ Sie schon nich’ an. Ehrlich, ich sitze einfach nur so da! Sie können mich ja festbinden, mir 'n Messer an die Kehle halten. Mir echt scheißegal, was Sie machen – meine Freundin, die kriegt doch gerade das Baby! Ich werd' Vater!"

Es war offensichtlich, dass er sie nicht weiterfahren lassen würde, also öffnete sie die Tür auf der Beifahrerseite und ließ ihn einsteigen.

„Danke, eh", sagte er mit dümmlichem Gesichtsausdruck. „Is' echt Spitze von Ihnen."

Shona, dachte er. Halt durch, Shona.

Isserley antwortete nicht, sondern brachte den Wagen ruckartig mit einem unangenehmen Ächzen des Getriebes wieder in Gang. Zehn Kilometer, und dann wäre sie ihn ja wieder los. Und wenn sie nichts sagte, würde er vielleicht auch ruhig bleiben.

„Boah, eh, ich kann Ihnen gar nich' sagen, wie echt irre ich das alles finde", kam mit heiserer Stimme nach ein paar Sekunden von ihm die Bemerkung.

„Ist schon in Ordnung", sagte Isserley und starrte mit durchdringendem Blick geradeaus auf die Straße. „Lassen Sie mich einfach nur fahren."

„Ich lieb' die so sehr", sagte er.

„Schön", sagte Isserley.

„Gestern Abend hat sie mich angerufen, ich war schon inner Kiste, an 'ner Matratze gehorcht, verstehn Sie. ‚Jimmy, die Wehen haben eingesetzt', sagt sie. ‚Es is' 'ne Woche vor der Zeit. Ich weiß ja, du kannst nich' weg. Ich wollt's dir bloß sagen.' Na, und ich natürlich in nullkommanix runter vonner Matratze und losgedüst!"

„Schön", sagte Isserley.

Dann schwiegen sie, während der Wagen wie gewöhnlich

mit siebzig Kilometern in der Stunde die Straße entlangzockelte. Isserley kam es so vor, als schossen die Bäume zu beiden Seiten der Straße blitzschnell vorbei, nichts weiter als ein nebelhafter Eindruck, obwohl sie zugeben musste, dass die völlig verlassene Fahrbahn vor ihr unbeweglich wirkte.

„Könnense nich' 'n bisschen auffe Tube drücken?" fragte der Wotzel schließlich.

„Ich tue, was ich kann", erwiderte Isserley mit warnendem Unterton. Trotzdem drückte sie den Fuß fester auf das Gaspedal. Dann fragte sie ihn, um ihn von der Geschwindigkeit des Wagens abzulenken:

„Ist das Ihr erstes Kind?"

„O ja, Mann", begeisterte er sich und holte dann tief Luft. „Unsterblichkeit."

„Wie bitte?"

„Unsterblichkeit. Das isses doch, was so 'n Winzlingsknirps bedeutet, nich'? 'ne endlose Kette von Knirpsen durch die Geschichte durch, nich'? Dieser ganze Scheiß mit Leben nach 'm Tod, das is' doch bloß Mumpitz. Oder fahr'n Sie auf so was ab?"

Isserley hatte so große Probleme, sein Kauderwelsch zu verstehen, und auch gewisse Schlüsselwörter in seiner Aussage waren ihr so fremd, dass sie nicht begriff, was er von ihr wissen wollte.

„Ich weiß nicht", antwortete sie.

Doch er ließ sich nicht bremsen. Ein wunder Punkt war berührt worden, auch wenn er es selber war, der daran gerührt hatte.

„Diese Typen vonner Kirche sagen, 's Baby is' unehelich", klagte er, „weil ich und meine Kleine, wir sind nich' verheiratet. Was soll 'n der Scheiß? Echt ätzend, wie im Mittelalter, nich'?"

Isserley überlegte einen Moment, dann lächelte sie und schüttelte völlig überfordert den Kopf.

„Ich verstehe kein Wort von dem, was Sie sagen", musste sie gestehen.

„Zu welcher Religion gehören Sie denn?" fragte er sofort.

„Ich habe keine Religion", antwortete sie.

„Na, Ihre Eltern dann?"

Isserley dachte kurz nach.

„Da, wo ich herkomme", erwiderte sie vorsichtig, „ist die Religion … tot."

Verständnisvoll brummelte der Wotzel etwas, dann fuhr er mit seiner unverständlichen Predigt fort, als sie immer tiefer in den Wald hineinfuhren.

„Reinkarnation, das find' ich echt Spitze", sagte er und gab sich alle Mühe, seine Aufregung zu verbergen. „Shona – meine Freundin – sagt, das is' bekloppt, aber irgendwas is' bestimmt dran, denk' ich. 'ne Seele hat ja jeder, und die Seele kann man nich' zerstören. Außerdem is' es ja, weil man braucht ja 'ne zweite Chance – um 's beim nächsten Mal besser zu machen." Er lachte laut auf, ganz demonstrativ, als wolle er sie zum Mitlachen animieren. „Na, wer weiß, was? Vielleicht komm' ich ja als Frau zurück oder als ganz winziges Tierchen!"

Sie folgten einer Kurve, dann rasten sie in ein kleines Tal hinunter, und Isserley ließ den Fuß leicht auf die Bremse sinken, wobei sie gleichzeitig das Lenkrad herumdrehte. Ohne jede Vorwarnung tauchte das ratternde Geräusch im Fahrwerk wieder auf, und der ganze Wagen erbebte. Einen Moment später erreichte der Wagen den tiefsten Punkt des Hanges, und seine blockierten Räder kamen in Berührung mit einem grauen Teppich überfrorener Nässe.

Fast wie im Traum spürte Isserley, wie sich ihr Wagen von

dem reibenden Kontakt mit dem Asphalt loslöste, als lasse er sich selbst zu Wasser oder katapultiere sich in die Luft. Zwei große männliche Hände legten sich über ihre Hände auf dem Lenkrad und halfen ihr, es herumzureißen, doch das nützte nun auch nichts mehr. Sacht flog der Wagen über den Straßenrand hinaus und stieß unter heftigem Knall mit einem Baum zusammen.

Bewusstlos war Isserley nur eine Sekunde lang, jedenfalls kam es ihr so vor. Ihr Geist fiel wie aus großer Höhe in ihren Körper zurück, ganz ähnlich der Erfahrung des Augenblickes, wenn sie einem Wotzel die Icpathua-Dosis injiziert hatte. Wenn es überhaupt einen Unterschied gab, dann den, dass ihr die Landung sanfter vorkam, als sie es sonst gewohnt war. Ihr Atem ging nicht so heftig, und auch ihr Herz pochte nicht wie wild. Die Bäume des Waldes erschienen vor ihren Augen beinahe unnatürlich lebhaft, bis sie begriff, dass sowohl ihre Brille als auch die Windschutzscheibe verschwunden waren.

Sie schaute nach unten. Ihre grünen Samthosen waren mit Glasscherben gesprenkelt und durchtränkt von dunkelrotem Blut, und ein verbogener Metallkeil befand sich an der Stelle, an der sie ihre Knie vermutet hätte. Schmerzen hatte sie kaum, und sie nahm an, das rührte daher, dass ihr Rückgrat möglicherweise zerschmettert war. Das Halbrund des Lenkrads hatte sich in ihre Brüste gebohrt, ihren eigentlichen Oberkörper hatte es unverletzt gelassen. Ihr Nacken allerdings fühlte sich besser an als in all den Jahren zuvor, und diese Erkenntnis brachte ruckartig einen hysterischen Schluchzer in ihr zum Ausbruch, in dem sich Gelächter und Kummer mischten. Etwas Warmes, Gallertartiges, das in ihrem Oberteil und in Penningtons Pullover gefangen saß, rutschte ihr den Bauch in den Schoß hinunter. Vor Ekel und Angst erschauerte sie.

Der Wotzel befand sich nicht mehr neben ihr. Er war durch die Windschutzscheibe geschleudert worden. Von dort, wo sie saß, konnte sie ihn nicht sehen.

Der aufgerissene Stoff eines ihrer Hosenbeine begann ein leises klatschendes, saugendes Geräusch zu machen, und ihr wurde entsetzlich schlecht, doch es gelang ihr wegzusehen. Da merkte sie dann, dass die Icpathua-Nadeln aus der Polsterung des Beifahrersitzes herausstachen. Da war irgendetwas defekt. Obwohl Isserley wusste, dass es sinnlos war, schlug sie mit der einen blutverschmierten Faust leicht auf den Rand des Sitzes, sie wollte erreichen, dass die Nadeln wieder in das Polster zurücksanken. Aber das taten sie nicht.

Plötzlich kam irgendwo hinter ihr auf der Straße ein Wagen kreischend zum Halten, und eine Autotür wurde zugeschlagen. Schritte waren auf wegspringendem Kies zu hören.

Isserley handelte ganz automatisch, griff hinüber zum Handschuhfach und zog die erste Brille heraus, die sie zu fassen bekam. Sie zwängte sie sich auf die Nase und war sofort halb blind von den Brillengläsern: Natürlich handelte es sich um Gläser, die die Sehstärke korrigierten, nicht um klares Fensterglas.

Eine Gestalt ragte ganz in ihrer Nähe in die Höhe und lehnte sich dort hinein, wo das Fenster der Fahrerseite gewesen war; eine kleine Gestalt in einem Nebel rosafarbener Kehle, hellgelber Kleidung und einem Kranz dunklen Haars.

„Sind Sie okay?“ fragte eine zitternde weibliche Stimme.

Hilflos lachte Isserley auf, und aus ihren Nasenlöchern lösten sich schnaubend ein paar Tropfen Feuchtigkeit. Sie rieb sich die Tropfen mit dem Handgelenk ab und schreckte überrascht ein wenig zusammen, als sie ihren Arm derart verzerrt und vergrößert vor sich sah und die Wolle des Pullovers an ihren Wangen spürte, ein unvertrautes, fremdes Gefühl.

„Nicht bewegen", sagte die weibliche, jetzt fester klingende Stimme. „Ich hole Hilfe. Bleiben Sie einfach so sitzen."

Wieder lachte Isserley, und diesmal lachte die andere Frau mit, ein nervöses Zischen.

Der verschwommene Eindruck von Farben flatterte aus Isserleys Blickfeld davon, und vor ihrem Wagen hörte sie Rascheln im Unterholz. Die Stimme der Frau kam zurück, lauter diesmal, fast geschäftsmäßig.

„Ist das ... Ihr Lebensgefährte?" rief sie aus ziemlich großer Entfernung, jedenfalls kam es Isserley so vor.

„Ein Anhalter", antwortete Isserley. „Ich kenne ihn nicht."

„Er ist am Leben", sagte die Frau. „Er atmet."

Isserley lehnte den Kopf gegen den Sitz und holte jetzt selbst tief Luft, und sie versuchte zu überlegen, was die Tatsache, dass der Wotzel überlebt hatte, für Gefühle in ihr auslöste.

„Nehmen Sie ihn bitte mit", sagte sie nach einer Weile.

„Das kann ich nicht", erwiderte die Frau. „Wir müssen auf den Krankenwagen warten."

„Bitte, nehmen Sie ihn bitte mit", sagte Isserley und blinzelte auf der Suche nach der Frau in den grünen und braunen Nebel.

„Das kann ich wirklich nicht", beharrte die Frau, jetzt ganz ruhig. „Vermutlich hat er Verletzungen am Rückgrat. Er braucht ärztliche Hilfe."

„Ich habe Angst, dass mein Auto explodieren könnte", sagte Isserley.

„Ihr Auto wird nicht explodieren", erwiderte die Frau.

„Nur keine Panik jetzt. Bleiben Sie ganz ruhig. Es kommt schon wieder alles in Ordnung."

„Dann nehmen Sie wenigstens seine Brieftasche", bat Isserley. „Dann wissen Sie, wer er ist."

Wieder raschelte es im Unterholz, und wieder schwebten die hellen Farben zurück in Isserleys Blickfeld. Wieder stand die Frau bei dem Loch im Fenster auf der Fahrerseite. Eine warme kleine Hand legte sich auf Isserleys Nacken.

„Hören Sie, ich muss Sie jetzt ein paar Minuten allein lassen und ein Telefon suchen. Dann rufe ich nur schnell einen Krankenwagen und bin gleich wieder bei Ihnen, in Ordnung?"

„Danke", sagte Isserley. Aus den Augenwinkeln heraus sah sie flüchtig blasse Schlüsselbeine und die Rundung des Busens in einem pfirsichfarbenen Oberteil, als sich die Frau über Isserleys Schulter beugte, um etwas vom Rücksitz hochzuheben.

„Das Mercy Hospital ist ganz in der Nähe", versicherte ihr die Frau beruhigend. „Es wird gar nicht lange dauern, dann sind Sie da."

Wieder spürte Isserley die warmen Hände auf ihrem Körper, und mit einiger Verspätung begriff sie, dass ihre eigene Haut eisig kalt war. Die Frau wickelte sie in den Anorak und zog ihn ihr sanft um die Schultern.

„So wird es schon gehen, okay?"

„Okay", nickte Isserley. „Danke."

Dann verschwand die Frau, und das Geräusch ihres sich entfernenden Fahrzeugs verhallte langsam, bis es gar nicht mehr zu hören war.

Isserley nahm die Brille ab und ließ sie auf den Schoß fallen, wo sie mit einem Klacken auf dem Glas der Windschutzscheibe landete. Sie blinzelte und wunderte sich, weshalb sie immer noch alles undeutlich sah. Tränen liefen ihr die Wangen hinunter, und ihre Sicht durch die zerborstene Windschutzscheibe wurde klarer.

Isserley warf einen prüfenden Blick auf das obere Ende des Armaturenbretts, wo Yns zur selben Zeit, als er das Icpathua-System installiert hatte, der ursprünglichen Ausrüstung des Wagens eine weitere kleine Änderung hinzugefügt hatte: den Knopf für das Aviir. Im Gegensatz zu den Icpathua-Verbindungen, die sich aus einer komplizierten Elektronik und Hydraulik zusammensetzten und die bei dem Unfall offenbar beschädigt worden waren, bestand die Verbindung zwischen dem Knopf am Armaturenbrett und dem Aviir-Zylinder aus einem schlichten, stabilen Schlauch, der lediglich darauf wartete, dass etwas Fremdes in die ölige Flüssigkeit eingespritzt wurde.

Das Aviir würde ihren Wagen, sie selbst und eine großzügige Portion Erde in denkbar winzigste Partikel zerfetzen. Die Explosion würde im Erdboden einen so großen und so tiefen Krater entstehen lassen, als sei ein Meteorit eingeschlagen.

Und was war mit ihr? Was würde mit ihr passieren?

Die Atome, die ihre Person ausgemacht hatten, würden sich mit dem Sauerstoff und dem Stickstoff der Luft vermengen. Statt schließlich in der Erde begraben zu werden, würde sie Teil des Himmels werden: So musste sie das sehen. Ihre unsichtbaren Überreste würden sich im Lauf der Zeit mit all den Wundern unter der Sonne vereinigen. Wenn es schneite, würde sie Teil davon sein und sacht zur Erde fallen und wieder aufsteigen, wenn der Schnee verdunstete. Wenn es regnete, würde sie mit dort sein in diesem Spektralfarbenbogen, der sich vom Firth zur Erde spannte. Sie würde dabei helfen, die Felder in Nebel zu hüllen, und würde dennoch für die Sterne unsichtbar bleiben. Sie würde ewig leben. Um das zu erreichen, musste sie nur den Mut aufbringen, einen Knopf zu drücken, und die Zuversicht, dass die Verbindung nicht unterbrochen worden war.

Mit zitternder Hand griff sie nach vorn.

„Ich komme“, sagte sie.